1781

Fay Weldon

TEUFELS WEIB

Roman

Aus dem Englischen von
Karin Kersten

Hoffmann und
Campe

Die Originalausgabe erschien 1992 unter dem Titel
»Growing Rich« bei HarperCollins, London

Die Deutsche Bibliothek – CIP-Einheitsaufnahme

Weldon, Fay: Teufels Weib:
Roman / Fay Weldon.
Aus dem Engl. von Karin Kersten.
–1. Aufl. – Hamburg: Hoffmann und Campe, 1993
ISBN 3-455-08133-9

Schutzumschlag: Lo Breier unter Verwendung
eines Fotos von Wolfgang Kunz / Bilderberg
Gesetzt aus der Palatino
Satz: Dörlemann-Satz, Lemförde
Druck und Bindung: Franz Spiegel Buch GmbH, Ulm
Printed in Germany

Fay Weldon – Teufels Weib

– I –

Die Welt ist voll von Kleinstädten, aus denen die Menschen wegwollen, ohne eigentlich recht zu wissen, weshalb. Sie liege in einem Talkessel, sagen sie, oder die Ebene um sie herum sei gesichtslos, die Schnellstraße gehe mittendurch oder gerade nicht: Die Quelle ihrer Unzufriedenheit – oder auch der eigenen – ist schwer zu orten. Da hat man einen Arzt, eine Schule, gute, freundliche Nachbarn und sogar Freunde – und trotzdem weiß man einfach, daß man wegmuß, weil man sonst stirbt. Ob der Ortsname nun Dullsville, Tennessee, oder Borup, Dänemark, Newcastle, New South Wales, Al Ain in den Vereinigten Arabischen Emiraten oder Fenedge, East Anglia, ist – es kriecht dort so ein Trübsinn durch die Straßen und zieht einen nieder, man bekommt kaum die Füße hoch, um ihn abzuschütteln. Die Geschäfte in der High Street haben ewig Mittagspause oder machten am besten gleich für immer dicht. Die Häuser im Zentrum mögen ja echte Baudenkmäler sein, dennoch fehlt ihnen jegliche Ausstrahlung, bleiben sie allen Erwartungen zum Trotz so leblos wie eine Stimmgabel, die sich zu vibrieren weigert. Und man weiß, wenn nicht irgendwas passiert, wird man bald genauso tot sein, seelisch tot. Geradeso verhält es sich mit manchen Ehen, doch das steht auf einem anderen Blatt.

Nun ist es allerdings gefährlich, solche Dinge laut auszusprechen, denn es könnte ja sein, daß gerade der Teufel in einer seiner vielen Gestalten vorbeifliegt, und das tut er oft, besonders in dieser Art von Orten, denn dort sucht er sich seine

Sicheren Häuser, was wiederum der Grund dafür sein mag, daß man diese Orte als so desolat empfindet. Unter einem Sicheren Haus – dies für diejenigen unter Ihnen, die nicht mit Thrillern vertraut sind – verstehe ich ein Haus, das unsere Geheimdienste als unmittelbare Zuflucht für Menschen bereithalten, die in eine Zwangslage zu geraten drohen. Die Häuser, die dem Teufel gehören, liegen am Ortsrand (wenn der Ort dann manchmal auch weiter vordringt und sie in sich aufnimmt), sie sind geräumig, baufällig, feucht und dicht von Bäumen umstanden, haben aber dennoch eine gewisse schäbige Würde. Wehe dem, der ein solches Haus kauft, und das tun manchmal die nettesten Menschen, doch auch das steht wieder auf einem anderen Blatt.

Vor nicht allzulanger Zeit waren drei junge Mädchen unbesonnen genug, ein gefährliches Gespräch (Die Welt, Das Universum, Der Weltraum, Der Kosmos etc.) zu führen, während sie unmittelbar außerhalb von Fenedge, East Anglia, eine Landstraße entlanggingen. Sie befanden sich auf dem Nachhauseweg von der Schule. Ihre Namen waren Carmen, Annie und Laura. Alle drei waren sechzehn, waren in derselben Woche auf derselben Entbindungsstation derselben Kleinstadt geboren worden, waren enge Freundinnen, von Unruhe erfüllt und zudem noch Jungfrau. (Ich weiß das, weil ich alles weiß, was hier in der Gegend vorgeht.) Nicht, daß ich ihre Unruhe unbedingt auf ihre Jungfräulichkeit zurückführen will, aber ich sehe darin doch einen mitbestimmenden Faktor. Und der Teufel wittert derlei wie ein Hund, der den Kopf aus dem Fenster streckt und das Kaninchen aus tausend anderen Gerüchen herausriecht.

»Das ist hier das letzte Loch«, sagte Carmen. Sie war die Anführerin.

»Dullsville, Tennessee«, sagte Laura. Sie war die Hübsche.

»Wir müssen hier raus«, sagte Annie, die ständig verzweifelt war.

Und sie setzten ihren Weg fort und mehlten sich mit dem weißen Staub der herbstlichen Landstraße die Schuhe ein, weil das ihre Schulschuhe waren, wen scherte es also? Und der Teufel, der zufällig gerade in seinem großen schwarzen BMW vorbeifuhr, fing die Witterung der Unzufriedenheit auf und speicherte sie zum späteren Abruf in seinem Hirn. Gott mag ja Augen im Hinterkopf haben, damit er alles mitbekommt, was man tut, aber glauben Sie mir, der Teufel ist ärger. Der beobachtet nur und drückt die Taste Enter, und schon hat er sie, Ihre Schwächen, Ihre Laster, auf alle Zeiten in seinem Bewußtsein versiegelt, auf alle Zeiten nach seinem Belieben abrufbereit. Und er kennt kein Pardon: Er sieht Ihnen Ihre jugendliche Unerfahrenheit ebensowenig nach wie irgendwelche Belastungen, unter denen Sie stehen mögen.

Ihr Pech!

Der Teufel, oder diese spezielle Version des Teufels, denn in der Tat, wer zählt seine Namen, hielt sich nun nicht damit auf zu lauschen, was die Mädchen wohl sonst noch sagen mochten. Er hatte genug gehört. Er hielt einfach nur neben ihnen, wie um nach dem Weg zu fragen, überraschte sie und preschte dann mit einem Gedröhn wieder los, das an einem Rennwagen eher eingeleuchtet hätte als an einem BMW. Er war ein Mann im besten Alter, mit auffällig blauen Augen, er trug eine marineblaue, militärisch geschnittene Uniform und eine Chauffeursmütze mit Schirm über dem markanten, gutgeschnittenen Gesicht.

»Gar nicht übel, der Fahrer eben«, sagte Laura. Sie hatte mit ihrem reizenden Gesicht und dem sanftmütigen Ausdruck so gar nichts Beunruhigendes an sich. Sie empfand es als ihre Lebensaufgabe, aus allem das Beste zu machen.

»Also, mein Typ war er nicht«, sagte Carmen, obwohl sie gar nicht recht wußte, wie ihr Typ aussah. Sie fühlte sich nur veranlaßt, Laura zu widersprechen, deren Entschlossenheit, an allem nur die gute Seite zu sehen, sie als gefährlich empfand. Carmen war mit einem Sinn für die schreckliche

Abgründigkeit der Dinge auf die Welt gekommen. Wenn die Landstraßen von Männern wimmelten, die Laura nicht so übel fand, wie sollten sie dann je aus Fenedge herauskommen? Annie hatte recht: Sie mußten auf sich selbst und einander aufpassen, weil es sonst niemand tun würde. Die ganze Welt, sah man von ein, zwei Lehrerinnen einmal ab, hatte sich darin verschworen, sie auf alle Zeiten dort zu halten, wo sie waren, plus ein oder zwei oder auch drei Babys.

»Bist du wieder mal mäklig«, sagte Laura, »laß dir doch einen extra anfertigen«, was bedeutete, daß Laura und Carmen nun nicht mehr miteinander sprachen.

»Was soll so einer mit solchen wie uns schon anfangen?« fragte Annie. »Ein Blick hat genügt, und weg war er. Und warum? Weil wir unbedeutende Kleinstadtmädchen sind und man das auch sieht.« Es lag in Annies Wesen, sich, so es irgend ging, kleiner zu machen, was ja gut und schön war, solange sie in diese Selbsteinschätzung nicht auch Carmen miteinbezog.

»Schließ nicht von dir auf andere«, sagte Carmen, und so sprachen denn auch Annie und Carmen nicht mehr miteinander.

»Du stößt mich in einem fort an«, sagte Laura zu Annie, und damit war es zwischen den beiden ebenfalls aus.

Doch so was passiert nun mal, wenn der Teufel vorbeifährt. Er stöbert die Unzufriedenheit auf und läßt in seinem Kielwasser ihre gewaltig anschwellende Woge zurück, auf daß alles nur schlimmer werde und selbst Freundinnen weniger Freundschaft füreinander empfinden, plötzlich kratzbürstig und unleidlich miteinander sind.

Die drei Mädchen gingen schweigend weiter, bis sie den Landsfield Crescent erreichten, wo sie wohnten. Annie war die größte, hochaufgeschossen und mager, und hatte spitze Knie und Ellbogen, ein mürrisches, reizloses Gesicht und kurzes, glattes braunes Haar, das fettig wurde, wenn sie es nicht jeden Tag wusch, und ihre Mutter Mavis kontrollierte nicht nur den Heißwasserverbrauch, sondern vertrat obendrein die Auffassung, man solle sich das Haar nur einmal die Woche waschen: Annie sah aus wie ein schwieriges Mädchen und war es auch. Sie war jedoch anders als alle anderen, und deshalb gab Carmen sich mit ihr ab. Und Laura konnte darauf bauen, daß sie zuhörte und alle Geheimnisse für sich behielt, und Carmen und Laura waren die dicksten Freundinnen, und so hatten die drei ihren eigenen, besonderen Pakt gegen die Welt geschlossen.

Carmen war kleiner als Annie, aber größer als Laura. Ihre Beine waren nicht so lang, wie sie hätten sein können, ihre Nase zu groß, um schön zu sein, ihre braunen Augen so groß, daß man unterhalb der Pupillen das Weiße sehen konnte, ihr Haar dunkel und üppig, ihre Haut bläßlich und ihr Mund verdrießlich. Jedenfalls sah sie sich so, wenn sie sich, was häufig geschah, im Spiegel anstarrte und versuchte, ihr Selbstgefühl als »ich« zu der Vorstellung des »du« in Beziehung zu setzen, die andere Menschen von ihr hegten, oder, ihr noch ferner, des »sie«. Jeder sah etwas anderes.

So auch Bernard Bellamy, als der schwarze BMW, Driver am Steuer, Bellamy im Fond, die Straße wieder zurückgefahren kam und die Mädchen, immer noch in verdrießliches Schweigen versunken, gerade in den Landsfield Crescent einbogen.

»He, halten Sie mal, Driver«, sagte er. »Setzen Sie ein Stück zurück«, und Driver tat es, und der Wagen gehorchte ihm wie von Zauberhand, glatt und seidenweich selbst im Rückwärtsgang, und Bernard Bellamy schaute Carmen tief in die Augen und erblickte dort etwas, das ihn denken ließ: Das ist das Mädchen, das ich heiraten werde, obwohl, oder gerade weil er doch schon dreimal verheiratet und an die dreißig Jahre älter als Carmen war.

»Das ist das richtige Mädchen für mich«, sagte Bernard

Bellamy, und Driver sagte: »Ach ja? Schön, doch da wären erst noch ein paar Kleinigkeiten zu regeln«, und sie fuhren weiter.

Sie waren ein seltsames Paar, diese beiden. Wenn man Driver als Mephistopheles betrachtet und Bernard als Faust, dann kommt man dem Ganzen halbwegs nahe, obwohl es sich bei Bernard, den Zeitläufen entsprechend, nicht so sehr um einen des Erkenntnisstrebens müden, sondern eher um einen Mann handelte, der des schlichten, schnörkellosen Geldverdienens überdrüssig war, eine Gabe, die in der Welt unserer Tage nicht so hoch angesehen ist, wie man meinen könnte. Die Freunde trinken deinen Champagner und feixen sich eins dabei, und die Seele schnurrt einem ein. Und für Driver ist eine einschnurrende Seele eine ebenso irrsinnige Vergeudung wie ein Fünf-£-Pfirsich von Harrods, den man achtlos auf dem Küchenbord verschrumpeln läßt. Besser doch, man verputzt ihn, solange er weich und frisch und köstlich ist.

Es dämmerte bereits, und Driver schaltete die Scheinwerfer ein. Die Rücklichter glühten rot in der Herbstluft, als der Wagen wieder anfuhr, und noch lange Zeit schienen sie nicht recht voranzukommen. Krähen, die sich scharenweise von den Straßenbäumen erhoben, als der Wagen vorbeifuhr, schlugen mit schwarzen Flügeln, die rot gerändert waren.

Hier in der Gegend ist das Land flach und ausgedörrt. Die Leute von Fenedge – ein Ort, kleiner als eine Stadt, aber größer als ein Dorf, alles in allem nicht so recht bestimmbar – sagen gewöhnlich: »Das Meer? Ein paar Meilen weg.« Oder »fünf Meilen weg« oder »einfach nur die Straße lang«, je nach dem, was sie meinen, was man hören will, und weil sie sich selbst nicht sicher sind. Die Trennlinie zwischen Meer und Land ist unscharf. Ich persönlich bevorzuge Meere, die gegen hohe Gestade branden und brodeln, so daß man absolut sicher ist, wo Wasser und Erde zusammenstoßen, und die Dramatik der Begegnung würdigen kann: Strände, wo die Gezeiten über Felsen herein- und wieder hinausstürzen und Krebse zurücklassen, die schutzsuchend eilends den Rückzug antreten, Seeanemonen, die, arg ramponiert, doch beifällig winken. Nichts davon bei uns in Dullsville, Irgendwo-da-am-Meer.

— II —

Wie dem auch sei, Carmen war jedenfalls sechzehn, als Bernard Bellamy sie, wo die Straße zur Küste mit dem Landsfield Crescent zusammentrifft, zum erstenmal zu Gesicht bekam. Driver, sein Fahrer, hatte zu dem Zeitpunkt bereits vier Monate für ihn gearbeitet. Während jener Zeit war Bernard von einer sehr unleidlichen und lieblosen Gattin geschieden worden und sein Nettoeinkommen um sechsundzwanzig Prozent gestiegen, wovon er ein Prozent für wohltätige Zwecke spendete. Die Bellamysche Seele begann aufzuleben. Derlei Dinge können lange Zeit in Anspruch nehmen, aber die hatte Driver wie Heu. Das Wesen des Teufels kennt viele Gestalten. Wenn man überall gleichzeitig sein kann, ist vieles möglich, und außerdem, was ist schon Zeit?

Genau das frage ich mich, während ich in meinem Rollstuhl am Fenster von Landsfield Crescent Nr. 8 sitze und das Leben verrinnt, und gelange zu der Schlußfolgerung, daß das, was wir unter Zeit verstehen, das Maß der Veränderung ist. Ich sitze hier seit siebzehn Jahren, solange der Crescent existiert. Ich habe das Heranwachsen der Bäume beobachtet, die als Setzlinge in den Schlamm gepflanzt wurden, das Emporklettern von Rosen an Betonmauern – soweit die gute Nachricht – und die Veränderung der Haut auf meinem Handrücken von glatt zu runzlig – soweit die schlechte. Der Crescent ist eine kurze, gebogene Straße am Rand von Fenedge, Hauptverkehrsader eines Siedlungsvorhabens, das niemals wirklich aus dem Planungsstadium herausgekommen ist, bis auf den Crescent, der auf unnatürliche Weise aus der Stadt hervorschießt, als wäre aus einer Wolke Mücken eine einzelne zu weit vom Mittelpunkt abgeirrt und könnte nicht in deren Inneres zurückfinden, so sehr sie sich auch bemüht. Die Häuser am Crescent sind alleinstehende, putzige Schachteln, lauter äußerlicher Schnickschnack und keine gescheite Substanz, jedes mit einem kleinen Garten vor und einem größeren hinter dem Haus, den ein Zaun von den Rübenfeldern trennt, die uns umgeben. Wir sind ohne natürlichen Schutz – dies ist nicht der rechte Ort für menschliche Behausungen. Der Wind weht hier oben rauh und steif, und manchmal kann man das Salz des Meeres darin riechen – und manchmal wieder die Gülle, die die Bauern verwenden, um das Wachstum der Rüben zu fördern. Carmen, Annie und Laura wurden, wie gesagt, in derselben Woche geboren. Ich sah, wie der Krankenwagen in den Landsfield Crescent einbog, um ihre kreißenden Mütter in die Klinik zu bringen, sah, wie sie zurückkehrten, eins, zwei, drei, als wäre ich die gute Fee, denn da ich ihre Mütter kannte, hatte ich das Gefühl, daß sie alle nur erdenkliche Hilfe würden brauchen können. Ich freute mich darauf, das Größerwerden und Sichverändern der Babys mitzuerleben, mit anzusehen, wie Zeit und Ereignisse auf sie einwirkten. Um alles besser verfolgen zu können, habe ich das Vermögen entwickelt, durch die Wände zu sehen, zu hören, was nicht zu hören ist. Und ich habe nichts anderes zu tun, als diese Fertigkeiten weiterzuentwickeln. Manchmal werde ich von meiner Sozialhelferin oder von Freunden ausgeführt, meist aber sitze ich hier am Fenster und warte darauf, daß Carmen, Annie und Laura vorbeikommen und winken und durch ihre konkrete Gegenwart ihre Fortsetzungsgeschichte in meinem Kopf mit neuem Leben erfüllen.

Wenn man glaubt, durch die Wände seiner Nachbarn sehen zu können, läßt sich nur noch schwer unterscheiden, was Tatsache und was Erfindung ist.

Lassen Sie mich Ihnen versichern, daß es kein zufälliges Zusammentreffen war – denn Leser hassen zufällige Zusammentreffen –, welches dazu führte, daß die Mädchen in derselben Woche geboren wurden, eher eine Frage der Baupolitik. Zwangssanierungen hatten zu einem großzügigen Umsiedlungsprogramm geführt, innerhalb dessen hochschwangeren Frauen Vorrang eingeräumt wurde: Carmens Eltern Raelene und Andy waren im Haus neben Lauras Eltern Kim und Audrey untergebracht worden, gegenüber von Annies Mutter Mavis und ihrem Vater Alan; gleich neben mir. Ich kam nicht her, weil ich schwanger war, sondern als Trostpflaster, weil ich so schwer behindert bin, daß es schon eines Wunders bedurft hätte, um so etwas überhaupt zuwege zu bringen. Immerhin habe ich ein hübsches Fenster, um hinauszuschauen. Die Familien der Mädchen hätten normalerweise keine drei Worte miteinander gewechselt, hätten die Nähe und die nervöse Anspannung, die so eine zwangsweise Umsiedlung im allgemeinen mit sich bringt, sie nicht wenigstens für eine Zeitlang dazu genötigt. (Was mich betrifft, so spreche ich mit jedem, der gewillt ist, mit mir zu sprechen: Ich bin nicht hochnäsig.) Inzwischen, sechzehn Jahre später, sind die drei Familien wieder eher Nachbarn als Freunde, nur ihre Erstgeborenen hängen immer noch aneinander, verbunden durch das gemeinsame Ziel, gemeinsame Erfahrungen, Schwestern im Geiste. Und immer noch winken sie mir zu, doch das mag Gewohnheit sein, nicht Wohlgesonnenheit.

Bisweilen frage ich mich, ob nicht tatsächlich ich, die ich da in meiner Fensternische sitze, diejenige bin, die das Leben der drei kontrolliert, und eben nicht alles nur Schicksal ist. Ob nicht ich Driver und Bernard Bellamy die baumgesäumte Landstraße hinuntergeschickt habe, damit sie den Mädchen begegnen konnten, während sie gerade von der kleinen Bahnstation Fenedge Halt nach Hause gingen. Vielleicht war ich es ja, die an einem langweiligen Tag die Unstimmigkeiten zwischen Kim und Audrey ausgelöst hat, den Einzug von

Graf Capinski in Mavis' Hirn und also auch Alans Kummer; die Andy arbeitslos und Raelene unglücklich gemacht hat, und das alles in unverantwortlicher Weise nur, um die Dinge am Landsfield Crescent ein bißchen lebendiger zu gestalten: am Ende eine böse Fee, ganz und gar keine gute.

Doch dann fällt mir wieder ein, daß Allmachtsgefühle ein Symptom für Geisteskrankheit sein können, und ich schiebe die Vorstellung beiseite. Ich lebe in der Angst, wahnsinnig zu werden. Als hätte ich an meinen anderen Malaisen noch nicht genug.

Doch betrachten Sie es einmal so herum: An dem Tag, als ich Driver aus der flachen Landschaft East Anglias herbeigerufen, ihn uniformiert und gestiefelt und mit leuchtendblauen Augen ans Steuer eines schwarzen BMWs gesetzt habe, Höllenfeuer über den Abendhimmel habe flackern lassen, um den Krähen Angst einzujagen, Bernard Bellamy schuf, den Versucher und Versuchten zugleich, habe ich das alles doch nur als Antwort auf Carmens, Lauras und Annies Wunsch getan, hier irgendwie herauszukommen. Ich wollte behilflich sein, ehrlich. Ihnen ein Fenster schaffen, aus dem sie herausspringen konnten.

»Aber wie kommen wir hier nur heraus?« fragte Laura, ehe sie sich trennten. (Driver war ja wieder weit weg und die schlechte Laune verflogen.) »Aus Dullsville, Tennessee? Wie soll man denn da als Mädchen je rauskommen?«

»Du kannst dich herausarbeiten oder auch herausschlafen«, erwiderte Carmen. »Und du kannst deine Seele dem Teufel verkaufen.«

»Hand drauf, daß ich mich rausarbeite«, sagte Annie, die grundsätzlich der Meinung war, nur das tauge etwas, das weh tat.

»Hand drauf, daß ich mich rausschlafe«, sagte Laura, hielt jedoch die Finger gekreuzt, während sie das aussprach. Sie glaubte an Liebe, Romantik und Treue, auch wenn sie es gar nicht gern zugab.

»Dann kann ich ja nur die sein«, sagte Carmen traurig, »die ihre Seele dem Teufel verkauft.«

Und eine jede betrat ihr Zuhause, um dem ins Auge zu blicken, dem es ins Auge zu blicken galt.

Lauras Schicksal wartete draußen vor der Gartentür. Er war siebzehn, hatte Pickel und stand gegen seinen Motorroller gelehnt. Er trug eine Lederjacke, hatte seelenvolle braune Augen und eine störrische Art. Laura ignorierte ihn. Sie ging schnurstracks an ihm vorbei ins Haus, und Carmen und Annie schauten zu und kicherten, und Woodie tat so, als hörte er es nicht.

Wenn Laura ihr Schicksal auch hinnahm, so hatte sie doch die Absicht, sich seiner so lange zu erwehren, wie sie konnte, wenigstens so lange, bis Woodie aus seinen Pickeln herausgewachsen, ruhiger geworden und imstande wäre, sich auf ehrliche Weise zu ernähren. Er studierte technisches Zeichnen und Holzbautechnik auf einem College in Norwich, hatte aber nichts im Kopf als Laura. Er hatte sie auf einer Halbjahresabschluß-Disco nach draußen geführt und dann im Mondschein geküßt, und irgendeine Art gelbes Licht war ihm bis ins Mark gedrungen, und nun, so drückte er es aus, »habe ich sie intus, egal, wie mir das bekommt«, doch leider traf das nicht auch auf sie zu, noch nicht. Er wußte aber, eines Tages würde es soweit sein.

Audrey, Lauras Mutter, machte das Fenster auf und sprach Woodie an. Sie trug ein geblümtes Baumwollkleid, hatte magere Arme und ein mageres Gesicht, doch ihre Stimme war kräftig. Laura geriet nach ihrem Vater Kim: Beide waren mehr von der rundlichen Sorte und hatten leise Stimmen.

»Woodie«, sagte sie, »nun geh aber weg. Das ist doch störend.«

»Ich möchte in ihrer Nähe sein«, sagte er.

»Woodie«, sagte Audrey, »das beste Mittel, Mädchen dazu zu bringen, daß sie dir nachlaufen, ist, vor ihnen wegzulaufen.«

Früher einmal war sie vor Kim weggelaufen, der ihr nachgelaufen war und sie mit Laura geschwängert hatte, und als seine Scheidung durch war, hatte er sie geheiratet und war in das Haus gezogen, das sie mit ihrer Mutter geteilt hatte, bis die Stadtverwaltung es abreißen ließ und sie hier am Landsfield Crescent unterbrachte. Seit dem Tag hatte sie Asthma. Das Klima war ihr nicht zuträglich, der unablässige Wind störte sie, ständig hatte sie hier ein Wehwehchen, dort ein Zipperlein. Landratte durch und durch, lebte sie in der Furcht, daß die Flut eines Tages vergessen könnte, wie sie zu verebben hatte, und einfach immer weiter steigen und steigen und sie alle in ihren Betten ertränken würde. Nach Lauras Geburt waren ihre Brust und ihr Bauch schlaff geworden – der Landsfield Crescent brachte ihr kein Glück. Sie unterrichtete, Teilzeit, Allgemeine Naturwissenschaften am lokalen Fortbildungs-College. Ihr Mann Kim unterrichtete ebenfalls dort, Vollzeit, und zwar englische Literatur und Handelswesen. Sein Klassenzimmer und sein Zuhause rochen süßlich nach Marihuana, vielleicht waren es auch Kräuterzigaretten. Er hatte einen Bart und ging am Wochenende der Gesundheit seiner Füße zuliebe in Sandalen. Er war ein temperamentvoller Liebhaber.

»Von Spielereien halte ich nichts«, sagte Woodie zu Audrey. »Laura liebt mich entweder, oder sie liebt mich nicht.«

»Dann tut sie's eben nicht«, sagte Audrey munter. Es ist selbst für die gescheitesten und einfühlsamsten Mütter nicht leicht zu akzeptieren, daß ihre Töchter mittlerweile in einem Alter angelangt sind, wo sie Liebe empfangen und geben können. »Sie ist zu jung. Sie muß sich auf ihre Schule konzentrieren. Sie will aufs College. Sie muß Prüfungen machen.«

»Es ist mir gleich, ob sie ihre Prüfungen besteht oder nicht«, sagte Woodie. »Für mich ändert das gar nichts.«

Er sprach mit der Überheblichkeit Alexanders, des Perserfürsten, und dabei war er doch bloß siebzehn und picklig, und in dem Augenblick ging Audrey auf, daß das Schicksal ihre Tochter tatsächlich dazu bestimmt hatte, Woodie zu heiraten und seine Kinder zu bekommen, und daß nichts dagegen zu machen war. Man gibt sein Leben für sie, dachte Audrey, und sie kennen keine Dankbarkeit, alles scheint ihnen selbstverständlich, und dann werden sie erwachsen und geben ihrerseits ihr Leben, auf genau dieselbe Weise. Was soll das bloß alles? Dieser deprimierende Gedanke, den sie für ihren ureigenen hielt, verursachte einen Stich in ihrem Magen, aber vielleicht war es ja auch andersherum, und ihr Schmerz führte zu dem Gedanken. Wie immer es sich verhalten haben mag, der Schmerz ging danach jedenfalls nie wieder ganz weg, und die Traurigkeit auch nicht.

»Woodie«, sagte Audrey, »sie macht die Prüfungen für sich und nicht für dich. Wenn du das nicht begreifst, was begreifst du dann überhaupt? Geh weg.«

Und er stand immer noch da, an seinen Motorroller gelehnt, und kaute an einem Fingernagel. Er glaubte ihr kein einziges Wort, bis Laura in der Eingangstür erschien, in ihren kurzen weißen Shorts und dem blauweiß gestreiften Oberteil.

»Woodie«, sagte sie, »das wird jetzt langsam lästig. Geh weg.«

Also ging Woodie, jedenfalls für eine Weile. Und Laura kehrte in ihr Zimmer zurück und starrte auf ihre Hausaufgaben. Noch ein Jahr bis zur Abschlußprüfung. Und hätte ihr Vater nicht längst vom College zurücksein sollen? Er hatte eine Affäre mit einem Mädchen, das nicht älter war als sie selbst, und Laura wußte es und Audrey nicht, und sollte sie ihr das nun erzählen oder nicht? Sie fand, vielleicht sollte sie, hatte jedoch nicht den Mut.

Der Augenblick, in dem Woodie den Motor hochjagte und davonfuhr, war zugleich der, in dem Graf Capinski in den Kopf von Annies Mutter einzog und seine wechselhafte Residenz dort aufnahm. Annies Mutter, Mavis Horner, dies sei erklärend hinzugefügt, war Hellseherin und ihr Vater Alan Horner Prediger der spiritualistischen Kirche von Fenedge, und folglich lag das Ereignis, das anderen hätte seltsam vorkommen mögen, für Mavis und Alan durchaus im Bereich des Begreiflichen. Geister von Verstorbenen, Phantasiegeschöpfe aus der anderen Welt schwirrten zu ihren besten Zeiten in Mavis' Kopf nur so ein und aus, ungewöhnlich an Capinski war allerdings, daß er sich nicht nur ungerufen einstellte, sondern auch blieb. Vielleicht hatte das schockierende Auftauchen von Driver, der in der Nachbarschaft in seinem Sicheren Haus Wohnung nehmen wollte, ja eine Bresche in die üblichen Grenzbefestigungen zwischen diesseitigem Tränental und spiritueller Welt geschlagen – um sich der eher viktorianischen Terminologie der Horners zu bedienen –, und es war Capinski gelungen, hindurchzuschlüpfen und eine Bleibe in Mavis' Kopf zu finden. Jedenfalls war er nun einmal hier. Und so trug sich das Ganze zu:

Annie war oben in ihrem nach hinten gelegenen, kleinen Schlafzimmer und machte ihre Hausaufgaben. Mavis und Alan Horner inspizierten gerade die Garage, die Carmens Vater, Andy Wedmore, nicht eben billig für Alan gebaut hatte. Alan, der beim örtlichen Krankentransportdienst arbeitete, fand es gelegentlich passend, auf der Rückfahrt von einem Einsatz mit seinem Krankenwagen zu Hause haltzumachen, um sich von seiner traumatisierenden Arbeit zu erholen. Er fuhr einen Unfallwagen, in der Nähe führte ein besonders wüster Abschnitt der Fernstraße vorbei.

»Da hat er vielleicht was zusammengepfuscht«, sagte Alan, indem er den Finger über einen Fensterrahmen gleiten ließ und sich dabei prompt einen Splitter einfing. »Das hätte ich selber besser gekonnt.« Der erste Teil seiner Aussage war durchaus zutreffend und galt für jegliche Arbeit, die Andy ausführte, der zweite weniger.

»Du hast nicht die Zeit fürs Heimwerken«, sagte Mavis. »Und überhaupt: Schuster bleib bei deinen Leisten.«

Sie zwängten sich an der Flanke des Krankenwagens vorbei, zwischen Metall und Beton, bemerkten hier ein loses Stück Kabel, dort ein falsch angebrachtes Regalbrett, eben ganz allgemein das Hingepfuschte. Alan trug einen Anzug, der zwischen den Beinen und unter den Armen kniff, aber ein hübsches blaues Hemd und eine gelbe Krawatte, und Mavis trug ein blaues Kleid und eine gelbe Strickjacke. Es gefiel ihnen, gleich auszusehen. Sie standen einander sehr nahe. Mavis hatte das geschwollene Gesicht, den untersetzten Körper und den verdutzten Blick der gewohnheitsmäßigen Hellseherin. Zuviel Kontakt mit der anderen Welt ist schlecht fürs Aussehen. Er verwischt die Umrisse des Ich, wie die wirkliche Welt es wahrnimmt. Nicht Fisch, nicht Fleisch: halb dies, halb das.

»Was sind denn das für zwei komische schwarze Säcke?« fragte Mavis. »Da oben auf dem Regal? Aufgerollte Teppiche oder was?«

»Die sind nicht wichtig«, sagte Alan. »Die schaffe ich morgen früh wieder hier raus. Das Leichenschauhaus hat sich angewöhnt, um vier zuzumachen, und ich hab keine Lust, das Personal noch herumzuscheuchen, wenn alle schon müde sind. Morgens tun sie sich mit so scheußlicher Arbeit leichter.«

»Du willst sagen, das sind Leichensäcke?« fragte Mavis. »Und die sind voll?«

»So voll, wie ich sie kriegen konnte«, sagte Alan. »Ich hoffe, ich habe die beiden richtig auseinandersortiert.«

Mavis fing zu stöhnen an, geradezu wie eine Gebärende.

»Es ist ja nur bis morgen früh«, sagte Alan. »Da passiert denen nichts. Es ist doch keine warme Nacht.« War es aber natürlich doch.

Mavis' Stöhnen hörte auf, und ein eigenartiger Ausdruck trat in ihr Gesicht, einer, den Alan normalerweise nur an Sonntagen zu sehen bekam und der ihn noch mehr beunruhigte als der stimmliche Ausdruck ihres offenkundigen Kummers.

Am Dienstag- und Donnerstagabend hielt Mavis private Séancen ab (achtzehn Pfund pro Person, Mindestteilnehmerzahl vier plus Medium) und begnügte sich, erschöpft, wie sie von ihrem Arbeitstag im Operationssaal war, mit den einfachen Kniffen ihres Handwerks, um mit den kürzlich Verstorbenen in Kontakt zu treten (die meisten Menschen einer bestimmten Generation – und ihre Klienten waren überwiegend älter – kennen einen Harry, haben einen schlimmen Rücken oder waren dem Krankentransportdienst bekannt, und außerdem führte Mavis breitangelegte Akten über die Leute in der Gegend und wußte, wer kommen würde). Manchmal jedoch, am Sonntagnachmittag während des Gottesdienstes der Spiritualisten, wenn sie ausgeruht war, brach in ihr durch, was sie das Eigentliche nannte. Das Nicht-Fisch-nicht-Fleisch ihrer normalen Erscheinung schärfte und härtete sich dann, ihr Hals wirkte länger, ihre Wangen waren weniger hohl, und wenn ihr Mund sich öffnete, sprach sie mit fremder Stimme.

Alan sah, wie sie sich zu verändern begann.

»Oh, mein Gott«, sagte Mavis, »das kommt ja viel zu stark. Mach, daß er weggeht.«

»An den Leichensäcken kann es nicht liegen«, sagte Alan, »weil das beides Frauen waren.«

Als Mavis jetzt wieder sprach, geschah das mit einer gutturalen männlichen Stimme mit osteuropäischem Akzent.

»Meine liebe Dame«, sagte der Graf/Mavis, »ich bin entzückt, endlich Ihre Bekanntschaft zu machen. Ich bin Ihnen für Ihre Gastfreundschaft zutiefst zu Dank verpflichtet. Darf ich mich vorstellen? Graf Capinski zu Ihren Diensten. Und dies ist dann wohl Ihr Gatte?«

»Begrüß den Grafen, Alan«, sagte Mavis und streckte eine überraschend männliche Hand aus, die Alan, überrumpelt, nahm und schüttelte.

Und so geschah es, soweit wir wissen, daß Capinski in Mavis' Kopf Einzug hielt, wo er über mehrere Jahre hinweg immer wieder von sich hören ließ. Da seine andere Bleibe ein kleines Burgverlies im Krakau des vierzehnten Jahrhunderts war, wo er, jedenfalls behauptete er das, am Verschmachten war, mußte der Landsfield Crescent ihm recht angenehm erscheinen, während er darauf wartete, in seiner eigenen Zeit irgendwann einmal errettet zu werden.

Annie kam aus ihrem kleinen Schlafzimmer herunter, um sich eine Tasse Tee zu holen, und traf ihre Mutter dabei an, wie sie gerade ein ganzes Paket Schnittbrot und die Käseration einer Woche verschlang, wobei sie den Heißwasserbereiter eingeschaltet hatte, was so mitten in der Woche ungewöhnlich war. Jeder hat sein bevorzugtes Feld zum Sparen, Mavis mühte sich, kein heißes Wasser zu vergeuden. Für heute hatte sie jedoch ein Bad beschlossen.

»Das ist sie also«, sagte Graf Capinski aus Mavis' brotgefülltem Mund. »Ihr Töchterlein. Aber ist sie denn nicht bereits im heiratsfähigen Alter?«

»Sie geht noch zur Schule«, erklärte Mavis mit ihrer eigenen Stimme und schluckte an ihrem Brot.

»Aber nicht mehr lange«, bemerkte der Graf/Mavis. »Bald schon wird sie einem großen, dunkelhaarigen Fremden aus Übersee begegnen, der ihr den Kopf verdreht und sie ins Paradies bringt. Sie wird bis ans Ende der Welt und wieder zurück reisen. Allerdings wird nicht alles nur Glück und Wonne sein. Das prophezeie ich, Graf Capinski.«

»Das ist schon übel«, sagte Annie. »Die eigene Mutter wünscht einem alles Schlechte«, und entrüstet ging sie mit ihren Hausaufgaben zu Laura hinüber und klopfte an die Tür. »Kann ich bitte hier Hausaufgaben machen?« fragte Annie.

»Ist zu Hause was nicht in Ordnung?« fragte Audrey.

»Nicht mehr als gewöhnlich«, sagte Annie.

»Geh nur nach oben, Carmen ist auch schon da. Aber versucht, euch auf die Aufgaben zu konzentrieren«, sagte Audrey, die sich oft anhörte wie die Sorgenecke einer Frauenzeitschrift. »Vergeßt mal eure privaten Probleme.«

Annie ging in Lauras Zimmer hinauf, das deren Geschmack entsprechend ganz in Rosa und Weiß gehalten war und nicht wie ihr eigenes Zimmer so vollgestellt mit Aktenschränken und Karteikästen, daß sie kaum den Weg ins Bett fand.

»Was ist denn?« fragte Laura.

»Im Kopf meiner Mutter ist ein fremder Mann«, sagte Annie.

Carmen sagte: »Wird dein Vater die Scheidung einreichen?«, und Annie erwiderte: »Schön wär's. Aber das wird ihn erst richtig auf Touren bringen.«

Auch Carmen hatte Ärger erwartet, als sie nach Hause kam. Wenn ich beobachtete, wie oft eins der drei Mädchen nach der Schule nur kurz daheim blieb und dann nach heftigem Türenknallen sich entweder in Lauras oder Carmens Haus wieder zu den beiden anderen gesellte, tröstete ich mich mit der Vorstellung, daß es zwar ein schreckliches Schicksal ist, wenn man keine Kinder hat, es jedoch noch schlimmer sein kann, welche zu haben.

Carmen kam aus einer ordinären Familie. Jeder wußte das, niemand leugnete es, nicht einmal Carmen. Man war allgemein davon überzeugt, daß sie bei der Geburt vertauscht worden war. Ihre Züge besaßen eine Vornehmheit, die ihren angeblichen Eltern völlig abging, eine Haltung und einen Sinn fürs Angemessene, der ihnen gänzlich fremd war und den sie als eingebildetes Getue interpretierten. Andy, Carmens Vater, stand in ganz Fenedge im Ruf, ein ebenso schlechter wie wohlgelaunter Maurer zu sein. Sein Putz kam herunter, seine Ziegel taugten nichts, und wenn er einem die Fenster strich, konnte man sicher sein, daß sie sich nie wieder öffnen ließen. Es störte ihn nicht im geringsten, daß seine Endabrechnungen die Kostenvoranschläge gewöhnlich um mehr als hundert Prozent übertrafen. Seine Frau Raelene wagte aus Angst vor entrüsteten oder ungeduldigen Kunden kaum je, ans Telefon zu gehen, und trotzdem kamen immer noch genügend Aufträge ins Haus, um ihn über Wasser zu halten. Wenigstens sang er auf der Leiter, statt zu fluchen, und wenn man es versäumte, die Möbel wegzurücken, ehe er sich dranmachte, die Decke zu streichen, wurde er nicht ungehalten, sondern malte einfach drauflos und berechnete einen Aufschlag für tropffeste Farbe. Er übernahm auch Aufträge, die andere Baufirmen verschmähten – das Aufmotzen von Wohnungen, bevor ein neuer Mieter einzog, Pfuscharbeiten, um die er ausdrücklich gebeten wurde. Sein dicker Bierbauch schwappte ihm über den Hosenbund, er hatte fröhliche Schweinsäuglein, und an heißen Tagen ging er nur selten mit einem Hemd bekleidet aus dem Haus. Seine Frau Raelene aß, um sich zu trösten, und litt unter Depressionen: Ihr Kinn und ihr Hals waren wie aus einem Guß. Einmal war sie wegen Ladendiebstahls angezeigt worden. Stephen, Carmens jüngerer Bruder, war bereits zweimal mit Drogen erwischt worden (wenn es sich auch nur um Marihuana gehandelt hatte), noch ehe er vierzehn war. Sie waren keine herzlose oder gar kriminelle Familie, im Gegenteil, Andy ließ alles liegen und stehen, um einem im Notfall das geplatzte Rohr zu reparieren, und Raelene fütterte auf Wunsch die Nachbarskatze. Sie waren einfach nur gewöhnlich, und alle wußten das und bedauerten Carmen dafür, daß sie zu dieser Sippschaft gehörte, und Carmen wiederum haßte es, bedauert zu werden. Wer tut das nicht? Jedenfalls alle, die einem halbwegs wichtig sind.

An diesem speziellen Nachmittag also hatte Carmen, als sie ins Haus kam, ihren Vater und Bruder dabei angetroffen, wie sie zum Tee Fisch und Chips aßen, die ihre Mutter gerade zubereitet hatte. Die Chips troffen vor Öl, genau wie die Familie sie gern hatte – das Gerede von mehrfach ungesättigten Fettsäuren war bislang noch nicht an ihr Ohr gedrungen. Stephen las dabei die Morgenausgabe der *Sun*, des bevorzugten Revolverblatts der Nation. Als erstes schlug er immer die dritte Seite auf. Damals waren die nackten Mädchen noch eher auf den vorderen Seiten der Zeitung zu finden, später dann wurden sie, aus mir unerfindlichen Gründen, außer vielleicht dem, daß es die Besitzerinnen der märchenhaftesten Titten schlicht versäumten, den Erwartungen eines gleichermaßen spektakulären und wollüstigen Lebensstils gerecht zu werden, mehr in den hinteren Teil abgedrängt und eher dem Sportteil als dem allgemeinen Klatschteil zugeschlagen.

Carmen stand in der Küchentür und zog die Brauen hoch, wie sie es gewöhnlich zu tun pflegte. Das Katzenfutter trocknete, fliegeneierbesät, auf einer seit Tagen unabgewaschenen Untertasse vor sich hin, im Spülbecken stapelte sich das schmutzige Geschirr, und Bratfischgeruch hing in der Luft. Staubige kleine gelbe Fettkügelchen sprenkelten die Decke über dem Herd. Raelene, die ihr den Teller mit Fisch und Chips im Herd warmgestellt hatte, versuchte, das Backfett für die Wiederverwendung zu retten, indem sie es durch ein kleines Sieb goß, wobei es über das Abtropfbrett schwappte. Schließlich gab sie es auf und quetschte Spülmittel in die Ölpfützen. Sie hatte hübsche kleine Hände, die Carmen von ihr geerbt hatte, doch gingen sie im Gesamtbild unter.

»Soso«, sagte Andy zu Carmen. »Madam beehrt uns mit ihrer Anwesenheit. Zu spät, um ihrer Mutter beim Teemachen zu helfen.«

Er trug kein Hemd, Stephen ein T-Shirt, das aus der Flagge der Nation gemacht war. Carmen zog die Augenbrauen noch höher.

Raelene sagte: »Carmen, trägst du mal eben den Müll raus? Ich habe auch nur zwei Hände«, und Carmen antwortete: »Warum habt ihr mich eigentlich Carmen genannt, wenn ihr mich doch nur als Arbeitstier verwenden wolltet?« Alle drei sahen sie verständnislos an, und so sagte sie: »Nach dem Tee, Mum«, nahm ihren Teller aus dem Backofen und setzte sich an den Tisch, nicht ohne erst sorgfältig mit der Hand über den Sitz zu reiben.

»Keine Chips«, sagte sie und schob sie an den Tellerrand, ehe sie in ihrem Fisch herumzustochern begann, indem sie zuerst penibel die verbrannte Panierung entfernte, um an das nahezu rohe Fleisch im Innern heranzukommen.

»Carmen«, sagte ihr Vater, »ich weiß nicht, was mit dir los ist. Du bist jedenfalls 'ne Stimmungskanone.«

Und Stephen wandte sich wieder dem Foto von Peachey Penelope zu, deren nackter Busen nicht nur über die ganze Seite drei ragte, sondern deren Brustwarzen sich bis auf Seite zwei zurückerstreckten, ein spezielles Kunststück typographischer Erfindungskraft.

»Oioioi, Dad, guck dir mal die an«, sagte Stephen. »Wie findest du 'n die hier?«

Raelene beschwerte sich vom Spülbecken her, wo verschüttetes Backfett und Billigspülmittel gerade eine Art schaumigen Kuchen gebildet hatten. »Guck nicht hin, Dad, ich mag das nicht.«

Andy sah sich Penelopes Bildnis an und sagte zu Raelene: »Nun sei nicht so zimperlich. Die haben doch alle.«

Carmen sagte: »Männer nicht, nur Frauen«, und sowohl Raelene als auch Andy sagten: »Keiner hat dich nach deiner Meinung gefragt, Car«, und Carmen sagte: »Warum habt ihr mich bloß Carmen genannt, wenn ihr die Absicht hattet, Car zu sagen?«

Stephen sagte: »Da würdest du wohl gern mal hinlangen, Dad, wie?«, und Andy sah genauer hin und sagte: »Ich weiß nicht recht. Ist wahrscheinlich mehr Silikon als Fleisch.«

Carmen zog ihren marineblauen Schulpullover aus, löste ihre Krawatte und nahm sie ebenfalls ab.

»Glaubst du, daß das Silikon ist, Raelene?« fragte Andy seine Frau, aber Raelene weigerte sich hinzuschauen, fragte jedoch zurück: »Wie soll ich denn das wissen?«

»Einfach mal sehen, wie sich das Gewebe anfühlt«, sagte ihr Sohn, »da wüßtest du gleich Bescheid. Mal reinkneifen, dann weißt du's.«

Carmen zog sich die Bluse aus, und niemand bemerkte es. Sie saß im Büstenhalter da. Raelene starrte aufs Abtropfbrett und die Mannsbilder auf das Foto.

»Silikon oder nicht«, sagte Andy, »ich tät mich nicht beschweren. Und du auch nicht, Steve, wenn du nach deinem Vater kommst.«

Carmen nahm den Büstenhalter ab und saß von der Hüfte aufwärts nackt da. Sie hatte weiße Haut, einen kleineren Busen als Peachey Penelope und unauffällige, rosige Brustwarzen. Sie stocherte weiter in ihrem Fisch herum.

»Dann komm ich wohl wirklich nach dir, Dad«, sagte Steve, und sein Blick fiel auf Carmen. Er stand auf und vergoß seinen Tee über die Zeitung, während Andy zu seiner Tochter sagte: »Du ekelhaftes kleines Miststück, zieh dir sofort was über.« Carmen sagte bloß: »Nun sei doch nicht so zimperlich, Dad. Wir haben doch alle welche. Warum holst du deine nicht auch raus, Mum, und läßt die Jungs mal gucken?«

Woraufhin Andy wie Stephen fluchtartig den Raum verließen, ohne zu Ende gegessen zu haben. Sie waren empört.

»Ich schick dir die Fürsorge dafür auf den Hals«, sagte Andy im Hinausgehen, »wegen Aufsässigkeit. Du bist nicht meine Tochter. Alles deine Schuld, Raelene.«

Raelene weinte auf das Durcheinander des Spülbeckens.

»Carmen«, sagte sie, »zieh dir was an. Du machst mich fertig. Was sollen wir bloß mit dir machen?«

Carmen zog sich ihren BH wieder an und sagte: »Ich werde denen schreiben und sie bitten, auf Seite vier männliche Geschlechtsteile abzudrucken. Laßt die Mädels doch auch mal gucken.«

Raelene sagte: »Du bist die leibhaftige Tochter des Teufels«, und in der Tat konnte Carmen in jenen Tagen teuflisch sein. Raelene beschwerte sich bei mir über sie, wenn sie auf eine Tasse Tee herüberkam. Mich überraschte das alles nicht. Der Landsfield Crescent lag um zwei Drittel einer Meile näher an Sealord Mansion, Drivers Sicherem Haus, als irgendeine andere Straße in Fenedge, und das Haus der Wedmores lag zudem noch an der äußeren Biegung des Crescent, so daß es die ganze Wucht des Ungemachs abbekam, wie manche Häuser auf der Wetterseite einer Straße die ganze Wucht des Windes abbekommen und andere nicht. Was man daran erkennen kann, in welche Richtung sich die Bäume biegen. Doch ich habe Raelene das alles nicht gesagt. Ich habe einfach nur geantwortet, heranwachsende Mädchen seien nun mal oft schwierig, das würde sich schon auswachsen – was ich für selbstverständlich hielt, aber es ist verblüffend, was die Menschen alles nicht wissen. Und was eine noch größere Rolle spielte: Bernard Bellamy hatte ihr an jenem Tag in die Augen geschaut und gefunden, was er suchte, so daß es in gewissem Sinne nicht überraschen konnte, daß sie das eine oder andere Kleidungsstück ablegte. Von der Provokation mal ganz zu schweigen.

»Wenn ich das Kind des Teufels bin«, sagte Carmen zu ihrer Mutter, »dann mußt du es ja mit ihm getrieben haben.«

Raelene ließ die Plastikflasche mit dem Spülmittel zu Boden fallen. Der rote Deckel sprang ab, und die Flüssigkeit spritzte unbemerkt in Richtung der Untertasse mit dem Katzenfutter.

»Oder vielleicht hast du ja eines Nachts vor siebzehn Jahren auch Glück gehabt«, sagte Carmen und nutzte die Gelegenheit, um noch eins draufzusetzen, »und ein Ritter in schimmernder Rüstung ist herangesprengt, hat was Schlimmes mit dir angestellt und dann vergessen, dich mitzunehmen. Ich kann einfach nicht glauben, daß ich die Tochter des Mannes bin, den du deinen Ehemann nennst.« Sie zog sich die Bluse wieder an, ging mit ihren Hausaufgaben zu Laura und fragte Audrey, ob sie ihre Schulsachen mal eben durch die Waschmaschine laufen lassen könne, damit sie für den nächsten Tag etwas Anständiges anzuziehen hätte. Audrey sagte, selbstverständlich. Audrey unterhielt einen Ein-Frau-Rettungsdienst für die Nachbarskinder, doch änderte das nichts an ihrem Schmerz, den sie auf die Verdauungsschwierigkeiten zurückführte, die wiederum von der Sorge über das Treiben ihres Mannes Kim herrührten; eine unsinnige Besorgnis, so sagte sie sich, entstanden aus der Schuld, selbst früher einmal die andere Frau gewesen zu sein.

Und natürlich schwatzten Carmen, Annie und Laura und vertrödelten die Zeit, statt sich mit ihren Hausaufgaben zu beschäftigen, und waren, als ein Jahr später die Abschlußprüfung heranrückte, einfach haarsträubend unvorbereitet. Geben Sie den Eltern die Schuld, wenn Sie möchten, ich persönlich gebe sie dem Teufel ...

— III —

Unmittelbar an dem Tag, nachdem Driver durch Fenedge gefahren war und Bernard Bellamy Carmen in die Augen geschaut hatte, erhielt ich einen Brief. Nun ist es eine bekannte Tatsache, daß es dort, wo sich Teufel herumtreiben, auch Engel gibt und vice versa, so daß ich nicht sicher sein konnte, ob der Brief von Agenten des Himmels oder der Hölle stammte. Er kam von einem Transplantationsspezialisten, Chirurg an einem großen Chicagoer Krankenhaus, der anbot, mich unentgeltlich zu operieren und zu versuchen, die Durchblutung meiner Wirbelsäule neu in Gang zu setzen und mir so wieder zum Gebrauch meiner Beine zu verhelfen – entweder durch eine Art Rückgrat-Bypass oder aber, noch besser, durch die Reinigung der blockierten Venen mit Hilfe winzigkleiner Ballons. (Berichte über meinen Zustand stehen ab und zu in der medizinischen Fachpresse.) Selbstverständlich würde ich seinen Versuch begrüßen, schrieb ich zurück, ohne erst Dr. Grafton, meinen Arzt in Fenedge, damit zu behelligen, der der Überzeugung ist, daß seine Patienten verdient haben, was immer sie heimsucht, und sich nicht zu sehr dafür abstrampeln sollten, es wieder loszuwerden. Das wiederum mag der Grund sein, weshalb so viele Leute Schlange stehen, um Mavis Horner zu besuchen. Ich flog noch in derselben Woche nach Chicago.

Ich will mich nicht aufhalten mit dem Rein und Raus von Kathetern, den ausgefallenen Medikamenten und verblüffenden Lasern, die zu meiner Behandlung gehörten. Eigentlich kann ich mich so recht an nichts erinnern, so viele große rote Pillen zur Ausschaltung des Bewußtseins mußte ich schlucken. Ich erwähne das Ereignis nur, um klarzustellen, daß ich etwa sechs Monate lang nicht an meinem Fenster saß, und als ich auf meinen Beobachtungsposten zurückkehrte, mit Beinen, denen es nicht besser und nicht schlechter ging als zuvor, stellte sich heraus, daß sich in meiner Abwesenheit etwas einigermaßen Aufregendes zugetragen hatte. Aufregend nach den Maßstäben von Fenedge, nach denen von Chicago gewiß nicht.

Sealord Mansion war von Bernard Bellamy gekauft worden, der jetzt Sir Bernard Bellamy war, denn er war für seine Verdienste um die Industrie zum Ritter geschlagen worden, auf die Schulter geschlagen mit einem Schwert, das die Königin selbst geführt hatte. Wie man weiß, muß man, um zum Ritter geschlagen werden zu können, imstande sein, sowohl zu knien als auch sein Haupt zu beugen, und wenn gelegentlich Menschen zu alt und zu steif waren, um derlei Dinge zu tun, haben sie das Angebot mit Rücksicht auf ihre Gebrechlichkeit ablehnen müssen. Sir Bellamy plagten keine derartigen Probleme. Er sah aus wie Liz Taylor nach drei Monaten Gesundheitsfarm, jünger, straffer und zukunftsorientierter denn je – jetzt, wo Driver ihn überall hinfuhr.

Sir Bernard kam, wie es aussah, aus der Partyservice-Branche – er hatte sein Vermögen anfänglich mit dem Verkauf von Hähnchenkeulen für Chick-A-Whizz, einen Lebensmittelkonzern, gemacht –, jetzt war er ins Hotelgeschäft übergewechselt. Sealord Mansion, jenes Mekka aller Naturliebhaber, war durch einen Federstrich zu Bellamy House geworden, und etliche Baufirmen waren angerückt, um es innen wie außen seines Putzes zu entkleiden, um es weniger nach der Grille eines Admirals und mehr nach einem Hotel amerikanischen Stils aussehen zu lassen, und zwar nach einem von denen, die geeignet sind für die Reichen und Berühmten. Eine Rettet-Sealord-Initiative, die in der Hauptsache von Botanikern und Vogelkundlern getragen wurde, war in meiner Abwesenheit entstanden und wieder eingegangen, nachdem sie ihren Kampf für die Ungestörtheit des Hauses verloren hatte, auf dessen Dachboden Fledermäuse lebten und auf dessen Terrain seltene Heidekräuter und Farne wuchsen.

»Können so viele Menschen im Unrecht sein«, hatte Bernard von Driver wissen wollen, »und ein einzelner im Recht?« Das war, als Driver sich durch etwa achtzig plakattragende Menschen hindurchschob, die das Herz zweifellos am rechten Fleck hatten und deren Orthographie ausgezeichnet war, was bei Protestgruppen nicht unbedingt immer der Fall ist. »Rettet den *Hippus vulgaris*!« lasen sie. »Schutz für unsere *Typha latifolia*!« »Unser Braunkehlchen ist uns lieb und teuer!« »Der Steinschmätzer darf nicht aussterben!« »Lang lebe Sealord, Heimstatt des Höckerschwans!« Und so weiter.

»Aber durchaus«, hatte Driver geantwortet. »Auf jeden Mann, der etwas erreichen möchte, kommen mindestens hundert, die ihn zurückzuhalten versuchen. Und sehen Sie sich bloß mal die Adamsäpfel dieser Sippschaft an! Wie die rhythmisch in ihren dürren Hälsen auf und ab hüpfen, während sie ihre Protestparolen rufen. Nicht leicht, so was ernstzunehmen.« Und Sir Bernard Bellamy sah hin und lachte, denn was Driver sagte, stimmte. Der Teufel liegt ja häufig richtig mit seinen Feststellungen, was mit zur Erklärung der Macht beiträgt, die er über die Herzen und Köpfe der Menschen hat.

Und die andere traurige Wahrheit ist, daß Sealord Mansion, das ein Admiral vor zwei Jahrhunderten für seine kindliche Geliebte erbaut hatte, vor allem Pfuschwerk war, einem unheiligen Zweck zugedacht, und bei seiner Erstellung Empörung ausgelöst hatte, was der Empörung heute, die seinen veränderten Verwendungszweck betraf, um den Ausdruck der Bauplaner zu benutzen, nicht unbedingt guttat.

Und so kam es, daß der Protest, als Driver einem jungen Vogelkundler über den Fuß gefahren und ihn fürs Leben lahm gemacht hatte, verebbte, statt an Nachdruck zu gewinnen, wie man hätte erwarten können. Und man muß sagen, daß es zwar in der Natur der Vogelbeobachter liegt, auf dem Weg zu ihrem Ziel einiges an Unbequemlichkeit in Kauf zu nehmen und sich nichts aus Kälte, Feuchtigkeit und Schlafmangel zu machen, daß sie jedoch vielleicht allzuviel Wert auf Reglosigkeit und Stille legen: Sie sind einfach nicht dazu gemacht, es lange mit der Aggressivität zu halten.

Wenn man in der Zeit, ehe es das Bellamy House Hotel wurde, auf die richtige Weise nach Sealord Mansion gelangen wollte, und das heißt, zu Fuß – jedenfalls habe iches so gehört, ich muß mich in dieser Sache auf die Behauptungen anderer verlassen –, mied man die Hauptstraße. Man lief vom Deich bei Winterwart in nördlicher Richtung, ließ das Brackwasser hinter sich, wo es von Wart- und Wildvögeln nur so wimmelte, überquerte knirschenden Schritts die Kiesstreifen, wo der Feldmohn wächst und die Hundszunge und auch das einjährige Gänsekraut, umging die überfluteten Kieslöcher, die die Stichlinge so lieben und wo einmal sogar eine Rohrdommel gesichtet wurde, und erreichte so die heidebewachsene Leeseite der Dünen, wo in Hülle und Fülle Heidekraut und die seltenere Glockenheide sprießen. Ein Stückchen weiter landeinwärts, vorbei an der Behausung der seltenen Kreuzkröte, jenes eigenartigen, wühlenden Geschöpfs mit seinen unnatürlich kurzen Beinen, das die Angewohnheit hat, an Sommerabenden solch gespenstische Schreie auszustoßen, daß Ahnungslose sich halb zu Tode erschrecken, drang man schließlich in den Wald vor, am Ufer eines riedgesäumten Bachs entlang, um dann, endlich, unter die grünen Arme der Weiden von Sealord Mansion selbst zu gelangen, das trotz der geschlossenen Fensterläden und heruntergekommen, wie es war, doch schön war inmitten seiner Wildnis, auf seinem Land, das dem Botaniker so reichen Lohn bot – jedem, der den seltenen Königsfarn suchte, *Osmunda regalis*, oder gar den noch selteneren Becherfarn. Es war ein ausgezeichneter, ungestörter Brutplatz für Zeisig, Rotdrossel, Bluthänfling und Bergfink und jede erdenkliche Art von Grasmücke. Was kümmerte es die Kreatur, ob Sealord das Sichere Haus des Teufels war? Was wissen Flora und Fauna schon von derlei Dingen?

Manche Freuden sind nicht mehr. Sealord Mansion ist nun das Bellamy House Hotel, und eine Windbruchmauer versperrt dem Umherstreifenden den Zugang vom Meer. Hellgrüne Rasenflächen wellen sich säuberlich über die geglätteten hohen Dünenkämme, die Kieslöcher sind gefüllt worden, um die Anlage eines Golfplatzes zu erleichtern, und der rotbrüstige Säger ruft nicht mehr. Nur die lieblosen und ungeliebten Stimmen der Kreuzkröten bleiben, die durch die Sommernächte schreien. Doch Schluß jetzt mit dem ganzen Gerede von der Natur. Was dahin ist, ist dahin. Ich habe davon ohnehin nie was zu Gesicht bekommen.

Während ich in Chicago war und versuchte, mir eine neue Wirbelsäule wachsen zu lassen, sprach Sir Bernard Bellamy an der Fenedge High School für Mädchen. Driver hatte ihm dazu geraten. Die Veranstaltung war kein Erfolg.

Vielleicht hatte Driver ja seine Gründe, sich das zu wünschen.

»Aber das ist hier ja wirklich am Arsch der Welt«, hatte sich Sir Bernard beschwert, als der BMW Richtung Fenedge die Straße vom Bellamy House Hotel hinabrollte, das nun frisch aufgeputzt war, mit falscher Tudor-Fassade und einer prächtigen neuen Treppe, die von einer importierten Palme oder ähnlichem flankiert wurde, um dem Ganzen einen Hauch von Exotik zu verleihen. Die Arbeiter waren noch am Werk, die große Eröffnung stand erst bevor. Ein Helikopterlandeplatz wurde gebaut, wo einst eine kleine Kolonie der seltenen Küchenschelle gestanden hatte. »Sind Sie wirklich überzeugt, daß die Gegend reif für die Erschließung ist?«

»Der Arsch der Welt«, sagte Driver, »stellt Männern mit Weitblick, wie Sie einer sind, gewöhnlich ein Reservoir von billigen Arbeitskräften zur Verfügung. Menschen, die es zufrieden sind, auf eine Weise glücklich zu sein, die nicht die unsere ist. Fenedge mag nicht gerade ein Sündenbabel sein, aber das wollen wir doch auch gar nicht.«

»Ich habe noch nie vor Schulmädchen gesprochen«, sagte Sir Bernard.

»Halten Sie einfach nur die Rede, auf die wir uns geeinigt haben«, sagte Driver, der ein bißchen gereizt wirkte. »Halten Sie sie, und verlassen Sie dann die Bühne. Trinken Sie Ihre Tasse Tee, essen Sie ein Stück von dem Kuchen, den die Hauswirtschaftsklasse gebacken hat, seien Sie nett zu allen, und anschließend werden die Mädchen nach einem Job im Bellamy House Hotel Schlange stehen. Sie werden schon sehen.«

»Vielleicht lasse ich ja die vorbereitete Rede auch beiseite und sage, was mir auf der Seele liegt«, warnte Sir Bernard. »Das tue ich normalerweise, und es hat immer bestens geklappt.«

Bei der bloßen Erwähnung des Wortes Seele hob Driver seinen ansehnlichen Kopf und nahm Witterung auf, wie ein Fuchs, der sich ein Küken auszusuchen versucht.

»Da haben Sie ja wieder einiges zu schnüffeln«, sagte Sir Bernard, der zwar wußte, daß Driver hinter seiner Seele her war, da er aber nicht recht überzeugt war, überhaupt eine zu haben, auf dem Standpunkt stand, das Risiko, sie zu verkaufen, lohne sich. Sir Bernard war gewöhnt, Dinge zu verkaufen, die nicht existierten, ewige Jugend zum Beispiel und vollkommene Gesundheit, denn er besaß erhebliche Anteile an einer der führenden Naturkostketten. Es folgte ein leichtes Bumsen, als habe der Wagen etwas überfahren.

»Das war doch wohl hoffentlich keine Katze«, sagte Sir Bernard.

»Aber Gott bewahre«, sagte Driver. Sie fuhren schweigend weiter.

Als sie an dem strengen quadratischen Backsteingebäude der Mädchenschule von Fenedge anlangten, regnete es: die Art von peitschendem, dunstigem Geniesel, das die Gegend so oft heimsuchte und zweifellos zum Wachstum der wildwachsenden Blumen beitrug. (Pflanzen können durch die Blätter genauso Feuchtigkeit aufnehmen wie durch die Wurzeln.) Unter Regenschirmen stand ein Grüppchen zur Begrüßung Sir Bernards bereit. Mrs. Baker, die Leiterin der Englischabteilung, war darunter: eine Frau im fortgeschrittenen mittleren Alter mit einem schönen Renaissancegesicht, das über einem ausufernden Körper thronte, den sie auf fast schon islamische Weise Schicht um Schicht in staubiges Schwarz gehüllt hatte. Ihren Regenschirm teilten Carmen, Annie und Laura, die zu dritt mit ihr zu einer einzigen Gestalt verschmolzen.

»Willkommen, Sir Bernard«, sagte Mrs. Baker, »an der Fenedge School. Dies sind meine besten Mädchen.« Mrs. Bakers beste Mädchen! Damit meinte sie die, von denen am wenigsten zu erwarten war, daß sie den Jungen aus dem Ort verfallen würden, Mädchen, die in die Welt hinausziehen und zeigen würden, wozu Frauen imstande waren, wenn sie von der Bürde des Hausfrauendaseins verschont blieben. Mädchen, die ohne Schwierigkeit ihre Prüfungen bestehen würden. Und bis zu denen war es nur noch einen Monat hin. Annie war Schulsprecherin und hatte vor, in die Fußstapfen ihrer Familie zu treten und sich auf die Heilkunst zu verlegen, das heißt, die Krankenpflege. Laura war stellvertretende Schulsprecherin und wollte zur University of East Anglia. Carmen würde Kunst und Design am örtlichen Polytechnikum belegen. All dies erzählte Mrs. Baker, ungeachtet des Wetters, Sir Bernard.

Es hörte jedoch niemand zu. Es regnete zu stark, und der Wind blies ihr die Worte zurück in den Mund, und was Sir Bernard betraf, so starrte er Carmen an. Regen funkelte auf ihren Wimpern, und sie war, wie meine Großmutter es auszudrücken pflegte, an jenem Tag »gut beieinander« und sah ausgesprochen bezaubernd aus.

»Sollten wir nicht besser hineingehen?« schlug Driver vor, da zu jenem Zeitpunkt in seinen Plänen kein halbes Kind wie Carmen vorgesehen war. Das war nicht die Margarete, die ihm für Sir Bernard vorschwebte. Ihre Seele war allzu unabänderlich die ihre, und was schlimmer war, sie tummelte sich in der Einflußsphäre einer Mrs. Baker, die er gleich auf den ersten Blick nicht leiden konnte, wofür allein schon die schwarzen Stoffhüllen sorgten. Driver konnte mollige Frauen nicht ausstehen, und damit basta: Eine rundliche gute Frau war für ihn ein Widerspruch in sich.

Sir Bernard stand auf einem Podium vor zweihundertdreiundfünfzig Mädchen und lauschte den einleitenden Worten von Mrs. Baker oder lauschte ihnen auch nur halb, denn Carmen stand hinten am Ende des Saales, gleich neben der Tür. Er hätte es lieber gehabt, daß sie ganz vorn gesessen hätte, doch wenigstens konnte er sie sehen. Sie ist meine Margarete, dachte er, und dem Teufel obliegt es, sie mir zu verschaffen. Mrs. Baker sprach vom Übergang aus der Welt der Schule in die Welt der Arbeit und erzählte den üblichen Quatsch über Chancengleichheit und Frauen, die sich in Geschäftswelt und Politik Geltung verschafften, also ließ er seine Notizen beiseite und sprach frei.

»Ich würde meinen, Ihre Nasen«, sagte er, »sind zu hübsch, als daß sie lange über irgendeine berufliche Arbeit gebeugt werden sollten. Ich würde meinen, allzu viele Menschen vertun ihre Zeit damit, jungen Leuten zu erzählen, was sie hören sollten, und nicht, was wirklich nötig wäre. Und zwar folgendes: Was diese Nation braucht, um ihr Arbeitslosenproblem zu lösen, sind Frauen, die ins Haus zurückkehren, sich, sowie sie verheiratet sind, aus dem Arbeitskräftepotential heraushalten. Was ist denn so schlimm daran, daß jemand im Haus bleibt?«

Mrs. Baker scharrte neben ihm unzufrieden und mißbilligend mit den Füßen, aber er achtete nicht darauf.

»Wir haben die Erfahrung gemacht«, sagte Sir Bellamy, »daß im gesamten Bellamy-Imperium die tüchtigsten Angestellten stets diejenigen sind, deren Frauen Hausfrauen sind und nichts anderes, solche also, die glückliche Familien schaffen, gesunde Kinder, und dem Mann etwas geben, wofür sich zu kämpfen lohnt. Die Pflicht des Mannes besteht darin, eine Familie zu unterhalten, die Pflicht der Frau, ihm ein Heim zu schaffen, in das er gern zurückkehrt ...«

Er sah Driver an der Seitenbühne stehen und kopfschüttelnd in seine Richtung blicken. Sir Bernard fuhr fort.

»Buchwissen«, sagte Sir Bernard zu den Mädchen, »nützt einem Mädchen nicht viel, und lassen Sie sich von Ihren Lehrern nur nichts anderes weismachen. Ich habe die Schule mit vierzehn verlassen und nie im Leben eine Prüfung abgelegt ...«

Die Bühne war mit angeblich feuerfesten Vorhängen ausgekleidet. Doch nun züngelte ein kleines Flämmchen an ihnen empor. Vielleicht war es der ingrimmig auf einen Punkt konzentrierte Blick Drivers gewesen, der es entzündet hatte, und Mrs. Bakers flammende Empörung fachte es noch an – obwohl es natürlich auch die Zigarette des Hausmeisters gewesen sein mochte, der sie beim Betreten der Rauchverbotszone zwar weggeworfen, aber nicht ausgetreten hatte. Was immer die Ursache gewesen sein mag, Carmen am hinteren Ende des Saales war die erste, die die Flammen bemerkte. Sie kreischte: »Feuer! Keine Panik!«, und das ganze Publikum erhob sich wie ein einziges Mädchen und verließ in geordneten Reihen den Saal, gut gedrillt, wie sie für derlei Notfälle waren, während Laura,

Annie und Carmen sie durchzählten. Sie glaubten zwar nicht an das Feuer, trauten Carmen jedoch zu, sie aus einer langweiligen Situation herauszuholen, wenn sie nur irgend konnte.

Sir Bernard und Driver entfernten sich durch den Nebeneingang, verabschiedeten sich eilends und fuhren davon.

»Warum haben Sie sich nicht an Ihr Manuskript gehalten?« fragte Driver.

»Es sprach mir aus der Seele«, sagte Sir Bernard. »Ich habe die Wahrheit gesagt, so wie ich sie verstehe«, und Driver vergrub den Kopf in sein Taschentuch und schneuzte sich, und wieder folgte ein Bumsen, als überführen sie etwas.

»Das war ein Hund«, sagte Sir Bernard.

»Er hatte auf der Straße nichts zu suchen«, sagte Driver. »Man darf nie ausscheren, um ein Tier zu schonen, das kann Menschenleben kosten.«

»Wollen wir nicht lieber anhalten?« fragte Sir Bernard, allerdings ohne großen Nachdruck, denn seine Seele war schon so nahe daran, nicht mehr ihm zu gehören, und so glitt der schwarze BMW denn durch die Ebene, die so reich ist an Erlen, Eschen und den silbernen, weichen Birken, die von Ranken niedergezogen werden, geradewegs auf die Eichenwälder der Heidelandschaft zu.

»Jetzt hören Sie mir mal zu«, sagte Sir Bernard. »Sie beschaffen mir das Mädchen zur Ehefrau, und ich werde mich fortan an jedes Manuskript halten, das Sie mir aufs Auge drücken.«

»Zur *Ehefrau*?« fragte Driver.

»Zur Ehefrau«, sagte Sir Bernard. »Ich will ihren Körper und ihre Seele. Ich bin ein Mann schneller Entschlüsse. Sie ist meine Margarete.«

»Sir Bernard«, sagte Driver, »Margareten sind heutzutage Mangelware. Besserwisserinnen wie Mrs. Baker setzen ihnen Flausen in den Kopf. Sie legen Prüfungen ab, verstehen sich nicht mehr auf die einzig wahre Liebe.«

»Dann sorgen Sie dafür, daß sie es nicht tut.«

Wenn man den Teufel wie einen Dienstboten behandelt, neigt er dazu, sich wie ein Dienstbote zu verhalten und zu tun, was man ihm sagt, jedenfalls für eine Weile.

Das Feuer griff auf das Holz oberhalb der Bühne über, die ganze Schule wurde evakuiert und die Feuerwehr gerufen. Die Löschwagen trafen zwar umgehend ein, doch beschädigte das Wasser aus ihren Schläuchen den Dachstuhl mehr noch, als das Feuer selbst es tat, und die Schule wurde für zwei Wochen zur Durchführung dringend notwendiger Reparaturen geschlossen.

»Annie, Carmen und Laura«, sagte Mrs. Baker zu ihren besten Mädchen, »dies hätte, im Hinblick auf eure Prüfungen, zu keinem schlechteren Zeitpunkt passieren können. Ihr fangt ohnehin schon an, mit eurem Stoff hinterherzuhinken. Wenn ihr die Prüfung nicht schafft, was soll denn dann aus euch werden?«

Laura sagte: »Ich heirate und kriege Kinder.«

Annie sagte: »Ich helfe meiner Mutter beim Hellsehen.«

Carmen sagte: »Ich werde Callgirl.«

Und alle drei erklärten, Prüfungen seien nicht das A und O des Lebens – man sehe sich nur Sir Bernard an, der sei schließlich auch gut ohne zurechtgekommen. Aber sie wollten Mrs. Baker nur auf den Arm nehmen, jedenfalls hoffte sie das.

Die Lokalzeitung berichtete lediglich, an der Fenedge High School sei während einer Ansprache von Sir Bernard Bellamy ein Feuer ausgebrochen, und die Schule sei folglich zum Zweck baulicher Instandsetzungsarbeiten geschlossen worden. Das habe, so die Direktorin, für die Mädchen, die sich gegenwärtig auf die staatliche Abschlußprüfung vorbereiteten, zu keinem schlechteren Zeitpunkt passieren können.

— IV —

Wie Mrs. Baker ihrem Freund Mr. Bliss gegenüber äußerte, als sie bei einem Glas Wein und einem Teller Bratwurst mit Kartoffelbrei saßen: »Ich weiß auch nicht, was mit diesen Eltern los ist! Sie warten, bis es nur noch ein paar Wochen bis zur Abschlußprüfung sind, und dann lassen sie sich scheiden, sterben, lösen den Haushalt auf oder verkaufen ihr Zuhause, beinahe so, als bestünde ihr einziges Ziel darin, ihren Kindern das Leben zu vermasseln.«

Worauf Mr. Bliss antwortete: »Ich selbst habe zwar keine Kinder, sondern nur Pferde. Doch ist mir aufgefallen, wie oft sie gerade vor einem Rennen zu lahmen beginnen. Sie vermasseln sich das Leben ohne jedwede Hilfe anderer.« Mr. Bliss war in den späten Fünfzigern. Er leitete ein Zentrum für kranke Pferde und verwendete zu ihrer Behandlung vor allem Naturkräuter, obwohl es, wie er selbst als erster einräumte, womöglich nur das Verstreichen der Zeit war, das sie genesen ließ, und nicht so sehr Beinwell, Mutterkraut oder Borretsch. Er hatte eine verdutzte, sanftmütige Miene. Mrs. Baker und er trafen sich von Zeit zu Zeit im Pub. Mrs. Baker war Witwe, er war Junggeselle. Er dachte in aller geziemenden Ruhe über ihre ungehemmteren Äußerungen nach, ließ ihnen gebührende Aufmerksamkeit zuteil werden und trug dann mit seiner eigenen Lebenserfahrung zur Diskussion bei, wenngleich die, wie er immer wieder erklärte, alles in allem auf Pferde beschränkt geblieben war.

Mr. Bliss besuchte mich ab und zu im Landsfield Crescent, und seine Gesellschaft war mir jedesmal ein Vergnügen. Manchmal kam er auf seinem Pferd Snowy, das er dann am Torpfosten festband, was immer für einen netten kleinen Aufruhr sorgte.

Nun will ich nicht behaupten, daß Laura, anders als Carmen, vom Teufel extra dazu ausersehen worden wäre, durch die Prüfung zu fallen, ich merke lediglich an, daß dem Bellamy House Hotel mit jedem Mädchen, das durchfiel, ein Zimmermädchen mehr zur Verfügung stand und die Löhne mit der wachsenden Konkurrenz immer weiter ins Bodenlose absacken konnten. Der Teufel ist, im Unterschied zu Gott, nicht auf so mysteriöse Weise am Werk, wie einer denken könnte. Wo das Eigeninteresse regiert, liegen die Motive offen zutage.

Am selben Tag, als die Fenedge High School wieder aufmachte, traf Laura, als sie von der Schule nach Hause kam, ihren Vater dabei an, wie er die Wasserpflanzen im Aquarium für tropische Zierfische, das auf der Fensterbank des Treppenabsatzes stand, durch neue ersetzte und gerade das Gewirr der Drähte sortierte, die derartige Behältnisse versorgen – jeweils eine Leitung für die Heizung, den Thermostat, die Sauerstoffpumpe, den Filter und zwei für die Neonlampen. Im Aquarium schwamm ein großer, schwarzer Zierkarpfen mit sanften Bewegungen seiner hochentwikkelten Flossen, der große Glotzaugen hatte und sich infolge des Eindringens einer menschlichen Hand in eine Ecke drängte.

»Armer Kubrick«, sagte Laura. »Er haßt Veränderungen. Warum bist du überhaupt zu Hause, Dad?«

Kim antwortete, er sei zu Hause, um sich zu vergewissern, daß Kubrick wohlauf sei, und er vertraue den Fisch Lauras Obhut an. Die Fütterungsanleitung finde sie an der Pinnwand in der Küche. Und er müsse Laura etwas mitteilen.

»Sag's nicht«, sagte Laura.

»Ich muß aber, Mäuschen«, sagte Kim, »und ich möchte,

daß du es nie vergißt: Was immer zwischen deiner Mutter und mir passiert, wir haben dich beide sehr lieb.«

»Oh, ja«, sagte Laura sauer, »ihr liebt mich so sehr, daß ihr euch scheiden laßt.«

»Wer hat denn was von Scheidung gesagt«, sagte Kim. »Das ist doch nur ein Stück Papier. Deine Mutter und ich werden eine Zeitlang getrennt leben. Nun mach's mir doch nicht so schwer, Mäuschen.«

»Nenn mich nicht Mäuschen«, sagte Laura. »Und wenn ihr euch tatsächlich scheiden ließt, wäre das eine große Erleichterung. Du bist nämlich nicht unsichtbar. Seit über einem Jahr geht das jetzt schon mit dir und Poppy der Pest, und die ganze Welt weiß es, vor allem meine Freunde. Das ist nicht gerade sehr schön für mich, das kannst du mir glauben.«

»Deine Generation ist einfach zu prüde«, klagte Kim. »Der Haken ist nur, sie bekommt ein Kind.«

»So was von ekelhaft«, sagte Laura. »Sie ist nicht älter als ich. Ich war die ganze Volksschulzeit mit ihr in einer Klasse, und sie war damals schon eine Pest und ist es auch heute noch, und ich sehe nicht, wie ein Kind in ihr überleben soll.«

»Ich weiß, du bist aufgebracht, Mäuschen, doch ich muß tun, was richtig ist«, sagte Kim, legte ihr seinen Zeigefinger unter das Kinn und hob ihren Kopf an, so daß er ihr in die Augen sehen konnte, wodurch er sie ungeheuer in Verlegenheit brachte. »Das siehst du doch wohl ein – ich bin in keiner glücklichen Lage. Natürlich liebe ich deine Mutter sehr, aber Poppy bekommt ein Kind von mir.«

»Igitt«, sagte Laura. »Wenn du mit ihr zusammenleben willst, dann nimm mal schön Kubrick mit. Soll Poppy die Pest sich doch um ihn kümmern.«

»Poppy hält nichts von Haustieren«, sagte Kim, »und im übrigen ist das ein sehr alberner, kindischer Spitzname, den du dir da ausgedacht hast.« Später am Abend dann hatte er gepackt und war gegangen, hatte Audrey am Küchentisch zurückgelassen, wo sie saß und ins Leere starrte, und als Laura versuchte, sich auf die Gründe für den Ersten Weltkrieg zu konzentrieren, begann ihr der Blick zu verschwimmen, und es hatte alles noch viel weniger Sinn als gewöhnlich – viel hatte es ja ohnehin nie gehabt.

Was Annie anging, so war sie im Unterricht so müde, daß Mrs. Baker sie ein paarmal regelrecht wachrütteln mußte. Annie weigerte sich, Gründe für ihre Erschöpfung anzugeben, und es blieb Carmen überlassen zu erklären, daß Annie nachts wachlag, weil sie sich davor fürchtete, den Grafen als dritte Partei im Schlafzimmer ihrer Eltern zu hören. Und gelegentlich versuche der Graf auch, sich an Annie heranzumachen: Dann öffne sich Mavis' Mund, und statt der Stimme ihrer Mutter, die sie aufforderte, einkaufen zu gehen, Tee zu machen oder die Nase aus den Büchern zu nehmen, was schon schlimm genug sei, erzähle der Graf ihr, wie lange er schon keine Frau mehr gehabt habe, und bitte sie um ein kleines Küßchen. Außerdem habe es in der Küche auch noch gespukt: Annies Lieblingstasse sei durch den Raum geflogen und kaputtgegangen, und Alan habe Annie mit der Begründung die Schuld daran gegeben, daß Spuk sich nur in Gegenwart neurotischer Teenager zutrage. Annies Einwand, nicht sie sei die Neurotikerin der Familie – im Gegenteil, war sie denn etwa nicht die Schulsprecherin der Fenedge High School? –, sei von ihren Eltern als persönliche Kränkung aufgefaßt worden. Dies alles zeige, daß Annies häusliches Ambiente das Lernen nicht eben begünstige.

Ebensowenig verlief Carmens Leben in ruhigen Bahnen. Andy, Raelene und Stephen wurden sämtlich von einer Lebensmittelvergiftung niedergeworfen. Dr. Grafton ging in Nr. 19 ein und aus und der für Epidemien zuständige Amtsarzt ebenfalls. Raelene hatte sechs Geflügelpasteten zum halben Preis erstehen können, weil sie das Verfallsdatum um einen Tag überschritten hatten. Sie hatte sie umgehend in ihren Gefrierschrank getan. Und herrje, Alan hatte den Stecker herausgezogen, weil er sein Batterieladegerät anschließen wollte, und ihn ein, zwei Tage wieder anzuschließen vergessen. Was sich während dieser Zeit in ihrer Gefriertruhe abgespielt hatte, das wußte Raelene nun auch nicht so genau, immerhin war sie davon überzeugt gewesen, daß die Dinger sich gefahrlos aufwärmen ließen. Carmen, die es abgelehnt hatte, ihre Pastete zu essen, und die wegen ihrer Vorsicht verspottet worden war, war das einzige Mitglied der Familie, das ungeschoren davonkam. Um so eher war sie folglich imstande, die anderen während ihrer Krankheit zu pflegen, hinter ihnen herzuputzen, als ihre Körper sich in Flüssigkeit aufzulösen schienen, und ihnen löffelweise Wasser in die fiebertrockenen Münder zu flößen. Raelene, die obendrein auch noch die von Carmen verschmähte Pastete gegessen hatte, war genötigt, einige Tage im Krankenhaus zu verbringen. Weitere zehn Tage lang kam Carmen nicht an ihre Hausaufgaben und nicht, daß ihre Familie ihr dankbar gewesen wäre: Eher schien das Gefühl vorzuherrschen, daß Carmen das Schicksal auf unzulässige Weise an der Nase herumgeführt hatte.

In der Woche vor ihren Prüfungen schwänzten Annie, Laura und Carmen den Unterricht und setzten sich unten ans Ufer des Sealord Brook – desselben Flüßchens, das über das Grundstück von Bellamy House fließt (wo es zu einem Wasserskibecken verbreitert wurde), um sich die Wunden zu lecken, ihr Schicksal zu beklagen und sich zu fragen, warum sie bloß plötzlich alle drei so schrecklich heimgesucht wurden. Dort unten am Fluß wachsen das prächtige, behaarte Weidenröschen, *Epilobium hirsutium*, Echter Baldrian, Wilder Eppich, und manchmal, im Monat Mai, tanzen dort auch Schwalbenschwänze auf und ab. Es war ein strahlend schöner Nachmittag und nicht leicht, sich elend zu fühlen, doch die drei gaben sich alle Mühe.

»Wir kommen nicht durch«, sagte Laura.

»Wir werden Mrs. Baker enttäuschen«, sagte Annie.

»Wir werden hier nie rauskommen«, sagte Carmen. »Wir

werden uns Arbeit suchen müssen und Jungs aus dem Ort heiraten.«

»Das heißt, wenn wir Glück haben. Wer soll mich schon heiraten wollen?« sagte Annie, und es stimmte, daß ihr in jenen Tagen, als andere Mädchen hübscher wurden denn je, eine unerträgliche Reizlosigkeit anhaftete: Ihr Teint wirkte schmuddelig, das Gesicht aufgedunsen, ihr Haar strähnig. Vielleicht war es auch nur die Depression. Carmen und Annie starrten ihre Freundin an und begriffen, daß man sich tatsächlich um sie sorgen mußte.

»Auf jeden Topf paßt ein Deckel«, sagte Laura tröstend.

»Du bist fein raus«, sagte Annie. »Du hast ja Woodie.«

Den hatte Laura offenbar tatsächlich, mehr oder minder. Woodie war zurückgekehrt, nicht als Werbender, sondern als Freund der Familie, um Beistand zu leisten in den schlimmen Zeiten, die auf die Trennung der Eltern folgten. In der ritterlichen, fürsorglichen Art sehr junger Männer, die gar nicht begreifen, was die ganze Aufregung soll, war er nett zu Audrey und brüderlich zu Laura. Er überredete Audrey sogar einmal, trotz ihrer Magenschmerzen mit ihm ins Kino zu gehen, statt zu Hause zu sitzen und zu leiden. Ihr Arzt, Dr. Grafton, derselbe, der alle Krankheit als Strafe Gottes für mangelnde Heiterkeit ansah, erklärte ihr, die Schmerzen rührten vom Streß her und sie solle sich einen Ruck geben, mehr essen und fröhlicher sein.

»Ich hingegen«, sagte Annie, »hab nur Graf Capinski, der ›Komm her, mein kleines Milchmädchen‹ sagt und mich durch die Küche jagt.«

»Das erfindest du jetzt aber«, sagte Carmen.

»Einmal hat er es schon getan«, sagte Annie. »Ungelogen.«

»Deine Mutter sollte sich beraten lassen«, sagte Carmen.

»Sie berät sich doch schon selber«, sagte Annie und lachte und sah gleich besser aus.

»Wir nehmen alle Jobs an und sparen das Geld, damit du dir die Nase operieren lassen kannst«, sagte Carmen.

»Es kommt im Leben nicht darauf an, wie man aussieht«,

sagte Laura altklug, »sondern auf die Persönlichkeit«, doch wußten sie alle drei, daß das nicht stimmte. Das war auch so was, das die Leute immer erzählten. Hätte Prinz Charles vielleicht Lady Di geheiratet, wenn sie nicht so hübsch gewesen wäre?

Annie sagte: »Das einzig Gute, was in der ganzen letzten Woche passiert ist, war, daß Graf Capinski, während er wieder mal badete – er darf als einziger so viel heißes Wasser nehmen, wie er will, wegen des Kerkers –, diese Eingebung des Himmels hatte, daß ein Pferd namens Yellowhammer das Drei-Uhr-Rennen in Newmarket gewinnen würde. Also sprang Mum aus der Wanne, machte sich auf die Suche nach Dad – sie hat sich nicht mal ein Handtuch umgewickelt – und sagte, er solle zehn Pfund auf Sieg wetten. Dad glaubt aber nicht an Glücksspiele, also mußte ich den ganzen langen Weg bis zum Wettbüro gehen. Und Yellowhammer hat gewonnen. Und dann mußte ich den ganzen Weg noch einmal machen, um den Gewinn abzuholen.

Zweihundertzwanzig Pfund. Sie haben mir aber nur zwei abgegeben. Alles übrige ging an den Tempel vom Heilenden Licht. Das ist diese Angelegenheit am Mittwochnachmittag. Wenn die Reichen für die Armen mitbezahlen, kostet es nur die Hälfte. Dad sagt, niemand solle vom Glücksspiel profitieren.«

»Wenn der Graf die Zukunft vorhersagen kann«, sagte Carmen, »meinst du, wenn du ihn nett bittest, daß er uns die Prüfungsfragen gibt? Dann wüßten wir wenigstens, was wir noch wiederholen müssen.«

»Dafür wird er aber sicher einen Kuß wollen«, sagte Annie. »Ich hasse seine Art, die Dinge zu sehen. Ich bin wirklich froh, daß wir nicht in der Vergangenheit leben, wenn es da so zugegangen ist.«

»Ein Kuß ist aber doch ein geringer Preis«, sagte Carmen, »für den Schlüssel zu einer erfolgreichen Zukunft. Nimm ihn einfach als mütterliche Geste.« Annie starrte sie einfach nur an, also sagte Carmen: »Na schön, na schön, dann gehen wir eben alle zusammen zu ihm, oder jedenfalls denken wir darüber nach.«

Und sie legten ihren Vorsatz erst einmal für volle vierundzwanzig Stunden auf Eis.

Nun hatte ich mit Hilfe der Rollenden Bibliothek von Fenedge, die bald schon nicht mehr weiterrollen sollte, verschiedene Grafen Capinski gefunden und tatsächlich ein einigermaßen greuliches Exemplar im Krakau des 14. Jahrhunderts aufgetrieben. Der Betreffende schien eine Art früher polnischer Rasputin zu sein, ein Mann, der angeblich sowohl ein Ausübender der schwarzen Kunst als auch der Liebhaber der Königin war. Er hatte einen allgemeinen Aufruhr gegen den König angeführt, eine Kirche voller Menschen bei lebendigem Leibe verbrannt und war in einen Flaschenkerker geworfen worden, wo er vor sich hinschmachten sollte, denn man glaubte, daß man einen Zauberer nicht vom Leben zum Tode befördern durfte, weil das seine Kräfte nur noch vermehren würde. Es war durchaus möglich, wenn auch nicht wahrscheinlich, daß Mavis dasselbe Buch – *Finstere Gestalten der Geschichte* – gelesen und seinen Inhalt unbewußt in sich aufgenommen hatte, wie es angeblich jene Menschen tun, die durch Hypnose in die Lage versetzt werden, so weit zu regredieren, daß sie sich an die Leben zu erinnern vermögen, die sie vor ihrem Tod gelebt zu haben glauben. Die Geschichtsbücher und Chroniken, die man dazu heranzieht, um ihren Geschichten auf den Grund zu gehen, erweisen sich dann in der Regel als diejenigen, welche die Phantasie dieser Leute ursprünglich in Gang gesetzt haben: Was sich da abspielt, ist mithin letztlich eine Art gelebtes Plagiieren. Ich glaube nicht, daß Mavis bewußt Familie und Klienten täuschte, wenn sie mit der Stimme des Grafen sprach, wie ich auch nicht glaube, daß er sich wirklich in ihrem Innern aufhielt: Sie dachte und verhielt sich einfach nur so, als täte er es. Gelegentlich sind die beiden zu mir herübergekommen und haben versucht, meine Beine gesundzumachen. Sie hat die Hand draufgelegt, und ich spürte das vertraute Prickeln, und der Graf rief in seinem gutturalen, gebrochenen Englisch die Mächte des Lichts an, doch nicht ein einziges Mal geschah etwas, das man als heilend hätte bezeichnen können. Mavis tat es aus Gutherzigkeit, sie und der Graf kamen, ohne je einen Penny dafür zu berechnen. Und ich war, ungeachtet seiner historischen Vergangenheit, längst dazu übergegangen, dem Grafen zu vertrauen. Mavis meinte, er leiste ihr Gesellschaft, wenn Alan nicht da sei. Alan meinte, er sei eine stilvolle Erweiterung des Tempels vom Heilenden Licht, und was Annies Bezichtigungen anging, nun ja, Mädchen, die so unansehnlich sind wie sie, sind eine leichte Beute sexueller Phantasien.

Mittlerweile mußte etwas geschehen. Die Lage verschlimmerte sich immer mehr. Mrs. Baker bestellte Annie, Carmen und Laura zu sich ins Büro.

»Was ist bloß los mit euch dreien?« wollte Mrs. Baker wissen. »Nehmt eure familiären Schwierigkeiten zum Vorwand fürs Nichtstun. Es ist schändlich. Wenn ihr es jetzt schon so haltet, wie wollt ihr denn später im Leben zurechtkommen, wenn ihr Mann und Kinder habt? Die gescheitesten Mädchen, die ich habe, von allen guten Geistern verlassen, hirn- und kopflos! Ihr seid auf dem Weg der Selbstzerstörung. Wenn ihr nicht aufs College geht, werdet ihr zeitlebens von einem Mann abhängen, denn der Lohn einer ungelernten weiblichen Arbeitskraft reicht niemals zu einem einigermaßen menschenwürdigen, bequemen Leben. Also werdet ihr heiraten, und was ist die Ehe, wie George Bernard Shaw gesagt hat, denn anderes als legalisierte Sklaverei? Unbezahlte Arbeit als Gegenleistung für euren Unterhalt, begleitet von täglichen Erniedrigungen? Wer kriegt das beste Steak, das einzige Ei im Kühlschrank? Er natürlich! Er ist stärker und mächtiger als ihr, und er erlaubt euch, ihm ab und zu mit List und Charme eine kleine Nettigkeit abzuluchsen. Das Gesetz bietet euch zwar ein wenig Schutz, das stimmt, aber nicht gerade viel. Ihr habt nichts anderes, um ihn an euch zu binden, als die Ketten der Liebe und Pflichterfüllung, und die sind ungeheuer schwach, glaubt mir nur.«

»Und daß ihr mir ja nicht damit kommt«, setzte Mrs. Baker noch hinzu, »daß sich die Welt seit meiner Jugend verändert hat, denn das hat sie nicht.«

Die drei Mädchen starrten sie an, ohne Überzeugung. Und Mrs. Baker schaute von einer zur anderen und zupfte an den Lagen staubigen schwarzen Stoffs, die sie trug, und sagte: »Ich weiß, was ihr denkt. Ihr denkt, wenn ihr die Prüfung besteht, werdet ihr so enden wie ich. Doch ich sage euch: Ihr besteht die Prüfung nur und endet so wie ich, wenn *ihr Glück habt.*« Immer noch starrten sie sie an.

»Das Leben ist kurz«, sagte Mrs. Baker, »und es ist beschissen«, und stampfte aus dem Zimmer.

Das gab den Ausschlag. Am nächsten Tag saßen Annie, Carmen und Laura in Mavis' Diele auf der Stuhlreihe, die sie für ihre Patienten bereithielt, und warteten. An der Klinke des Vorderzimmers hing ein Schild mit der Aufschrift: »TEMPEL DER HEILKUNST – BITTE NICHT STÖREN.«

»Ulkig, hier warten zu müssen, um meine eigene Mutter aufzusuchen«, sagte Annie.

»Betrachte es mal so«, sagte Carmen, »du willst ja nicht zu deiner Mum, sondern zu Graf Capinski.«

»Ich will meine Mum wiederhaben«, sagte Annie. Sie war den Tränen nahe, und Laura war auch nicht wohl in ihrer Haut.

»Mir kommt das wie Betrug vor«, sagte sie. »Vermutlich hat auch mein Dad sich so gefühlt, wenn er auf ein heimliches Treffen mit Poppy der Pest wartete.«

Die beiden anderen wären sich gemein vorgekommen, wenn sie ihr widersprochen hätten.

Die Tempeltür öffnete sich, und ein älterer Mann mit freudestrahlender Miene kam herausgehinkt. »Sie ist ein Wunder«, sagte er zu den Mädchen. »Ein Wunder. Ich bin völlig geheilt. Und der Graf ist so ein feiner Mensch. Er hebt das Niveau von ganz Fenedge. Er sagt, ihr könnt jetzt kommen.«

Und sie gingen hinein, und Mavis blickte von ihrem Stuhl mit der Rückenlehne auf und sagte: »Ach, ihr drei seid das. Was wollt ihr denn? Wir halten gerade Tempel ab. Das ist sehr anstrengend«, und dann sprach der Graf von ihren Lippen: »Wer wird denn für Ihre Tochter und deren reizende Freundinnen keine Zeit haben, liebe Dame! Was kann ich heute für Sie tun? Warzen, Arthritis, Dauerschnupfen? Hundefett, etwas aus früheren Zeiten? Gott schickt seine heilende Kraft durch mich in dies gesegnete Zeitalter des Überflusses.«

»Wir möchten einfach nur einen kleinen Blick in die Zukunft werfen, Graf«, sagte Carmen. »Wir möchten gern wissen, welche Fragen bei unserer Prüfung vorkommen werden.«

»So was von dreist!« sagte Mavis. »Das ist Betrug.«

»*Nem problemi*«, sagte der Graf im selben Atemzug und wischte Mavis' Mißbilligung einfach weg, und eine Stimme, die sie als die Mrs. Quakers, ihrer Französischlehrerin, erkannten, gab ihnen Flaubert an und die Rechtfertigung beziehungsweise Nichtrechtfertigung von Madame Bovarys Selbstmord. Tom Ellis (Geschichte) legte ihnen nahe, das Korngesetz und die jüngsten Proteste gegen die Poll Tax zu vergleichen, und Mrs. Baker (Englisch) sagte: »Vergeßt Banquo und konzentriert euch auf Lady Macbeth«, und immer so weiter, die ganze Latte ihrer Fächer lang, während Carmen Notizen machte.

Nun dürfen wir nicht vergessen, daß Mavis das eine oder andere Mal auf Elternabenden in der Schule gewesen war und die meisten von Annies Lehrern irgendwann einmal kennengelernt hatte, so daß diese Offenbarungen, das Sprechen mit der leibhaftigen Stimme anderer, wie auch die

Sache selbst ebensogut eine echte Übung in Hellseherei gewesen sein mögen wie eine Mischung aus Hysterie, Erschöpfung und Mimikry. Ich will nicht sagen, ein Produkt der Bosheit, denn Mavis war nicht boshaft, auch nicht unbewußt. Für den Grafen kann ich das allerdings nicht behaupten. Doch seine Einkerkerung kann sich wohl kaum günstig auf seinen Charakter ausgewirkt haben.

Nach etwa zwanzig Minuten schien dem Grafen die Stimme auszugehen, wie ein Tonband auf einer klebrigen Spule wurde sie langsamer und tiefer und versiegte schließlich ganz. Mavis sank vornüber auf den Tisch. Die Mädchen gingen eins nach dem anderen hinaus.

»Wenn sie bloß die Mutter von irgendeiner anderen wäre und nicht meine«, sagte Annie, doch Laura und Carmen sagten, jemand, dessen Mutter die Zukunft vorhersagen könne, sei zu beneiden, Annie dürfe einem geschenkten Gaul nun mal nicht ins Maul schauen. Alle drei waren beschwingter Laune. Sie hatten das Gefühl, ihren Fahrschein in der Tasche zu haben, den Fluchtweg aus Dullsville, Tennessee, frei vor Augen.

So beschwingt waren sie, so zungenfertig am Ende der Woche in allen Fragen, die ihr Lieblingsmann, der Graf, ihnen angegeben hatte – wenn sie auch wiederum nicht so blindgläubig waren, daß sie nicht abweichende Formulierungen gebraucht hätten, um dem Verdacht des Betrugs zu entgehen –, daß sie am Abend vor ihrer ersten Prüfung, in englischer Literatur, den Eindruck hatten, sich einen Discobesuch leisten zu können.

Ich weiß, daß drei Mädchen, die in die Disco gehen, wenn sie nicht sollten, in Chicago sicher kein dramatisierungswürdiger Stoff wären, aber hier in Fenedge hat so etwas Gewicht. Und vielleicht ist Fenedge ja auf irgendeine Weise von zentraler Bedeutung für die großen kosmischen Konflikte von Gut und Böse – nicht umsonst patroullierte

Driver mit seinem großen schwarzen, samtpfotigen Auto durch das flache Küstenland. Eine Art geruhsamer Beschäftigung, um hier und da eine Seele mitgehen lassen zu können, während er im Geist mit anderen Dingen beschäftigt war. Es ist verlockend, sich vorzustellen, man stehe immer im Zentrum des Geschehens, selbst in Fenedge, East Anglia, sei von zentraler Bedeutung für das Drama – ja, man verursache es gar, wo man doch aller Wahrscheinlichkeit nach nur ein Statist ist und ganz am Rande der Bühne steht. Ich will bescheiden sein.

Wie auch immer, Laura, Carmen und Annie gingen an jenem Abend in die Disco. Carmens und Annies Eltern konnten sich nicht darum kümmern, was sie gerade machten oder wann oder wie, doch Lauras Mutter tat es, ausnahmsweise.

»Geh nicht aus«, bat Audrey. »Ich fühle mich wirklich einsam, mir ist, als würde irgend etwas Schreckliches passieren. Ich habe solche Schmerzen. Und außerdem, hast du morgen nicht deine Prüfung?«

Es war seit Wochen das erste Mal, daß Lauras Mutter die Prüfungen erwähnte. Was Kim betraf, so hatte er, seit er Kubrick seiner Tochter anvertraut hatte und gegangen war, nichts mehr von sich hören lassen. Kubrick ging es prächtig. Laura nahm sich das Aquarium von Zeit zu Zeit vor, und jede weißgetupfte Schuppe war jetzt wieder samtig schwarz und rein.

»Ich gehe in die Disco«, sagte Laura, »und du wirst mich daran nicht hindern.«

Doch als sie dort eintraf, wartete Woodie mit seinem neuen, stärkeren Motorroller auf sie, und seine Pickel waren völlig weg, und sie fuhr mit ihm ins Moor hinaus, über dem tief und lang der gelbe Mond hing. In ein Bett aus Moos und Lichtnelken (*Silene dioica*), unter einen Baldachin aus Birke, Sanddorn und Weide, durchwachsen von Rohrkolben (*Typha latifolia*) und Weißdorn – und dort schliefen sie miteinander. Ein Weidenlaubsänger, den das Mondlicht irregeführt hatte und der glaubte, es sei Tag, begann zu singen.

Woodie sagte: »Du nimmst doch wohl hoffentlich die Pille oder so was?«, und Laura sagte: »Natürlich nicht«, und beide verstummten, außer daß Laura, halb hoffnungs-, halb angstvoll im Innern mit ihrer Mutter und ihrem Vater sprach: »Da seht ihr, was ihr angerichtet habt. Das wird euch noch leid tun.« Laura selbst tat es überhaupt nicht leid. Es hatte nicht einmal weh getan. Ihre Zukunft in der naturgegebenen Welt von Liebeswonnen und Fortpflanzung wurde in jener Nacht gesichert.

Ich blieb bis in den frühen Morgen an meinem Fenster und beobachtete die Bahn des Mondes. Ich sah Carmen und Annie mit dem letzten Bus nach Hause kommen und hoffte, daß sie wenigstens noch ein bißchen Schlaf bekämen. Und ich wartete und wartete auf Lauras Rückkehr, doch sie kam nicht, ehe der Morgen heraufdämmerte und der gelbe Mond ganz mickrig wurde. Da hörte ich dann das Geknatter von Woodies Motorroller, und Carmens und Annies Tür gingen auf, und die beiden kamen heraus auf den Crescent, Carmen in einem T-Shirt bis zu den Knien, Annie in einem Nachthemd mit Knöpfen an den Handgelenken. Und Woodie setzte Laura an ihrer Haustür ab, winkte ihren Freundinnen zu und tuckerte in die Morgendämmerung davon.

»Wo *warst* du bloß?« wollte Carmen wissen.

»Ich hab kein Auge zugetan«, klagte Annie.

»Ich brauche nie wieder Schlaf«, sagte Laura und ging ins Haus, wo Audrey saß und auf sie wartete, wenn man das auf jemanden warten nennen kann, daß man die ganze Nacht über den Küchentisch gebeugt sitzt und die Hände gegen den Magen preßt.

»Mach mir Tee«, sagte Audrey zu Laura.

»Ich sollte vielleicht ein bißchen schlafen«, sagte Laura. »Ich hab morgen meine Englischprüfung. Ich war die ganze Nacht aus, Mum.«

»Du bist alt genug, um auf dich selbst aufzupassen«, war die ganze Antwort ihrer Mutter. »Die Schmerzen werden immer schlimmer, ruf den Arzt an.«

»Es ist noch zu früh«, sagte Laura, doch ihre Mutter bestand darauf, also wählte sie Dr. Graftons Nummer und holte ihn aus dem Schlaf. Er war sehr nett zu Laura und sagte, er verstehe, daß sie es gegenwärtig mit ihrer Mutter nicht leicht habe, und erklärte ihr, der Schmerz sei nicht körperlich bedingt, sondern neurotisch, und sei ein sich selbst mitverursachender Umstand, weil Kim von zu Hause weggegangen sei, und ob er jetzt wieder schlafen gehen könne? Laura legte den Hörer auf, und Audrey, die so fahl war, daß selbst das Licht der Morgendämmerung sie nicht fahler machen konnte, fiel vom Stuhl unter den Tisch. Laura rief erneut Dr. Grafton an, beschrieb ihm, was passiert war, und fragte, was sie nun machen solle, und diesmal war er richtig wütend und sagte, zweifellos habe Audrey obendrein noch Probleme mit dem Trinken. Also rief Laura auf eigene Faust einen Krankenwagen – der immer nur von einem Arzt gerufen werden sollte –, und sie kamen innerhalb von fünf Minuten, da der Anruf vom Landsfield Crescent gekommen war und Alan Horner gerade Dienst hatte. Er sah nett und hilfsbereit aus und war es auch. Er hatte ausschließlich mit Annie und manchmal auch mit Graf Capinski Probleme.

»Höchstwahrscheinlich Magenkrebs«, sagte er zu Laura. »Braucht lange, bis er in die Gänge kommt, aber wenn er dann mal drin ist – wumm! Ein Durchbruch im Bereich des Mageneingangs, wenn nicht schon des Ausgangs . . .« Und er lachte. »Naja«, sagte Alan entschuldigend. »Lach, wenn's zum Weinen nicht reicht.« Laura lachte ebenfalls. Sie hatte das Gefühl, alles nur zu träumen. Die Männer vergewisserten sich, daß Audrey noch atmete. Sie rollten sie auf eine Tragbahre und trugen sie zum Krankenwagen hinaus. Laura fuhr mit. Die Sirene heulte zwar die ganze Zeit, nicht nur an den Kreuzungen, doch Laura war so müde, daß sie in ihrer Ecke einschlief, wie sie war, wodurch wenigstens der Traum endlich zum Stillstand kam. Ich beobachtete, wie der Krankenwagen eintraf und wieder abfuhr, und lauschte seiner in der Ferne verklingenden Sirene. Dramen tragen sich überall zu, wenn man nur die Ausdauer hat, auf sie zu warten.

Was nun die Fragen betrifft, die während der Abschlußprüfung jenes Jahres gestellt wurden, so stimmte aber auch nichts von dem, was der Graf vorausgesagt hatte, nicht in einem einzigen Fall, gerade so, als wäre der Irrtum nicht zufälliger Natur, sondern beabsichtigt gewesen. Keine Erwähnung von Madame Bovarys Tod, kein Hauch von Lady Macbeth oder eine Andeutung von den Protesten gegen die Poll Tax. Laura tauchte erst aus dem Krankenhaus wieder auf, als die Prüfung schon zur Hälfte vorbei war, und wenn man bedenkt, welchen Blödsinn Annie und Carmen zusammenschrieben, hätten auch sie gleich ganz zu Hause bleiben können.

Carmen verließ schon früh den Prüfungssaal und beschloß, zu Fuß zum Landsfield Crescent zurückzukehren, obwohl ihr Zuhause ein Ort zu sein schien, dem sie längst entwachsen war. Doch wo sollte sie sonst hin? Der Tag war heiß, die Straße staubig. Sie war wütend. Sie hatte vorgehabt zu trampen, doch kein Auto kam das Band der Straße entlanggefahren, auf der sie ging. Selbst die Bäume, die die Ränder säumten, schienen unbestimmt und namenlos, und die einzigen Vögel ringsumher waren Krähen, die kreisten und krächzten, trotzige Kreischlaute ausstießen und sich zusammentaten, um im Tiefflug hinabzustoßen und ein angsterfülltes vorüberfliegendes kleines Geschöpf von ihrem Himmel zu vertreiben, irgendeinen unseligen Kiebitz oder eine Kohlmeise, die sich versehentlich in ihren Luftraum verirrt hatte. Carmen begann nervös zu werden, als hätte die Wucht ihrer Wut sie aus einer Realität in eine andere versetzt, sie und eine Heerschar Krähen in eine leere Welt geworfen.

Als sie endlich einen Wagen hinter sich hörte, war sie erleichtert. Sie wandte sich um und sah, daß Driver mit hoher Geschwindigkeit in dem großen BMW herangefahren kam, und es freute sie. Er war jemand, den sie kannte, wenn auch nur flüchtig, und sie war noch nicht alt genug, um zu wissen, daß Frauen Gefahr gerade von denen droht, die sie nur flüchtig kennen. Driver fuhr langsamer und hielt neben ihr an. Das Fenster senkte sich, ohne daß er sich im mindesten anzustrengen brauchte.

»Junge Damen täten gut daran«, sagte Driver, »keine Autos anzuhalten, das fordert alle möglichen Schwierigkeiten geradezu heraus.«

»Ich mache, was ich will«, sagte Carmen. »Ich habe keine Angst.«

»Auf wen sind Sie denn so wütend?« fragte Driver, und Carmen antwortete: »Auf Gott.«

Driver betrachtete sie mit Interesse, wie man sich denken kann.

»Warum starren Sie mich so an?«

»Ich frage mich gerade, ob Sie wohl zu kreischen anfangen und ›Hilfe! Vergewaltigung!‹ schreien, falls ich Ihnen anbiete, Sie mitzunehmen. Als Autofahrer kann man heutzutage gar nicht vorsichtig genug sein.«

Also stieg Carmen ein, selbstredend, und er fuhr sie nach Hause.

Das war nun das erste Mal, daß ich den BMW tatsächlich zu Gesicht bekam, obwohl ich natürlich von ihm schon hatte reden hören. Der Anblick des großen schwarzen Wagens, als er an jenem Tag zur Mittagszeit die Schnauze um die Biegung gleiten ließ, löste ein Prickeln in meinen Zehen aus, was seltsam war, denn normalerweise hatte ich keinerlei Gefühl in ihnen – der Zustand meiner Wirbelsäule verbot es. Ich aß gerade mein Mittagessen, Brot und Käse, Essigfrüchte und einen Apfel, die mir von meiner Pflegerin Alison gebracht worden waren. Alison ist sechsundachtzig und eine eifrige Ornithologin, wenn ihre Augen auch nicht mehr so scharf sind wie früher. Aber von wem läßt sich das schon behaupten? Der BMW hielt vor Mavis Horners Haus, und ich beobachtete, wie Carmen ausstieg. Driver stieg ebenfalls aus, senkte den Kopf und schien sie auf den Hals zu küssen, aber vielleicht biß er sie ja auch, denn sie machte einen Satz und quiekte ein bißchen.

Was nun wirklich geschah zwischen dem Zeitpunkt, da Driver Carmen auflas, und dem, da er sie wieder absetzte, wer soll das wissen? Ich weiß nur, was Carmen Laura und Annie erzählte, und zwar, daß sie auf dem Nachhauseweg von der Schule dem Teufel begegnet sei und der ihr angeboten habe, ihre Seele zu kaufen und ihr als Gegenwert Reichtum, Erfolg und eine einfach umwerfende Schönheit zu verschaffen, daß sie jedoch abgelehnt habe. Und ich weiß, daß es Laura und Annie schwerfiel zu akzeptieren, daß a) Sir Bernard Bellamys Chauffeur Mephistopheles war und b), wenn er es war, daß sie ihm hatte widerstehen können.

Ich aber war bereit, Carmens Version Glauben zu schenken. Hörte ich doch mit eigenen Ohren, da bin ich mir ganz sicher, was Driver Carmen nachrief, als sie Mavis' Gartenweg hinaufmarschierte, um Graf Capinski heimzugeigen. Nibbeln ging er, mit seinen scharfen, ebenmäßigen Zähnen, und dann rief er: »Alle Freuden, mit denen das Fleisch gesegnet ist, alles Ihrs, alles Ihrs, und das für einen so lachhaft geringen Preis. Etwas, an das Sie noch nicht einmal glauben.« Und ich schwöre, ich hörte sie antworten: »Ach, hauen Sie doch ab und führen Sie wen anders in Versuchung. Ich weiß schon, was gut für mich ist.«

Und Driver verschwand in einem samtigen Furioso – ich hätte fast schwören können, daß sich die Räder einen Fingerbreit über der Erde befanden. Carmen rieb sich die Schulter, wo er geknabbert hatte, und nahm unerschrocken ihre Mission in Angriff. Sie hämmerte gegen Mavis' Tür – bumm, bumm, bumm –, und Mavis kam aufmachen und wollte Carmen schon rügen für ihr unverfrorenes Gelärme, doch Carmen kam ihr zuvor.

»Warum haben Sie zugelassen, daß Ihr Freund, der Graf, uns in die Irre geführt hat? Das war hinterhältig und gemein.«

Carmen trat in die trostlose kleine Diele, die immer kleiner zu sein schien als die der anderen Häuser in der Straße, obwohl sich beim Nachmessen herausgestellt hätte, daß sie alle gleich groß waren. Vielleicht gab ja die Stuhlreihe den Ausschlag, oder es waren die ungerahmten New-Age-Plakate, auf denen mystische Lichtquellen abgebildet waren, Einhörner und so weiter, alle von ziemlich schlechter Qualität und mit Tesa an die Wand geklebt. Mavis wich vor Carmen zurück, und der dem Grafen Capinski eigentümliche Ausdruck trat festigend und formend in ihre Züge.

»Stimmt etwas nicht, meine liebe Dame?« fragte Capinski Mavis. »Ich spüre Ihre Beunruhigung.«

»Sie hat irgendwas Garstiges mit reingebracht, Graf«, beschwerte sich Mavis. »Was wirklich Abscheuliches. Können Sie das nicht spüren?«

»Und ob, und ob«, und Mavis'/des Grafen Zähne begannen zu klappern. »Es ist kalt, so kalt. Machen Sie mir Ihre Augen frei, liebe Dame. Da ist Schwärze, da ist Nässe. Oh, dieser Gestank! Ich gleite zurück . . .«, und er begann, auf die schrecklichste Weise zu wimmern, die Augen zu rollen, und seine Hände formten schrumpfende Klauen. »Sie wollen sich doch nur rauswinden«, sagte Carmen, obwohl sie durchaus beunruhigt war. »Sie haben eine abscheuliche Gemeinheit begangen.«

Woraufhin der Graf/Mavis zuckend und kreischend auf den Läufer fiel, mit seinen Klauen um sich schlug und Alan aus der Küche herbeigeeilt kam. Er war noch einmal ins Krankenhaus gefahren, um sich nach Lauras Mutter zu erkundigen. Sie wollten umgehend operieren. Sie hatte Magenkrebs im fortgeschrittenen, doch, so meinten sie, noch nicht finalen Stadium. Es ist immer wohltuend, eine spontane Diagnose bestätigt zu bekommen, wenn die Nachricht, wiewohl nicht gut, doch auch wieder nicht so schlimm ist, wie sie sein könnte.

Der Graf wimmerte: »Ich komme, ich komme ja schon, oh, mein Liebling, dein weiches, frisches Bett . . .«

»Das reicht jetzt«, sagte Alan, wobei er sich neben seine Frau auf den Boden kniete. »Solches Gerede mögen wir nicht . . .« Und er schlug ihr ins Gesicht, woraufhin Mavis sich aufsetzte, wieder ganz bei sich.

»Ich glaube wirklich, er ist weg«, sagte Mavis strahlend. »Was für eine Erleichterung. Ein Alptraum war das. Im Bett, auf dem Topf – und nicht einmal der Geist eines Verstorbenen: jemand, der noch lebt, wenn auch grade mal so. Mir wurden immer wieder die Fingernägel schmutzig, ganz von selbst. Ich muß das für die *Psychic News* alles genau aufschreiben.« Ihr Gesicht verdüsterte sich, als sie sich Carmen zuwandte. »Und was dich angeht, Fräulein, sieh bloß zu, daß du hier rauskommst. Du machst überall Ärger, seit eh und je. Wenn Annie durch die Prüfung fällt, ist das allein deine Schuld. Wieder und wieder habe ich sie gewarnt, aber sie wollte ja nicht hören.«

Das waren die Umstände, unter denen Annie, Carmen und Laura, eine wie die andere, durch ihre Englischprüfung fielen und danach auch noch durch fast alle anderen schriftlichen Prüfungen – was ausreichte, daß sie für irgendwelche Stipendien nicht mehr in Frage kamen –, unter denen Mrs. Baker abserviert wurde und einem neuen Fachleiter Platz machen mußte; und Laura schwanger wurde oder es jedenfalls zu sein glaubte. Doch wenigstens schlief Annie von da an nachts ungestörter. Eine Zeitlang.

– V –

Alison, meine ehrenamtliche Pflegerin, hatte fahren gelernt. Man hatte ihr zwar gesagt, sie würde für jedes einzelne ihrer Lebensjahre eine Fahrstunde benötigen, doch es war ihr gelungen, die Prüfung schon genau nach der Hälfte zu bestehen, das heißt nach dreiundvierzig Stunden. Da sie sich bloß alle drei Wochen eine leisten konnte, hatte die Sache knapp drei Jahre in Anspruch genommen. Ihr Ehrgeiz war – und ich fand das ungeheuer nett –, mich in einem speziell für diesen Zweck umgebauten Wagen in Fenedges Einkaufszone, wo es ein Behindertenzentrum gab, und wieder zurück fahren zu können. Das Zentrum wurde empörend wenig genutzt, da keine öffentlichen Mittel für den Transport zur Verfügung standen und Behinderte selten reich sind. Nach Alisons Ansicht war es die Pflicht jedes einzelnen, sein Scherflein zur Nachbarschaftshilfe beizutragen. Ich erwähne das, weil Alisons Einsatz und ihre Entschlossenheit ihrer eigenen wachsenden Hinfälligkeit in solchem Maße ein Schnippchen schlugen, daß sie einfach Beifall verdienen. Ich nehme an, sie dachte, wenn sie mich flott bekäme, würde sie auch selbst flott bleiben.

Jetzt hatte ich also zwei Fenster: eins, um auf die vorstädtische Heiterkeit des Landsfield Crescent zu blicken (Heiterkeit mit einem Schuß Krankenwagen und Leichensäcken versetzt, gar nicht zu reden von Phänomenen der Hellseherei, ehelicher Untreue, des Verlusts von Jungfräulichkeit, Eruptionen Dunkler Mächte, Pünktchenkrankheit im

Aquarium und so weiter, aber zumindest war Heiterkeit das erklärte Ziel des Ortes), und ein Fenster in der Fußgängerzone von Fenedge, wo ich von Zeit zu Zeit, wenn Alison ihren Wagen in Gang bekam, das gleiche tun konnte, was ich am Landsfield Crescent tat – das heißt, sitzen und hinausstarren.

Ich wollte Alisons geschenktem Gaul nicht ins Maul schauen, und ich mochte einfach nicht sagen: »Also wirklich, Alison, am Landsfield Crescent ist weit mehr los als in der City von Fenedge, und die Fahrt ist im Grunde zu aufwendig, als daß sie sich lohnte.« Nein, ich fügte mich ihren Plänen und beobachtete das Kriegerdenkmal und die Stufen drumherum, auf denen die jungen Leute saßen, wenn es nichts zu tun gab – das heißt, die meiste Zeit –, und schon begann sich einiges zu tun.

Ich will Ihnen Fenedges ehemaligen Marktplatz einmal aufzeichnen, zu dem Zeitpunkt Fußgängerzone und Einkaufszentrum der Stadt, wenn die meisten Geschäfte auch bereits aufgegeben hatten, da nur fünf Meilen vor der Stadt ein gigantisches Einkaufscenter aufgemacht hatte: Alle, die ein Auto besaßen – das heißt alle, die überhaupt Geld hatten –, zogen die frischeren, billigeren Waren dort vor und haßten den persönlichen Kontakt, der, wie kleine Ladenbesitzer, die unter derlei Konkurrenz so schwer zu leiden haben, gern behaupten, angeblich so wichtig ist. Nur Boots, Drogerie und Apotheke, das Welcome-In-Café, die Post, ein, zwei Banken, das Behindertenzentrum, ein völlig überflüssiger Blumenhändler und das, was damals die Arbeitsvermittlung genannt wurde, hatten noch geöffnet, um das bemerkenswerte, unbelebte Herz von Fenedge zu bilden.

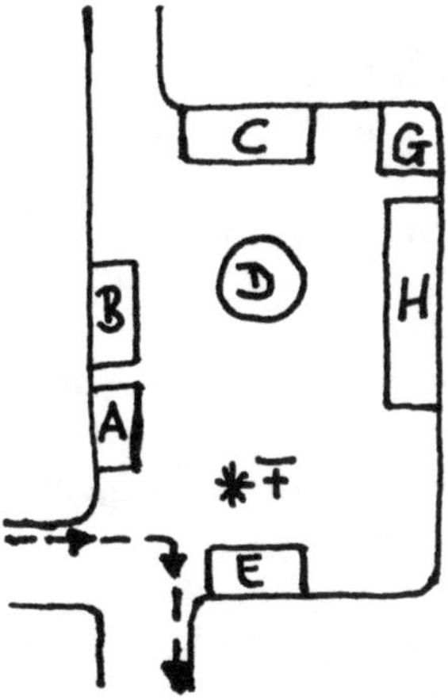

A Arbeitsvermittlung
B Apotheke
C Welcome-In-Café
D Kriegerdenkmal
E Blumenhändler
F Alisons Aussteigeplatz. Alison bittet Passanten, mir nach H hinüberzuhelfen, da sie den Motor nicht gern ausstellt, weil er eventuell nicht wieder anspringen könnte
G Post
H Behindertenzentrum, heute Sonderbegabtenzentrum genannt

Die gestrichelte Linie deutet ein Einbahnstraßensystem an, zu dem alle paar Schritte eine Verkehrsberuhigungsschwelle kam, so daß es nur selten von Fahrzeugen benutzt wurde. Obwohl Alison auch damit fertig wurde: Rumms, rumms, rumms. Ihr Fahrlehrer hatte ihr nicht klargemacht, daß hier eine Senkung der Geschwindigkeit angebracht war.

Alison fuhr mich gern nach Fenedge hinein, ehe die Stoßzeit begann (Alisons Vorstellung von Stoßzeit umfaßte zwei Lieferwagen und einen abgewürgten Citroën 2 CV). So daß es ein bemerkenswert früher Montagmorgen im späten August war, in jener Jahreszeit, wo man sich plötzlich bewußt wird, daß die Sonne später auf- und früher unterzugehen beginnt und eine erste Spur von Herbstdunst in der Luft liegt, als ich Carmen, Annie und Laura in ihrem besten Für-alle-besseren-Gelegenheiten-Aufzug in die Fußgängerzone schlendern und sich auf den Stufen des Kriegerdenkmals niederlassen sah. Ihre Unterhaltung stelle ich mir etwa so vor:

Carmen: »Also, wie kommen wir denn nun hier raus?«
Annie: »Jedenfalls nicht auf dem Bildungsweg, das haben wir vermasselt.«
Laura: »Wo ich mein Baby zur Welt bringe, ist für mich das Paradies auf Erden. Ich will kein böses Wort über Fenedge hören.«
Und Carmen und Annie wie aus einem Munde: »Du weißt ja gar nicht, ob du nun schwanger bist oder nicht. Die Periode kann bei jedem mal wegbleiben, sogar zweimal. Warum läßt du keinen Test machen? Die Apotheke macht gerade auf.«
Laura: »Das ist so häßlich und so mechanisch. Ich vertraue einfach darauf, daß mein Baby da ist.«

Sie warteten, daß die Arbeitsvermittlung aufmachte. Sie hatten den ganzen Sommer auf dieses oder jenes gewartet, während die Gelbe Schwertlilie (*Iris pseudacorus*) und die Sumpfdotterblume (*Caltha palustris*) die baumbestandenen Auen hell färbten, die Libellen und Schlankjungfern brüteten und schlüpften (Libellen sind größer als Schlankjungfern und falten ihre Flügel nicht zusammen, woran man sie unterscheiden kann), die Raubmöven am Strand auftauchten und der gewöhnlichen Seeschwalbe das Leben schwer machten, die Pantoffelschnecken das Geschlecht wechselten und im Watt der Queller (*Salicornia sp.*) und *Silene maritima* sprossen – genug, genug! Das kommt nur daher, daß das Behindertenzentrum ein Regal voller naturkundlicher Remittendenexemplare hat. Die Mädchen hatten, wie gesagt, den ganzen Sommer lang auf irgend etwas gewartet, erst auf die Discofete zum Schulschluß, dann auf das Einsetzen von Lauras Periode (das nicht erfolgte, einmal nicht, dann ein zweites Mal nicht) und auf die Entlassung Audreys aus dem Krankenhaus und darauf, daß Kim vielleicht sogar Reue empfand und wieder nach Hause kam, um sich um sie zu kümmern, darauf, daß Woodie von seinem Zimmermannslehrgang in Shropshire zurückkehrte, und dann auf die Briefe mit der Mitteilung, daß sie durch die Prüfung gefallen waren (welche eintrafen), und darauf, daß sie in die Stimmung kamen, die richtigen Entscheidungen für ihr künftiges Leben zu treffen (vor die sie aber nie gestellt wurden), bis sie schließlich eines Tages nicht mehr länger warten konnten, falls sie jemals aus Fenedge herauskommen wollten, und da waren sie nun, dem Willen ihrer Eltern folgend, und warteten darauf, daß die Arbeitsvermittlung aufmachte. Vor der Tür bildete sich bereits eine Schlange, doch hielten sie es für unter ihrer Würde, sich da einzureihen. Sie wollten auf den Stufen des Kriegerdenkmals sitzen bleiben, bis sie wirklich und wahrhaftig bereit waren. Sie hatten keine Eile.

Es freute sie, dadurch noch länger aufgehalten zu werden, daß sich ihnen eine strahlende junge Frau auf Fenedge-unüblichen hohen Absätzen näherte, die die Art perfekt geschminktes Gesicht hatte, wie man es in der Gegend nicht häufig sah und schon gar nicht gleich früh am Morgen. In der Hand hielt sie ein Klemmbrett. Sie arbeitete im Bereich der Marktforschung. (Kurz vorher hatte sie mich bereits hinter meinem offenen Fenster erblickt und den Kopf hereingestreckt, ihn jedoch angesichts meines Rollstuhls schleunigst wieder hinausgezogen. Offensichtlich war ihre Studie auf Menschen mit funktionierenden Beinen abgestellt. Ich fand, daß sie reichlich schlechte Manieren hatte.)

Sie stellte sich den Mädchen als Maureen vor, entblößte lächelnd die perfekten Zähne und sagte, was das doch für ein schöner Tag sei. Sie sagte, wenn jemand im Geschäftsleben stehe, so wie sie, seien eben alle Tage schön. Eine positive Einstellung flöße Vertrauen ein. An diesem Morgen sei sie auf weibliche Personen zwischen sechzehn und zwanzig aus, die sozioökonomische Gruppe CDE, und nun sehe sich das einer an, wenn das kein Glückstag sei! Gleich drei davon schön säuberlich nebeneinander!

Laura sagte, sie sei wahrscheinlich B, habe jedoch nichts dagegen, CDE zu sein, wenn es etwas bringe. Maureen fragte sie nach der Anzahl der Wasseranschlüsse im Haus, und Laura sagte fünf, der im Garten mitgerechnet, und so trug Maureen sie als Grenzfall zwischen B und C ein. Als sie jedoch hörte – Laura erzählte es gern jedem –, daß sie womöglich schwanger war, verzeichnete sie sie auf der Stelle als Grenzfall D/E. Sie spreche von den Verdienstmöglichkeiten, erklärte sie, um Laura aus ihrer Verlegenheit zu helfen, nicht vom tatsächlich verfügbaren Einkommen oder dem Bildungsgrad.

Als sie dann aber auch noch erfuhr, daß keine von ihnen einen Abschluß hatte, obwohl sie bis ins letzte High-School-Jahr vorgedrungen waren, daß sie also ohne Abschluß und Ausbildung waren und gegenwärtig beschäftigungslos, schüttelte sie den Kopf und sagte, damit rutschten sie aber auf ihrer Kurve häßlich nach unten, und sie hätten sich den Sommer nicht freinehmen sollen. Die Chance, daß sie alle innerhalb eines Jahres schwanger würden, betrage zweiundsiebzig Prozent. Zweiundvierzig Prozent davon wiederum würden noch vor der Geburt des Kindes heiraten, zwölf Prozent danach und sechsundvierzig von jenen zweiundsiebzig Prozent überhaupt nicht. Von diesen sechsundvierzig wiederum würden sechsundzwanzig eine Ehe ohne Trauschein führen und vierundsiebzig Prozent auf Staatskosten leben. Darüber hinaus bestehe die dreiundachtzigprozentige Chance, daß sie in zwanzig Jahren immer noch in Fenedge wohnten.

»Und wie groß ist die Chance, reich zu werden?« fragte Annie.

»Null«, sagte Maureen, ohne auch nur eine Sekunde zu zögern.

Laura sagte in kläglichem Ton, es gebe schließlich mehr als nur eine Art von reich – reich an Babys, an Persönlichkeit, an Liebe, Tugend und Erfahrung –, man könne doch bestimmt in Fenedge bleiben und am Ende dennoch irgendwie reich sein? Doch Carmen und Annie hörten nicht mehr zu. Sie waren niedergeschlagen. Es ist nie besonders lustig, sich als Teil einer Statistik zu sehen. Lauras Stimme erstarb. Dann sagte sie: »Das sind wahrscheinlich die Art Äußerungen, wie meine Mutter sie immer macht, und seht sie euch doch nur an! Ich halte wohl besser den Mund.« Dann hellte ihre Miene sich auf. »Falls das Kind ein Mädchen wird, nenne ich es Polyanna.«

Maureen fragte, ob Laura zufällig noch im ersten Schwangerschaftsdrittel sei, und Laura sagte ja, und Carmen sagte, nicht mehr lang und dann sei sie's nicht mehr, und wenn man eins und zwei zusammenzähle, bleibe allein der Schluß, daß Laura es einfach loswerden müsse: Sie könne sich schließlich nicht das ganze Leben wegen einer einzigen Nacht auf der Matte mit Woodies Pickeln ruinieren. Und Annie sagte, das sei sehr gemein, was Carmen da gesagt habe, was denn mit der Seelenwanderung sei? Laura würde da alles durcheinanderbringen. Carmen sagte, was für einen Haufen New-Age-Mist das sei, und Laura beantwortete noch eine weitere Frage von Maureen, indem sie erklärte, sie wolle die Windeln ihres Babys mit der Hand waschen, um ihm zu einem gelungenen Start ins Leben zu verhelfen, also interessierte sie sich nicht für die Marken von Waschmaschinen. Maureen verzog sich mitsamt ihrem Klemmbrett zu Boots und dem Apotheker, der gerade sein Geschäft aufmachte, und sagte zuletzt noch: »Ihr wollt mich wohl veräppeln?«, als, wen haben wir denn da, der schwarze BMW die Schnauze um die Ecke der Arbeitsvermittlung in die Fußgängerzone reckte. Jetzt war klar, was der plötzliche Aufruhr sollte. Offensichtlich bildete diese Art Ärger die Vorhut und die Nachhut Drivers: Er warf seine Netze vor sich und hinter sich aus, um auch den kleinsten Hauch einer Unstimmigkeit in der Gegend emporzuhieven und unter die Lupe zu nehmen.

Drivers Fenster glitt hinab, und er sagte zu Carmen: »Passen Sie auf, Sie bekommen gleich eine Gratisprobe – nur damit Sie sehen, wovon ich gesprochen habe«, und schon fuhr er wieder weg. Jedenfalls behauptete Carmen, daß er das gesagt hätte, woraufhin Annie sagte, Carmen schwindle: Sie, Annie, sei als einzige noch Jungfrau, was Carmen erbittert bestritt. Ich hatte den Eindruck, den BMW wieder zurücksetzen zu sehen, wie einen Film, der zurückgespult wird, vom Platz herunter, und damit nicht genug, mir kam es auch so vor, als winke Driver mir zu, auf eine wissende Art, als wüßte er mehr über mich als ich selbst. Das gefiel mir gar nicht. Und wieder prickelte es in meinen Zehen. Und ich konnte durch die Wände sehen, direkt in die Arbeitsvermittlung hinein, wo Carmen, Annie und Laura saßen. Gespenstisch.

Sie saßen auf Stühlen, die zu einer bequemen Reihe aneinandergehängt waren – bequem für ihre Hersteller, Käufer und alle, die den Boden darunter aufzuwischen hatten, nicht jedoch für diejenigen, die darauf saßen –, so daß Carmen gegen Annie gequetscht wurde und Annie gegen Laura und sie folglich eine Art gestaltloses Gewoge von ungesund blassem, weiblichem Fleisch ergaben, das von Haarwolken gekrönt wurde. Sie waren nicht hinreichend voneinander zu unterscheiden, um die lüsternen Blicke auf sich zu ziehen, die jede einzelne allein auf sich gezogen hätte – selbst Annie, denn Jugend ist Jugend, selbst wenn die Kleider, die sie trägt, und der Ausdruck ihrer Augen einem sagen, daß sie lieber nicht an Sex denken will. Oder jedenfalls noch nicht.

Carmen begann zu zappeln, und Laura sagte: »Sitz still, Carmen, du machst mich wahnsinnig.«

Carmen sagte: »Mein BH ist zu eng.«

Annie sagte: »Du kannst von Glück sagen. Ich brauche nicht mal einen.«

Carmen löste sich von ihren beiden Freundinnen und

stand auf. Sämtliche Männeraugen im Warteraum richteten sich auf sie, und plötzlich gab der Verschluß ihres BHs nach, und ihre befreiten Brüste zeichneten sich deutlich unter ihrem ärmellosen weißen T-Shirt ab, ein unebenes Auf und Ab aus aufgegangenem BH und Busen. Carmen ging in die Damentoilette, und als sie wieder herauskam, sagte sie: »Irgendwas stimmt mit mir nicht. Es muß an den Hormonen liegen. Ich muß mich über Nacht vom A-Körbchen zum C-Körbchen gesteigert haben. Es ist ekelhaft. Die schwappen auf und ab, wenn ich laufe. Und meine Taille ist ganz schmal geworden, so daß die Hüften ganz blöd herausragen. Und ich könnte schwören, meine Beine sind länger geworden oder mein Rock ist irgendwie eingelaufen«, und sie quetschte sich wieder zwischen Annie und Laura und saß mit verschränkten Armen verdrossen auf ihrem Platz.

»Wahrscheinlich bist du noch im Wachstum«, flüsterte Laura, denn alles starrte auf sie. »Angeblich hört das nicht auf, bis man dreiundzwanzig ist.«

»Ja«, flüsterte Annie, »aber man kriegt doch nicht plötzlich längere Beine. Carmen hat recht. Irgendwas Schreckliches geht hier vor.«

Als Carmens Name aufgerufen wurde und sie aufstehen mußte, um ins Büro des Amtsvorstehers Mr. Prior zu gehen, zog eine Art Seufzen durch den Raum. Männer und Frauen starrten gleichermaßen. Obwohl ihre Gestalt etwas Direktes, Robustes hatte, so wie sie gekleidet war – in ein viel zu enges T-Shirt und einen Rock, der schon, als sie ihn anzog, eher zur kurzen Sorte gehört hatte, nun aber kürzer war denn je –, hatte ihr Gesicht doch eine selbstvergessene Zartheit, als hätte sie von dem Tag an, als sie seine Vollkommenheit erkannt hatte, nie wieder einen zweiten Gedanken daran verschwendet. Sie runzelte ein wenig die Brauen, weil ihre Füße mittlerweile zu lang für ihre Schuhe waren und immer noch wuchsen und schmaler wurden, so daß sie ihr weh taten, doch selbst dieses Stirnrunzeln war eher zart und die Haut über ihren Brauen von vollkommener Glätte: Derselbe Gesichtsausdruck, der gestern noch bedeutet hätte, daß Carmen verdrießlich gestimmt war, ließ sie nun bezaubernd hilfsbedürftig wirken.

Carmen wies mit einem kleinen Wimmern des Entsetzens auf ihre Füße, ein Geflatter bleicher Finger, und Laura und Annie beobachteten fasziniert und beunruhigt, wie Sohlen und Oberleder sich trennten, um ihren Zehen Platz zu machen, die nicht länger pummelig, sondern elegant geformt waren. Alle starrten ihre Hände an: Die Finger waren schmaler und länger geworden, die Nägel mandelförmig und perlmuttrosa, und sie hatten rein gar nichts mehr von ihren abgeblätterten, eher schmutzigen, bis aufs Nagelbett abgekauten Urbildern.

»Ich nehme an, wir träumen das nur«, sagte Laura. »Es ist eine Gruppen-Halluzination.«

»Miss Wedmore?« forschte der knisternde Lautsprecher in der Ecke noch einmal. »Miss Wedmore? Zu Mr. Prior bitte.«

»Du erinnerst mich an den Unglaublichen Hulk«, sagte Annie. »Dessen Kleider platzten auch immer auf, und dann kam seine wahre Natur zum Vorschein.«

»Oh, vielen Dank«, sagte Carmen und ging zu Mr. Prior hinein, dessen biologisches Alter zwar achtundzwanzig war, der sich jedoch darin gefiel, wie fünfzig zu wirken. Er schien von Carmens ganzer Erscheinung einfach überwältigt. Er schaute ihr nicht in die Augen, sondern raschelte mit zitternden Händen in seinen Unterlagen herum. Er entschuldigte sich dafür, daß er so wenig Arbeit anzubieten habe – er werde jedoch sein Bestes tun. Peckhams, die Hähnchenfabrik und zugleich der größte Arbeitgeber in der Gegend, komme natürlich nicht in Frage: Miss Wedmore sei nicht der Typ, der sich zur Arbeit mit Gefrierhähnchen eigne, und er glaube auch nicht, daß sie Spaß daran hätte, als Hausmädchen im Bellamy House Hotel zu arbeiten. Zufällig sei da allerdings noch eine freie Stelle, die man gerade eben erst gemeldet habe. Aber was für ein Glück! Bellamy Airspace, die neue Charterfluglinie, suche nach einer Stewardeßanwärterin.

»Welch ein Zufall«, sagte Mr. Prior. »Wie selten ist doch das Zusammentreffen zwischen idealem Bewerber und idealer Stelle!«

»Ich möchte keine fliegende Kellnerin werden«, sagte Carmen. Die Verbesserung ihres Aussehens hatte ihr Wesen nicht anschmiegsamer gemacht.

»Aber jedes Mädchen träumt doch davon, Stewardeß zu werden«, sagte Mr. Prior ziemlich gekränkt. »Schließlich fliegt man um die ganze Welt!«

Carmen hätte fast einen dreckigen Witz gemacht, doch die neue Stellung ihrer vollkommen geformten Lippen – eine natürlich wirkende Linie von hellem Rosenrot und ein Cupido-Bogen aus hellerem Rosa – hinderte sie daran, Worte auszusprechen, die zu unverblümt waren, um Behagen auszulösen.

»Ich stehe lieber mit beiden Beinen auf der Erde«, sagte Carmen statt dessen. »Und wenn ich schon Kellnerin werden muß, dann bin ich das lieber zusammen mit meinen Freundinnen im Bellamy House Hotel«, und noch während sie sprach, spürte sie, wie ihr Busen kleiner wurde, ihre Taille weiter und entweder ihr Rock länger oder aber ihre Schenkel kürzer, und ihre Schuhe taugten, soweit sie sehen konnte, mittlerweile nur noch zum Wegwerfen. Sie fühlte sich schläfrig. Mr. Prior änderte seine Meinung über sie und sagte in ziemlich scharfem Ton: »Wenn Sie der Ansicht sind, daß die Stewardessenstellung nichts für Sie ist, dann kann ich Ihre Entscheidung nur respektieren. Man ist schlecht beraten, eine Position anzunehmen, der man dann nicht gewachsen ist.«

Angesichts der Alternative Peckhams Geflügelfabrik – im Stücklohn: die Hähnchen wurden zwar maschinell gerupft, das Ausnehmen jedoch geschah von Hand, und man konnte gutes Geld verdienen, wenn man schnell, tüchtig und bei guter Gesundheit war – oder Bellamy House Hotel zogen Annie und Laura es vor, sich um Letzteres zu bewerben. Die Arbeit sollte ja nur so lange dauern, jedenfalls versicherten sie das einander, bis sie alles richtig organisiert hätten.

— VI —

Annie, Carmen und Laura legten den Weg von Fenedge zum Bellamy House Hotel zu Fuß zurück. Das Erlebnis hat sich ihnen auf alle Zeiten ins Gedächtnis geprägt: die lange, gerade Straße Richtung Winterwart, der heiße Nachmittag, der weiße Staub an jenem Tag, als sie aufbrachen, um sich ihrem Schicksal zu stellen oder doch jedenfalls ihre Einstellungsgespräche zu führen. Es ist eine gute halbe Stunde von Fenedge bis zum Bellamy House Hotel (fünfundvierzig Minuten bis nach Winterwart), und viele machen diesen Weg immer noch täglich, hin und zurück. Denn wenn es heute auch verschiedene Bellamy-House-Wagen gibt, um Gäste vom Bahnhof in Kings Lynn oder Norwich oder von den kleinen Lear-Fliegern abzuholen, die auf dem Bellamy-Airspace-Flughafen außerhalb von Fakenham landen, so besteht deren Aufgabe doch darin, den begüterten Mußesuchenden gefällig zu sein, und nicht im Transport des Personals. Ein solcher Wagen auf dem Weg nach Bellamy House überholte denn auch Carmen, Laura und Annie an jenem fraglichen Nachmittag, hielt nicht und stimmte sie mutlos. Sie fürchteten, das gesamte künftige Leben werde nach diesem Muster ablaufen. Einige fuhren Kutsche, und andere gingen zu Fuß. Wie wurde man bloß einer von den Privilegierten? Wie kam man bloß auf die andere Seite des Zauns?

Die Straße von Fenedge nach Winterwart verläuft eine Zeitlang parallel zur Küste und biegt dann von ihr weg, zieht sich durch Rübenfelder und unterbricht die langen, schnurgeraden Reihen von niedrigem Grün, die zu beiden Seiten unerbittlich auf den Horizont zulaufen und dem Himmel und den Winden soviel Raum wie überhaupt möglich gewähren – Maler lieben East Anglia wegen seines Lichts –, durchquert schließlich ein Überbleibsel des einstigen Waldes – Eiche, Esche, Ahorn und Buche recken sich über die Straße und bilden einen getüpfelten Baldachin –, ehe sie bei den ebenso gerade gewachsenen wie langweiligen Nadelbäumen des Forstamts anlangt; wenigstens die Kreuzschnäbel lieben die Nadelbäume, wenn schon sonst niemand. (Kreuzschnäbel sind kleine papageienähnliche Finken, und wo immer sie aufkreuzen, geraten Vogelbeobachter in höchste Erregung.) Dann weicht der Wald seinerseits den Koppeln und dem Staketenzaun des »Zentrums für kranke Pferde – Inh. Mr. E. Bliss, Spezialist für Homöopathische Heilmethoden«. Und dann, zwei Drittel der Wegstrecke nach Winterwart sind mittlerweile zurückgelegt, kam in früheren Zeiten als Belohnung und Auszeichnung das hohe schmiedeeiserne Tor von Sealord Mansion, und man spähte hindurch in seinen wundervollen französischen Garten, der so lange Zeit schon auf verwunschene Weise verwildert und verwuchert war: Eibenhecken, die sich über Rittersporne beugten, Efeu, der in die nicht mehr gangbaren Springbrunnen kroch, Clematis und Kletterrosen, die um Platz und Licht kämpften, und überall Schmetterlinge – der silbergefleckte Dickkopffalter, der Faulbaumbläuling, der Distelfalter, der Große Feuerfalter (letzterer nur, wenn man Glück hatte) –, die durch Nesseln, Johannis- und Wiesenschaumkraut (*Cardamine pratensis*) in den Garten gelockt wurden, Pflanzen, die nach übereinstimmender Aussage von Botanikern Besseres verdient haben, als als Unkraut abgetan zu werden. Und dort, halb verborgen hinter üppigem Laub, erblickte man dann das prächtige Haus mit seiner Glaskuppel, einstmals Standort eines der größten Teleskope Europas, seinen gewölbten Scheiben (einem architektonischen Wunder), die gesprungen und zerbrochen waren, was den Fledermäusen und Käuzchen das Ein- und

Ausfliegen erleichterte. Das war mit Gewißheit Drivers Sicheres Haus, mit seiner rissigen und bröckeligen Fassade, von Wetter und Efeu aufgerieben, den absurden Cherubimen, denen die Witterung die Nasen weggefressen hatte, und den durchgerosteten Riegeln der großen, schwarzen Eingangstür, die sich, so ging die lokale Legende, an Allerheiligen aus eigener Kraft öffnete, um die jährliche Schar von Vampiren hinauszulassen, die dann heulend und gnikkernd über Moor, Wälder und Marschland flogen, um die nächste Jahresration an Ungemach auszubringen. Und das alles sollte nun, zugunsten von Fenedge und Umgebung, weggefegt werden, um Wohlstand und Tatkraft in die Gegend zu bringen und der Region Arbeitsmöglichkeiten vor Ort zu erschließen. Jedenfalls ließ sich Sir Bernard bei seinem Umwidmungsantrag vor dem Bauausschuß in diesem Sinne vernehmen: gereinigt, geordnet, hellerleuchtet und spukfrei, umgetauft in Bellamy House, wie Winscale in Sellafield rückbenannt wurde, vermöge eines hochwirksamen Zaubers.

Und wenn Alison auch zu mir sagt: »Ich fand das Haus immer ganz herrlich, und ich bin für atmosphärische Einflüsse doch sehr empfänglich«, so denke ich mir: Wenn sie sich selbst so falsch einschätzt, dann tut sie das womöglich auch im Hinblick auf das Haus. Doch was weiß ich schon? Wie gesagt, ich habe Sealord im Stadium des Verfalls nie gesehen, das zugleich seine Blütezeit war. Ich bin einmal in sein elegantes Restaurant geführt worden, nachdem Sir Bernard seine Hand auf das Haus gelegt hatte, und fand es sehr langweilig: Der Räucherlachs war trocken, und die Lammkoteletts waren viel zu lange gebraten und faserig, obwohl ich das natürlich nicht sagen mochte.

Als Carmen, Laura und Annie sich dem näherten, was zügig zum Bellamy House Hotel umgewandelt wurde, rissen Arbeiter gerade die alten Eisentore ab und errichteten ein stählernes Sicherheitsgitter, das sich aufgrund eines verborgenen Kontrollmechanismus von selbst öffnen sollte. Die Mädchen waren zu früh für ihr für drei Uhr vereinbartes Treffen mit Mrs. Haverill, der Hausdame, also setzten sie sich an den Straßenrand und warteten. Carmen, Annie und Laura machten einander unter Ellbogenstößen und Gekicher darauf aufmerksam, daß die Arbeiter ungewöhnlich ausgemergelt aussahen. Ihre Mienen waren mürrisch, zu Geflachse, Pfiffen oder vergnüglichem Gestichel war keine Gelegenheit. Das waren gewiß keine Arbeiter aus der Gegend, soviel stand fest. Annie fragte sich, wo Sir Bernard die wohl ausgegraben hatte, und darüber konnten sie sich erneut nur ausschütten.

Auf der anderen Seite des Tores räumten Traktoren und Schaufelbagger auf, ebneten die überwucherten Blumenbeete und die Überreste der Rasenflächen ein, zermalmten knirschend die zierenden Wegeinfassungen aus Blei, wühlten die Knöchelchen im Tierfriedhof auf und ließen eine einzige, charakterlose Masse aus einer Unmenge von tausenderlei verschiedenen Dingen zurück, von der *Dactylorhiza maculata*, einer Orchidee, über Brombeere, Hundsrose und *Digitalis purpurea* (oder Fingerhut) bis hin zu Pflastersteinen, die (unter großen Mühen) einst aus York in den Süden gebracht worden waren, und Melonenrankgittern: Erde aufwerfend, so daß der Eingang zum unterirdischen Eiskeller auf alle Zeiten verborgen bleiben mußte – doch alles vergeht: Was wächst, muß sterben, alles, was gebaut wird, muß zerfallen. Es ist nur einfach traurig dabeizusein, wenn es geschieht. Genug damit.

Ein Schwirren war zu hören, Wind erhob sich, und ein eleganter schwarzroter Hubschrauber kam über die Reihe Buchen – die gottseidank stehenbleiben sollten – herab und landete auf einem behelfsmäßigen Landeplatz. Aus stiegen Sir Bernard und Lady Rowena, die Driver Sir Bernard schon seit geraumer Weile schmackhaft zu machen versuchte. Lady Rowena hatte Driver in ihren besten Zeiten den einen oder anderen Gefallen getan, und er war ihr mittlerweile etwas schuldig: vielleicht eine Heirat mit jemandem, der auf so dynamische Weise reich und berühmt war wie Sir Bernard; und falls das fehlschlug, konnte sie immerhin dazu dienen, Carmen eifersüchtig zu machen – falls sich Gelegenheit dazu bot und falls sie sich tatsächlich als Sir Bernards unumstößliche Wahl erweisen sollte. Driver hält seine Optionen gern so lange offen, wie es irgend geht. Sie nicht? Wer weiß denn, was als nächstes passiert?

Lady Rowena hatte ein langes, hochmütiges Gesicht und eine Hochfrisur. Sie trug elegante Lederstiefel, Breeches und ein gestärktes weißes Hemd. Sie hatte einen langen Rücken, und stilecht flach geraten war an ihr, was die Amerikaner als Arsch bezeichnen und meine Großmutter einen *derrière* nannte. Über die Schulter geworfen hatte sie einen häßlichen Lederbeutel, handgenäht und von guter Qualität. Ihre Stimme war laut und volltönend.

»Manche Dinge gehen eben«, sagte Lady Rowena, und der Wind trug ihre Stimme herüber. »Manche Dinge gehen und manche nicht, und das hier ist eins von den Dingen, die nicht gehen.«

»Wovon sprichst du eigentlich?« fragte Sir Bernard, der immer noch gesellschaftlich unsicher war, zumindest ein kleines bißchen. Sein Vater war schließlich ein Bauernjunge aus der Gegend gewesen, der sich später auf die Aufzucht von Suppenhühnern verlegt hatte.

»Das da, Liebling«, und sie wies auf ein hin- und herschwingendes Schild, das gerade von Arbeitern vorbeigetragen wurde. Seine Aufschrift lautete: »Bellamy House Hotel. Gediegenheit der Alten Welt, Komfort der Neuen Welt.«

»Wer hat sich denn das bloß einfallen lassen?«

»Ich«, sagte Bernard, »und nun stell dir bloß vor, Liebling: Ich halte es für ziemlich gut.«

»Ich nicht«, sagte Lady Rowena. »Die Alte Welt nimmt die Existenz einer Neuen einfach nicht zur Kenntnis. Den gräßlichen Hubschrauber werden sie dir zwar eine Weile nachsehen, doch nur so lange, bis sie merken, daß die Alte Welt nicht in situ ist. Dann werden sie ihn dir übelnehmen. Nur Bellamy House, mein Lieber, schlicht und einfach.« Oh, diese Frau war schlau. Sir Bernard hatte heiße Nächte mit Lady Rowena verbracht, die ihre langen Beine, die immer noch gestiefelten (denn das gefiel ihm ziemlich gut), um seinen starken Nacken geschlungen hatte (jedenfalls bildete er sich ein, daß es so geschah) oder in einer gemäßigteren Art und Weise gelegen und ihm mit ihrer volltönenden Stimme ins Ohr gesprochen hatte (sie flüsterte nie: Die ganze Welt konnte ihre bizarren Anregungen hören. Was kümmerte sie das schon? Dienstboten zählten sowieso nicht wie andere Menschen, das hatte sie ihm jedenfalls gesagt). Also meinte er, es schicke sich für ihn, sie Liebling zu nennen. Und Driver zog ihn tagsüber auf, indem er sagte: »Na, da habe ich Ihnen ja ganz was Heißes ausgesucht. Ich hab Ihnen doch gesagt, Schönheit ist der Preis des Tüchtigen. Und sie hat so viele Verbindungen, diese Frau. Die richtige Bettgefährtin ist das beste Empfehlungsschreiben!«

Und weil Drivers Ratschlag sich noch stets als zutreffend erwiesen hatte, hörte Sir Bernard auf ihn, schlief mit Lady Rowena und träumte von Carmen.

Ein Katechismus

Frage: Das ist ja alles gut und schön, aber was macht der Teufel denn mit den Seelen, sowie er sie erst mal hat?

Antwort: So ziemlich das gleiche, was die Traktoren an jenem Tag in Sealord House gemacht haben. Das heißt, eine einzige, gestaltlose Masse aus einer Unmenge ursprünglich ziemlich schöner, wenn auch durchaus trivialer Dinge. Wie ein wütendes Kind sein Essen auf dem Teller durchrührt, ehe es ißt. Der Teufel sucht die Gleichförmigkeit. Es ist das Ansinnen des Teufels, eine gesichtslose, gefügige, eigensüchtige Masse aus den Menschen zu machen, eine Menge, deren Verhalten vorhersagbar und damit kontrollierbar ist. Eigensucht ist ungeheuer vorhersagbar. Sie ist für jedermann und überall gleich, was für sittlich begründetes Verhalten nicht zutrifft.

Frage: Kann man es denn mit dem Teufel aufnehmen?

Antwort: Ja. Du kannst ihn mit Worten austricksen und durch Taten verblüffen, weil das einzige, das er wirklich versteht, sein Eigennutz ist. Es mangelt ihm an Phantasie. So daß seine Pakte oft nicht standhalten, sie schlagen fehl wie ein Moskauer Staatsstreich.

Frage: Welche Art Pakt hat Driver mit Sir Bernard geschlossen?

Antwort: Als Gegenleistung dafür, daß er nach seinem Tod seine Seele dem Teufel überläßt, so daß der Teufel einen hübschen kostbaren Extra-Pokal für sein großes Gemansche bekommt (oder einen weiteren Verbündeten im Krieg des Bösen gegen das Gute, je nachdem, welcher Tradition man den Vorzug gibt), kriegt Sir Bernard seine Wünsche und Sehnsüchte erfüllt, obwohl das für Driver bisweilen ein Problem werden könnte. Wie etwa kann Driver Sir Bernards Wunsch, Carmen zu bekommen, mit dessen Verlangen nach gesellschaftlichem Ansehen vereinbaren? Das ist ein Problem. Driver hat an dem Tag, als die drei Mädchen zu ihrem Vorstellungsgespräch nach Bellamy House gingen, gehofft, daß Sir Bernard Carmen vergessen und sich in Lady Rowena verlieben und damit jedermann das Leben erleichtern würde. Carmen sollte den Job als Stewardeß annehmen. Doch das tat sie nicht, damit hatte sich das erledigt. Die einzige Waffe des Teufels gegen den freien Willen ist der Eigennutz. Nun muß er ein Loch zurückstecken und sehen, was passiert.

Frage: Wie merke ich, daß der Teufel ein Auge auf mich geworfen hat?

Antwort: Sie werden ein Stimmchen in Ihrem Ohr sagen

hören: »Ich muß an mich selbst denken, weil es sonst niemand tut.«

Frage: Und was mache ich dann?

Antwort: Sie denken an Ihre Mutter und versuchen, es zu überhören.

Frage: Gibt es für den Teufel bestimmte Regeln, an die er sich halten muß?

Antwort: Seltsamerweise hat er Sinn für Fairplay. Er verrückt nicht einfach die Torpfosten.

Frage: Was hat er gegen Sir Bernard in der Hand?

Antwort: Sir Bernard hat einmal, als der Teufel gerade vorbeiging, gesagt: »Ich gäbe meine leibhaftige Seele darum, ein einziges Mal ausreichend Kapital zu haben«, und der Teufel hat es gehört, und nun verbucht Sir Bernard einen Erfolg nach dem anderen, und Driver ist sein Chauffeur, sein Gehilfe, seine graue Eminenz, der heimliche Einflüsterer, und die, die ihn früher gekannt haben und jetzt erleben, staunen, so verändert ist der Mann. Der tölpelhafte Flegel, der Geflügelbauer und Keulenhändler ist plötzlich ein Freund von Berühmtheiten, Schirmherr populärer Anliegen, ein Mann, der morgens aus dem Bett springt, um seine Liegestütze zu machen. Wer hat schon jemals genug Kapital? Man kann doch immer noch mehr brauchen, mehr und mehr, heute und immerdar. Driver wird noch lange Zeit in der Gegend sein.

Viele Leute schreiben die Wandlung der Tatsache zu, daß Sir Bernards frühere, absolut garstige Gattin so untreu war, daß er schließlich den Mut fand, sich von ihr scheiden zu lassen. Aber das war nur das Äußere. Fett wurde in Muskelgewebe verwandelt, Gemeinheit in Vornehmheit, zwanzig Jahre wurden ihm einfach so vom Zifferblatt seines Lebens getilgt. Doch stellen Sie sich vor, Sir Bernard hat noch immer keinen Geschmack. Der Teufel kann einem Menschen alles geben außer Geschmack. Er hat selbst keinen, oder nur sehr wenig. Gott ist sein Bruder. Sie wissen ja, wie das in Familien so ist: wie die

Eigenschaften da nach allgemeiner Übereinkunft verteilt werden. Gott war der mit Geschmack, der Ernsthafte mit dem Auge für die Malerei, dem Ohr für die Symphonie, der Teufel aber verstand sich einen schönen Tag zu machen, hörte die dümmsten Programme im Radio, war billig bis hinab zu seinen Lederstiefeln.

Frage: Woher wissen Sie denn das alles über den Teufel? Schluß, Schluß damit, oder ich rufe den Pfarrer.

Antwort: Ich *bin* der Pfarrer.

— VII —

UM ZEHN VOR DREI versuchten Carmen, Laura und Annie durch das stählerne Gittertor von Bellamy House zu gelangen, das bereits fertiggestellt an Ort und Stelle stand und sich, wie sie feststellen mußten, von Hand nicht öffnen ließ. Die Arbeiter waren weggegangen, um Sir Bernards Ankunft zu beobachten. Die Mädchen rüttelten und schüttelten und riefen, doch ohne Erfolg.

Und dann hielt der BMW, Driver am Steuer, neben ihnen.

»Was gibt's denn?« fragte Driver.

»Wir können nicht rein. Eigentlich waren wir zu früh da, aber jetzt kommen wir noch zu spät.«

»Der Mechanismus spricht auf Metall an«, sagte Driver. »Springt rein, und ich bringe euch durch.«

Und das taten sie. Das Wageninnere war warm und behaglich, die Ledersitze weich und runzlig. Der Wagen war weitaus geräumiger, als man von außen erkennen konnte – der Wirklichkeit gewordene Traum eines Autodesigners. Carmen saß auf dem Vordersitz, Annie und Laura waren hinten eingestiegen. Ihre weißen, mageren Arme und Beine schimmerten in perfektem Rosa: Sie bewunderten sich selbst.

Driver drückte auf einen Knopf, das Tor teilte sich, der BMW glitt hindurch.

»Und wie war es mit der Schönheit denn so?« fragte er Carmen.

»Ein schöner Mist war das«, antwortete sie.

»Ich kann einfach nicht begreifen«, sagte Driver, »weshalb

eine junge Frau, deren erklärte Ambition es ist, hier rauszukommen, lieber Hausangestellte sein möchte als Stewardeß.«

»Ich möchte mit meinen Freundinnen zusammensein«, sagte Carmen.

Driver drehte den Kopf, um Laura und Annie auf dem Rücksitz zu betrachten.

»Freunde«, sagte Driver, »können eine Achillesferse sein. Und Sie haben gleich zwei. Oioioi!« Er beherrschte den Wagen, selbst wenn sein Blick von der Straße abgewandt wurde und er die Hände vom Lenkrad nahm. Die Auffahrt war von bildschönen Eichen gesäumt. Ein ganzes Rudel von Baumpflegern drängte sich um sie, um nach unten hin so viele Zweige zu entfernen wie nur möglich, ohne die Bäume umzubringen, die durch eine gerichtliche Verfügung von soviel Gewicht geschützt waren, daß nicht einmal Sir Bernard Bellamy sich ihr widersetzen konnte. Sie trugen Sägen und Seile, hoppelten wild herum, auf halbem Wege zwischen Mensch und Affe, Dämon und Pikten. Pickt nur zu.

Driver sagte zu Annie: »Ich kenne Ihre Mutter gut und ihren Freund, den Grafen. Ich gehöre fast zur Familie. Vermutlich werde ich Sie ja nun häufiger zu Gesicht bekommen – solange Sie so eng mit Carmen befreundet sind.«

Dann sagte Driver zu Laura: »Hübsches kleines Baby, das Sie da drin haben. Ich werde ihm einen silbernen Tauflöffel schenken, wenn es soweit ist. Jede Freundin von Carmen ist auch meine Freundin.«

Und dann wandte er seine blauen Augen wieder Carmen zu. Ach ja, er sah schon gut aus! »Sie hatten gar nicht so unrecht, was Ihre Mutter betrifft«, sagte Driver. »Nur daß es nicht der weiße Ritter war, sondern der schwarze. Und was Sie selbst betrifft: Wenn Sie auf meine Vorschläge nicht eingehen, dann wird es Ihnen noch leid tun. Chickedychick!«

Und als die Wagentüren sich öffneten, um sie hinauszulassen, spürte Carmen einen stechenden Schmerz außen am Hals. Sie schlug mit der Hand auf die Stelle.

»Wahrscheinlich eine Biene«, sagte Driver. »Eine Königsbiene. Gehen Sie besser rasch ins Haus, ehe der ganze Schwarm eintrifft.« Und er fuhr weg.

»Was hat er da erzählt?« fragte Annie.

»Du kennst ja vielleicht Typen, Carmen«, beschwerte Laura sich.

»Königinnen stechen nicht«, sagte Carmen, »also selbst blöd.«

Trotzdem, was immer es gewesen sein mochte, es tat weh und ärgerte Carmen, während Annie und Laura noch eine Weile so etwas wie ein schwelgerisches Gefühl wehmütiger Seligkeit verspürten – vielleicht lag es an den üppigen Polstern im geräumigen Innern des BMW.

Sir Bernard und Lady Rowena stiegen die Stufen zur großen Eingangstür hinauf, deren eiserne Angeln mittlerweile durch stählerne Imitate in gotischem Stil ersetzt worden waren – die Unebenheiten, die die Füße der Vergangenheit in die breite Treppe getreten hatten, waren geglättet und marmorbelegt worden –, und Carmen, Annie und Laura folgten ihnen nach. Mühelos, mit Hilfe einer elektrischen Vorrichtung, die das Äquivalent des Innenausstatters zu einer Servolenkung war, wurde die Tür von Mrs. Haverill geöffnet, einer Frau unbestimmten Alters, doch von äußerst energischem Temperament. Sie war die Reinkarnation, jedenfalls kam es den Mädchen so vor, von Daphne du Mauriers Mrs. Danvers im Roman *Rebecca*, den Mrs. Baker ihre Schülerinnen hatte lesen lassen. Sie hatten sich stattdessen zwar nur das Video ausgeliehen und es damit gut sein lassen, aber immerhin.

»Willkommen, Sir Bernard«, sagte Mrs. Haverill, »willkommen, Lady Rowena«, und sie warf einen Blick auf die Mädchen und machte ihnen die Tür vor der Nase zu.

Sowie sie drinnen war, durchschritt Lady Rowena die prächtige Eingangshalle, die um des würdigen und großartigen Eindrucks willen im gotischen Stil getäfelt und mit Deckenbalken versehen worden war und deren Kuppeldach man flachgelegt hatte, um die Umwandlung von vergeudetem Raum in Gästezimmer zu erleichtern.

»Nicht nach meinem Geschmack, Liebling«, sagte sie. »Genaugenommen ist es affenscheußlich, aber guter Geschmack hat noch nie irgend jemandem einen Penny eingebracht.«

Und sie lachte ihr Lachen, das dem Wiehern eines Pferdes doch recht nahekam. Sie war eine von zwei Partnerinnen, die am Sloane Square in London eine Inneneinrichtungsfirma leiteten. Ihr Betätigungsfeld waren gewöhnlich Chelsea und Kensington. Sie hielt das hier für den Arsch der Welt, und sie hatte recht damit.

Lady Rowena rannte die Treppe hinauf und wieder hinab – Sir Bernard konnte ihre Ausdauer nur bewundern: Sie war gut durchtrainiert. Selbst er, der doch jede Woche Stunden in einem Fitneß-Center verbrachte, konnte es mit ihr nicht aufnehmen.

»Warum ist denn oben der Teppich noch nicht ausgelegt?« wollte sie von Mrs. Haverill wissen. Sir Bernard staunte nur. Von all den Menschen, die er kannte, war Mrs. Haverill diejenige, die ihm am meisten angst machte. Sie war eine gute Freundin seines Chauffeurs – und wenn es nicht so eine absurde Vorstellung gewesen wäre, hätte er gemeint, sie hätten was miteinander.

Frage: Aber weiß Sir Bernard denn nicht, daß Driver Mephistopheles ist? Er muß doch wissen, daß er seine Seele verpfändet hat?

Antwort: Er weiß es, und er weiß es nicht. Auf die gleiche Weise, wie man träumen mag, man wäre aufgestanden und hätte festgestellt, daß einem ein Schneidezahn fehlt, wäre zur Arbeit gegangen, und alles scheint absolut wirklich, wenn auch unangenehm, bis dann der Wecker geht, und man wacht auf und muß alles noch mal von vorn machen – aber immerhin hat man den Zahn noch. Wenn man jemanden wie Driver (oder, wenn man so will, meine Pflegerin Alison) um sich hat, geraten Traum und Wirklichkeit leicht durcheinander. War das jetzt wirklich, oder war es ein Traum? Stand das in dem Buch, das ich gerade lese, oder ist es wirklich passiert? Alles klar? Können wir weitermachen?

»Wir wollen das Hotel in zwei Tagen aufmachen!« sagte Lady Rowena zu Mrs. Haverill. »Ich bin zwar daran gewöhnt, hängengelassen zu werden, aber doch nicht in diesem Ausmaß!«

Mrs. Haverills Augen schnappten zu, wie Drivers es tun konnten, wenn man ihn wütend machte.

»Die Anweisungen aus Ihrem Büro«, sagte Mrs. Haverill, »waren ebenso verworren wie verwirrend. Vielleicht sollte man Sir Bernard darüber einmal ins Bild setzen.«

»Aber, aber«, sagte Sir Bernard. »Kein Gezänk auf den billigen Plätzen«, und wenn Lady Rowena sich nicht so wahnsinnig danach gesehnt hätte, Lady Bellamy zu werden, dann wäre die Sache hiermit erledigt gewesen, doch »Ann & Rowena Interior Design« litt unter Auftragsmangel. Ein Skandal hatte Lady Rowena auf eine ziemlich unvorteilhafte Weise mit dem Königshaus in Verbindung gebracht, und obwohl sich Skandale unter Adelsträgern normalerweise günstig aufs Geschäft auswirken – wenn sie das Königshaus betreffen, steht man plötzlich unversehens wie vor einer Mauer. Lady Rowena brauchte Sir Bernards robusten guten Namen, den Ruf von Geradlinigkeit und ehrenwerter Gesinnung, der ihm anhaftete, um über die nächsten paar Jahre zu kommen. Sie hatte sich schlicht mit dem vorübergehenden steilen Abstieg um einige gesellschaftliche Stufen abzufinden. Und sie konnte durchaus einiges wegstecken.

Es läutete an der Eingangstür. Die Glocke am Empfang, die von einem Ozeandampfer stammte, wurde von einem Knopf inmitten einer Gipsrosette an der Eingangstür in Gang gesetzt. Das Läuten hallte wider wie bei Nebel auf See, und alles fuhr zusammen. Eine arme, verirrte, einsame Fledermaus, die entschlossen gewesen war, sich nicht aus ihrem Heim vertreiben zu lassen, flog von einem Mauervorsprung auf, kreiste in ihrer mächtig verkleinerten Behausung und sank wieder nieder. Sie hatte keinen Ausschlupf mehr.

»Das verdammte Vieh ist vermutlich geschützt«, sagte Lady Rowena. »Kein Wunder, daß dieses Land keinen Stich mehr kriegt. Da sind die falschen Leute an der Macht. Wahrscheinlich ließen sich Fledermäuse durchaus zum Markenzeichen machen. Old-World-Fledermäuse nach Art der Neuen-Welt-Ordnung.« Es war nicht zu übersehen, daß sie schlechtgelaunt war. Sie fing sich jedoch sofort wieder und liebkoste Sir Bernards kräftigen Nacken. »Liebling«, sagte sie.

»Liebling«, sagte er.

Mrs. Haverill ging und öffnete Carmen, Laura und Annie die Tür.

»Wir sind wegen der Stelle gekommen«, begrüßte Carmen sie.

»Der Stellen«, sagte Laura.

»Sie haben keinerlei Veranlassung, an der Vordertür zu erscheinen«, sagte Mrs. Haverill. »Gehen Sie zum Dienstboteneingang.«

Lady Rowena hatte das Schild »Personaleingang – hier entlang« durch »Dienstboteneingang« und einen Pfeil ersetzen lassen. Sie ersetzte gern Schilder. Ihre Übereinkunft mit Driver beruhte ausschließlich auf Gegenseitigkeit: Du tust mir einen Gefallen, ich tu dir einen. Der Verkauf ihrer Seele gehörte nicht dazu, allein schon deshalb nicht, weil sie nie eine besessen hatte. Ihre Mutter hatte das offensichtlich gleich nach ihrer Geburt bemerkt und sie unverzüglich in die Obhut von Kindermädchen gegeben, die sie großzuziehen hatten! Wie soll man je sagen, was Ursache ist, was Wirkung?

Carmen sagte zu Mrs. Haverill: »Ich geh doch jetzt nicht den ganzen Weg bis zum Hintereingang, wo ich schon mal hier bin. Das wär doch blöd«, und setzte den Fuß in die Tür, obwohl Annie und Laura Anstalten machten, sie zurückzuhalten. Mrs. Haverill setzte den Mechanismus in Gang, mit dessen Hilfe sich die Tür vom Empfang aus schließen ließ, doch da sie gegen den Widerstand von Carmens Fuß stieß, schwang sie wieder zurück. Carmen ihrerseits drückte erneut auf den Knopf in der Gipsrosette und hörte, wie die Glocke erneut zu ertönen begann.

»Gehn wir doch wieder«, sagte Annie.

»Ich glaub das einfach alles nicht«, sagte Laura.

Mrs. Haverill sprach über das Geläute der Glocke hinweg zu Sir Bernard.

»Sehen Sie, mit was für Material ich es hier zu tun habe?« wollte sie wissen. »Die Qualität des Personals in dieser gottverlassenen Gegend? Wenn man das und noch einiges andere berücksichtigt, ist es ein Wunder, daß überhaupt schon irgendwo ein Teppich liegt.«

»Lassen Sie sie rein«, sagte Sir Bernard kurzangebunden und trat vor, da Mrs. Haverills Gesichtsfarbe sich bedrohlich vertiefte.

Carmen kam herein und sagte: »Das ist doch krank, was Sie da machen. Wir sind hier in der *Neuen* Welt, und die Menschen sind gleicher, als Sie glauben. Ich gehe doch nicht die halbe Meile bis zur Hintertür, nur damit solche wie Sie sich überlegen fühlen können.«

Sir Bernard starrte Carmen bewundernd an, während Mrs. Haverill sagte: »Tut mir leid, doch Sie haben für jemanden, der im Hotelgewerbe arbeiten will, nicht die richtige Einstellung, Sie verschwenden nur Ihre Zeit und meine auch«, und Lady Rowena sagte: »Rufen Sie die Polizei, oder wollen Sie sich von dem kleinen Miststück alles gefallen lassen?«, und Carmen sagte: »Sie sind völlig auf dem falschen Dampfer. Wir sind herbestellt worden«, was Lady Rowena mit den Worten quittierte: »Ach herrje, Schulabgängerinnen. Das ganze Land wimmelt im Moment nur so davon.«

»Sieh da, sieh da«, sagte Sir Bernard (ein Ausdruck, den Driver ihm kürzlich als milde Alternative zu seinem »Donnerarsch!« und »Mich laust der Affe!« vorgeschlagen hatte), »da haben wir endlich mal ein junges Ding mit einer eigenen Meinung. Stellen Sie sie ein, Mrs. Haverill. Stellen Sie alle drei ein. Das ist das junge Blut, das dieses Land so nötig braucht.«

»Du mußt wahnsinnig geworden sein«, sagte Lady Rowena. »Liebling, das ist nicht neu, das ist wieder mal die alte Leier.«

Sir Bernard schaute noch einmal hin, erkannte das Mädchen seiner Träume jedoch nicht wieder. Seine Brille war kaputtgegangen, und Driver hatte sie zur Reparatur gebracht. Damals, als ich noch über meine Beine gebot, hatten auch mich ein, zwei Männer so angeschaut: die alte Geschichte unerfüllter Liebe. Man ist ganz offensichtlich das Mädchen ihrer Träume, wie sie auch die Männer der eigenen Träume sind, nur daß sie sich, anders als man selbst, nicht an ihre Träume erinnern. Es ist eine Tragödie: soviel potentielles Glück, so oft vergeudet durch schiere Vergeßlichkeit.

»Ich hab's mir anders überlegt«, sagte Carmen. »Ich würde hier nicht mal für Geld arbeiten«, sagte sie, doch alle wußten, was sie meinte. Später sollte Carmen die Gabe der Zungenfertigkeit verliehen bekommen, zumindest sporadisch. »Wenn ihr beiden Figuren das wollt, ist das eure Sache.« Und sie stolzierte hinaus. Sie liebte große Abgänge. Laura und Annie blieben.

Carmen setzte sich auf die oberste Stufe der Treppe und starrte verdrossen auf die ganze Zerstörung um sich herum. Der Hubschrauberpilot drehte aus irgendeinem Grund seine Motoren hoch und schickte einen wabernden Sandsturm in ihre Richtung, doch sie achtete nicht darauf.

»Carmen«, sagte Driver, dessen Wagen sich, vom Staub verdeckt, unbemerkt der Treppe genähert hatte, »was ich noch sagen wollte, ein warnendes Wort an Ihre Freundin, die Hübsche: Sie wird das Baby besser schleunigst los – hier treibt sich eine Seele herum, die nach einem Eckchen Ausschau hält. Ich hab sie beim Aussteigen auf der Zunge gespürt.«

»Wie schmeckt denn eine Seele?« fragte Carmen, bei aller Verdrießlichkeit doch interessiert.

»Sie ist farblos, geruchlos und geschmacklos«, sagte Driver, »aber man kriegt einen Hauch vom Ozon ab, der sie begleitet. Ist doch bedauerlich, mit ansehen zu müssen, wie ein hübsches Mädchen sich das Leben verbaut, oder? Wenn sie jetzt ein Kind bekommt, werden es drei sein, noch ehe sie auch nur zwanzig ist. Sie ist ganz der Typ. Das ist schon wieder ein Ratschlag von jemandem, der weiß, wovon er redet.«

»Ach, zisch ab«, sagte Carmen, wie ich bedauerlicherweise mitteilen muß, und bereute es umgehend, denn er hörte auf zu schnüffeln und knurrte statt dessen, wobei er ein perfektes Gebiß entblößte, das eher zu klein war, um ganz und gar einem menschlichen zu entsprechen. Der Hubschrauber probierte abermals seine Rotorblätter aus, und diesmal atmete Carmen den Staub ein und verschluckte sich daran, und als sie sich wieder erholt hatte, war Driver weg.

Mrs. Haverill führte Laura und Annie über die oberen Flure und öffnete die Türen makelloser Schlafzimmer, die, chintzig, rüschig, wie sie waren, etwas sympathisch Altenglisches ausstrahlten: hochbeinige Betten, wuchtige Sofas und Lavendelseife in blauen Badezimmern und dazu noch alle Geschenke des Hauses, die ein reisemüdes Herz nur begehren mochte: von Plastikschuhanziehern bis zum Gratisexemplar einer zusammenklappbaren Zahnbürste. Mrs. Haverill erklärte, daß die Zimmer sämtlich nach berühmten englischen Komponisten, Schriftstellern, Dichtern und sofort benannt worden seien. Sir Bernard sei ein großer Förderer der Kunst. Das Hotel könne die Mädchen probeweise, zunächst für sechzig Tage, auf Basis einer Teilzeitbeschäftigung einstellen, was heiße, kein bezahlter Urlaub oder irgendwelche Sozialleistungen bei fünfundsiebzig Pence die Stunde. Die Arbeitszeit gehe von sechs Uhr morgens bis mittags und dann nachmittags von halb drei bis halb acht, Überstunden bei Bedarf und mit fünfundzwanzig Prozent Zulage. Wenn die Probezeit zufriedenstellend verlaufe, würde der Lohn auf neunzig Pence pro Stunde plus Leistungsbonus und zwei Wochen Jahresurlaub erhöht, und jedes zweite Wochenende sei frei. Die Arbeitszeit gehe dann von mittags bis elf Uhr abends, Überstunden wiederum nach Bedarf bei einem Drittel Zulage. Mahlzeiten frei. Woraufhin Annie tonlos antwortete, sie müsse Diät leben, und Laura, sie könne Samstag abends nicht arbeiten. Sie arbeite niemals am Samstagabend, Woodie würde das nicht gefallen.

Mrs. Haverill, die an den Umgang mit jungem weiblichen Personal gewöhnt war, tat so, als hätte sie nichts gehört. Sie erklärte, das Bellamy House Hotel erwarte Loyalität und Einsatz von seinem Personal, ein elegantes Äußeres und angenehmes Auftreten. Wenn Bellamy House in das Verzeichnis der Großen Hotels dieser Welt des *Economist* aufgenommen werden wolle, was das Bestreben Sir Bernards sei, dann müsse das Personal sein Scherflein dazu beitragen. Sie erwarte sie am Montag um sechs Uhr dreißig. Die Dienstkleidung könne man besonders preisgünstig in der Gaiety Haberdashery in Fenedge erstehen.

»Ich darf doch davon ausgehen«, setzte sie hinzu, »daß Sie beide nicht schwanger sind?«

»Warum?« fragte Laura.

»Weil es nicht zu Sir Bernards Personalpolitik gehört,

schwangere Frauen einzustellen. Gäste sehen nun einmal nicht gern geschwollene Bäuche unter schicken Uniformen.«

»Ich bin schwanger«, sagte Laura dankbar. Und da war es nur noch eine.

Laura setzte sich zu Carmen auf die Treppe. Schließlich gingen sie gemeinsam vondannen, schauten zurück und sahen Annie mit bedröppelter Miene aus einem der oberen Fenster zu ihnen hinabwinken. Sie trug bereits ein weißes Häubchen.

»Bleibt uns immerhin noch die Geflügelfabrik«, sagte Laura.

»Niemals!« sagte Carmen. »Und du kannst da sowieso nicht hin: Die Viecher sind voller Östrogen. Mit denen solltest du besser nicht in Berührung kommen, sonst kriegst du noch ein Mädchen mit Bart oder einen Jungen mit Busen.«

»Woher weißt du solche Sachen bloß?« fragte Laura.

»Ich lese die *Sun*«, sagte Carmen.

Das Stahltor, das mittlerweile von der wie auch immer gearteten Krankheit seines elektronischen Systems geheilt war, tat sich auf, als Carmen und Laura sich ihm näherten, und schob sich dann anmutig wieder zusammen, so daß Annie von ihren Freundinnen getrennt war.

Weiß der Himmel, wo Driver gewesen war, aber als Carmen und Laura die Straße hinunterliefen, preschte plötzlich der BMW an ihnen vorbei, und sein Auspuff stieß einen ungnädigen Gruß aus, eine bräunliche Wolke, die ein Weilchen in der Luft hing, ehe sie zu Körnchen zu zerfallen schien. Die Wolke tanzte auf sie zu und erwies sich als Bienenschwarm.

Carmen und Laura begannen zu rennen. Die Wolke verfolgte sie. Lauras lange, glatte Beine zogen einige der kleinen Geschöpfe an, Carmens Hals andere. Der einzige sichtbare Schutz war der Bauwagen, der auf Mr. Bliss' Gesundheitsfarm für Pferde in einer Ecke stand, und auf den hielten sie nun zu, kreischend, über das Viehgatter hinweg und die Treppe hinauf, stießen ohne alle Umstände die Tür auf, fielen praktisch mit ihr ins Haus und knallten sie hinter sich zu.

Mr. Bliss blickte von seiner altmodischen Schreibmaschine auf. Er war, wie er mir später erzählte, zwar überrascht, aber nicht empört. Jeder, der sich um Pferde kümmert, so behauptet Mr. Bliss, lernt bald schon, stoisch zu sein, nicht gerade verhärtet, aber doch immerhin abgeklärt. Die Kunden übergeben einem die Pferde, damit man sie von ihrem Asthma heilt, und bringen sie dann in ebenden Stall zurück, dessen Streu die Ursache ihrer Beschwerden ist. Da erklärt man ihnen, daß ihr Kind, das das Pony auch an frostigen Morgen draußen mit kaltem Wasser abwäscht, schuld am immer wiederkehrenden bellenden Husten der armen Kreatur ist, und sie werden wütend und weigern sich, ihre Rechnung zu bezahlen. So schrieb Mr. Bliss denn auch in dem Augenblick, als die Mädchen in sein Büro fielen, einen höflichen Brief an einen Kunden, der zwar schon jahrelang ein Pferd besaß, dem man aber immer noch den Unterschied zwischen Heu und Stroh erklären mußte.

»Das Verwunderliche ist nicht«, sagte Mr. Bliss bei einem seiner Besuche bei mir, »daß so viele Pferde krank sind, sondern daß so viele überleben und gedeihen und das menschliche Geschlecht auch noch zu mögen scheinen.«

Mr. Bliss' sanfte Begeisterungsausbrüche und seine milden Vorwürfe sind liebenswert – überzeugend selbst für eine wie mich, die eher reizbar ist und aller Wahrscheinlichkeit nie ein Pferd reiten, ja nicht einmal einem solchen Geschöpf über die Nüstern streichen wird, seien sie nun fieberheiß oder nicht.

»Bienen«, sagte Carmen, sozusagen zur Erklärung, während sie sich hochrappelte, den Rock glattstrich und dann auch Laura aufhalf. Mr. Bliss ging zur Tür, öffnete sie und sah hinaus.

»Ich sehe keine Bienen«, sagte er. »Vielleicht sind sie ja zu den Ställen hinauf. Hoffentlich. Bienenstiche tun Pferden gut, besonders denen mit Rheuma. Bei Sumpffieber ist es das Beste überhaupt.«

»Und was ist, wenn man schwanger ist?« fragte Laura und rieb sich die Waden.

»Ich kenne mich nur mit Pferden aus«, sagte Mr. Bliss, »doch würde ich annehmen, sehr förderlich: eine positive vitale Spannung für eine trächtige Stute.«

»Wenn sie schwanger ist, heißt das ja nicht unbedingt, daß sie es auch bleibt«, sagte Carmen kläglich, doch Mr. Bliss hielt Laura eine große Tube von seiner antiallergischen Spezialsalbe für Pferde hin (organisch, aus Ampfer und Beinwell) und sagte: »Was ist denn das für ein eigenartiger Geruch? Ist das Ozon?«, und Carmen sagte: »Ich fürchte, jetzt wird sie es bleiben müssen.«

»Ich lasse mich nicht gern mit einer trächtigen Stute vergleichen«, sagte Laura, und Mr. Bliss entschuldigte sich mit der Bemerkung, der Vergleich sei in der Tat nicht gerade passend, da eine Stute ja nur nach reiflicher Überlegung derer, die für sie sorgten, trächtig werde. Er hatte die Tür einen Spalt offengelassen – Mr. Bliss schloß selten eine Türe richtig, setzte einen Deckel wieder auf den Topf oder schloß eine Schublade ganz, jedenfalls war das die Klage Mrs. Bakers –, und ein Windstoß verstreute seine zahllosen fleckigen, vergilbten Unterlagen im ganzen Bauwagen. Darunter auch Rechnungen und Zahlungsaufforderungen – wie denn auch nicht? Carmen fragte, ob Mr. Bliss zufällig eine Assistentin brauche, sie werde sich rasch alles über Pferde anlesen, doch Mr. Bliss sagte, jammerschade, aber nein, das sei nicht der Fall. Wenn sie Arbeit suchten, sollten sie es vielleicht in Little Walsingham probieren. Er habe dort einen alten Freund, ein Mr. Sallace sei das, der immer nach geeigneten Leuten Ausschau halte und nur selten welche finde. Sie sollten Mr. Sallace einfach sagen, Mr. Bliss habe sie geschickt. Mit einiger Mühe ortete Mr. Bliss sein Adreßbuch.

»Und Sie brauchen ganz bestimmt keine Assistentin?« fragte Carmen.

»Ganz bestimmt nicht«, sagte Mr. Bliss. »Die Zeiten sind hart und werden für einen Pferdenaturheilkundler nur immer noch härter. Die Leute, die heutzutage noch Pferde kaufen, sind Computerfreaks und Teenagertycoons. Die leben in ihren Penthäusern und haben volles Vertrauen zu Antibiotika. Im übrigen scheinen sie zu glauben, daß ihr Pferd zu existieren aufhört, sowie sie den Blick davon wenden, was immer häufiger der Fall ist, wenn sich der erste Besitzerrausch gelegt hat. Was einen allerdings nicht allzusehr überraschen sollte: Liebende halten es schließlich häufig genauso.«

Little Walsingham! Laura und Carmen waren nicht gerade hellauf begeistert. Sie waren auf einem Schulausflug einmal dort gewesen und hatten es öde gefunden, weil Mrs. Baker vorn im Bus die Verse deklamierte:

»Als Ihr den Weg von Heilig' Walsingham
Genommen,
Ist Euch mein Lieb'
Nicht vors Gesicht gekommen?«

Und so fort, während Carmen versuchte, ungesehen eine Zigarette zu rauchen, Laura schlief und Annie für ihre Erste-Hilfe-Prüfung einen Fingerverband übte und dabei die Mädchen hinter ihnen in einen Wirrwarr von Verbänden wickelte.

»Ich weiß wirklich nicht, was mit euch Mädchen los ist«, sagte Mrs. Baker, während sie angesichts der Fensterformen der Kirche von Great Walsingham aus dem vierzehnten Jahrhundert vor sich hin gähnten, auf der Straße nach Little Walsingham eine Gruppe barfüßiger Pilger und sogar einen Büßer übersahen, der auf den Knien vorwärtsrutschte, und angesichts der Üppigkeit der angeblichen heiligen Stätten keineswegs große Augen machten. »Warum ist euch eure Vergangenheit nur so zuwider?«

Während der Regierungszeit Edwards des Beichtigen träumte Richeldis, die Frau des Gutsherrn am Ort, zwei Nächte hintereinander den gleichen Traum – daß die Jungfrau Maria erschien, sie bat, in Walsingham einen Nachbau der Verkündigungsgrotte von Nazareth zu errichten, und ihr versicherte, eine neu entspringende Quelle werde ihr die richtige Stelle weisen. Am Morgen nach dem zweiten Traum begann die Quelle zu sprudeln, und das Heiligtum wurde dementsprechend errichtet. Walsingham wurde als Englands Nazareth bekannt, und so riesig war die Zahl der Menschen, die aus der ganzen Welt anreisten, daß die Milchstraße eine Zeitlang als Walsingham Way bezeichnet wurde. Und Mrs. Baker tönte fort und fort.

Heinrich VIII. ließ die Kirchen abreißen und das Heiligtum öffentlich niederbrennen. Es sei ja an sich nichts Schlechtes, erklärte Mrs. Baker, daß die Macht im Land künftighin bei der weltlichen Obrigkeit gelegen habe statt bei der religiösen, doch habe das Ereignis große Empörung in der lokalen Öffentlichkeit ausgelöst: Mit den Spitztürmen und Grotten sei sämtlichen Einkünften der Gegend der Garaus gemacht worden, die Pilger seien ausgeblieben, die Wirtshäuser und Herbergen hätten schließen müssen, die Prälaten, die Kaufleute und Handleser, die Ablaßkrämer und Nekromanten, die Reliquien- und Souvenirhändler hätten einpacken können.

Laura, Carmen und Annie starrten an jenem Tag auf Mrs. Bakers Geheiß auf die kantigen mittelalterlichen Gebäude, die langweiligen viktorianischen Kirchen und hatten den Eindruck, es mit einem Ort zu tun zu haben, der einstmals bedeutend gewesen und nun ohne jedes Leben war. Die ganze Klasse war gereizt, laut und unkooperativ. Unter einem Ausflug hatten sie sich etwas anderes vorgestellt.

»Sünde ward, wo Unsre Fraue saß
Wonne ward höllisches Weh,
Satan thront', wo der Herr gebot,
Walsingham, oh ade!«

sagte Mrs. Baker, als sie auf der Strandpromenade von Wells-on-Sea Fisch und Chips aßen, doch es interessierte die Mädchen mehr, ob sie Carmen nun rauchen gesehen hatte oder nicht. Mrs. Baker gab es auf und starrte düster auf die Meeresbucht hinaus. Sie fragte sich, weshalb ihr das alles nicht gleichgültig war. Raubmöwen griffen im Sturzflug die Seeschwalben an. Es war Ebbe, ganz, ganz weit draußen war die See, als hätte selbst das Wasser das Interesse an einem derart niederschmetternden Festland verloren. Carmen verschwand, und die ganze Busladung übellauniger Mädchen mußte warten, bis man sie gefunden hatte, ehe sie sich auf den Heimweg machen konnten. Sie hatte sich in die Bude des Handlesers an der Strandpromenade geschlichen. Der erklärte ihr, sie würde Lehrerin werden und in einem Bungalow leben, so daß sie nicht nur die ganze Gruppe aufhielt, sondern auch den gesamten Heimweg über verdrossen war. Es war kein Tag, an den es sich tatsächlich zurückzudenken lohnte.

Aber am Tag ihrer Rückkehr nach Walsingham, auf der Suche nach Mr. Sallace und einem Job, hatte die Stimmung des Ortes sich verändert. Es war schließlich Ende August, und Ende August ist die Zeit für Staatsstreiche und Rassenunruhen, für auf dem Dach sitzende meuternde Häftlinge, für Truppenbewegungen und rollende Panzer, für Bauern, die Stoppeln abbrennen (wenn es denn nichts Interessanteres abzurasieren gibt), und der Ozean rückt dem Land auf den Leib, um nachzuschauen, was los ist, schwappt hinauf und hinüber. Es ist die Jahreszeit für Gewitter und einschlagende Blitze, und die Nase fängt allenthalben Rauch und Korditgeruch ein. Wer kann, zieht sich in ein Häuschen auf dem Lande zurück, um die gefährliche Saison zu verabschieden, und die ganz besonders Guten schicken sich an, auf Pilgerfahrt nach Walsingham zu gehen, um dort für sich selbst und die übrige Welt zu beten.

Heute waren ganze Pilgerscharen unterwegs. Schlangen bildeten sich außerhalb des kleinen Anglican Shrine, während drinnen Non-stop-Gottesdienste liefen. Unablässig wurden die Weihrauchgefäße geschwenkt, Kerzen schimmerten und tropften, und die Luft war schwanger von Rauch, Weihrauch und Schweiß und lärmerfüllt von Segnungen und Amen. In der neuen katholischen Kirche unmittelbar vor den Toren der Stadt, die alles in allem luftiger und hygienischer war, war man der Ansicht, hier und nicht dort sei der wahre Standort des Heiligtums. Der Marktplatz war rappelvoll und lärmerfüllt. Die rituellen Protestler brüllten an ihrer Straßenecke, erklärten, man habe es mit Götzendiensten zu tun, und forderten Gottes tödlichen Zorn hernieder. Straßenchöre von Hymnensängern sangen einander an die Wand, die Reliquienläden machten gute Geschäfte mit Kreuzen und Madonnen, I-love-Jesus-T-Shirts, Bechern und Eierbechern mit Walsingham-Aufdruck, Heiligenbildern, Rosenkränzen, Greenpeace-Plakaten, Rettet-den-Regenwald-Ballons, Sonderausgaben von Großdruckbibeln und so weiter – kaum, daß sie mit dem Zählen nachkamen. Gute Zeiten!

Carmen und Laura fanden die Werkstatt von Mr. Sallace in einer dunklen, übelriechenden mittelalterlichen Gasse, die kopfsteingepflastert und von weiß Gott was für Lachen übersät war, jedenfalls stank es ziemlich, während sie einem Schild mit der Aufschrift »Glossops Devotionalien« und einem Hinweispfeil folgten. Die hölzerne Tür war schmal und schief wie die Wand, in der sie sich befand. Carmen klopfte, und ein alter Mann öffnete ihnen. Ihr Anblick bereitete ihm sichtlich kein Vergnügen. Er war klein, verhutzelt, übellaunig, und seine uralte Gestalt war ebenso verzogen, wie es das alte Eichenholz seiner Tür war, doch hinter ihm tat sich ein überraschend großes, helles und luftiges Atelier auf. Der Geruch von Farbe und nassem Gips hing in der Luft, und man hatte das Gefühl, daß hier Menschen kundig und fleißig zu Werke gingen, und Carmen und Laura verspürten den Wunsch mitzumachen.

Mr. Sallace ließ Mr. Bliss' Name gänzlich unbeeindruckt, und er erwiderte, es seien keine Stellen frei, und sie möchten bitte wieder gehen. Carmen mußte abermals den Fuß in die Tür stellen und erklären, sie seien den ganzen Weg hergetrampt, worauf Mr. Sallace lediglich entgegnete, er halte nichts vom Trampen.

»Den ganzen Weg von Fenedge«, sagte Laura. »Es hat eine Ewigkeit gedauert.«

Bei der Erwähnung von Fenedge hellte sich Mr. Sallace' Miene auf, und er fragte, ob sie Mavis Horner, die Heilerin, kannten. Er sei einmal wegen seiner Arthritis bei ihr gewesen und habe seitdem nicht mehr die mindesten Beschwerden. Während er sprach, spähte er zu ihnen empor, so verkrümmt war seine Wirbelsäule, und als er hörte, daß sie mit Mavis' Tochter befreundet waren, ließ er sie herein und meinte, vielleicht könne er ihnen ja doch helfen. Er führte sie hinüber zu den auf Böcken ruhenden Arbeitstischen der Abteilung Madonnen & andere Heilige, und zum erstenmal fiel Carmens Blick auf Ronnie Cartwright, der, die muskulösen, sonnengebräunten Arme voller Gips, gerade einer lebensgroßen Madonnengestalt aus ihrer Gußform half. Er war einundzwanzig und hatte lockiges braunes Haar, ein sympathisches Lächeln und eine gerade Nase.

»Liebe auf den ersten Blick«, sagte Carmen später zu Laura.

Ronnie nahm Carmen bei der Hand und zeigte ihr, wie man blaue Madonnenaugen in ihre Höhlen setzt. Er erklärte, er mache diese Arbeit nur vorübergehend, er sei ehrgeizig, wolle ins Marketing und habe die Absicht, binnen fünf Jahren bei Safeway ziemlich weit nach oben zu kommen,

Glossops Devotionalien sei ein hoffnungsloser Fall: immer der gleiche blaue Mantel, das gleiche liebliche Lächeln, die zum immer gleichen Himmel gehobenen immer gleichen blauen Augen. Ohne Veränderung schrumpfe man ein, auch wenn das seine fünfhundert Jahre brauche. Und wenn man Ronnie fragte, waren die fünfhundert Jahre für ihn so ziemlich herum.

»Seine Berührung hat mich erregt«, sagte Carmen auf dem Nachhauseweg. »Wirklich. Wir sind für einander bestimmt.«

»Jetzt halt aber mal die Luft an«, sagte Laura. Am Ende hatten sie auch diesen Job nicht bekommen. Carmen hatte bei der Probe die Madonnenaugen mantelblau angemalt und den Mantel augenblau, Laura hatte zwar für die Fußnägel das richtige Rosa getroffen, Mr. Sallace dann jedoch offenbart, daß sie schwanger war. Sie sei viel zu jung, um ein Kind zu kriegen, hatte Mr. Sallace gesagt, und in der Farbe sei Blei, und setzte die beiden vor die Tür. Carmen fragte noch, ob sie die zwei Stunden Arbeit, die sie umsonst geleistet hätten, nicht bezahlt kriegen könnten, und er trieb die beiden hinaus und knallte die Tür zwischen ihnen und Ronnie zu. Und Carmen hatte nicht einmal seine Telefonnummer und er auch ihre nicht. Sie war zu stolz, um zurückzugehen und darum zu bitten. Sie trödelten noch eine Weile herum, für den Fall, daß Ronnie aus eigenem Antrieb herauskäme, doch das tat er nicht.

Wer anders bot ihnen auf dem Rückweg an, sie mitzunehmen, als Driver? Er hielt ein ganzes Stück voraus, und Carmen mußte die fünfzig Schritte bis zum Autofenster rennen, ehe sie erkannte, wer es war.

»Mitfahrgelegenheit gefällig?«

»Nein, danke«, sagte Carmen.

»Ganz, wie's beliebt«, sagte Driver ziemlich vergnügt. »Wenn Sie lieber leiden wollen. Sie werden sich das schon früh genug anders überlegen. Was haben Sie denn in Walsingham getrieben? Einen Job gesucht?«

»Ja«, sagte Carmen. »Wir hatten aber kein Glück.«

»Tja«, sagte er, »war ja auch nicht gut möglich, wie? Die Stelle bei der Fluglinie ist immer noch unbesetzt. Die Uniform würde Ihnen wirklich glänzend stehen.«

»Nein«, sagte Carmen.

»Sie würden ein paar tolle Jungs kennenlernen«, sagte er. »Ihr Kaliber. Nicht diese Allerweltstypen, wie sie in jedem Supermarkt arbeiten. Nun entwickeln Sie doch mal ein bißchen Ehrgeiz, Carmen.«

»Sie lassen nicht locker, wie?« sagte sie.

»Stimmt«, sagte er.

»Wahre Liebe kennt eben kein Hindernis«, sagte sie.

»Ho, ho, ho«, sagte er.

Laura schrie auf, und als Carmen sich umwandte, sah sie sie flach am Boden liegen. Ein Kaninchen war vor ihr aus der Hecke geflitzt gekommen und hatte sie straucheln lassen. Carmen lief zurück, um ihr aufzuhelfen, und brach sich dabei den Absatz ab.

»Das Lästige am Pech ist«, sagte Driver noch, ehe er davonbrauste, »daß es ansteckend ist wie die Masern, und die Freunde sind die ersten, die es erwischt.«

»Und wenn ich nun das Kind verliere?« fragte Laura.

»Tust du nicht«, sagte Carmen. »Das wär zuviel des Glücks.«

Ein Unwetter suchte die Gegend heim, tobte übers Land und legte die Getreidefelder flach, die noch nicht abgeerntet waren. Die plötzliche Überflutung der Straßen bewirkte einen Rückstau der Abwässer, die in einen in den River Wissey mündenden Bach abflossen, der dadurch wiederum über eine ziemliche Strecke hinweg so viel Sauerstoff einbüßte, daß ein paar hundert Fische eingingen. Regenwasser drang durch die Decke von Mr. Bliss' Bauwagen und verdarb einen ganzen Bottich Gallenpulver, eine Mischung aus Kaolin (billig) und Spinnweben, die die Kinder aus der Gegend gesammelt hatten (ungeheuer teuer).

Oben am Bellamy House leckte eine Dachrinne, und eine

getäfelte Zimmerdecke, die vor dem Streichen noch nicht richtig trocken gewesen war, stürzte krachend ein. Annie, die gerade vorbeiging, kriegte Putz ins Haar, und bis zum nächsten Haarwaschabend waren es noch fünf Tage. Ich selbst war auf dem Weg vom Behindertenzentrum zu Alisons Wagen und wurde gerade von völlig fremden Menschen halb geschoben, halb gehoben, als der berühmte Wolkenbruch einsetzte: Ich bin sicher, der Mann ist auf alle Zeiten von seiner Hilfsbereitschaft kuriert. Nicht jedoch natürlich Alison, die ihr altes Gesicht zu den triefnassen Wolken hob, während ihr das dünne Haar die runzligen Wangen verklebte und hier und da die rosige, wund aussehende Kopfhaut durchschien.

»Mach nur feste weiter, lieber Gott. Wir lassen uns nicht unterkriegen.«

Pechsträhnen

Des einen Pech, des anderen Glück. Pech, wenn einem die Windschutzscheibe zerspringt, ein Glück jedoch für die Reparaturwerkstatt. Gestern habe ich drei Stunden in der Werkstatt verbracht, während die Mechaniker Alisons Windschutzscheibe austauschten. Ich kann eben nicht so einfach weggehen.

Glück für Audrey, daß das »Zu verkaufen«-Schild, das sie vor dem Haus aufstellt, noch am selben Tag einen Käufer anlockt. Pech für Laura, die ihr Zuhause verlieren soll und nun ganz niedergeschlagen ist. Die romantische Seite der Schwangerschaft will und will sich nicht zeigen, wohl aber zeigen sich etliche Probleme.

Liebt sie Woodie? Wie weiß man, daß man verliebt ist? Weder Carmen noch Annie sind in der Lage, ihr das zu sagen, wobei Annie allerdings vermutet, daß es sich um Liebe handle, wenn es einem nicht in den Sinn komme, diese Frage überhaupt zu stellen.

Ein Glück, daß Woodie vorzeitig von seinem Lehrgang zurückgekehrt ist, um die Verantwortung für das Baby zu übernehmen. Pech ist, daß das auch bedeutet, daß er sein Diplom nicht bekommen wird.

Ein Glück und Pech zugleich ist, daß Woodie Laura heiraten will. Eines Abends sucht Laura über den Küchentisch hinweg die Aussprache mit Woodie und Audrey. Sie hegt die Hoffnung, teilen und auf die Weise auch irgendwie herrschen zu können.

»Wenn du das Haus wieder vom Markt nehmen würdest, Mum«, sagte Laura, »dann könnten du und ich hier friedlich mit dem Baby wohnen und es gemeinsam aufziehen. Ich würde arbeiten gehen, und die Hypothekenzinsen kriegten wir schon irgendwie zusammen. Und Woodie könnte uns immer besuchen kommen.«

Die beiden starrten sie einfach nur an.

»Hast du die Absicht, mir zu helfen, wenn das Kind da ist, Mum?«

»Ich muß an mich selbst denken«, sagte Audrey. Sie sagte das häufig in letzter Zeit. »Es ist dein Kind, nicht meins.«

Laura fühlte sich im Stich gelassen. Woodie hatte einen anderen Plan. Er wollte sich selbständig machen und Do-it-yourself-Gerätehäuser herstellen. Er brauchte dazu nichts als einen Garten hinter dem Haus. Wenn er Laura heiraten würde und Audrey würde mit ihnen zusammenleben, wäre es nicht nötig, das Haus zu verkaufen, und sie könnte sich dann mit um das Kind kümmern, wenn sie Lust dazu hätte, müßte aber nicht. Weil Laura natürlich zu Hause bleiben und sich um das Kind kümmern würde. Wozu sollte man denn ein Kind bekommen, wenn man es schließlich doch nur anderen überließe?

Er war nett, verläßlich, vernünftig und anhänglich, und Laura willigte ein, ihn zu heiraten. Und ob das nun sein Glück war und ihr Pech oder andersherum, wer kann das sagen? Man kann von anderen Menschen nur sagen: Wie schade, daß er dies getan hat oder sie jenes – doch wir werden niemals erfahren, um wieviel schlimmer es hätte kommen können, wenn sie es nicht getan hätten. Zumindest ist man noch am Leben, um überhaupt sagen zu können: Ach, wär ich doch bloß nicht emigriert. Die Natur sorgt für sich selbst, auf dem Wege des Zeugungsakts und durch ein endloses Jonglieren mit Chromosomen. Zwei tun sich zusammen, um ein Neues hervorzubringen und es unter einem unendlichen Mal-angenommen-Dies und Mal-angenommen-Jenes bis zum Ziel zu geleiten. Allerdings steht dem Menschen nicht zu Gebote, etwas so Interessantes zu tun, wie das Leben um ein oder zwei Szenen zurückzudrehen und es auf andere Weise neu abzuspulen. Nur Schriftsteller können das, und die tun auch nur so, als ob.

– VIII –

UNMITTELBAR VOR WEIHNACHTEN stieß Carmen mit Mrs. Baker zusammen. Und zwar im wörtlichen Sinne. Ihr Vater erteilte ihr gerade Fahrunterricht. Sie trat aufs Gas statt auf die Bremse, der Wagen schoß in die Fußgängerzone von Fenedge und erwischte Mrs. Baker, die, als Uncle Holly verkleidet, Geld für den Regenwald oder die mexikanischen Erdbebenopfer sammelte, ich habe vergessen, wofür genau: mit Sicherheit aber für eine gute Sache an einem fernen Ort. Ich beobachtete sie vom Behindertenzentrum aus und fragte mich, weshalb es niemals eine Sammlung für den Behindertentransport hier bei uns gab, als ich sah, wie Carmen in sie hineinfuhr. Aber vielleicht übertreibe ich ja auch. Mrs. Baker bekam einen Kratzer am Bein ab, einen leichten, und ich persönlich fand zwar, daß sie besser ins Krankenhaus gefahren wäre, um sich eine Tetanusspritze geben zu lassen, so verrostet, wie Andys Auto war, doch die beiden gingen auf eine Tasse Kaffee und eine Hackfleischpastete ins Welcome-In. Andy hatte Carmen aus dem Wagen befördert und erklärt, lieber würde er sterben, als sie auch nur noch einen Schritt weiterfahren lassen, denn dann stürbe er sowieso: Sie würde zu Fuß nach Haus zurückkehren müssen.

»Ich hab's ja gesagt«, sagte Mrs. Baker, nicht selbstgefällig, sondern mit einer gewissen Bekümmertheit, als sie erfuhr, daß Annie immer noch Hausmädchen im Bellamy House Hotel war und es nicht mal geschafft hatte, zum Küchendienst befördert zu werden – »sie ist einfach zu gut im

Bettenmachen«, sagte Carmen –, und daß Laura nicht einfach nur schwanger, sondern obendrein auch noch verlobt und Carmen arbeitslos war. »Ich hab euch Mädels ja gesagt, was passieren würde, wenn ihr die Prüfung nicht schafft.« Doch es war schon seltsam. Wo immer Carmen sich um eine Stelle bewarb, ging irgendwas schief. Entweder machten die Firmen gerade dicht, wenn sie dort auftauchte – so wurde Peckhams Poultry geschlossen, weil man die Salmonellen wieder loswerden mußte –, oder die Personalchefs entschieden aus unerfindlichen Gründen gegen sie. »Sie greifen zu niedrig«, sagte Mrs. Baker. »Ein Blick auf Sie genügt denen, um zu wissen, daß Sie doch nur eine Woche bleiben oder alsbald anfangen, den ganzen Laden zu schmeißen und denen Vorschriften zu machen.«

Mrs. Baker fragte, wie es mit den Jungs aussehe, und Carmen antwortete, wie sie es immer tat: Sie habe die Liebe ihres Lebens gefunden, einen gewissen Ronnie Cartwright, und spare sich für ihn auf. Sie zitierte sogar eine Zeile aus *Pelléas et Mélisande* und nahm an, wenigstens ihre alte Lehrerin würde sie verstehen. Mrs. Baker erklärte mir jedoch später, sie fühle sich schuldig, weil sie ihren Mädchen die Köpfe mit derlei romantischem Unfug vollgestopft habe, wo sie doch sowieso nie jemand anderen kennenlernen würden als die Jungs aus dem Ort. Sie wolle sich dafür einsetzen, daß eine ganze Reihe Bücher von der Leseliste genommen würden. Sollten sie ihre Chancen in der wirklichen Welt doch lieber realistisch einschätzen. Mrs. Baker holte sich zum Trost noch eine Hackfleischpastete, und während sie am Tresen stand, fiel ihr Blick auf die Lokalzeitung und eine kleine Anzeige, in der Bellamy Airspace eine Stelle für eine gescheite junge Dame anbot. Sie nahm die Zeitung mit an den Tisch, wo Carmen unter den schauerlichen Werken ortsansässiger Künstler saß, und Carmen rief von der Telefonzelle vor der Post endlich Bellamy Airspace an und bat um ein Vorstellungsgespräch.

Ich beobachtete sie von meinem Fenster aus. Ich hätte schwören können, als sie die Zelle betrat, war sie mit ihren dunklen Farben zwar recht hübsch anzusehen, wirkte allerdings etwas gedrungen, und als sie wieder herauskam, war sie plötzlich schön, langbeinig und hatte einen üppigen Busen, trat allerdings wiederholt gegen die Hauswand, als hätte sie einen Wutanfall.

Carmen rief Mrs. Baker noch am selben Abend zu Hause an, um ihr mitzuteilen, daß sie die Stelle bekommen habe. Sie werde als Empfangssekretärin arbeiten. Ihre neuen Arbeitgeber würden sie zunächst in formvollendetem Ausdruck und der Kunst des Blumenarrangements unterweisen. Sie solle Kurse in Make-up und Massage besuchen. Die übrige Zeit sitze sie einfach da, nehme Päckchen entgegen und mache den Kunden Kaffee, und dabei verdiene sie das Doppelte dessen, was sie bei Peckhams Poultry bekommen hätte.

»Das hört sich ganz so an«, sagte Mrs. Baker, »als bildeten die Sie zur Geisha aus.«

»Ganz offensichtlich möchte Sir Bernard Bellamy«, sagte Carmen, »daß seine weiblichen Angestellten wirklich weiblich sind. Allerdings nicht gleich schwanger«, setzte sie beim Gedanken an Laura noch hinzu.

Es war auffällig, wie sich Fenedges Schicksal innerhalb der nächsten Monate zum Guten wendete. Peckhams machte wieder auf, da sich der Salmonellenpegel endlich auf einem Niveau bewegte, mit dem das Ministerium für Landwirtschaft, Fischerei und Ernährung leben konnte, und nicht weit weg wurden die Überreste eines römischen Landhauses und seines prächtigen Fliesenbodens entdeckt, was reichlich Besucher mit archäologischem Interesse anlockte, wenn auch nicht alle mit viel Geld, so daß die vielen Bed-&-Breakfast-Unterkünfte florierten. Bettücher, die in Wäscheschränken gestapelt gewesen waren, wurden herausgenommen und gelüftet, Eierbecher aus den Küchenschränken hervorgeholt, von toten Fliegen gesäubert und abgewaschen. Kinder wurden ermahnt, aufrecht am Tisch zu sitzen und ihre Manieren nicht zu vergessen, für den Fall, daß zahlende Gäste kamen. Und wie sie kamen! Bellamy House holte so viele reiche Leute in die Gegend, daß es lohnend erschien, schicke Lokale aufzumachen. Pubs polierten ihre Einrichtung auf, eine japanische Autovertretung wurde der Stadt beschert, und die Wäscherei erwarb zusätzlich einen chemischen Trockenreinigungsautomaten, so daß man seine Sachen noch am selben Tag gereinigt zurückbekommen konnte! Bis dahin waren sie nach Kings Lynn geschafft worden, und es hatte mindestens fünf Tage gedauert, bis man sie zurückbekam, und die Filialleiterin am Ort hatte nicht selten das Abgegebene zurückgewiesen, indem sie den Kaschmirpullover mit dem Eigelbfleck auf der Brust befingerte und sagte: »So etwas in die Reinigung zu geben, ist rausgeschmissenes Geld. Waschen Sie den mal lieber zu Hause. Da passiert überhaupt nichts.« Und dann tat man es, und es stimmte nicht. An Carmens, Lauras und Annies alter Schule sollte ein neuer naturwissenschaftlicher Zweig eröffnet werden, das Lehrinstitut wurde jetzt in Community Resource Center umbenannt und erhielt zusätzliche Geldmittel von der lokalen Schulbehörde. Abendkurse in Polstern und Astrologie wurden eingerichtet. Ein Skandal, in den die königliche Familie mit verwickelt war, machte Schlagzeilen, und die fraglichen Mädchen entpuppten sich als die Töchter des Ortsgeistlichen, so daß die Journalisten in Scharen in den Ort einfielen und Fenedge endlich kein weißer Fleck auf der Landkarte mehr war: »Fenedger Flirts.« Die Stadtväter (ja, Stadt!) ließen endlich das Kriegerdenkmal säubern und die Blumenrabatten neu bepflanzen. Es gab endlich eine Buslinie, die Fenedge mit den benachbarten Dörfern verband, und das Kino machte wieder auf und verfügte nun über eine neue Dolby-Stereo-Anlage, eine der besten im ganzen Land.

Dabei ging es weniger darum, daß sich all diese erfreulichen Dinge ereigneten, als darum, daß nichts wirklich Unerfreuliches mehr passierte. Vielleicht schaute der Teufel ja in eine andere Richtung und trieb plötzlich anderswo sein Unwesen. Pech für die, die es traf. Sir Bernard war ebenfalls unterwegs: Er war in das Geschäft mit skandinavischen Frachtern eingestiegen.

Mavis und Alan schlugen Annie vor, doch besser in Bellamy House zu wohnen: Ihrer Meinung nach würde sich das günstig auf ihre Beförderungschancen auswirken.

»Ihr wollt sagen, in meinem Schlafzimmer ist nicht mehr genug Platz für euer Büro«, war Annies erste Reaktion. »Das heißt, daß in eurem Büro kein Platz mehr für mein Bett ist.«

»Du kannst doch nicht ewig zu Hause wohnen«, sagte Alan. »Du bist jetzt schließlich berufstätig. Wenn du dich mehr angestrengt, deine Prüfung bestanden hättest und aufs College gegangen wärst, wär es was anderes. Aber du wolltest ja nicht hören.«

»Und ob ich gehört habe«, sagte Annie, »auf Graf Capinksi habe ich gehört, falls ihr euch erinnert. Es war alles seine Schuld.«

»Sprich bloß seinen Namen nicht aus«, sagte Alan besorgt, »nicht mal in Gedanken. Sonst kommt er womöglich noch wieder.«

Mavis' Ruf hatte sich erholt und einen neuen Gipfelpunkt erreicht, nachdem ihr Ansehen durch das Verschwinden des Grafen zunächst erheblich gelitten hatte. Eine Zeitlang schien ihre Heilkraft sie verlassen zu wollen, doch nun war sie wieder die alte oder jedenfalls angeblich. Warzen verschwanden, und Rückenschmerzen verflogen unter der bloßen Berührung ihrer Finger. Da Dr. Grafton zunehmend schrulliger wurde, nicht nur insofern er Krebserkrankungen erst diagnostizierte, wenn es zu spät war – was jedem passieren kann –, sondern insofern er sich weigerte, Antibiotika zu verschreiben oder Hausbesuche zu machen, und

Patienten einreden wollte, daß sich mit Hilfe von Vollkornbrot und Meditation Herzkrankheiten kurieren ließen, schien Mavis' Handauflegerei immer willkommener. Zwar mußte man Mavis bezahlen und Dr. Grafton nicht, oder doch nur via Steuern, aber Mavis kanzelte einen wenigstens nicht ab und setzte streßbedingte Beschwerden – und damit alles, was an Körper oder Geist nicht in Ordnung sein mochte – mit persönlicher Verfehlung gleich. Es war weitaus wahrscheinlicher, daß Mavis einem erzählte, man sei Opfer eines Dämons, der in einen gefahren sei, woran man ja nun schwerlich schuld sein konnte. Man war einfach nur zur falschen Zeit am falschen Ort gewesen. So war sie denn wieder ausgesprochen populär und konnte immer häufiger darauf verzichten, die Lebenden in Kontakt mit den Toten zu bringen, wozu sie in der Vergangenheit noch genötigt gewesen war, und sei es auch nur, um sich ihren Lebensunterhalt zu verdienen. Sie hatte das alles als ungeheuer anstrengend und ärgerlich empfunden, allein schon deshalb, weil die Toten, sowie sie einmal herbeigerufen waren, herzlich wenig Interessantes zu sagen hatten. Nun legte sie einfach nur die Hand auf und spürte, wie die heilende Kraft sie durchströmte.

Ich war selbst bei Mavis gewesen und hatte einmal mehr das eigenartige, nicht eben angenehme Prickeln in den aller Empfindung entwöhnten Zehen gespürt. Und damit nicht genug, sie schien völlig unverhofft eine Hautreizung auf dem Handrücken geheilt zu haben, die niemals wieder völlig abgeheilt war, seit ich auf einen Tropf, den sie mir in Chicago gegeben hatten, allergisch reagiert hatte. Dr. Grafton hatte sich endlich bereit erklärt, weitere Röntgenbilder und Scans nach Chicago zu senden – man konnte sterben, während der Ärztestand mit seinen Standesregeln ins reine zu kommen versuchte: Das Mißtrauen unter Ärzten wird nur noch von ihrem Mißtrauen gegenüber den Patienten übertroffen –, und schon begannen sie wieder, mich anzuschreiben: Der Rückgrat-Bypass habe durchaus funktioniert, versicherten sie mir, er sei nur sofort wieder blockiert worden und benötige nun selbst eine Gefäßplastik. Sie wollten ihn jetzt seinerseits mit Miniaturballons füllen, die sie dann innerhalb der Ader aufblasen würden, um sie zu reinigen. Sie hätten kürzlich eine neue, verbesserte Technik entwickelt, mit der sich das erreichen ließe, erklärte man mir am Telefon, warum ich nicht rüberkäme? »Wir werden das Blut zum Fließen bringen!« sagten sie. »So oder so, Harriet. Wir werden uns nicht geschlagen geben!« Doch irgendwie erinnerte mich ihr Tonfall an Alison, wie sie sich an den triefnassen Himmel gewandt und Gott getrotzt hatte, so daß ich mich nicht recht entschließen mochte, das Angebot anzunehmen. Ich fand es besser, einfach noch ein bißchen länger an meinem Fenster zu sitzen und zu beobachten, was draußen vorging, und mir Zeit für meine Entscheidung zu lassen. Vielleicht bedeutete das Prickeln ja, daß der Bypass bereits aus eigenem Antrieb die Verkehrsstockung in meinen Arterien bereinigte – ohne daß es eines chirurgischen Eingriffs bedurfte.

Doch nun ist genug von mir die Rede gewesen. Da war schließlich Annie, die an jenem Tag in ihre Gemüsesuppe weinte, weil sie sich verlassen fühlte: Wir dürfen sie nicht vergessen. Wenden wir uns also erneut ihrer mißlichen Lage zu.

»Sie weint, weil sie müde ist«, sagte Mavis. Mavis war Vegetarierin geworden. »Sie ist eine Fleischesserin. Karnivoren werden von ihren animalischen Leidenschaften zermürbt.«

»Es hat nichts mit Müdigkeit zu tun«, sagte Annie. »Es ist die Erleichterung. Die ganze Zeit hätte ich so gern in Bellamy House gewohnt, aber ich hab geglaubt, es würde euch kränken, wenn ich es gesagt hätte. Die meisten Leute dort sind so nett zu mir, wenn ich bei der Arbeit bin, und an die anderen gewöhnt man sich. Selbst daß Mrs. Haverill so abscheulich ist, ist nicht weiter schlimm. Wenigstens nimmt sie Notiz von mir. Hier bei euch geht es sowieso nur immer um Allergien und Rheuma, um tote Geister und Leichensäcke im Gefrierschrank. Und alle wollen dauernd nett sein, wenn ihnen gar nicht danach ist, und haben sowieso so viel zu tun, daß sich keiner um mich schert.«

»Jetzt bist du aber ungerecht«, sagte Mavis.

»Sie muß mal Dampf ablassen«, sagte Alan. »Danach geht's gleich besser.«

»Alles, was ich in Bellamy House anfasse, ist angenehm«, sagte Annie. »Es ist seidig, weich oder irgendwie massiv. Während hier alles kratzig, billig und blechern ist.«

»Alles in diesem Haus ist genau sein Geld wert«, sagte Alan. »Da steckt kein überflüssiger Penny drin.«

»Sein Geld wert heißt häßlich«, sagte Annie, »und seit ich in Bellamy House bin, scheine ich sogar selbst weniger häßlich zu sein.«

»Du bist doch nicht häßlich, Schatz«, sagte Mavis. »Wer sagt denn so was?«

»Der Spiegel«, sagte Alan und konnte sich das Lachen nicht verkneifen. Eine alte Gewohnheit. Tatsache war aber, daß Annie wirklich besser aussah. Sie hatte abgenommen, und ihre Augen wirkten größer, ja geradezu groß und schmachtend, und manchmal schaffte sie es sogar, sich in einem der Gästebadezimmer die Haare zu waschen, wenn sie Zeit und Mrs. Haverill ihren freien Tag hatte, so daß es sich kleidsam um ihr Gesicht bauschte, statt einfach nur strähnig herabzuhängen. Alan entschuldigte sich denn auch für seinen Scherz, und Annie packte, begleitet von den Segenswünschen der Familie, einen Schrankkoffer und zog auf den Hügel, um nun ganz zum Personal von Bellamy House zu gehören. Sie bekam eine eigene kleine Dachkammer, und Mrs. Haverill ließ sie die nur halbaufgebrauchten Stückchen der runden Lavendelseife aus den Gästezimmern benutzen, und nicht selten wurden Croissants vom Vortag zum Frühstück serviert, nachdem der Küchenchef sie für das Personal erst in Milch getaucht und dann kurz im Backofen erhitzt hatte.

Laura und Woodie heirateten, in aller Stille, weil Audrey wieder im Krankenhaus lag und nicht gerade der Augenblick für Freudenfeste war, doch auf dem Tisch des Standesbeamten standen hübsche Blumen, und Laura trug nach ewigen Zeiten endlich wieder einmal ein neues Kleid. Ihr Vater kam nicht. Sie schickte ihm an die letzte Anschrift, die sie von ihm hatte, eine Einladung, sowie sie wußte, daß ihre Mutter während der Trauzeremonie im Krankenhaus sein würde, doch er meldete sich nicht. Sie nahm an, daß er wieder einmal umgezogen war. Von Freunden hatte sie erfahren, daß Poppy ihr Baby verloren hatte, und fand, daß ihr Vater gar nicht erst von zu Hause hätte weggehen müssen, doch Woodie schaffte es, sie zu der Einsicht zu bewegen, daß ihr Vater wahrscheinlich wirklich hatte gehen wollen und nicht nur müssen. Und daß, naja, ihm Kubrick womöglich wichtiger gewesen war als seine Tochter. Männer der älteren Generation seien oft so, erklärte Woodie, insbesondere Männer Anfang sechzig, deren Gehirn durch Halluzinogene verwirrt sei. Er selbst jedoch, sagte Woodie, sei ein neuer Mann und anders. Er habe Gefühle und sei auch imstande, sie zu äußern. An ihrem Hochzeitsabend richtete er ernste Worte an Laura. Er wisse, sie sei sich nicht sicher gewesen, ob das mit der Heirat ein weiser Entschluß gewesen sei, doch er sei davon überzeugt, daß sie das Richtige getan hätten. Er liebe sie. Viel Geld würden sie zwar nicht haben, doch sie würden schon zurechtkommen. Er wolle dafür sorgen, daß Laura ein interessantes, erfülltes Leben hätte. Sie würden reisen – sie könnten schließlich campen, sogar auf dem Kontinent, wenn sie das wolle. Das Tolle daran, sein eigener Arbeitgeber zu sein, so wie er es sei oder doch zumindest demnächst sein werde, sei, daß man um so mehr verdiene, je mehr man sich ins Zeug lege. Naja, und das gehöre sich doch auch so, oder etwa nicht? In seiner Stimme war ein Beben, und Laura erkannte, daß Woodie genau solche Angst vor der Zukunft hatte wie sie, und so fragte sie sich nicht länger, ob sie ihn nun liebte oder nicht: Offensichtlich tat sie es.

Was Carmens Zuhause betrifft, so taten sich dort große Dinge. Raelene hatte Aerobic und die Wohltaten einer fettreduzierten Diät entdeckt. Plötzlich war sie wieder imstande, sich zu bücken, den Katzenteller hochzunehmen und abzuwaschen, und sie vergaß auch nicht mehr, die Entwurmungstabletten für den Hund zu besorgen, stellte nur noch gekochtes und keinerlei gebratenes Gemüse mehr auf den Tisch und streute Vitaminpulver und Mineralien ins Müsli. Andy und Stephen murrten zwar, aßen aber, was auf den Tisch kam. In gleichem Maße, wie sie abnahm, sprang Raelene immer häufiger vom Stuhl auf, um abzuräumen und abzuwischen, was sich abwischen ließ. Sie ertrug keine schmutzige Kleidung: Waschmaschine und Trockner rumpelten den lieben langen Tag und einen Teil der Nacht. Sie pflanzte Rosen in den Garten, machte die Pflanzlöcher sogar groß genug, daß sich die Wurzeln richtig darin ausbreiten konnten, und gab Torf und Humuserde dazu. Sie wählte eine Dortmunder Kletterrose (*R. Kordesii*) für die Nordwand (scharlachrot, mit weißem Auge) und *Rugosas* (Frau Dagmar Hastrup, rosa) und Rosenaie de l'Haye (violettrot) für die Beete im Vorgarten. Andy strich auf ihren Wunsch hin das Haus, und zwar nicht mit den Farbresten von allen möglichen Auftragsarbeiten, sondern mit richtiger strahlendweißer Außenfarbe, zwei Anstriche. Raelene begann, ans Telefon zu gehen, wenn es läutete, statt einfach immer nur den Anrufbeantworter einzuschalten, und legte Andy sogar eine Liste der Anrufe hin, die sie entgegengenommen hatte. Sie ließ den Transporter versichern und den Rückwärtsgang reparieren, so daß man wieder einparken konnte. Die Zahl der Strafzettel sank.

Was mochte all diese Veränderungen bloß bewirkt haben? Wie soll man das wissen? Familien haben ihre Höhe- und Tiefpunkte. Aerobic und Gewichtsabnahme trugen dazu bei und auch, daß Carmen nun eine Anstellung hatte, doch den allergrößten Anteil hatte wohl Stephens Verwandlung. Stephen hatte sich einen Ruck gegeben, wie das Jungen in einem bestimmten Alter manchmal tun, hatte entdeckt, daß eine Begabung in ihm steckte: Talent und Interesse für die Naturwissenschaften. Das Erlebnis, mit einem Magneten durch Eisenspäne zu streifen, hatte seine Begeisterung für die Wunderwerke der Natur entfacht. Er hatte das Glück, am College einen ausgezeichneten Physiklehrer zu haben, dessen Pech es wiederum war, an einer so schweren Halitose zu leiden, daß seine Einsatzmöglichkeiten stark eingeschränkt waren. Mr. Parker war folglich beim Ausschuß des Bildungssystems gelandet, den Lernunfähigen und Gestörten, bei jenen, die daran gewöhnt waren, mit schlechten Gerüchen zu leben, eigenen und fremden, und die sogar eher gern hatten. Mr. Parkers Demonstration des physikalischen Problems, das sich aus der Stützung zweier unterschiedlich großer Brüste mit Hilfe von Stoff und Draht innerhalb eines einzigen Kleidungsstücks ergab, befeuerte Stephens Interesse zusätzlich. Tests ergaben, daß er eine angeborene mathematische Begabung besaß, und so wurde er bald schon, über den Umweg eines recht morbiden Interesses an Atomkatastrophen, von der vergeistigten Welt der Teilchenphysik gefangengenommen und war, nach Ansicht der Schule, für Cambridge bestimmt.

»Da haben wir Glück gehabt«, sagte Mr. Parker auf dem Flur zum Direktor. »Reiner Dusel, daß wir auf den gestoßen sind. Ich wüßte ja gern, wie viele Kinder uns entgehen, wie uns auch Stephen um ein Haar entgangen wäre – vorzeitig abgeschrieben, weil wir uns nichts von ihnen versprechen.«

»Glück war das nicht«, sagte der Direktor. »Das System ist schließlich darauf ausgerichtet, Schüler wie Stephen herauszusieben und zu fördern . . .«, und er eilte vondannen und machte unterwegs ein Fenster auf. Im darauffolgenden Jahr erhielt Mr. Parker eine Begabtenklasse, und er brachte drei Schüler nach Oxbridge, so daß sich allem Anschein nach auch sein Schicksal zum Guten gewandt hatte.

»Mein Sohn, das Genie« – diese Vorstellung hatte tiefgreifende Auswirkungen auf Andy. Auch er hatte so seine zwanzig Pfund abgenommen, seit Raelene mit der Fritiererei aufgehört hatte, und machte nun den Eindruck eines Mannes, dem die Welt offenstand. Er bezahlte seine Rechnungen, ließ sich auf Gespräche mit unzufriedenen Kunden ein und ging sogar zu den Horners hinüber, um ohne Bezahlung ein paar Tage an deren Garage zu arbeiten. Er stellte zwar versehentlich die große Gefriertruhe ab, die da aus unerfindlichen Gründen an der hinteren Garagenwand stand (was wollte eine so kleine Familie bloß mit einer so großen Gefriertruhe?), doch Alan bemerkte es glücklicherweise und schaltete den Strom wieder ein.

Eines Tages, es war kurz vor der Geburt von Lauras Kind, kam Carmen früher als gewöhnlich nach Hause. Sie war zu ihrem Kurs »Blumenarrangements und andere Fertigkeiten der Präsentation« in Kings Lynn gewesen und traf jetzt ihre Eltern dabei an, wie sie Reisebroschüren durchblätterten. Raelene sprang auf, nahm Carmens Mantel, hängte ihn auf einen gepolsterten Kleiderbügel hinter der Tür und fragte sie, ob sie etwas essen oder trinken wolle.

»Zum Tee hab ich dann ein schönes Stück Fisch, gegrillt, mit einem Spritzer Zitrone. Nur hundertsechzig Kalorien auf hundertachzig Gramm. Früher«, sagte Raelene, »da dachte ich, der Körper wär einfach so eine Art Fabrik: nimmt sich, was er braucht, und den Rest schmeißt er weg. Doch offenbar weiß der Körper nicht, daß er eine Fabrik ist. Er nimmt, was er kriegen kann, und schluckt alles, Gifte und so weiter inbegriffen. Man muß ja so aufpassen bei dem, was man ißt, Carmen.«

Und Andy sagte (er leistete manchmal noch ein bißchen Widerstand): »Wenn du beim Essen beschissen werden sollst, dann wirst du beschissen, das ist jedenfalls die Theorie deines alten Vaters, Carmen. Oio, da sieht aber eine heute toll aus!«

Carmen trug sich mit dem Gedanken, sich eines Tages

einer kosmetischen Operation zu unterziehen, um sich die Brust verkleinern zu lassen. Ihre Kleider fielen nicht so, wie sie es gern hatte. Es war schwierig, sich das zuzulegen, was sie in ihrem »Denn wie man sich kleidet . . .«-Kurs eine »Linie« nannten. Ihre Figur schien veränderlich zu sein, was bei anderen Mädchen nicht so war. Sie hatte ihren ganzen Mut zusammengenommen und Dr. Grafton wegen des Zustands ihrer Brustwarzen aufgesucht, deren Form, Farbe und Größe sich fortwährend veränderte. Ob das womöglich Hautkrebs war? Dr. Grafton hatte sie einer äußerst gewissenhaften Untersuchung unterzogen, dann jedoch gemeint, sie schienen ihm völlig in Ordnung, keinerlei Abweichung vom Üblichen, allerdings bestehe die Möglichkeit, daß Carmen, wenn sie ein Kind bekäme, eine Milchpumpe benutzen müsse, damit das Baby etwas zum Festhalten habe. Es war zufällig ein Tag gewesen, an dem der Hof rosa, sehr blaßrosa, gewesen und die Brustwarze selbst kaum hervorgetreten war. So waren sie ihr am liebsten.

»Ich weiß, daß sie in Ordnung sind«, sagte sie zu Dr. Grafton, »es ist nur, daß sie sich dauernd verändern. Morgen werden sie wieder völlig anders sein. Und gestern erst waren sie braun und fest.«

Dr. Grafton hielt es für denkbar, daß sie unter Einwirkung psychotischer Veränderungen stand – daß jemand derart vom Zustand seiner Brustwarzen besessen war, konnte doch wohl nur auf irgendeine überwältigende sexuelle Angst schließen lassen –, und er schlug Carmen eine psychotherapeutische Beratung vor, die sie jedoch ablehnte. Sie sagte, ja, ja, sie habe einen Freund, Ronnie Cartwright heiße er – nur um aus dem Sprechzimmer herauszukommen. Immerhin war beruhigend, daß es kein Krebs war. Sie hoffte nur, daß das auch stimmte: Nach allem, was man hörte, irrte sich Dr. Grafton ziemlich oft. Vielleicht lag ja eine erbliche Veranlagung vor? Sie fragte Raelene, die befand, Carmen wachse offensichtlich immer noch, und sie, Raelene, habe eine interessante Sache im *Independent* gelesen. (Stephen hatte sich angewöhnt, die *Sun* morgens mit in seine naturwissenschaftliche Klasse zu nehmen, so daß sie zum Tee nichts zu lesen hatte, also war sie auf den *Independent* umgestiegen.) Anscheinend, so meinte Raelene, stünden Marks & Spencer auf dem Standpunkt, daß die weibliche Figur sich der Mode entsprechend verändere. Die Körper würden tatsächlich so, wie die Gesellschaft sie haben wolle.

»Also?« fragte Carmen.

»Nichts also«, sagte Raelene. »Das Leben ist wirklich voller Überraschungen.«

Und das bewahrheitete sich einmal mehr an dem Tag, als Raelene Carmen den Mantel abnahm und ihn für sie aufhängte – etwas, das seit Carmens Geburt kaum je vorgekommen war und wodurch sich Veränderungen ankündigten und Schuldgefühle sichtbar wurden.

»Dein Dad und ich müssen dir etwas sagen, Herzchen«, sagte Raelene, während Carmen mit ihren einhundertsechzig Kalorien aus purem Protein herumspielte. »Wir wollen eine Weltreise machen. Wir sind vielleicht eine ganze Weile weg. Doch wenn wir es jetzt nicht tun, wann denn dann? Wirklich bereuen tut man doch nur das, was man *nicht* gemacht hat, nicht das, was man gemacht hat. Stimmt's?«

»Kann schon sein«, sagte Carmen zögernd. Man muß feststellen, daß niemand seine Eltern gern zu einer Weltreise aufbrechen sieht, was immer er von ihnen halten mag. »Und was ist mit Stephen? Er geht doch noch zur Schule. Ist er nicht zu jung, um allein gelassen zu werden?«

»Er ist dann in Dounreay«, sagte Andy. »Was ich stolz auf den Bengel bin!« Stephen blickte von einem Buch auf, der *Metaphysik des Quark*, und sagte: »Freigang von Cambridge nächstes Jahr. Praktikum. Alle Spaltung ist Verschmelzung, claro?«, und wandte sich wieder seinem Buch zu. »Stephen ist also untergebracht«, sagte Raelene, »hat endlich die Flausen ausgetrieben bekommen, und du hast deine volle Stelle, so daß dein Vater und ich unabhängig sind. Und außerdem wird eure Tante Edna ein Auge auf euch haben. Wir haben das Haus zum Verkauf angeboten, damit die Bank sich nicht aufregt. Du mußt nichts weiter tun, als es den Leuten zeigen und sie dann vergraulen.«

Carmen dachte eine Weile nach, dann sagte sie: »Aber ihr habt doch kein Geld für eine Weltreise.«

»Doch, haben wir«, sagte Raelene. »Wie sich herausgestellt hat, hat Grandma uns doch ein ganz nettes Sümmchen hinterlassen. Wer hätte das gedacht! Gerade genug, um mal ein Jährchen faul zu machen und sich die Sonne auf den Pelz scheinen zu lassen.«

»Ach so«, sagte Carmen.

»Dann wär soweit ja alles geregelt«, sagte Raelene strahlend, wie es seit neuestem so ihre Art war. »Daß man kein Schweinefleisch essen soll, also ich weiß nicht. Manchmal könnte ich wirklich auf ein Schinkenbrot.«

Andy sagte: »Was mich betrifft, Mädchen, so ist Schinken ein fester Bestandteil meines Lebens.« Er blätterte in einem Katalog. »Wo ist denn der Hafen von der Seidenstraße? Oder ist die im Landesinnern?«

Carmen kam sich überflüssig vor. Sie musterte ihre Nägel. Gestern waren sie oval gewesen, heute schienen sie mandelförmig. Sie war aber über Nacht vom D-Körbchen zum B-Körbchen gewechselt, was schon eine Erleichterung war. Ihre Eltern bekamen davon nichts mehr mit. Man gewöhnt sich an alles.

Das Telefon läutete. Stephen nahm ab. Es war jemand namens Bernard für Carmen. Carmen nahm den Hörer mit den Worten, sie kenne keinen Bernard, und stellte dann fest, daß es Sir Bernard Bellamy war. Er wollte noch am selben Abend mit ihr essen gehen. Carmen sagte, sie könne nicht, außerdem habe sie schon gegessen, verspürte jedoch auf einmal großen Hunger – was sind schon hundertsechzig Kalorien für ein in Wachstum und Wandel begriffenes Mädchen? Also gut. Er sagte, er werde seinen Chauffeur vorbeischicken.

»Wer war denn das?« fragte Raelene.

»Niemand«, antwortete Carmen kurzangebunden. Ihre Brüste fühlten sich augenblicklich schwerer an. Ihr war, als würde sie nie wieder jemandem trauen können. Die Welt veränderte sich zu schnell für ihren Geschmack. Sie hatte ihre Kindheit überlebt, indem sie sich ihren Eltern überlegen fühlte, hatte sich dann neu auf sie eingestellt, als sie sich zum Besseren zu wandeln begannen. Und nun räumten sie gänzlich das Feld, zogen ihr den ohnehin schon zerfasernden Teppich endgültig unter den Füßen weg. Ihr war zum Heulen zumute.

Andy sagte: »Daß du dich nur nicht wegwirfst, Car. Wie du in letzter Zeit aussiehst, könntest du einen reichen Araber kriegen.«

Raelene sagte: »Unsere Car wird aus Liebe heiraten und nicht wegen des Geldes. Sie wartet nur noch auf den Richtigen.«

Carmen sagte, und sie fürchtete, zum letztenmal: »Wenn ihr mich Car nennen wolltet, warum habt ihr mich dann Carmen getauft?«

Sie ging in ihr Zimmer, schlief ein und wachte erst wieder auf, als Andy gegen ihre Tür hämmerte und rief: »Car, deine Verabredung. Der hat ja 'ne ulkige Minitaxe.«

Ich sah vom Fenster aus zu, wie Carmen den Weg zwischen den *Rugosas*, den rosa- und scharlachroten, hinabkam. Auf die Beine der Leute achtete ich wegen des Zustands meiner eigenen ganz besonders. Ihre waren heute perfekt, schlank, lang, zielbewußt. Wo sie endeten, begann ein Minirock aus Leder, der gerade nur knapp einen strammen kleinen Po bedeckte. Meine Tante Michelle nannte ihn Po. Meine Mutter regte sich jedesmal auf, wenn auch ich ihn so nannte. »Wie *soll* ich ihn denn nennen?« fragte ich einmal. Ich wußte, »Hinterteil« gefiel ihr auch nicht, weil sie das für ebenso ungenau wie verklemmt hielt. »Ich hab keine Ahnung«, sagte sie.

Driver stieg aus dem BMW und öffnete Carmen den Schlag, und Andy sagte von der Treppe her: »Du gehst also mit dem Firmenchauffeur aus«, worauf Carmen erwiderte: »So ist es, Dad. Mach's gut.«

»Paß auf dich auf«, sagte Andy, »und laß es nur nicht so spät werden.«

»Wenn ich noch nicht alt genug bin, um selbst auf mich aufzupassen«, sagte Carmen bitter, »wieso geht ihr beiden dann auf eine Weltreise?«

Sie kam nicht darüber hinweg. Verlassen! Schniefend saß sie im Fond und achtete nicht auf die Landschaft, obwohl es ein besonders schöner Abend war und selbst die schnurgeraden grünen und braunen Linien der Rübenfelder im Abendlicht zu leuchten schienen. Die Sonne ging gerade unter, rot und rund hinter mächtigen, blitzgetroffenen Bäumen. Wie auf einem ziemlich schlechten Gemälde.

»Herrlicher Abend«, sagte Driver von vorn. »Sind Sie denn gar nicht aufgeregt? Ein Rendezvous mit Sir Bernard. Hätten Sie sich nicht ein bißchen anpuppen können?«

»Er muß mich schon nehmen, wie ich bin«, sagte Carmen. »Und außerdem ist das mein bester Rock.«

»Das ist die richtige Einstellung«, sagte Driver. »Ich hab mir gedacht, vielleicht sollten wir beide uns mal bißchen unterhalten«, und fuhr von der Straße herunter, rumms, rumms, rumms, in ein Stück des alten Waldes hinein und parkte unter einer besonders prachtvollen Eiche. Wobei dieser ganze Teil womöglich auch nur einem Traum entstammt. Ein Vogelschwarm, jene bescheidenen Spatzen, die so verbreitet sind, daß niemand nach ihnen Ausschau hält, erhob sich sofort von den Zweigen und ließ sie ungestört. Ein Tischchen mit einer rotkarierten Tischdecke stand unter dem Baum, zwei Stühle einander gegenüber. Und da saßen sie nun, Driver und sie. Sie hielt ein Weinglas in der Hand.

»Nun habe ich Ihnen schon einiges vorgestreckt«, sagte Driver zu Carmen, »und es ist an der Zeit, daß Sie mir den einen oder anderen kleinen Gefallen tun.«

»Was haben Sie mir denn vorgestreckt?«

»Erster Punkt: Schönheit, vom Betrachter aus gesehen«, sagte Driver.

»Das überzeugt mich überhaupt nicht«, sagte sie. »Sie wechselt nämlich unaufhörlich.«

»Wie der Betrachter auch«, sagte Driver. »Ich könnte Ihnen auch die eigentliche Schönheit verschaffen, wenn Sie damit nicht zufrieden sind.«

»So daß die Männer sich auf der Straße nach mir umdrehen?« sagte sie höhnisch. »Das tun sie doch bereits.«

»Weil Sie sexy wirken«, sagte er, »und dazu hübsch aussehen. Das schafft letztlich jedes junge Mädchen. Genau besehen, bringt es aber nur Sorgen und Ängste: Wie verhindert man, daß man schwanger wird? Wie schminkt man sich am besten? Hat man auch nicht vergessen, sich die Beine zu rasieren? Hat man zu starke Oberarme? Es ist ziemlich arbeitsaufwendig, das richtige Aussehen für den richtigen Mann im richtigen Augenblick hinzukriegen. Schönheit jedoch, wahre Schönheit, ist einfach da. Die trägt man innerlich mit sich, die leuchtet von innen heraus. Sie schützt und vervollkommnet, während sie ihre Wirkung tut. Keine Sorge um behaarte Beine, denn sie werden nicht haarig sein: Der Körper respektiert die Vorstellung, die Sie selbst und andere von ihm haben. Und die Männer versuchen, an Ihrer Schönheit teilzuhaben. Sie müssen sie besitzen, sie müssen sie haben. Das ist wie beim Gold: Schönheit löst ein Fieber aus.«

»Ich will sie nicht«, sagte Carmen.

»Treiben Sie's nicht zu weit«, sagte Driver. Er hatte hohe Backenknochen. Er hatte seine Chauffeursmütze abgenommen, und sein Haar schimmerte glatt. Er starrte durch sie hindurch, während er sprach. Zu ihrer Erleichterung verspürte sie nicht den Wunsch, daß er sie ansah. Die Schultern seiner Uniform waren breit, und das Tuch war mit etwas gemustert, das die Struktur von Gefieder hatte, dabei jedoch metallisch glänzte, als versteckten sich darunter metallene Schwingen. Sie überlegte, ob sie vielleicht hinten im Wagen eingeschlafen sein konnte: War sie denn nicht auf dem Weg zu einem Rendezvous mit Sir Bernard Bellamy, was an sich schon ins Reich der Träume zu gehören schien? Träume in Träumen in Träumen! Wo sollte das denn nur hinführen? Sie trank noch etwas Wein und spürte, wie er ihr die Kehle hinabrann: Der war immerhin wirklich, lebenswichtiger Treibstoff für das Geflatter in ihrem Innern. Sie fragte sich, wo unter all dem vielbesprochenen Fleisch wohl ihre Seele stecken mochte: Und was war die Seele eigentlich? War sie das Organisationsprinzip, das für das Funktionieren der einzelnen Teile sorgte, oder einfach der Unterschied zwischen Leben und Tod? Und warum wollte Driver sie haben? Und würde es einen Unterschied machen, wenn er sie tatsächlich bekäme? Vielleicht stand sie ja in Beziehung zum Kosmos und nicht zu ihr selbst, und wieso sollte sie sich dann irgendwelche Sorgen machen?

Ich dichte Carmen diese Gedanken an. Sie hat Laura lediglich erzählt, und die hat es mir erzählt, daß sie nach einem Schluck Wein plötzlich erkannt habe, wie ihr Innenleben funktionierte. Sie habe sich selbst von innen sehen können, eine Ansammlung von Organen, die auf nicht sehr vergnügliche, aber eindeutig zusammenhängende Weise pulsten und in Fleisch gebettet waren. Sie habe plötzlich fühlen können, was ihr Körper tat, vom Blut, das durch ihre Adern rann, bis in die Zehenspitzen, ja, bis zu den Haaren, die ihr aus der Kopfhaut herauswuchsen: Da gebe es keinen Augenblick Ruhe. Das höre niemals auf.

Und das galt auch für Driver. »Schönheit hält Sie jung«, sagte er. »Schönheit kommt gleich nach der Unsterblichkeit. Der Körper altert natürlich, doch die Schönheit selbst ist wie ein Juwel, unzerstörbar. Wenn Sie sie besitzen, werden Sie geliebt, ohne dafür Liebe zurückgeben zu müssen. Das Entscheidende jedoch ist, daß Schönheit Ihnen Macht verleiht. Sie ist die einzige Macht, die Frauen jemals haben können. Und Macht ist das einzige, was Frauen letztlich wollen.«

»Mrs. Baker würde nicht gefallen, was Sie da sagen«, entgegnete Carmen. »Sie sagt, man kann alles erreichen, was man nur will, Mann oder Frau, wenn man es wirklich will. Das Problem ist, daß man wissen muß, was man will.«

Driver lachte auf eine unangenehme Weise. Carmen spürte, daß er Mrs. Baker nicht in dem Maße schätzte wie sie.

»Ohne Schönheit«, sagte er, »haben die Frauen nur so viel Macht, wie die Männer ihnen zugestehen.«

»Ich werde darüber nachdenken«, sagte Carmen. »Ich verspreche es.« Denn er sprühte bereits Funken, und Rauch entstieg ihm, als liefe die Maschine in ihm heiß.

»Und was haben Sie sonst noch für mich getan?«

»Der zweite Punkt«, sagte Driver auf herrscherliche Weise, so als hätte er den Daumen auf der ganzen Welt. »Glück und Segen allerorten, für Sie und Ihre Freunde.«

Carmen ließ es sich durch den Kopf gehen: Es stimmte, daß es ihr selbst nicht schlecht ging, daß Laura ein kleines Mädchen geboren hatte, fast ohne eine schmerzhafte Zukkung. (»So was«, sagte Nurse Phaby, die auch Laura schon zur Welt gebracht hatte. »Du hast vielleicht ein Glück, Mädchen! Nach deiner Mutter kommst du ganz bestimmt nicht!«) Und Annie hatte geradezu das große Los gezogen.

Annie war doch tatsächlich dem Mann ihrer Träume begegnet, während sie auf der Treppe des Dachgeschosses von Bellamy House einen Läufer auslegte. Endlich war auch das Obergeschoß, der wachsenden Beliebtheit des Hauses zufolge, für Gäste geöffnet worden. Vergessen wir, daß die wachsende Zahl der Gäste die Küchen- und Freizeitmöglichkeiten des Hotels bis an den Rand der Belastbarkeit strapazierte, daß die Wasserversorgung kaum ausreichte, um die entfernteren Zimmer zu erreichen, und daß der Belegschaft/Gäste-Quotient – von Mrs. Haverill als BGQ bezeichnet – sich von eins zu fünf nach eins zu zehn verschoben hatte, ohne daß entsprechende Lohnerhöhungen damit einhergegangen wären. Annie arbeitete jetzt regelmäßig länger, und dazu kamen noch bis zu acht Stunden pro Woche bei der Mitarbeitereinsatzgruppe, kurz MEG genannt, deren Funktion darin bestand, extra anfallende Arbeiten im Haus zu übernehmen, wodurch Mrs. Haverill der Notwendigkeit enthoben war, zusätzliches Personal einzustellen. In dieser Woche war es das Läuferauslegen, Annies Lieblingstätigkeit. Sie liebte die zähe Biegsamkeit des Teppichs, das Funkeln der Nägel, das rasche, scharfe Peng des Hammers auf dem Nagelkopf. Sie arbeitete äußerst akkurat. Alle anderen waren dazu gänzlich außerstande. Sie hatte eine Reihe Nägel zwischen den Lippen, kniete sich auf eine Stufe, reckte sich zur nächsten empor und ging dann in die Hocke, um ihr Werk zu begutachten. Jemand kam die Treppe hinauf und blieb hinter ihr stehen. Sie nahm an, es sei Eddie, der häufig ihr MEG-Kollege war. Sie machte sich nicht die Mühe, sich umzuwenden.

»Ich hab gleich keine Filzunterlage mehr«, sagte sie. »Im Besenschrank neben der Mozart-Suite ist noch eine Rolle.« Sie wurde ihr gebracht. »Die sind hier so schrappig«, sagte Annie. »Nicht mal anständige Teppichunterlagen kaufen sie. Und diese MEG, das ist doch der reine Schwindel. Mrs. Haverill verbreitet sich ständig darüber, wie wir alle an einem Strang ziehen müssen, aber was sie meint, ist doch, daß wir ziehen und Sir Bernard davon profitiert. Und sie ist in Sir Bernard verknallt. Die spinnen doch, daß sie die Dachkammern öffnen wollen. Da oben gibt es Fledermäuse und Bettwanzen in den Messingbetten. Kennst du dich mit Wanzen aus?« Und sie schilderte die gräßlichsten Dinge: Wie sie nach hundert Jahren wieder zu neuem Leben erwachten, derart ausgetrocknet im Laufe der Jahrzehnte, daß sie wie Papierschnitzel aussähen, und wie sie dann nachts auf eine Quelle feuchter Wärme zukröchen – einen schlafenden Menschen, dessen einziges Vergehen darin bestehe, eben warm und feucht zu sein. Der Papierschnitzel, der mit jedem Augenblick weniger papierähnlich aussehe, krieche auf sein Opfer zu, steche ihn oder sie dann mit seinem

Stechrüssel und impfe dabei gleichzeitig ein Betäubungsmittel und ein Anti-Gerinnungsmittel in die Haut ein, so daß sie an der Stelle nicht weh tue oder blute und kein Alarm ausgelöst werde. Dann hocke sich der Schnitzel in aller Gemütsruhe hin und sauge menschliches Blut in sich hinein, bis er nicht mehr papierähnlich, sondern aufgebläht, fett und rosig sei. Schließlich krieche die Wanze gesättigt vondannen oder krabbele die Gardine hinauf, um sich unter der Gardinenstange zu verstecken – au warte, Bettwanzen seien ja so was von gerissen! Leute, die übel gebissen worden seien, bräuchten manchmal sogar Bluttransfusionen. »Die armen Gäste«, sagte Annie, im eben eröffneten Dachgeschoß von Bellamy House, vormals Sealord Mansion.

Dies alles äußerte sie und mehr. Und dann blickte sie auf, und wer anderes als der Mann ihrer Träume stand da und starrte sie an – nicht Eddie, der breit und gedrungen war und überhaupt ein rechter Alptraum. Es schien entweder zu Sir Bernards oder Mrs. Haverills wohlerwogener Personalpolitik zu gehören, das Hotel mit den vorzeigbarsten weiblichen und den am wenigsten vorzeigbaren männlichen Angestellten auszustatten, die zu haben waren. Vielleicht ist es aber auch nur so, und die Forschung wird uns darüber Aufschluß geben, daß hübsche Frauen eher eingestellt werden als unansehnliche und bei einem männlichen Angestellten das äußerliche Erscheinungsbild kein irgendwie wichtiges Qualifikationsmerkmal darstellt. Und vielleicht liegt hier ja auch die Erklärung des (für rationale Menschen) scheinbar irrationalen Jubels, wenn ein männliches Baby aus dem Mutterschoß kriecht und kein weibliches. Es spielt einfach keine Rolle, wie der kleine Kerl aussieht, wie schief seine Nase sein mag, wie knubbelig seine Gestalt, wie schielend seine Augen, wie schwächlich seine Beine – er wird Arbeit bekommen und eine Braut finden. Annies Traummann nun, der große, dunkelhaarige Ausländer aus Übersee, den Graf Capinski ihr einst versprochen hatte, war breitschultrig, muskulös und kräftig. Er hatte ein eckiges Kinn, dichtes dunkles Haar, leuchtendblaue Augen und wirkte wie ein Mann, der nicht leicht in Zorn geriet, zu wohlerzogen auch, um sich allzuviel zu beklagen: die Art Mann in der Tat, welche die romantischeren Geschichten ziert, wie man sie zuweilen noch in Frauenzeitschriften findet. Und was noch wichtiger war, er hatte so einen unverheirateten, forschenden, suchenden Blick. »Eines Tages erzähle ich Ihnen mal was über die Schaflausfliege«, sagte er, »oder die Lebensweise des Leberegels. So was wie den Leberegel gibt es auf der Welt nicht noch einmal.«

»Sie sind ja gar nicht Eddie«, war alles, was Annie in ihrem Entsetzen herausbrachte, und sie spie beim Sprechen Nägel. Mit kräftigen Arbeitshänden und viereckigen Fingernägeln klaubte er sie wieder auf. Die Fingernägel waren nicht manikürt und poliert wie die der meisten männlichen Gäste in Bellamy House: Sie wirkten, wie das bei Nägeln manchmal der Fall ist, zwar sauber gebürstet, doch waren sie, allen Bemühungen zum Trotz, immer noch von allem Möglichen gesprenkelt.

»Nein, ich bin nicht Eddie«, sagte er. »Ich bin ein Schafzüchter aus Neuseeland. Ich habe hier oben ein Zimmer, und es hat ein Messingbett, aber immerhin herrscht dort kein Wanzengetümmel, solange Sie mir hier die Treppe versperren.«

Und er bat sie, doch nach dem Abendessen ein Glas mit ihm zu trinken: In diesem gottverlassenen Landstrich gebe es niemanden, mit dem man reden könne, mit keinem Menschen habe er bisher ein vernünftiges Gespräch führen können, seit er vor zwei Wochen seine Schaffarm auf der Südinsel verlassen habe, um das Rehwild von East Wretham Heath zu begutachten, weil er sich mit Kaufabsichten trage. Nie dürfe man, so sagte er, ein Tier kaufen, das man nicht begutachtet habe, geschweige denn hundert davon, ebensowenig, wie man ein Mädchen heiraten solle, das einem noch nie ein Essen auf den Tisch gestellt habe. Ein Mädchen, das Teppiche verlegen und über Bettwanzen sprechen könne, sei unter den Eingeborenen dieses Inselstaats nicht eben verbreitet, sagte der gutaussehende Tim McLean, ob sie ihm also die Ehre antun und ein Glas mit ihm trinken wolle? Na, und ob sie das wollte! Die kleine Annie Horner, die nun vielleicht nicht gleich zu einer richtigen Schönheit, so aber doch zu etwas erblühte, das nicht weit davon entfernt war – mußte sie ja auch, angesichts jenes Kinns, jener stämmigen Beine, des Klangs der tiefen, wenn auch zugegebenermaßen leicht nasalen männlichen Stimme und all der Aufmerksamkeit, die ihr da beschert wurde! Wenn das kein Glück war für Carmens Freundin Annie, dann weiß ich es auch nicht.

Und war nun auch das etwa kein Glück, daß Lauras Baby Rachel das friedlichste Baby aller Zeiten war und immer nur schlief und lächelte und daß Woodie trotz oder auch wegen seiner Jugend in seine kleine Familie vernarrt und Audrey auf dem Wege der Besserung war und Laura bei der Versorgung Rachels half, so daß Woodie im Garten hinter dem Haus seine Geräteschuppen anfertigen konnte, mit Nut und Feder und so sorgfältig geglätteten Kanten, daß sie allgemein bewundert wurden, wenn jedes dieser kleinen Kunstwerke ihn auch so viel Zeit kostete, daß nur wenige sie sich leisten konnten, sollte der Preis den Aufwand rechtfertigen. Und Laura bestand darauf, daß Woodie einen angemessenen Preis verlangte und die gesamte Arbeitszeit mit einkalkulierte. Das wußte doch jeder, daß man so kalkulieren mußte. Und dann starb eine von Woodies vielen Tanten und hinterließ ihm gerade so viel Geld, daß sie, wenn sie vernünftig damit umgingen, das erste Jahr schon mal über die Runden kommen würden. Woodies Mutter war vierundvierzig, als er geboren wurde, sein Vater dreiundsechzig. Die beiden wohnten weit weg und nahmen kaum irgendwelchen Einfluß auf das Leben des jungen Paars: Eher wie weit weg wohnende Großeltern, nicht wie

Eltern, begnügten sie sich mit einem Foto des Babys und einer Weihnachtskarte. Wenn das kein Glück war!

Carmen jedoch sagte zu Driver: »Ich weiß nicht recht. Ich finde, wir haben nur einfach nicht mehr andauernd Pech.«

Driver zischte ein bißchen vor sich hin.

»Nächster Punkt: Ich habe Ihnen Ihre Eltern vom Hals geschafft. Die waren doch nur lästig.«

»Ich liebe meine Eltern.«

»Zu spät«, sagte Driver. »Wie oft haben Sie ihnen nicht insgeheim den Tod gewünscht. Und außerdem schicke ich sie ja nur auf eine Weltreise. Sie sollten mir dankbar sein. Und für umsonst gibt's nichts«, und sie wurde gegen eine Eiche gepreßt und ihr Rock bis zu den Hüften hinaufgeschoben – nun ja, vielleicht war es so, vielleicht auch nicht. Annie war eine Zeitlang davon überzeugt, daß alles, was Carmen über Driver sagte, keine sexuelle Phantasie, sondern eher das Gegenteil, eine asexuelle Phantasie sei, weil Carmen es in Wahrheit nämlich mit ihm treibe, Driver für seinen Arbeitgeber den Schlepper mache und ihn zugleich hintergehe. Doch Annie hatte damals eine Phase durchgemacht, wo sie von allen nur das Schlechteste annahm. Laura war sich ihrer Sache da nicht so sicher. Sie hielt es mit der Überzeugung, daß Carmen einfach nur Traum und Wirklichkeit nicht auseinanderhalten könne.

»All das«, sagte Driver, hielt inne und ließ auch den Wald pausieren, so daß Carmen alles richtig würdigen konnte, jedenfalls machte er diesen Eindruck. Der Mond war aufgegangen, irgendwie, irgendwoher, unbemerkt, nur damit er jetzt auf seiner Bahn angehalten werden konnte und der Wald reglos stand und alle naturgegebenen Dinge ihre Ungeordnetheit verloren, ihre Unvollkommenheit, und in ein säuberlich geordnetes Muster gebannt wurden: die Blätter und Zweige zu einem komplexen, schwarzen Gewirk, reglos, von Silberfäden durchzogen, badeten sie im melancholischen Licht des stillen Mondes. Der Mond ist immer melancholisch, wenn Sie mich fragen. Nur sehr wenige Menschen verstehen seine Bewegungen oder sind, anders als Astronomen oder Astrologen, ernsthaft daran interessiert, und das allein schon ist deprimierend. Ist das da oben ein abnehmender oder zunehmender Mond? Warum scheint er denn heute während der Abenddämmerung vom Himmel, wo man ihn doch gestern noch um Mitternacht sehen konnte? Ist das von Belang? Berührt einen das in irgendeiner Weise? Nein. Tatsache ist, daß der Mond immer irgendwann auftaucht und nur wenige von uns das mögen oder damit behelligt werden wollen. Der Nutzen der Sonne liegt wenigstens klar auf der Hand, und was noch wichtiger ist, man kann ihr nicht ins Auge blikken, ohne zu erblinden, und so bringt man ihr Respekt entgegen, während der Mond ebenso unstet wie nutzlos scheint, wie der Knorpel eines gerissenen Meniskus im Kniegelenk, und dabei noch Scherereien macht. Er zieht gewaltige Wassermassen hinter sich her, oder jedenfalls angeblich, doch wer glaubt das im Innersten wirklich? Das einzige, wozu der Mond taugt, ist doch, uns an unseren Platz im Universum zu erinnern, und es gefällt mir nicht, daran erinnert zu werden, wie unbedeutend und kurzlebig ich bin. Ganz und gar nicht. Wenn der Mond auf seine launische Weise beschließt, auf den Landsfield Crescent herabzuscheinen, ziehe ich gleich die Vorhänge zu. Einmal ist es vorgekommen, daß Alison mich, in ihrer Angst, in den inexistenten Verkehrsstau der Stoßzeit von Fenedge zu geraten, so früh zum Behindertenzentrum geschafft hat, daß der Mond immer noch breit am Morgenhimmel stand und ich folglich in seinem Lichtschein sitzen mußte und mich, beim Gedanken an Carmen, düstere Vorahnungen befielen, was ihr und den Ihren zustoßen könnte, sollte sie darauf verfallen, Driver zu beleidigen.

»Der nächste Punkt«, sagte Driver. »Auf all die Geschenke, die ich Ihnen bereits gemacht habe, werden noch weitere folgen. Wenn ich beispielsweise den Mond anhalten kann«, sagte er, »dann kann ich auch einen bestimmten Augenblick ewig andauern lassen. Tatsächlich kann ich die Welt im Zeitraffer vorwärtslaufen lassen und sie dann wieder zurückspulen, nicht einfach nur anhalten. Denken Sie doch nur mal daran, wie das dem Sex bekommt.«

»Lieber nicht«, sagte Carmen. »Das ist ekelhaft«, denn Driver drang, während sie immer noch an ihrem Baumstamm lehnte, weiter auf sie ein, oder auch nicht – saß sie nicht vielleicht damenhaft im mondhellen Wald an einem ätherischen Tisch? Wer wollte das wissen? Oder einfach nur im Fond eines Wagens, ein braves Mädchen, das zu einem Rendezvous mit einem reichen Mann gefahren wurde, verstört, weil seine Eltern von zu Hause weggingen? Was immer geschehen sein mag, die Zeit hat für einen Augenblick stillgestanden.

So ist das nun einmal mit dämonischen Liebhabern. Im nachhinein ist alles Spekulation und noch später dann ewige Ungewißheit – die Blutgruppenbestimmung des Babys bringt letztlich auch nicht den endgültigen Beweis. Und wenn man sich der allerneuesten Genforschungstechniken bedient, werden die Ergebnisse garantiert im Labor vertauscht oder gehen sonstwie verloren, allerdings verschaffen derartige Liebhaber einem für einen Augenblick einen derart durchdringenden Orgasmus, daß er das ganze spätere Leben in einem nachhallt. Carmen jedoch hatte etwas Falsches gesagt, irgend etwas bestritten, das sie nicht hätte bestreiten sollen, und der Mond nahm seinen Lauf über den Himmel wieder auf, die Mistkäfer machten sich erneut im Kot zu schaffen, den Abfällen und Ausscheidungen des Waldes, hierhin und dorthin huschend, und Carmen vermochte jetzt nur allzu deutlich zu erkennen, daß Driver auf einem Rastplatz gehalten hatte, der von den vielen Bewunderern des alten Waldes als öffentlicher Abtritt benutzt worden war. Meine Großmutter erzählte mir gern, daß der Mensch in den Augen des Schöpfers der ewige Mistkäfer sei: Seine Aufgabe bestehe darin, umzuwühlen und zu retten, was es aus ekelhaften, abstoßenden Abfällen an Brauchbarem zu retten gebe, doch ich glaube, sie kannte sich damit auch nicht besser aus als jeder andere Mensch.

»Tun Sie, was ich Ihnen sage!« fuhr Driver Carmen funkenstiebend an, als metallene Feder an metallener Feder kratzte.

»Ich tue, was mir Spaß macht«, sagte sie.

Carmen war jedenfalls nicht gerade guter Laune, als Driver sie am Trocadero absetzte, einem der auf elegant machenden Restaurants, die erst jüngst am Stadtrand eröffnet worden waren: im klassischen Supermarktstil, mit zentralem Spitzdach (in diesem Fall einem strohgedeckten) und zwei langgezogenen, niedrigen Seitenflügeln, leicht zu errichten, noch leichter wieder abzubauen. Drinnen herrschten Rosa- und Karmintöne vor, goldgerahmte Spiegel und kleine Lampenschirme, die insgesamt den Eindruck von Hygiene ebenso wie von Sinnlichkeit erzielen sollten, eine Atmosphäre, raffiniert und *intime* zugleich. Das Lokal erfreute sich großer Beliebtheit als Treffpunkt für besondere Gelegenheiten: verträumte Rendezvous für den einundzwanzigsten Geburtstag des Sohnes, die Goldene Hochzeit oder einfach nur, um jemandem auf besondere Weise seinen Dank abzustatten, wollte man der Reklame in der Lokalpresse glauben. Ehefrauen ließen sich für die Gelegenheit das Haar machen.

»Wohin soll es denn gehen?« fragte der Coiffeur.

»Ins Trocadero«, prahlte die Kundin, und schon wurden Wickler, Brennschere und Steckkamm hervorgeholt. Jeder kannte den Ein-unvergeßlicher-Abend-im-Trocadero-Stil. Wie rasch sich doch neue Sitten einbürgern! Carmen fand einfach nur, Sir Bernard sei ein Knicker – obwohl sie später dann, als sie mit einer freundlicheren Einstellung auf den Abend zurückblickte, begriff, daß er einfach nur hatte ungestört bleiben und nicht von Gott und der Welt erkannt werden wollen. Er stand auf, als sie dem Kellner ins Lokal folgte. Er war nicht ganz so alt, wie sie ihn in Erinnerung hatte, doch viel fehlte nicht.

Er nahm ihre Hand. Sie zitterte. Er zog sie für einen Augenblick an sich. Sie verdrehte die Augen und scherte sich nicht darum, ob er es sah oder nicht. Er ließ sie los. Sie setzten sich. Die Servietten waren aus Papier, nicht aus Leinen.

»Carmen«, sagte Sir Bernard, und er lächelte sein berühmtes strahleäugiges Lachfältchenlächeln. »Was für ein hübscher Name! Ich bin schon beinahe ein Opernfreund geworden. Mögen Sie Opern?«

»Nein«, sagte Carmen, »außerdem bin ich nach Carmen Jones so genannt worden. Das ist ein Musical.« Sie hatte ihren Musik-und-Kunst-im-Wandel-der-Jahrhunderte-Kurs, eine gutgemeinte Sondervergünstigung von Bellamy Airspace, noch nicht begonnen.

Carmen biß die Köpfe ihrer Langostinos ab und spuckte sie wieder aus. Sie hatte nicht die Absicht, nett zu Sir Bernard zu sein. Sie wollte einfach nur essen und sah nicht ein, weshalb man das eine nicht ohne das andere haben können sollte. Sie trug ein T-Shirt zu ihrem Lederrock.

Unglücklicherweise waren ihre Brüste so kess wie überhaupt nur möglich, standen ihre Brustwarzen weiter vor denn je, glänzte ihr Haar in auffälliger Weise und hatte diesen rotgoldenen Ton, auf den es sich in letzter Zeit endgültig festgelegt zu haben schien. Ihre makellos weißen Zähne machten kurzen Prozeß mit den Köpfen der kleinen gekochten Tierchen, ihre Lippen ließen ein zartes *mmmtzz* hören, wenn sie sie auf den Teller spuckte, und Sir Bernard beobachtete sie bezaubert und nicht etwa angewidert. »So natürlich«, sagte er. »Wie die Mädchen in der Zeit, als ich ein Junge war. Unverdorben, ungezähmt.«

Er sprach von der Liebe und sie von Ronnie Cartwright, woraus ich folgere, daß ihr Verhältnis zu Driver tatsächlich rein geistiger Natur war, denn was war ihre Liebe zu Ronnie schon anderes als eine Liebe im Kopf? Vor langer Zeit einmal hatte seine Hand die ihre berührt, und wenn das auch in durchschlagender Weise verhieß, was T. S. Eliot so gern pneumatische Seligkeit nannte (jedenfalls hat meine Tante Nettie das mir gegenüber behauptet), so war es doch dabei geblieben.

Sir Bernard sprach über Konzerte, Opern und Theaterstücke, über die Filmstars und Nobelpreisträger, die bei ihm schon gespeist hätten, und Carmen sagte, sie sehe lieber fern.

Er sprach von Absicherung, von Eigentumsübertragung auf ihren Namen, von schnellen Autos und Pelzen (Pelzen? War der altmodisch!), von ihrer Familie, um die er sich kümmern werde, vom Ende aller Sorgen. Sie sagte, sie wolle mit dreißig sterben. Was ein Leben danach denn noch für einen Sinn hätte?

Er sprach von Stadtvillen und Yachten, von Urlaub in der Karibik, Jet-setting und Hauspersonal, und sie sagte einfach nur: »Ja, und dafür soll ich dann wohl an Ihrer Seite aufwachen.« Sie war grob, aber er fand auch das, wenn auch nur gerade noch so, ungeheuer charmant.

Er sprach von ihrer Arbeit für Bellamy Airspace, und wie ihre Aussichten sich dort verbessern könnten, wenn sie einander näherkämen, und wie katastrophal sie sich womöglich verschlechterten, wenn nicht, und Carmens Augen verengten sich.

Er sagte: »Nun habe ich Sie getestet, und mir ist klar geworden, weshalb Sie anders sind als andere Mädchen: Sie sind nicht käuflich. Sie haben eine hohe Meinung von sich selbst, und Sie sind der Eroberung wert. Jeden Preis. Wollen Sie mich heiraten, meine Liebe?«

Woraufhin sie aufstand und mit so lauter Stimme sprach,

daß sämtliche Damen mit den Frisuren vom Tage ihre steifen Hälse wandten, das Make-up, an dem sie bis hinab zum Halsansatz mit soviel Sorgfalt gearbeitet hatten, Fältchen bekam und ihre Männer es ihnen nachtaten, ungeachtet der ungewohnten Einschnürung durch Schlips und Kragen.

»Herrgott noch mal«, sagte Carmen, »jetzt reicht es aber. Mein Körper ist eine Sache, mein Leben eine andere. Ich gehe nach Hause.«

»Aber was wird denn aus Ihren flambierten Aprikosen?« beschwor Sir Bernard sie, eine Hand auf dem Arm seines Liebesobjekts, doch sie entzog sich ihm, obwohl das Gesicht des Kellners durch die auflodernden Flammen hindurch, die das ganze Trocadero in Brand zu setzen drohten, eine auffällige Ähnlichkeit mit Drivers hatte.

»Füttern Sie die Hunde damit«, sagte Carmen, »und heiraten Sie einen von denen.«

Und durch Rauch und Flammen schritt sie hinaus. Das ganze Restaurant war binnen Minuten geräumt, die Instandsetzungsarbeiten dauerten vier Monate, doch Carmen hatte jedenfalls gezeigt, wer sie war.

Gleich am nächsten Tag wurde Tim von seiner Mutter nach Neuseeland zurückgerufen, weil der Leberegel in seiner zwanzigtausend Köpfe zählenden Schafherde aufgetreten war und er dringend etwas gegen dessen Ausbreitung unternehmen mußte. Und obwohl er und Annie ihre Adressen tauschten und einander zu schreiben und anzurufen versprachen, wußte sie doch, daß seine Abreise zu früh kam – eine Woche länger, und er hätte sie gefragt, ob sie nicht mitkommen wolle. So aber mußte sie befürchten, daß er sie vergessen würde. Sie hatten noch nicht miteinander geschlafen. Er hatte zwar gewollt, doch sie hatte es hinausgezögert, weil sie annahm, daß noch jede Menge Zeit war. Und Neuseeland war so weit weg – weiter als alles.

Audrey hatte einen Rückfall und mußte zurück ins Krankenhaus, die kleine Rachel bekam eine eitrige Bindehautentzündung, und Laura stellte fest, daß sie wieder schwanger war, Windpocken hatte und Woodie nicht mehr mochte. Und sie hatten vergessen, daß auf das Erbe der Tante Steuern zu zahlen waren.

Was Carmen anging, so bekam sie noch in derselben Woche ihre Kündigung, und da sie eine Woche zuwenig in einem festen Anstellungsverhältnis gearbeitet hatte, konnte sie keine Entlassungsentschädigung beanspruchen. Das war am Tag, nachdem sie winkend von Raelene und Andy Abschied genommen hatte, die ihre Weltreise antraten. Sie hatten das Haus zwar nur zum Verkauf angeboten, um die Bank zu beruhigen, und waren im übrigen davon ausgegangen, daß es sich nicht verkaufen ließe, hatten jedoch Schulden in Höhe des Verkaufswerts hinterlassen. Allen Vermutungen zum Trotz fand sich auf der Stelle ein Käufer, und die Bank drohte damit, die Hypotheken zu kündigen, falls der Verkauf nicht zustande käme.

»Pech gehabt«, sagte Mr. Prior zu Carmen. Er hatte sie als toll aussehend in Erinnerung, doch dieses Mädchen war nichts Besonderes. Er hatte nur eine Stelle bei Peckhams Poultry, und sie nahm sie an. Er fand es eigentlich trotzdem ziemlich schade.

– IX –

Von meinem Bett in der Klinik kann ich über die Seen hinweg auf die spitzen Türme der Bürohochhäuser von Chicago blicken. Ich liege im zwölften Stock, über mir sind noch dreißig, unter mir elf. Ich versuche, dem irgendeine Bedeutung beizumessen, doch es gelingt mir nicht. Es gefällt mir hier. Die Jahre vergehen. Ich kenne die Muster, die der Himmel entwirft, und beobachte, wie die Nebel sich über dem See zusammenziehen und wieder verteilen, kenne die wechselnden Schatten seiner grünen Säume, während das Sonnenlicht kommt und geht, das An- und Abschwellen des Verkehrs am Seeufer entlang. Ich höre nur den gedämpften Durchschnittslärm der Stadt: sämtliche Auswüchse, Wimmern, verschwörerisches Geflüster, Pistolenschüsse, das Plopp von Champagnerkorken, das Kreischen von Bremsen und aufheulende Motoren, das alles wird durch die Doppelfenster in beruhigender Weise zu einem zielstrebigen, lebenstüchtigen Geschnurr eingeebnet. Ich bin lieber hier als in Fenedge, an welchem Tag auch immer, da täuschen Sie sich mal nicht. Wir haben alle so unsere Mittel und Wege wegzukommen.

Die Chirurgen haben die Nervenfasern eines unglücklichen Froschs in mein Rückgrat transplantiert, in der Hoffnung, auf die Weise dessen Nerven bis zu einem gewissen Grade zu regenerieren. Sie haben in letzter Zeit nicht genug zu tun. Die Allgemeinmedizin tritt immer mehr in den Vordergrund, radikale Chirurgie ist unpopulär. Nachdem sie durch meine Meldungen über das Prickeln in meinen Zehen neuen

Mut geschöpft haben, werden diese Chirurgen meine Beine so ohne weiteres nicht mehr aufgeben, obwohl ich selbst es wohl längst schon getan habe. Sie behandeln mich unentgeltlich, oder, wenn man es andersherum betrachtet, was ich nicht zu tun versuche, da ich ihnen dankbar bin: Ich erlaube ihnen, unentgeltlich an mir zu experimentieren. Es wäre äußerst aufschlußreich, wenn das Experiment gelänge, und gleich in mehrfacher Hinsicht von Bedeutung – neue Hoffnung für die Hoffnungslosen, all das. Wir scherzen darüber, ob ich denn wohl wie ein Frosch im Zimmer herumhüpfen oder mich mit irgendwelchen merkwürdigen Schluckbewegungen hervortun werde. Sie sind leicht zu unterhalten, diese Ärzte: Noch der harmloseste Scherz, und schon hellen sich ihre Mienen auf, als hätte ihnen jemand das allergrößte Geschenk gemacht. Endlich schließt sich die Tür hinter ihnen, und ich merke, daß ich traurig bin, während ich die verwobenen Muster des Straßenverkehrs unter mir beobachte, und frage mich, was für ein ungeheurer Kummer das wohl sein mag, der so nah an den Wurzeln des Universums liegt, daß wir unser Leben lang sein durchdringendes Echo hören und Zeitalter um Zeitalter so geduldig und unter Schmerzen mit ihm umgehen: Da grämt sich das Kind um die Eltern, der Mann um seine Frau, der eine um den anderen und nicht nur um sich selbst, was, weiß Gott, schon schlimm genug ist. Was ist da wohl früher einmal geschehen, daß alles so furchtbar schiefgehen konnte?

Ich vermute, die Geschichte von Adam und Eva ist letztlich gar nicht so lächerlich, wie es die meisten von uns ach so Aufgeklärten annehmen. Vielleicht steckt ja ein Körnchen Wahrheit darin. Vielleicht gab es ja einst wirklich einen Garten Eden, und wir wurden daraus vertrieben. Wonach uns allein blieb, was notwendigerweise unvollkommen und verdorben wirken muß, eine Enttäuschung – tragen wir in unseren Knochen und Genen doch nun einmal jenen Widerschein der Vollkommenheit. Ich meine jedoch, es muß die Sünde und der Kummer von Göttern sein, die uns so zu schaffen machen, wenn wir allein deren Schatten schon so unerträglich finden. Wir sind zu Unrecht beschuldigt worden. Die Menschheit wurde lediglich im Schlepptau mitgezerrt, wie Sklaven, niedrige Untertanen jedweden Gottes, der gerade das Sagen hatte, genötigt, seine Sorgen zu teilen, sie aufzufangen. Ich finde nicht, daß der Glaube an den einen Gott statt der vielen der philosophische Fortschritt war, als den man ihn uns in der Schule dargestellt hat: Ich finde es erträglicher zu glauben, daß wir eher zufällig leiden, weil einst Jupiter und seinesgleichen gefehlt haben.

Als ich nach Fenedge zurückkehrte, nachdem es mir nicht gelungen war, genügend Nervenbahnen zu entwickeln, um Befehle vom Hirn an die Knie weiterleiten zu können, wenn ich auch inzwischen die Muskeln in den Schenkeln anspannen und wieder erschlaffen lassen konnte und damit einen gewissen *soupçon* losgeworden war, was die verheerende Auswirkung der vergehenden Jahre anbelangte, fand ich, daß sich nur wenig verändert hatte. Es war, als hätten der Ort und die Menschen einfach die Zeit angehalten und auf meine Rückkehr und die Wiederaufnahme meiner Beobachtungen gewartet, ehe sie etwas unternahmen, das ihr Leben verändert hätte.

Laura hatte mittlerweile drei Kinder statt einem, doch hatte sie nichts *dafür tun müssen*, um das zu bewerkstelligen: Sie hatte einfach nur mit geöffneten Beinen dagelegen. Es ist schon ein Jammer, daß die Frauen, wo sie doch rein instinktiv den Zustand der Schwangerschaft anstreben, nur dann aktive Schritte unternehmen müssen, wenn sie davon wegstreben und *nicht* Mutter werden wollen. Es erfordert große Nervenstärke, Voraussicht und Widerstandsfähigkeit, das zu tun – mehr, als Laura aufzubringen vermochte. Drei Babys in vier Jahren! Aber wenigstens hatte sie fahren gelernt. Alison hingegen hatte man in meiner Abwesenheit den Führerschein abgenommen: Sie hatte einmal zu oft den

Fuß auf das Gaspedal statt auf die Bremse gesetzt und war ins Fenster der Öffentlichen Bibliothek eingedrungen. Allerdings hatte sie gegen die Entscheidung Berufung eingelegt und auf Altersfeindlichkeit abgehoben: Andere, die schlechter führen als sie, schafften es, in vergleichbaren Situationen ihren Führerschein zu behalten. Die Klage war mittlerweile beim Obersten Gerichtshof gelandet. Infolge ihres Alters und ihrer gesellschaftlichen Stellung hatte Alison Anspruch auf Rechtsschutz.

So übernahm Laura denn fürs erste die Aufgabe, mich täglich zum Behindertenzentrum zu bringen. Das Letztgeborene im Auto herumzukutschieren, war, wie es schien, eine der wenigen Möglichkeiten, es zum Schlafen zu bringen, und da Laura eine Beförderungszuwendung und Benzingeld dafür beanspruchen konnte, daß sie mir auf dem Weg nach Fenedge und beim Einkaufen behilflich war, tat sie es mit Vergnügen.

So saß ich denn einmal mehr an meinem Fenster im Zentrum, viel zu viele Tage in der Woche, und beobachtete, wie das Leben dort vorbeiging oder auch nicht vorbeiging. Immerhin war ein neuer Stapel naturkundlicher Bücher gestiftet worden, aus derselben Quelle wie zuvor, nahm ich an.

»Nun, was hat sich denn unterdessen so getan?« fragte ich Laura kurz nach meiner Rückkehr.

»Nicht viel«, antwortete sie.

Rachel und Caroline flankierten die Babytasche auf dem Hintersitz. Sie mußten natürlich auch mit. Unsere Fahrten waren geräuschvoll und unappetitlich und zerrten an meinen Nerven. Caroline wickelte sich vom Rücksitz aus mit Vorliebe meine Haare um die Finger. Laura sah zwar recht hübsch aus, aber ziemlich stämmig, wie Mädchen eben werden, wenn das Leben sie allzufrüh in den Griff genommen hat. Und sie hatte zugenommen. Sie trug bevorzugt Baumwollkleider, weil die sich leichter waschen ließen,

Strickjacken, weil die warmhielten, und flache Schuhe, weil das vernünftiger war.

Woodie werde mit seinen Geräteschuppen jetzt schneller fertig, sagte sie, und es sei genug Geld da, um zurechtzukommen, so daß sie sich nicht beklagen dürfe. Audrey habe sechs Operationen hinter sich und sei auf dem Wege der Besserung, wofür sie dankbar sein müßten. Laura hatte zwar von ihrem Vater nichts gehört, doch soweit sie wußte, war er immer noch mit Poppy zusammen– das sei ja auch schon was. Ich fand, daß Laura ihre Polyanna-Nummer reichlich überzog, und sagte ihr das. Sie erklärte, irgendwer müsse doch schließlich noch gute Miene machen. Ich bemerkte, das Auto sei ja voller Abgase, ob das denn gut für die Kinder sei, und sie antwortete, Woodie schweiße ununterbrochen den Auspuff des Wagens wieder an, doch er gehe von den Erschütterungen immer wieder ab. Aber ob sie nicht von Glück sagen könne, daß sie einen derartig geschickten Mann habe?

»Ja, wirklich!« sagte ich.

Annie arbeite immer noch in Bellamy House. Sie sei zum Etagenzimmermädchen befördert worden und bekomme jetzt eine Leistungsprämie. Zwar habe sie die eine oder andere Freundschaft mit irgendwelchen Jungen gehabt, doch die brächen regelmäßig wieder mit ihr oder sie mit ihnen. Sie schreibe sich auch immer noch mit Tim, dem Schafzüchter aus Neuseeland, aber für Lauras Gefühl verderbe das ihre Chancen bei den Jungs oder deren Chancen bei ihr. Carmen jedoch mache sich bei Peckhams Poultry wirklich glänzend: Sie sei befördert worden, von der Fließbandarbeit zur Leiterin der Auslieferung, und sei mittlerweile Gewerkschaftsvertreterin.

»Irgendein Freund?« fragte ich, und Laura schüttelte den Kopf.

»Sie ist wählerischer, als gut für sie sein kann.«

Laura hatte zu Carmen folgendes zu sagen:

Daß sie ein bißchen schrullig geworden sei und manchmal zur Kirche gehe. Daß sie sich nicht mehr darum schere, wie sie aussehe, sie wisse ja, auch sie, Laura, tue das nicht, doch sie habe schließlich eine Entschuldigung, und sie, Laura, wisse auch, daß ich, Hattie Upton, sie bemitleide, doch sie, Laura, brauche, ehrlich gesagt, kein Mitleid: Sie sei glücklich mit Woodie, und es liege ein gewisser Reichtum darin, daß man das Richtige tue. (Sie sagte nicht etwa, daß sie, Laura, finde, ich, Hattie Upton, unbemannt, kinderlos und tagaus, tagein an einen Rollstuhl gefesselt, hätte es gerade nötig, sie, Laura, zu bemitleiden, die doch einen Mann, Kinder und funktionierende Beine habe, aber ich wußte, was sie dachte.) Und sie, Laura, halte nichts von Abtreibung, und sie hasse die Vorstellung, daß Woodie sich einer Vasektomie unterziehen könnte. Carmen sei immer noch Jungfrau und wohl die einzige in ihrem Alter in ganz East Anglia. Vielleicht habe Carmen ja irgendwelche sexuellen Probleme.

Allerdings gehe Carmen manchmal mit Annie in die Disco, doch wohl nur deshalb, so fürchte sie, Laura, weil Carmen immer noch hoffe, dort dem schwer faßbaren Ronnie Cartwright zu begegnen.

(Carmen lebte in einem Wohnwagen auf Mr. Bliss' Pferdefarm. Sie mußte jeden Morgen fünf Meilen zur Arbeit gehen und abends wieder zurück. Auf dem Höhepunkt der Saison, wenn Peckhams vierundzwanzig Stunden am Tag das Fließband laufen hatte, hatte sie einen Zwölfstundentag und eine Siebentagewoche, alles zum normalen Stundenlohn.)

Daß Carmen, wenn man sie frage, weshalb sie das alles nur auf sich nehme, antworte, sie sei die einzige von der Belegschaft, die wirklich *gern* bei Peckhams arbeite, weshalb sie auch immer wieder befördert werde.

Daß Carmens Eltern immer noch unterwegs und mittlerweile in Neuseeland seien.

»Seltsam«, sagte ich, »wen es alles nach Neuseeland treibt.«

»Es ist halt das hinterste Ende der Welt«, sagte Laura. »Angeblich ist es dort wie im Paradies. Der Garten Eden, als er noch in Betrieb war. Wenn man von hier wegwill, von wo auch immer, dann bietet sich das doch geradezu an. Soweit die Füße tragen.«

Sir Bernard? Lebe derzeit in London. Mrs. Haverill leite Bellamy House, und Sir Bernard scheine das Interesse an dem Hotel verloren zu haben. Irgendeine Entscheidung der Baubehörde sei nicht in seinem Sinne gewesen. Bei Winterton habe er einen Deich bauen wollen, um einen Yachthafen anlegen zu können, und das hätten sie ihm wegen der Fauna da nicht erlaubt. Eine Art Knick in seiner steil aufwärts- und vorwärtsgehenden Karriere. Schließlich habe er Lady Rowena geheiratet. Öde, öde. Manchmal komme er zum Bellamy House Arts Festival – sie hätten es mit Freiluftopern à la Glyndebourne versucht, doch das habe auch nicht geklappt. Nichts passiere oder klappe mehr in dieser Gegend.

»Es liegt wohl eine Art Fluch über ihr«, sagte Laura trübsinnig.

Ich fragte Laura nach Driver, und sie sagte: »Erwähnen Sie den bloß nicht.«

»Warum denn nicht?« fragte ich.

»Weil man nur an ihn zu denken braucht, und schon taucht er auf«, sagte Laura. »Das ist mir in letzter Zeit gleich zweimal passiert. Einmal habe ich von ihm gesprochen und einmal von ihm geträumt, und am nächsten Tag preschte er in seinem BMW an mir vorbei. Es war gespenstisch.«

»Hat er angehalten?«

»Natürlich nicht. Wozu sollte er denn anhalten? Hier ist doch nie was los.«

Ich fand, es war schon gut, daß ich wieder im Lande war. Eine Erholungspause kann zwar niemandem schaden, doch daß nun gleich überhaupt nichts mehr passiert, will man doch auch wieder nicht.

Ein paar Wochen später sagte Laura zu mir: »Ich habe Ihnen doch gesagt, Sie sollten Driver nicht erwähnen, weil er dann immer auftaucht.«

Laura hatte mit ihren drei Kindern an der Bushaltestelle am Ende vom Landsfield Crescent gestanden. Rachel war gerade in den Kindergarten gekommen, und ihm hatte den Wagen genommen, um zu einer Besprechung mit einem Möbeltischler am Ort zu fahren, der eine Halbtagsstelle für einen Gehilfen annonciert hatte. Audrey war mittlerweile bei Flüssignahrung angelangt, die durch Nachtkerzenöl ergänzt wurde – ein Mittel, das die Versicherung nicht zahlte und teuer war, so daß die Ausgaben des Haushalts mittlerweile die Einkünfte übertrafen, so lange und hart Woodie auch arbeiten mochte. Eine feste Anstellung schien die einzige Möglichkeit, die sich Woodie bot – und jeder wußte doch, wie dieser Weg, einmal eingeschlagen, umweglos, schmal und öde bis an die Grube führte, ohne daß man je einen Penny übrig hatte oder hoffen durfte, den Sprung in die Welt des Künstlers/Handwerkers zu schaffen. So daß Laura sich ziemlich erbärmlich fühlte, als sie dort stand und auf den Bus wartete, der ewig nicht kam, Rachel an der einen, Caroline an der anderen Hand und das Baby in der Karre. Alles Mädchen. Wenigstens einen Jungen hätte sie schon gern gehabt. Woodie meinte, weshalb sie es nicht noch einmal versuchten, einen Jungen zu bekommen? War er noch zu retten? Und der BMW glitt heran, und Driver schob sich heraus.

»Das ist doch Laura«, sagte er. »Soll ich Sie vielleicht mitnehmen?«

»Nein, danke«, sagte sie. »Die Kinder würden doch nur auf den Rücksitz spucken.«

»Stimmt«, sagte er erschaudernd.

»Außerdem«, sagte sie, »würden die Nachbarn einen Anfall kriegen. Was die wohl sagen würden? Steigt einfach zu einem Fremden ins Auto.«

Sie flirtete. Sie konnte nicht anders. Sie war gar keine so hoffnungslose Hausglucke, wie sie gedacht hatte.

»Seien Sie doch nicht so langweilig«, sagte er.

»Ich bin langweilig«, sagte Laura. »Vergessen Sie nicht, Sie sind hier in Fenedge.«

»Schön«, sagte Driver, »aber mir können Sie das nicht vorwerfen. Ich habe versucht, hier etwas Stimmung reinzubringen, und man hat mir meine Mühen nur mit Undank vergolten.«

Driver trug Reithosen und einen marineblauen Blazer, der mit reichlich Messingknöpfen bestückt war: Er schien in Uniform zu sein. Seine Schultern waren breit. Sein Haar glänzte, lag glatt am Kopf an und war für Lauras Geschmack ein wenig zu ölig. Sie vermochte seinem Blick nicht standzuhalten und wußte nicht, ob sie unter ihm durch oder über ihn hinweg blicken sollte. Sie wünschte, nicht so ein unförmiges Baumwollkleid und diese verwaschene Strickjacke zu tragen. Sie wünschte, sie hätte nicht so lange schon so viele Kekse zum Tee gegessen, doch wie anders sollte sie sich sonst bei Laune halten?

»Eine so hübsche junge Frau wie Sie«, sagte Driver. »Sie hätten wirklich jeden haben können. Könnten Sie immer noch, wenn Sie nicht drei Kinder am Hals hätten. Warum lassen Sie sie nicht einfach hier? Vergessen Sie sie, steigen Sie zu mir in den Wagen, und fangen Sie ein neues Leben an.«

»Was? Ich soll sie einfach hier an der Bushaltestelle stehenlassen?«

»Warum nicht? Irgendwer wird sich schon um sie kümmern. Man wird annehmen, eine fliegende Untertasse habe Sie mitgenommen. Ihr Mann würde eine gute Mutter abgeben, eine bessere Mutter, als er jemals ein Verdiener sein kann. Diese Kinder waren seine Idee, nicht Ihre. Er hat einen schwachen Augenblick in Ihrem Leben ausgenutzt. Das hätte er Ihnen nicht antun dürfen. Wenn Sie jetzt nichts unternehmen, ist Ihr Leben beendet.«

»Es würde mir nicht im Traum einfallen, meine Kinder im Stich zu lassen.«

»Sie haben oft daran gedacht«, sagte Driver.

»Außerdem«, sagte Laura und tat so, als hätte sie das nicht gehört, »könnten sie auf die Straße laufen und unter den Bus kommen. Das könnte ich auf keinen Fall zulassen.«

»Machen Sie, was Sie wollen«, sagte Driver, stieg wieder in den BMW und fuhr davon, und Laura wünschte sich einen Augenblick, er wäre noch ein kleines bißchen länger geblieben und hätte sie zu überreden versucht. Sie sah die letzte Chance in ihrem Leben entschwinden, ein Rücklicht, das um eine Ecke bog. Driver hatte recht: Wenn man so was nicht aus einer Augenblickswallung heraus tat, dann tat man es nie.

Der Bus kam. Seine hintere Tür faltete sich zusammen. Der Schaffner stand auf der Stufe. Laura hob Rachel und Caroline in den Bus hinauf. Der Schaffner half ihr nicht. Sie nahm das Baby aus der Karre und klemmte es sich unter den Arm.

Das Baby fing an zu weinen. Laura versuchte, die Karre mit einem Arm und einem Fuß zusammenzuklappen, doch es gelang ihr nicht.

»Nun mal los«, sagte der Schaffner, und dann: »Ich kann nicht den ganzen Tag warten«, und setzte erst Rachel und dann Caroline wieder auf dem Bürgersteig ab. Sie fingen zu plärren an. Der Schaffner drückte auf den Klingelknopf, die Türen begannen sich zu schließen.

»Der nächste Bus wird gleich da sein«, sagte der Schaffner. »Wir sind spät dran.«

Als Laura von der Karre aufblicke, meinte sie einen Augenblick lang, der Schaffner hätte Drivers Gesicht, doch wie konnte er Driver sein?

»Einen Scheiß wird er«, sagte Laura, als die Türen sich auseinanderfalteten, doch sie glaubte nicht, daß er es gehört hatte.

Laura gab das Warten nach weiteren zehn Minuten auf und kehrte nach Hause zurück. Der zweite Bus fuhr durch, ohne zu halten. Rachel kam nicht in den Kindergarten und brachte später am Tag um ein Haar Kubrick um, indem sie ihn aus dem Bassin herausangelte, um ihn dem Baby zu zeigen, doch glücklicherweise kam Laura noch rechtzeitig dazu, so daß Kubrick lediglich traumatisiert war und nicht tot. Sie war froh, daß Kim das nicht mitbekommen hatte. Woodie bekam die Stelle nicht. Er hatte gleich ein Stuhlbein gedrechselt. Der Möbeltischler sagte, er sei zwar ein Könner, aber zu langsam.

Nur einen Schritt davon entfernt, daß nichts passiert, ist man schon dort, wo fast etwas passiert.

Das nächste Beinahe-Ereignis von Fenedge war, daß ein, zwei Jugendliche, Halbstarke oder Punker, mit weißen Gesichtern, Ringen im Gesicht, malträtiertem Haar, Lederjakken mit Nieten, Ketten und schmutzigen Händen in das Haus einzogen, das früher einmal der Obst- und Gemüseladen an der Ecke des Behindertenzentrums gewesen war. Der Inhaber hatte infolge steigender Pacht und sinkender Umsätze schließen müssen. Die jungen Leute, Paul und Tony, verschafften sich gewaltsam Einlaß und richteten sich häuslich ein, komplett mit Kerzen, Chaos und Mantras. Die Stadt war zwar voller Angst vor Gewalt und Unordnung, doch die Jungen erwiesen sich als enttäuschend sanftmütig, ja sogar hilfsbereit und faßten abends immer wieder mit an den Rollstuhl an (morgens waren sie noch nicht wach, sonst hätten sie da vermutlich ebenso geholfen), und der Hauswirt lehnte es ab – seine Rache an der Stadt –, sie hinauszuwerfen, und so blieben sie denn da: Das Happening hätte sich damit vom Beinahe-Ereignis zum Nicht-Ereignis verläppert, aufgesogen von der allgemeinen Öde der Landschaft, vermute ich, hätte sich dann nicht plötzlich das gesamte Zeitmuster verändert, und ehe man »papp« sagen konnte oder »Gottseidank, Hattie ist wieder da«, begann ein Sturm von Ereignissen loszubrechen, die sich geradezu überschlugen.

Carmen zog mit in das besetzte Haus ein. An ihrem freien Donnerstagnachmittag kam sie mit einem Lieferwagen und übernahm Tonys Zimmer, der losgezogen war, um sich den »Travellers« anzuschließen und die Popfestivals der Saison abzuklappern. Sie brachte ein Bett und Bettzeug mit, einen Tisch, einen Stuhl und einen Spiegel. Sie kam herüber und unterhielt sich mit mir. Sie sagte, sie könne nicht mehr länger jeden Tag die lange Strecke von Mr. Bliss' Wohnwagen zur Arbeit zurücklegen. Hier von Fenedge aus könne sie den Bus nehmen. Und die Miete sei minimal. Sie sei bei Peckhams zur Nachtschicht eingeteilt worden und arbeite nun als Leiterin der Qualitätskontrolle. Sie habe sich eine Frist von zwei Jahren gesetzt, um so viel zu sparen, daß sie ganz aus Fenedge wegziehen könne, und nehme mal an, daß sie das in diesem Zeitraum auch schaffe, obwohl Lebenshaltungskosten und Inflation das Sparen immer schwerer machten. Peckhams habe einen neuen Hauptgeschäftsführer, einen gewissen Shanty Cotton, der ein großer Anhänger der Mitbestimmung sei: Sie habe damit begonnen, Kenntnisse im Verwaltungsbereich zu erwerben, die ihr draußen in der Welt noch zustatten kommen würden. Sie wirkte nicht unglücklich, nur einfach zu gescheit und patent, als gut für sie sein konnte. Sie trug ein Kopftuch, was, so hoffte ich, nur daher kam, daß sie gerade umzog, wenn ich zugleich auch fürchtete, daß es ihr bereits zur Gewohnheit geworden war. Die Leute von Fenedge und Umgebung binden sich häufig Tücher um den Kopf: Der Wind bläst steif und anhaltend über das Küstenland, da bekommt man leicht kalte Ohren und eine defensive Einstellung. Ich würde jetzt gern berichten, daß

Carmen den Unterschlupf auf der Stelle in Schuß brachte, säuberte, fegte, aufräumte und die schmutzverkrusteten Fenster putzte (Paul und Tony waren zwar fanatische Vegetarier, rauchten aber ungeheuer viel – Tabak ebenso wie anderes), muß jedoch leider sagen, daß dies nicht der Fall war. Sie sei, so sagte sie, an Hausarbeit nicht »interessiert«. Sie habe sich schon mehr als genug mit der Hygiene bei Peckhams herumzuschlagen, so daß sie sich nicht auch noch zu Hause damit befassen könne. Sie brauche nur Laura anzusehen, die sich ständig mit Waschen und Flicken beschäftige, um zu erkennen, wo man mit einer solchen Einstellung ende.

Ich erkundigte mich nach Annie. Annie, so bekam ich zu hören, hatte gerade in dieser Woche einen Brief von ihrem Tim McLean bekommen, worin sich ein Flugticket der Air New Zealand, Club Class, nach Wellington und dann weiter nach Christchurch befand, und hatte den ersten verfügbaren Flug genommen.

»Na gut«, sagte ich, »die Dinge geraten offensichtlich in Bewegung«, und Carmen sagte: »War aber auch Zeit.«

Tim McLean lebte mit seinen Eltern auf einer Farm von fünfundzwanzigtausend Hektar, zu der etwa zwanzigtausend Schafe gehörten. Sie wurden in drei Herden jeweils sechs Monate lang auf wiederum sechs verschiedenen Abschnitten geweidet. Er wollte ihr das ausführlicher erklären, wenn sie erst da war. Die McLean-Farm war ganz südlich gelegen, in Southland, dem Süden von South Island, landeinwärts bei einem Ort namens Moeraki, den ich in den remittierten Bänden von *Flora und Fauna der Welt* nachzuschlagen vermochte. Das Gebiet, so erfuhr ich daraus, wurde das Schottland des Südens genannt, nicht nur wegen der gälischen Ortsnamen (Karitane? Tutakahikura? Uhimataitai? – schottisch? Was sollte das denn bloß?), sondern auch seiner Landschaft wegen – »üppiges, immergrünes Weideland trotz des rauhen Klimas, das die Wachstumsperiode für den Getreideanbau ziemlich verkürzt« –, wo der Wind über ein flaches, fruchtbares Küstenland blies. Ich hatte den Eindruck, daß Annie auf der anderen Seite der Welt an einem Ort landen würde, der so ziemlich wie zu Hause war. Doch wohlgemerkt, in East Anglia hat es niemals Moas gegeben, jene riesigen flugunfähigen Vögel, die mittlerweile ausgestorben sind, oder Moajäger und auch keine Walfänger und Händler, die dort hinkamen, wie die Skuas im Sommer zu den Seeschwalben kommen, um den Urbewohnern, den Maori, das Leben schwerzumachen. Die Maori, die eigentlich lieber im Norden lebten und dort Kumeras und Süßkartoffeln anbauten (die gibt's bei Safeway, und Alison kauft sie, wenn sie für mich einkaufen geht, jedesmal, weil ich einmal, nur ein einziges Mal, gesagt habe, daß sie mir schmecken), mußten unten im Süden notgedrungen Jäger, Fischer und Sammler werden. Es ist wichtig, sich stets vor Augen zu halten, daß es auf der südlichen Halbkugel immer wärmer wird, je weiter man nach Norden geht, und nach Süden zu immer kälter. Daß der Sommer dort unser Winter ist und unsere Nacht ihr Tag: gerade so, als experimentierte die Natur einmal mehr, um herauszufinden, was wohl passiert, wenn alle Erwartungen einfach auf den Kopf gestellt werden.

Ziehen Sie sich die Wanderstiefel an (ernstzunehmende, neuseeländische Wanderstiefel, ordentlich mit Lederfett eingerieben, keine Turnschuhe bitte), und wandern Sie landeinwärts, und bald schon haben Sie die Küsten mit ihrem üppigen Fischvorkommen hinter sich gelassen, Kanakana, der gelbäugigen Flunder, dem Aal, Koura, dem Schnapper, dem Hundshai, der Meerbarbe, Maitahi (oder ausgewachsenen Weißfisch), der Äsche, Upokuroa (obwohl man gelegentlich liest, die seien nun alle nicht mehr da, aufgegessen, einer wie der andere). Überqueren Sie die alten Goldfelder, wo einst richtige Goldkörnchen im tiefschwarzen Sand glitzerten – denn die Küstenstriche hier sind von der Moräne der Gletscher geformt worden, die einst von den

Southern Alps herabgekrochen kamen, um selbst noch das Meer zu bekämpfen und gefrieren zu lassen, die sich jedoch längst in ihrer eigenen Kriechspur wieder zurückziehen, indem sie Zoll für Zoll, Jahr für Jahr trübselig dahinschmelzen und totes, metallhaltiges Land zurücklassen. Weiter im Inland jedoch beginnt ein dünner, fruchtbarer Boden die Moräne zu bedecken, und Ebenen und Hänge sind von Grasbüscheln bewachsen – einem kurzen roten Gras, das überall dort zu wachsen vermag, wo sonst fast nichts wachsen will. Steigen Sie höher auf die steilen, felsigen Bergrükken der Südinsel, und die Pflanzenwelt wird abermals karg, wenn sie, wie es in den Büchern der Spezialisten heißt, auch von großem Interesse ist. Doch welche Pflanze wäre das denn nicht für den, der sich bevorzugt mit solcherlei Dingen beschäftigt? Hier oben, wenn Sie es denn wissen wollen, treffen Sie auf die Olearie (*olearia avicennifolia*), den Tutu (*cortaderia richardii*) und, wenn Sie Glück haben, die Weinbeere (*coprosina*), den südlichen Ratabaum (oder *metrosideros umbellata*) und den wirklich allgegenwärtigen Kamaki.

Glauben Sie nur nicht, daß Sie dort unten auf der Südinsel ein Land vorfinden, das sich angenehm bewohnen ließe: Die Skelette der Moajäger verraten, daß die frühen Siedler ein ausgesprochen hartes Leben hatten – Knochen und Gelenke, die vom Graben und Paddeln völlig abgenutzt sind, und nur wenige wurden dreißig Jahre alt. . .

Und dahin ist unsere Annie nun unterwegs? In dieses wilde Ödland, wo Pflanze und Gletscher miteinander im Ringen liegen? War das das Paradies, das Graf Capinski ihr vor langer Zeit versprochen hatte.

Doch, gewiß existiert dort ein Vogelleben, üppig genug, um auch die ausgepichtesten Vogelkundler zufriedenzustellen – der Kawanpaka, der Kiwi selbst, der Weka, die Tauben, die Sittiche, die Tuis, der Korimako –, doch wann hatte Annie sich denn je als Vogelbeobachterin betätigt? Der

Busch und der Regenwald dort sollen zwar lärmiger sein als irgendwo sonst in Neuseeland, doch das besagt noch nicht viel, da die Regel eine derart tiefe grüne Stille ist, daß man schon vom Geräusch eines fallenden Blattes zusammenschreckt, und außerdem ist Annie an das Pfannengeklapper in der Küche von Bellamy House gewöhnt und das Gebrumm von einem Dutzend Staubsauger in der Trostlosigkeit der Vormittage. Was kann denn ein Kiwi schon groß für Geräusche machen? Manche bestreiten sogar, daß dieser Vogel, der Wirtsvogel von Neuseeland, der *apterix mantelli*, dort unten überhaupt vorkommt. Keri Hulme jedoch, die Trägerin des Booker Prize, hat einen gesehen, und das reicht mir als Beweis völlig aus. Die Jungen des Kuckucks oder langschwänzigen Kuckucks werden Mimi genannt – und ihre Ausscheidungen sind süß und eßbar. O wildes, wunderbares Land!

Doch wann werde ich je geschnürte Wanderstiefel tragen, um diese Dinge mit eigenen Augen zu sehen, obwohl ich mich so sehr dort hinsehne? Und wer sollte mir schon ein Flugticket kaufen? Alison, deren Mutter einhundertundvier Jahre alt ist, sagt zwar, wenn sie an ihr Vermögen herankönne, werde sie mich um die ganze Welt schaffen, doch ich gehe davon aus, daß Alisons Mutter unsterblich ist. Und wie wird es Annie in der Zwischenzeit ergehen? Wird sie dieses wilde Paradies zu schätzen wissen, das abwechselnd dunkelgrün, blaßgolden und dann wieder rostrot gefärbt ist?

Ich werde Ihnen verraten, wie es Annie ergeht. Sie ist mit Tim zu Pferde unterwegs – nicht auf diese Weise, in diesem sanften, gezügelten Stil wie während der wenigen Reitstunden, die sie bei Mr. Bliss genommen hat, in Erwartung des Tages, des heißersehnten, wenn sie tatsächlich ins Land der Langen Weißen Wolke käme, sondern auf die kraftvolle, ungeduldige Art derer, die sich des Pferdes bei der Arbeit bedienen. Tim ist auf der Suche nach etwa zwanzig fehlenden Schafen, die eventuell in ein Gebiet geraten sein könnten, das als Saunders Creek bekannt ist und wo der Boden von Schluchten und Kratern durchlöchert ist (wo man in den seichten Brackwassern den Schwarzen Stelzenvogel finden kann, so daß ein Besuch sich lohnt) und wo McLeans Schafe, der Lebensunterhalt McLeans, besser nicht umherstreifen sollten. Die Tiere werden ausgleiten, abstürzen und sterben. Die McLeans werden ihren Profit verlieren, wobei Tim natürlich auch Mitgefühl mit ihrer Qual hat. Wenn Schafe auf den Rücken fallen und niemand da ist, der sie rettet, liegen sie einfach nur da und strampeln mitleiderregend, ohne Hoffnung, von selbst wieder auf die Beine zu kommen, bis sie aus Verzweiflung, vor Durst oder an Lungenversagen sterben, was immer nun zuerst eintreten mag.

»Komm mit, Herzchen«, sagte Tim an jenem Morgen zu Annie. Sie hatte nichts dagegen einzuwenden, daß er sie Herzchen nannte, obwohl es ihr seltsam altmodisch, ja herablassend vorkam. Sie hatte überhaupt gegen nichts etwas einzuwenden, das er tat, hatte nichts gegen die Mühseligkeit und die nachfolgende Steifheit, wenn sie sich aufs Pferd setzte. Sie ging einfach mit. Sie sah sehr gut aus in Jeans, kariertem Hemd und ihrem Swannie, dem allgemein üblichen neuseeländischen Anorak, einem Geschenk von Tim. (»Ein Verlobungsgeschenk«, hatte er gesagt. Ob er nur Spaß machte? Ob es sein Ernst war? Wenn ja, wo war dann ihr Ring?) Draußen im Freien gefiel es Annie besser als jemals drinnen, sie brauchte nur an die gerüschte Lätzchenschürze zu denken, zu der Mrs. Haverill in jüngster Zeit sämtliche weiblichen Angestellten in Bellamy House verdonnert hatte und auf deren Latz in Gelb gestickt stand: »Ich bin stolz auf meine Dienste.« Annie hatte nicht gekündigt, wie es sich gehört hätte, sie war einfach nicht mehr zur Arbeit erschienen, hatte keine Nachricht hinterlassen, sich nicht entschuldigt. Die Zukunft rief. Auf dem Flug dann hatte sie der Gedanke geplagt, daß eine so rasche Reaktion von ihrer Seite vielleicht unklug gewesen war – wäre es nicht besser gewesen, Gleichgültigkeit vorzutäuschen, wo es um Herzensdinge ging, statt begeisterte Zustimmung zu verraten? –, war jedoch zu dem Schluß gelangt, daß sie nun einmal nicht der Typ war, der kokette Spielchen spielte, und daß sie besser auch jetzt nicht damit anfing. Es würde doch nur schiefgehen.

Es fiel ihr nicht schwer, Tim am Flughafen wiederzuerkennen: Sie hatte sich so oft gesorgt, daß sie von ihm vielleicht nur geträumt hatte und daß der ursprüngliche Gast im Bellamy House Hotel keinerlei Ähnlichkeit mit dem Mann ihrer Träume oder dem Verfasser all der einfühlsamen, herzlichen Briefe hatte, doch es war nicht der Fall. Sie brauchte nur flüchtig die Augen zu schließen, sich ihren Helden in einem Comic strip für Teenager vorzustellen, und da war er: größer und breiter als sonst irgend jemand weit und breit, verläßlich und dabei liebevoll, mit seinem strahlenden und doch so fürsorglichen und, das Beste überhaupt, nur ihr zugewandten Blick, ihr, der Heldin seines Lebens. Er fühlte sich in diesem Land heimisch und behaglich, was in Bellamy House nicht der Fall gewesen war. Größere, schlankere und weitaus elegantere Mädchen waren zusammen mit Annie geflogen, kamen gleichzeitig mit ihr vom Flugsteig, Mädchen mit hohen Absätzen, gebräunten Beinen, deutlich sich abzeichnender Brust und glatten Armen, doch er schien nicht an ihnen interessiert – was er offenbar schätzte, waren die alltäglichen, die brauchbaren, die nützlichen Mädchen. Das heißt, Annie trug bequeme Kleidung – es war doch nur vernünftig, daß man sich, wenn man die ganze Welt umrundete, behaglich fühlte und nicht, wie Mavis sagen würde, wie ein »eingeschnürter Hering«. Ihr Haar hatte während der Reise seine Locken eingebüßt, und zu allem Unglück hatte sie sich auch noch Cola auf ihre blaue Bluse gegossen, und wo sie sie herauszuwaschen versucht hatte, war die Farbe verblichen – das alles ignorierte er, hatte es nur auf ihr Herz abgesehen. Es war ein befriedigendes und zugleich verwirrendes Erlebnis. Warum ich? Warum ich? Von allen Mädchen der Welt?

Womit habe ich das verdient? Reicht es am Ende aus, das man einfach die ist, die man *ist*?

»Ach, Annie«, sagte er bewegt, und das war so etwa alles, oder allem Anschein nach alles, was es brauchte. Es lag ihm nicht, Worte über seine Gefühle zu machen. Über Schafe, ja; über sein Heimatland, ja; beides konnte ihn zu lyrischen Ergüssen hinreißen, doch wenn es um Gefühle ging, dann kam es auf das an, was einer tat und wie er es tat, nicht darauf, was er sagte. Annie war erleichtert. Auch sie machte emotionaler Überschwang nur verlegen. Carmen konnte man jederzeit eine langstielige Rose überreichen, ungeniert eine Überraschungsparty für Laura ausrichten: Annie waren solche Gesten suspekt. Das kam daher, wie sie Tim in einem ihrer Briefe anvertraute, daß ihre Mutter sie einmal umarmt hatte, als sie sechzehn war, und sie, Annie, plötzlich merkte, daß sie Graf Capinski in die Augen sah. Sie hatte schreckliche Ängste ausgestanden, sowie sie den Brief abgeschickt hatte, doch bald schon hatte sie sich beruhigen können. Er schrieb, er nehme an, daß dieser Vorfall sie nur in bereits vorhandenen Ängsten bestärkt habe: Ein einziger Vorfall könne doch wohl nicht gleich den ganzen Charakter prägen? Sie war überrascht, daß er gleichzeitig so nachdenklich und so scharfsinnig war und an der Fähigkeit ihrer Mutter, zwei Menschen gleichzeitig zu sein, so gar nichts Verwerfliches oder Abstoßendes zu finden schien. Von einem Schafzüchter durfte man das wohl nicht ohne weiteres erwarten.

Die Glen Trekker Station, wie Annie sie sich vorgestellt hat – so ein langes, niedriges, schindelgedecktes Gebäude im Buschland mit einem seit langem ungenutzten Fahrkartenschalter –, stellt sich als ziemlich pompöses, quadratisches quasi-georgianisches Herrenhaus heraus: Strahlendweiß gegen einen leuchtendblauen Himmel abgehoben, steht es allein auf einer grünen Rasenfläche hinter einem Staketenzaun und hat ein Säulenportal, wo sich sonst oft eine Veranda findet. Auf zwanzig Quadratmeilen ist es das einzige

Haus, und oben auf dem Dach erhebt sich eine aufwendig bestückte Fernsehantenne. Annie vermutet zu Recht, daß der Empfang in dieser Gegend schlecht ist. Auf den Blumenbeeten blühen Geranien und Kapuzinerkresse, grüne Trauerweiden hängen über einen Teich. Weiß, blau, grün, rot: starke Farben für ein Auge, das an die dunstigen Grau- und Brauntöne East Anglias gewöhnt ist. Ihr Mut wächst. Draußen vor der Eingangstür stehen ein Volvo und zwei Range Rover. Hunde bellen zur Begrüßung. Warum nur ich, warum nur ich, unscheinbar, wie ich bin? Wo ich doch nicht einmal ein Vermögen habe? Sollst du mein Rochester sein, Tim McLean, und ich deine Jane? Bin ich bestimmt, dich mit der Macht meines Willens zu lenken, meiner Stille und meiner Tugendhaftigkeit? Kann das denn sein?

Seine Mutter steht an der Tür, haargenau eine dieser englischen Großgrundbesitzerinnen, eine von der Sorte, die Annie zu Hause so einschüchtern: Frauen, die nett und verständnisvoll sind, wenn Annie in Bellamy House ihren Dienst als Zimmermädchen versieht, die jedoch niemals ein Trinkgeld hinterlassen. Sie hat adrettes, braungraues Haar, ein wettergegerbtes Gesicht mit einem lebhaften Ausdruck, weiße, ebenmäßige Zähne (sie sind ganz eindeutig falsch, und sie hat das gern so, völlig unverstellt), große tüchtige Hände und Füße. Die Frau macht einen gescheiten, durch und durch vernünftigen Eindruck – Graf Capinski würde niemals Zutritt zu ihrem Kopf bekommen, nicht einmal für einen Augenblick. Mrs. McLean ist aus alter Familie, die McLeans sind daran gewöhnt, die Dinge im Griff zu haben, seit Jahrhunderten sagen sie anderen, was sie zu tun haben. Sie ist ganz das Gegenteil von Mavis, die sozusagen alles hintenherum machen muß, um zu überleben. »Wir haben schon so viel von Ihnen gehört«, sagt sie. »Willkommen!«

Annie wird das Haus gezeigt – die große Diele mit ihrem gewachsten Holzboden und den Flickenteppichen, dem viktorianischen Schirmständer ohne Schirme, die Salons, die von ihr abgehen, große quadratische Räume, die niemand betritt, mit antiken Möbeln, Familienerbstücken, und echten Gemälden europäischer Künstler an den Wänden, alles tadellos abgestaubt und die Möbel mit Lavendelöl poliert. Fliegen summen gegen die Fenster, Stimmen hallen wider, Schuhe knarzen. Es ist sehr still. Das wirkliche Leben des Hauses spielt sich in seinem hinteren Teil ab, versichert Mrs. McLean, in der Küche. Und außerdem, wer hat schon Zeit, sich hinzusetzen? Es ist immer soviel zu tun. Alle sind unablässig fleißig. Wenn Mrs. McLean einen freien Augenblick hat, webt sie Flickenteppiche. Wenn Mr. McLean sich hinsetzt – und er hat eine schlimme Hüfte, da muß er es ab und zu –, reinigt er seine Gewehre. Neben der Buchführung und der Führung der Herdbücher, dem Erwerb neuer landwirtschaftlicher Maschinen und neuer Tiere, der Überwachung von Schaf und Schur, von Dippen und Docken bildet er in seiner Freizeit noch Schäferhunde für Ausstellungen aus. Marjorie McLean wiederum, so stellt sich heraus, webt nicht nur Teppiche, sondern kocht, backt, näht und weckt mit der einen Hand ein, während sie mit der anderen das Nachrichtenblatt der Frauenvereinigung herausgibt. Sie kann eine lecke Dachrinne reparieren und einen Schuppen zur Schur verdrahten, sagt ihr Sohn, eine Kuh melken, ein Baby zur Welt bringen, eine politische Ansprache halten und sich zur Top Table Lady beim örtlichen Tanztee zurechtmachen, ohne sich damit lange aufzuhalten. Sie bewirkt, daß Annie sich vergleichsweise hilflos und hoffnungslos fühlt, obwohl sie zu Hause doch immer tüchtiger war als die meisten anderen.

Annie ist, so fällt ihr auf, in einem Zimmer untergebracht worden, das so weit von Tims entfernt ist wie überhaupt nur möglich, und es gibt auf den Fluren im Obergeschoß auch keine Teppiche. Das Haus ist auf seine Weise sehr hellhörig, von der Küche einmal abgesehen, die von kostspieligen großen Küchengeräten nur so brummt und summt, ebenso wie von kleineren – Eismaschinen, Milchmixern, automatischen Lammsäugern, den Klassikern der sechziger Jahre – und dem Klock, Klock, Klock des Webstuhls, auf dem die Flickenteppiche gemacht werden. Die Küche muß ununterbrochen in Schuß gehalten, ununterbrochen geputzt werden. Es ist ein riesiger Raum mit vielen Nebenräumen, in denen Hunde gebürstet, Küken gebrütet und Teig angesetzt wird. Bellamy House war wirklich nichts dagegen.

Annie und Tim haben noch nicht miteinander geschlafen, und obwohl er sie auch jetzt noch ab und zu küßt und liebkost, wenn sie allein sind, so schiebt er sie doch weg, wenn die Umarmungen allzu intensiv werden. Er hat sich verändert. Jetzt ist sie es, die will, und er, der dagegen zu sein scheint. Warum zögert er? *Stimmt* etwas nicht mit diesem Ausbund an Tugend, oder ist er einfach nur durch und durch nett und gut und findet, er müsse sie erst richtig kennenlernen? Handelt es sich mittlerweile um etwas Ernsteres? Und wie viele Jahre wird das so weitergehen? Er liest, so bemerkt sie, ein Buch mit dem Titel: *Die Wiederkehr der viktorianischen Brautwerbung: Einmal lieben, aber richtig.* Geht es darum? Annie stellt fest, daß man hier am anderen Ende der Welt mit niemandem über solche Dinge reden kann. Sie sehnt sich nach Carmen und Laura, ihren Freundinnen. Die würden das alles irgendwie einzuordnen wissen, ihr erklären, warum es so schwierig ist, Tim eine klare Antwort auf eine schlichte Frage zu entlocken – wenn sie doch bloß imstande wäre, diese Frage in Worte zu fassen. Liegt hier etwa so etwas wie eine kulturell bedingte Hemmung vor, irgendeine traditionelle neuseeländische Sitte, oder liegt es, mal wieder, an ihr? Annie sitzt und ißt Weißfisch, was ihr nicht leichtfällt, ganze, rosig-weiße Fischchen, paniert gebraten, deren schwarze Knopfaugen unversehrt aus der Panade herausschauen, und sie fragt sich dabei, ob sie ihn nun heiraten soll oder ob sie einfach nur eine Freundin ist und weiter nichts.

Oder eben wie gerade jetzt: Sie befinden sich auf einer grasbewachsenen Hügelkuppe, Annie sitzt auf dem Pferd neben Tim, und er nennt sie Herzchen, und sie hat plötzlich sogar Angst. So weit weg von allen anderen, in diesem merkwürdigen, wenn auch schönen Land am anderen Ende der Welt.

»Du grübelst doch, Annie«, sagte Tim, »das gefällt mir nicht. Es hat wirklich keinen Sinn, daß du deiner Mum und deinem Dad die Schuld dafür gibst, daß du bist, wie du bist.«

Will er etwa ihre Geständnisse aus dem Brief jetzt gegen sie verwenden? Doch wohl nicht.

»Das Leben ist nun mal hart, Annie«, sagte er. »Hier und überall auf der Welt. Aber wir wollen doch nicht, daß die Leute noch sagen, du wärst eine zimperliche, weinerliche Pom.«

»Was ist denn eine *Pom*?«

»Eine Engländerin. Bedenke, unsere Kinder werden Kiwis sein.«

»Wir werden also Kinder haben.«

»Worauf du dich verlassen kannst«, sagte er. »Irgendwelche Einwände?«

»Da müßten wir aber zuerst mal heiraten«, sagte Annie kühn. Sein Pferd tänzelte nervös. Keiner sitzt je völlig reglos auf dem Pferderücken. Er starrte in den Wind, was er schon so oft hatte tun müssen, daß der Wind sein Gesicht geformt zu haben schien. Er sah wirklich ungeheuer gut aus.

»Naja«, sagte er, »du und ich, wir kennen einander ja inzwischen, und du kommst mit meiner Mutter klar. Da könnten wir wohl den Sprung ins kalte Wasser wagen.« Das kann mir niemand mehr nehmen, dachte Annie, ganz gleich, was als nächstes passiert. Tim McLean hat mir einen Heiratsantrag gemacht. Wir befinden uns irgendwo in der Welt zu Pferde auf einem Hügel, und dieser gutaussehende Mann macht mir einen Heiratsantrag. Habt ihr gehört, Carmen und Laura? Am Ende bin ich diejenige, die rausgekommen ist, diejenige, von der man das am wenigsten erwarten konnte. Wenn ihr mich jetzt bloß sehen könntet!

»Ja, vermutlich«, sagte Annie lässig, und ihre Zehen krümmten sich in den gefetteten Stiefeln. »Doch ich finde, du solltest mich schon fragen, wie es sich gehört. Dafür wirst du aber als erstes mal von deinem Pferd absteigen müssen.« Er tat es, was ihr Gelegenheit gab, auch von ihrem abzusteigen und ihr schmerzendes Hinterteil zu entspannen.

»Du magst doch Schafe?« fragte er. »Das hast du doch nicht nur so gesagt? Frau eines Schafzüchters zu sein, ist ein Full-time-Job. Da mußt du Schafe mögen und Pferde natürlich auch.«

Sie konnte sich nicht erinnern, je gesagt zu haben, daß sie Schafe mochte. Es sah ihr gar nicht ähnlich, irgendwem so eine faustdicke Lüge aufzutischen – da hätte sie doch wohl ausweichender geantwortet?

»Natürlich liebe ich Schafe«, sagte sie.

»Okay, Annie«, sagte Tim. »Bitte, willst du mich heiraten?«

»Sollten wir denn nicht besser erst einmal miteinander schlafen?« fragte Annie, doch schien er dadurch aus dem Konzept gebracht, ja peinlich berührt, also setzte sie hinzu: »Obwohl ich auch wieder nicht einsehe, weshalb wir es nicht auf die altmodische Art und Weise machen sollen, wenn uns daran liegt.« Sie wollte ihn nicht vor den Kopf stoßen.

Weiße Tupfen auf der Ebene unter ihnen erregten seine Aufmerksamkeit.

»Wir besprechen das alles später«, sagte er. »Die Schafe da unten landen demnächst in Saunders Creek, wenn wir nicht aufpassen«, und er sprang zurück auf sein Pferd, gerade in dem Augenblick, da zwei kräftige, gutaussehende Männer mit breitem Kinn und krausem Haar, Maori, auf temperamentvollen, kleinwüchsigen Pferden den Hügel hinauf- und den Kamm entlang auf sie zugaloppiert kamen.

Tim wirkte durch den plötzlichen Kontrast mit den beiden anderen geradezu verwaschen, zu blaß in seinem ganzen Auftreten, um als Anführer gänzlich zu überzeugen, zu unentschieden, obwohl man ihm, infolge einer geheimen Macht (vielleicht einfach der des Geldes auf der Bank), die leitende Rolle zugestand: Er war der Herr, sie waren die Farmhelfer.

»Verdammter Mist, Tim«, rief einer von ihnen, als sie vorbeidonnerten. »Sie halten auf Saunders Creek zu.« Ohne Annie auch nur noch einen Blick zu schenken, preschte die große Liebe ihres Lebens hinter ihnen her. Die drei Männer johlten und brüllten in der Schafssprache – für die die Schafe taub zu sein schienen –, während die Pferde, die noch hitzköpfiger als ihre Herren zu sein schienen, die Anhöhe hinab- und auf die Ebene sprengten. Sie amüsierten sich prächtig.

So wird es immer sein, dachte Annie: Eine Frau wird in diesem Land, ja eigentlich überall, immer die Freizeitbeschäftigung sein, da wird immer irgend etwas Unaufschiebbares sein, das sie auf den zweiten Platz verweist. Macht mir das etwas aus? Nein. Ich will ihn, und ich werde ihn ändern. Nur weil er mit Schafen aufgewachsen ist, muß er ja noch nicht auf ewig bei den Schafen bleiben.

Jedenfalls nehme ich an, daß das an jenem Tag Annies Gedanken waren, als sie oben auf jenem Hügel auf ihrem Pferd saß, weil die Frauen genau das so häufig denken, wenn sie mit einem Mann zu tun haben, dessen Vollkommenheit nur durch einen einzigen Makel beeinträchtigt wird. Zum Beispiel trinkt er, ist ein Schürzenjäger, spielt, oder er ist arbeitsscheu. Will keine Kinder oder kümmert sich viel lieber um seine Schafe. »Ich werde ihn ändern«, wispert der Gnom des Wunschdenkens, der im Hirn von jederfrau nistet und sich an Wahrer Liebe mästet, bis er so dick wird, daß er ihr aus dem Kopf herausplatzt und sie wieder zur Vernunft kommt. »Ich werde ihn ändern.« Und manchmal gelingt es sogar, meist allerdings nicht.

In der Heimat lag Audrey unterdessen in ihrem Krankenhausbett, was nichts Ungewöhnliches mehr war, nur daß die Schwester gesagt hatte, daß sie diesmal vielleicht nicht wieder nach Hause kommen würde, und Laura und Woodie, die ihr Krankenblatt studierten, als die Schwester nicht mehr im Zimmer war, feststellten, daß Audrey hohe Dosen Morphium erhielt, was bedeutete, daß es auf ihre eventuelle Gewöhnung an diese Droge nun nicht mehr ankam. An solchen Indizien erkennen die Angehörigen von Schwerkranken, daß der Tod drohend bevorsteht. Das Wort wird selten erwähnt, als brächte seine Erwähnung ihn näher, und der ganze Sinn der Institution, das, wofür alle sich aufopfern, ist schließlich der Kampf gegen ihn. »Ich möchte Kim sehen, ehe es soweit ist«, sagte Audrey.

»Niemand weiß, wo er ist«, sagte Laura. »Wenn er wüßte, daß du krank bist, würde er bestimmt kommen.« Obwohl mittlerweile alle wußten, daß es nicht so war.

»Paßt mal auf«, sagte Audrey, »setzt doch eine Kleinanzeige in die Zeitung, in der steht, daß Kubrick lebensgefährlich erkrankt ist. Das lockt ihn bestimmt aus dem Bau«, und sie lachte doch tatsächlich, was schon ausreichte, um sie außer Atem zu bringen, und bei dem Versuch, wieder zu ihm zu gelangen, zu sterben. Das ist schon etwas, daß jemand lachend stirbt, vor allem jemand wie Audrey.

Laura und Woodie saßen fünf Minuten an ihrem Bett, ehe sie die Schwester riefen. Sie wollten nicht, daß jemand auf die Idee kam, sie wiederzubeleben, und wie man anerkennen muß, tat es auch niemand. Sie gingen ihre Kinder von Angela, der Nachbarin, abholen, die sich erboten hatte, auf sie aufzupassen. Angela war eine ledige Mutter und wohnte gegenüber von Laura, neben Mavis und Alan, am Landsfield Crescent, in dem Haus, das einmal Carmens gewesen war. Angela war blond, drall und von umgänglicher, freundlicher Wesensart. Wie Mavis es ausdrückte, betraten ihr Haus mehr Männer, als wieder herauskamen, aber ihre kleine Tochter Effie spielte und trällerte überall am Crescent und war eine gute Freundin von Rachel, und Angela war eine gute Nachbarin, bereit, alle Katzen zu füttern und sich im Notfall um die Kinder zu kümmern. Tatsächlich war sie bereit, jedermann jeglichen Dienst zu erweisen – »und besonders« (noch einmal Mavis) »fremden Ehemännern«.

Woodie fuhr zum Leichenbestatter, um alles Nötige für die Beerdigung zu veranlassen, und Laura sah die Schubladen und Schränke ihrer Mutter durch und sortierte den Inhalt danach, ob er für Oxfam oder nur für die schwarzen Müllsäcke taugte. Den intimen Habseligkeiten eines gerade erst Verstorbenen haftet etwas unsäglich Trostloses an: Sie wirken verändert, kläglich, nachdem ihnen von einem Augenblick auf den anderen die Lebenskraft gestohlen wurde. Sie hängen lustlos von den Bügeln, drängen sich, grau vom allzu häufigen Waschen, in Schubladen.

Laura blickte aus dem Fenster und sah, daß der schwarze BMW vor der Tür parkte, jedenfalls glaubte sie es. Vielleicht war es ja auch ein Leichenwagen? Sie ging hinunter und öffnete die Haustür, und da war nichts. Es war eine Vision, eine Erscheinung, eine Halluzination gewesen. Was genau, war letztlich gleichgültig, da es ja doch nur um etwas in ihrer Vorstellung ging. Wenigstens konnte ein solch geisterhafter Leichenwagen ihr, wo Audrey ja bereits tot war, nicht mehr den Tod ihrer Mutter prophezeien.

Laura kam zu mir herüber und weinte eine Weile, den Kopf auf mein Knie gelegt. Dann richtete sie sich plötzlich mit den Worten auf: »Na, wenigstens muß Woodie jetzt nicht mehr mit seiner Schwiegermutter zusammenleben. Wir werden das Haus für uns haben, ganz allein für uns!« Und sie schnüffelte, und ihre Miene hellte sich ein wenig auf. »Nur irgendwie«, sagte sie, »habe ich Woodie und die Kleinen doch nur wegen Audrey, und jetzt, wo Audrey nicht mehr da ist, habe ich ihnen gegenüber so ein komisches

Gefühl, als wären alle zur falschen Zeit am falschen Ort. Was haben Woodie und die Kinder eigentlich mit mir zu tun? Wo kommen sie bloß her?«

Meine Zehen prickelten, mein Rock war naß von ihren Tränen. Ich hatte auch einmal anderes im Leben vorgehabt, als Lebensberaterin zu spielen, doch so enden Frauen häufig, wenn sie im Rollstuhl festsitzen. Sie können ja nicht weg. Und der schwarze BMW *parkte* vor Lauras Tür, ich konnte ihn sehen, und Angela führte gerade die vier kleinen Mädchen die Straße hinauf, und alle hatten den weißen Schaum von Mr. Whippys Softeis an der Nase.

»Wenn sie das doch bloß lassen würde«, sagte Laura. »Ich versuche, unsere ohne Zucker großzukriegen.«

Driver lehnte sich aus dem Fenster und sagte zu Angela: »Herrje, was für ein Haufen kleiner Mädchen! Da fragt man sich doch, wo die ganzen Väter sind!«, und Angela, deren Effie, wie jedermann wußte, das Ergebnis einer langen Affäre mit einem verheirateten Mann war, sagte: »Die sind alle mit anderen verheiratet«, worauf Driver erwiderte: »Naja, was ich nicht weiß, macht mich nicht heiß.«

»Was wollen Sie hier?« fuhr Laura Driver an. Sie war wie entfesselt. Die gerade erst von einem Todesfall Betroffenen sind oft so: Sie lassen nicht mit sich spaßen. Die gesicherten Grenzen zwischen Leben und Tod weiten sich, da kommt es darauf an, Abstand zu wahren und keine Risiken einzugehen. Driver schien Lauras Bissigkeit völlig aus der Fassung zu bringen.

»Ich wollte nur mal allen guten Tag sagen«, sagte er. »Auch der kleinen Rachel, Caroline und Klein-Sara. Und natürlich Effie. Die kleine Effie kenne ich nämlich gut.«

Die kleine Effie hatte große blaue Augen und einen biegsamen Körper. Sie steckte einen Finger in den Mund, lächelte Driver zu und tänzelte mit ihrem kleinen Körper auf und ab. Sie war erst fünf. Zu viele Onkel, schloß Laura, doch andererseits war eine hilfsbereite Nachbarin eine hilfsbereite Nachbarin, und jetzt, wo Audrey nicht mehr war, konnte sie es sich schlicht nicht leisten, Angela zu kritisieren.

»Ich bin nicht in der Stimmung für einen Plausch«, sagte sie zu Driver, wollte ihm jedoch nicht die Genugtuung bereiten, ihm zu sagen, warum nicht.

»Das mit Ihrer Mutter tut mir leid«, sagte er.

»Woher wissen Sie denn von meiner Mutter?« fragte Laura. Er habe Mavis besucht, erklärte er, um sich eine Warze unter der Fußsohle behandeln zu lassen, und Mavis hätte gerade von Alan erfahren, der mittlerweile im Leichenschauhaus arbeitete und die Toten der ganzen Grafschaft einsammelte, daß heute auch Audrey dabeigewesen sei. Die Belieferung des Leichenschauhauses war erst kürzlich rationalisiert und zentralisiert worden – in einer Grafschaft kommen an einem Tag zwar eine ganze Menge Leichen zusammen, aber Freunde und Nachbarn werden doch immer noch auf dem laufenden gehalten.

»Haben Sie vielleicht irgend etwas von Carmen gehört?« fragte Driver. »Ich kann ihre Adresse nicht herausbringen. Ich komme ihr irgendwie nicht auf die Spur. Dabei habe ich ihr etwas Erfreuliches mitzuteilen«, doch Laura zischte ihn nur an: »Glauben Sie nur ja nicht, daß ich Ihnen was erzähle«, entriß Angela ihre Kinder, trieb sie durch die Haustür, überließ sie dann sich selbst, schloß sich im Schlafzimmer ein und weinte. Sie mußte Angela später anrufen und sich entschuldigen.

»Armes Ding«, sagte Driver mitfühlend zu Angela, »verständlich, daß sie verstört ist«, und Angela sagte: »Na, Audrey hat es wenigstens hinter sich. Was hatte sie noch zu erwarten? Doch nichts als Schmerzen und Enttäuschungen.«

»Stimmt«, sagte Driver.

Ein paar Tage später, als ich mich über die Lebensweise der neuseeländischen Schafe belas, beobachtete ich, wie Laura an die Tür dessen klopfte, was in Fenedge immer noch als

»der alte Gemüsemann« bezeichnet wurde. Sie klopfte sanft, wenn auch mit einiger Selbstüberwindung, denn die Fenster waren mit Parolen wie »Haß!«, »Macht alles kaputt!«, »Zerstörung ist Schönheit!« und »Macht die Bullen platt!« beschmiert, und irgendwer hatte die Tür zersplittert, indem er mit der Metallkappe seines Stiefels dagegengetreten hatte. Ich hatte ihn dabei beobachtet. Einer der beiden dort hausenden jungen Männer hatte eine weißhäutige Zwergin ins Haus geholt, die offensichtlich nicht ihm gehörte, und ein anderer, ein Jugendlicher aus der Stadt, war ihnen auf den Fersen.

Die Tür wurde von einem Jungen mit weißem Gesicht und orangefarbenem Haar aufgerissen, der mit Ketten behängt war. In Nase und Ohren trug er Ringe. Laura blickte an ihm vorbei auf ein feuchtes Durcheinander von alten Decken, Kleidern, elektronischer Technik, zerquetschten Bierdosen und bekritzelten Wänden. Ein magerer Hund kam heraus und schnüffelte an Lauras Rock. Ihr war aufgefallen, daß, seit sie Kinder hatte, Hunde das ständig zu tun schienen. Aber vielleicht kam es ja auch daher, daß sie häufiger mit Hunden in Berührung kam als in ihrer vorhäuslichen Phase. Wer sollte das wissen?

Zunächst bestritt der Junge, daß Carmen überhaupt im Haus wohnte, dann gab er es zu, oder jedenfalls, wenn sie hier auch nicht wirklich wohne, so sei sie hier doch zumindest vorübergehend untergekrochen, sagte dann, sie arbeite nachts und sei nicht zu Hause. »Sie arbeitet nachts?« fragte Laura alarmiert, doch der junge Mann, der nun seinen Hund zurückrief und ihr sogar eine Tasse Tee anbot, erklärte, sie sei Lohnsklavin bei Peckhams und habe Nachtschicht, und zu Peckhams ging Laura nun als nächstes, nachdem sie den Tee dankend abgelehnt hatte.

Peckhams ist mittlerweile das Ziel von Schulausflüglern. Die Hühnerfabrik ist einer der Vorreiter lateraler Diversifizierung in der Leichtindustrie: Eine Abteilung zieht die Küken groß, niedliche, flaumige kleine Dinger, eine andere produziert Freilandeier (mehr oder minder), glatte, braune und vollkommene, von diesen Küken, sowie sie erwachsen sind. In der Weiterverarbeitung wird ein Teil dieser Eier schließlich zum »formgepreßten Ei« – Meter für Meter gekochtes und wieder in Form gedrücktes Eigelb, das von gekochtem und in Form gepreßtem Weiß umgeben ist, so daß jeder, wenn die Schinken-Ei-Pastete aufgeschnitten ist, eine makellose, gleichmäßige, ansehnliche Eiportion in der Mitte seiner Scheibe bekommt, niemals aber jenes ungerechte Ende Weiß ohne Gelb drin, das man durchaus erwischen kann, wenn man auf die Natur und das Glück baut. Die Schulkinder sehen gern zu, wie das »lange Ei« gemacht wird, indem es aus dem Preßrohr herausquillt. Die großen Stahltrommeln der zentralen Prozessierungseinheit, die sich Tag und Nacht drehen, um Huhn, Gewürze und Mehl so miteinander zu vermengen, daß sich daraus die berühmten Peckhams Patties ergeben, sind ein anderer Renner: Das Plopp, Plopp, Plopp, wenn Keule um automatisch abgefertigte Keule in ihr schmuckes kleines Polyäthylenhäuschen fällt, einfrierbereit, scheint eine geradezu hypnotische Wirkung auszuüben.

Die PR-Abteilung des Unternehmens spielt derzeit mit dem Gedanken, den Namen von Peckhams Poultry in einen solchen umzuändern, der weniger nach Federn und Bauernhof schmeckt: vielleicht schlicht und einfach in Peckhams Products. Sir Bernard, der ja aus der Lebensmittelbranche stammt, ist mittlerweile einer der Hauptaktionäre von Peckhams Poultry, das sich reibungslos in die große Maschine einfügt, als die man sich das Bellamy Empire vorzustellen hat. Die Straße unter Ihren Füßen, die Hänchenkeule auf Ihrem Teller, das Kissen, auf das Sie Ihr Haupt betten – Bellamys, alles Bellamys.

Der einzige Teil des Unternehmens, der für Schulkinder verboten ist und nicht in allen Einzelheiten in der Info-

Mappe dargestellt wird, die bei allen Aufsätzen über die Lebensmittelindustrie so gute Dienste leistet, ist das Schlachthaus, wo das Geflügel auf gnädige Weise vom Leben in den Zustand des Lebensmittels übergeht. Man mag sich noch so sehr bemühen, Blut, Federn und Eingeweide sind dort immer noch allgegenwärtig. Die Tiere werden sich wohl immer sträuben, und es scheint unmöglich, sie in wünschenswerter Weise ruhigzustellen und die Nahrungsmittelkette dennoch von unerwünschten chemischen Bestandteilen freizuhalten. Was immer im Huhn stecken mag, es endet im Menschen. Das Problem mit den Östrogenen und anderen Hormonen ist schon gravierend genug, die ja im Verbund mit heller Beleuchtung und sorgfältiger Aufzucht das fressende Federvieh dazu stimulieren, dick und weich zu werden, und die Legehennen dazu, täglich fünf bis sechs Eier zu legen – die aber auch Auswirkungen auf die menschliche Fruchtbarkeit haben können.

»Nur ein glückliches Huhn legt Eier«, behauptet Peckhams PR, doch ich bin mir da nicht so sicher. Mein *Schlag nach, frag nach* (1789) legt einen anderen Schluß nahe: »Wenn man eine Henne dazu bringen will, den ganzen Winter über zu legen«, sagt der Autor, »dann darf man sie nicht mit dem Hahn herumlaufen lassen.« Doch wir haben noch andere Sorgen außer dem Glück des Huhns.

Zu dem Zeitpunkt, von dem wir sprechen, hatte Peckhams seinen fortschrittlichen Umstieg in die laterale Diversifikation gerade erst begonnen. Shanty Cotton, mit seinen Ansichten über Mitbestimmung und Gewinnbeteiligung, war erst vor kurzem Hauptgeschäftsführer geworden. Er gehörte nicht zu der neuen drahtigen Managerklasse, durchaus nicht. Er war ein kräftiger, stämmiger, gutaussehender, rotgesichtiger, zigarrenrauchender, unter Schuppen leidender Geschäftsmann der alten Schule, wenn er auch in letzter Zeit den einen oder anderen Trick erlernt hatte, der dem Vorstand von Peckhams vielversprechend schien. Die Firma besaß zu der Zeit, von der ich spreche, obwohl sie bereits einer der größten Arbeitgeber von Fenedge war, nur ein zwei Hektar großes Grundstück. Später wurden dann ein paar Hektar alter Waldbestand abgeholzt, um dort die Patties herstellen zu können. Doch was sind schon ein paar Hektar, wenn man an den geschundenen Regenwald denkt? (Im Behindertenzentrum ist ein neuer Stapel Nachschlagewerke eingetroffen, die sämtlich den Stempel »Bibliothek für Umweltschutz« tragen. Irgendwann werde ich herausfinden, wer unser Wohltäter ist.)

Peckhams hatte fraglos bereits damals genug zu tun, um Tag und Nacht in Betrieb zu bleiben: Der Appetit der Nation auf Gefrierhähnchen war rege und wurde nur noch reger, denn wer anders als Peckhams unter der Leitung von Shanty Cotton wies die Richtung zum Preiskampf? Wenn man in einer Zeit hoher Arbeitslosenziffern die Arbeitnehmer länger und härter für niedrigere Löhne arbeiten läßt, ist es nicht weiter schwierig, in dieser Hinsicht wegweisend zu sein. Man muß nur rücksichtsloser zu Werke gehen als die Fabrik nebenan. Das Fischstäbchen, lange Zeit bevorzugtes Schnellgericht aller Kinder, verlor in dem Maße, wie die Meere immer fischärmer und der Fisch entsprechend teurer wurde, gegenüber der panierten Hähnchenkeule mehr und mehr an Boden.

Am einen Ende der Anlage wurden, als Laura Carmen besuchte und die nächste Welle der Ereignisse ins Rollen brachte, lebende Küken ausgeladen, die von Züchtern im ganzen Land in Schachteln verpackt und per Lastwagen hergeschickt worden waren, am anderen Ende kamen, nach Durchlaufen des Schlachthauses, gefrorene, fertig verpackte Hähnchen heraus, im Ganzen oder zerlegt, mit oder ohne Innereien, vorbereitet für die Kühlwagen, die das weißfaserige Fleisch im ganzen Land verteilen sollten.

Laura fand Carmen an der Laderampe, bei dem kalten, toten Geflügel und nicht bei dem zeternden lebenden, und war dankbar, daß ihr wenigstens das erspart blieb. Es fällt schwer, Mitleid mit totem Geflügel zu haben – um so leichter fällt es bei dem, das gleich sterben soll. Carmen hatte die Position einer Aufseherin inne. Das sah man gleich: Sie hielt ein Klemmbrett in der Hand und wirkte angestrengt. Ihr Haar war hochgebunden und steckte unter einer weißen Peckhams-Kappe. Sie blickte auf, als Laura sich näherte, und erschrak.

»Mein Gott«, sagte Carmen. »Das ist doch kein Ort für eine empfindsame Seele wie dich. Wo sind denn die ganzen Kinder? Du wirkst irgendwie unvollständig ohne sie.«

»Die sind zu Hause. Ich habe einen Babysitter.«

»Das mit deiner Mutter tut mir wirklich leid«, sagte Carmen. »Ich versuche, für die Beerdigung freizukriegen, doch die sind hier sehr kleinlich. Das Management ist neu. Man muß sich eine Bestätigung vom Pfarrer holen, der die Trauerfeier hält, aus der hervorgeht, daß man ein Anrecht auf die Teilnahme hat. Da kann ich auch genausogut behaupten, ich sei krank, und ein gefälschtes Attest vorlegen. Es gibt hier einen Arzt, der so was für fünfundzwanzig Pence unterschreibt. Er ist zwar schon seit Jahren nicht mehr aktiv, seine Unterschrift zieht aber noch immer.«

Carmen sah Laura nicht direkt ins Gesicht. Sie wirkte müde und erschöpft und hakte jeweils die Kisten ab, die der Gabelstapler umlud. Trotz ihrer Handschuhe und des Kopftuchs schien sie immer noch zu frieren.

»Warum bist du gekommen?« fragte sie. »Um dir heimlich ins Fäustchen zu lachen?«

»Natürlich nicht«, sagte Laura. »Ich wollte dich nur warnen. Sir Bernards Chauffeur ist wieder in der Stadt und auf der Suche nach dir.«

»Das darf doch nicht wahr sein!« sagte Carmen, legte ihr Klemmbrett weg, setzte sich zu Lauras Entsetzen auf eine der Kisten und schien den Tränen nahe.

»He, Miss!« schrie ein Gabelstaplerfahrer, »Sie halten uns auf!«

Der Vorwurf brachte sie wieder auf die Beine. »Ein Hygieneproblem!« rief Carmen. Ihre Stimme war überraschend laut. Selbst der Mond am Himmel schien zu erbeben. Sie blies in eine Trillerpfeife und klatschte in die Hände. »Fließband abstellen!« Die Fließbänder wurden langsamer und blieben dann stehen. Laura stellte es sich herrlich vor, soviel Einfluß zu haben. Motoren wurden abgestellt, Hände in die Hosentaschen gesteckt. Ein Teil der Männer ging Kaffee trinken, andere standen und schwatzten. Dies nur zu Shanty Cotton.

»Wieso Hygieneproblem?« fragte Laura.

»Temperaturanstieg ist das Beste«, sagte Carmen. »Keine erkennbare Ursache, und geht nicht ohne Techniker ab. Sie können es sich nicht leisten, das Risiko einer Lebensmittelvergiftung einzugehen. Dauert wenigstens sechs Stunden, bis die Bänder wieder rollen. Sechs Stunden Gnadenfrist für ein paar tausend Hähnchen, und dreiunddreißig Männer können unverhofft nach Hause und sich aufs Ohr legen. Heute in neun Monaten wird's einen Babyboom geben. Gut gemacht, Laura, das sieht dir ähnlich!«

»Aber was kann ich denn dafür?«

»Ich kann nicht gleichzeitig arbeiten und reden«, sagte Carmen. »Und ich möchte lieber reden.«

»Schmeißen die dich denn nicht einfach raus?«

»Darauf kommen die erst gar nicht«, sagte Carmen. »Und falls doch, werde ich sagen, ich sei eben auf Draht und hätte 'ne Nase für so was. Gesundheitliche Unbedenklichkeit ist heute doch die Masche überhaupt. Shanty Cotton ist ein Trottel.«

Sie ging, um einen Bericht über eine Kiste mit Hähnchen plus Innereien zu schreiben, die, wie sie entdeckt habe, bereits angetaut gewesen wären. Diese Sorte Hähnchen, erklärte sie Laura, in denen Plastiksäckchen mit völlig fremden Innereien steckten, seien am anfälligsten für eine unbemerkte Erwärmung auf ihrer Reise vom Sterbeort zum Verkaufsort.

»Das hört sich alles faszinierend an«, sagte Laura höflich. Sie war ziemlich entsetzt.

»Neulich habe ich fast einen Finger durch Frostbrand eingebüßt«, sagte Carmen. »Betrachten wir das heute mal als ausgleichende Gerechtigkeit. Ich mache erlittenes Unrecht auf die einzige mir zu Gebote stehende Weise wieder gut.«

»Was soll ich denn Driver nun sagen, wenn er wieder auftaucht?« fragte Laura. Die Nachtschicht war vorzeitig beendet worden, die Belegschaft nach Hause gegangen, das Management unterrichtet, die Techniker aus dem Schlummer geweckt, um die Quelle noch einer weiteren Störung zu finden, die, wie Laura wußte, nur das Ergebnis dessen sein konnte, daß Carmen gerade eben ein Fließband mit kochendem Wasser aus der Sterilisationsanlage abgespült hatte, statt kaltes dafür zu nehmen. Laura fuhr Carmen durch den mondhellen Abend nach Hause. Angela war ihr Babysitter. Woodie war in der Abendschule, weil er einen Kurs zum Thema *Methoden und Ziele des Kleinunternehmers* absolvierte. Der Mond war gelb und rund, und die Rübenfelder bildeten flache silberne und schwarze Muster zu beiden Seiten der Straße, ein Schachbrettmuster, meinte Laura. Carmen sagte, sie sehe darin ein Damebrett, nicht so was Kompliziertes wie ein Schachbrett.

»Sag Driver, ich gebe nach«, sagte Carmen. »Sag ihm, was einem Mädchen am Ende den Rest gibt, ist die Langeweile.« Die Haut schälte sich von ihrem Finger, wo der Frost ihn durchdrungen hatte. Sie riß einen Fetzen mit den Zähnen ab und schrie vor Schmerz auf, als auch ein Stück Fleisch mit abging.

»Was ist denn?« fragte Laura beunruhigt. Carmen zeigte Laura wimmernd ihren Finger.

»Was soll denn damit sein? Ich sehe nichts«, sagte Laura, und tatsächlich schien er vollkommen in Ordnung, ein makelloser Finger an einer hübsch geformten, zartgliedrigen Hand. Auch Carmen starrte ihren Finger an, als gehörte er einer Fremden. Laura vergaß das Steuer und fuhr in den Straßengraben, was immer noch besser war, als wären sie an einer der Pappeln gelandet, die es überall in der Gegend gab und von denen gerade hier besonders viele standen.

Der Graben war künstlich zu einem Teich erweitert worden, der als Behausung der Kreuzkröte diente. Ein Schild, das im Mondlicht schimmerte, besagte, daß es sich bei diesem Geschöpf um eine geschützte Art handele. Die Paarungsschreie steigerten sich zum Crescendo, als sich der Wagen mit der Schnauze in das Wasserloch bohrte. Dann trat schlagartig Stille ein.

»Tut mir leid«, sagte Laura und stieg aus, knietief im schlammigen Wasser, den langen Rock naß hinter sich herzerrend. Carmen gelang es, trocken auf die Straße zu kommen. Sie verließen den Graben, das Auto und die Kröten und machten sich zu Fuß auf den Weg. Carmens Gesicht schien sich schon während der ersten Schritte zu verändern: Die Nase wurde schmaler und länger, der Haaransatz ausgeprägter, die Linie vom Kinn zum Ohr glatter und deutlicher. Laura sagte es Carmen.

»Das ist so einer der Tricks des Mondlichts«, sagte ihre Freundin, und wer konnte das schon anders sein, der sich ihnen von hinten näherte, als Driver in seinem BMW?

»Kleinen Unfall gehabt, was?« sagte Driver. »Sie gehen zurück und bleiben beim Auto, Laura. Ich fahre Carmen nach Fenedge und hole Hilfe.« Und Carmen stieg mir nichts, dir nichts in den BMW, und sie fuhren los.

Laura ging zum Auto zurück und blieb dort stundenlang, sorgte sich um die Kinder und hoffte nur, daß Carmen so viel Verstand gehabt hatte, bei ihr zu Hause anzurufen und Bescheid zu geben, daß sie später käme, bis sie es schließlich aufgab und zu Mr. Bliss' Pferdeställen weiterging. Sie mußte ihn wecken, um sein Telefon benutzen zu können. Eine schreckliche Nacht! Sie war wütend auf Carmen – und wer wäre das nicht gewesen? Erst um drei kam sie nach Hause, und niemand war aufgeblieben und hatte gewartet. Sogar Mr. Bliss hatte sich nicht sonderlich freundlich gezeigt. Die Pferde waren ungewöhnlich unruhig gewesen, und er war gerade erst ins Bett gekommen.

Was nun Driver anging, so sagte er im Auto zu Carmen: »Nun wissen Sie ja wohl, was es heißt, wie alle anderen zu sein und niemand Besonderes. Das haben Sie davon, wenn Sie sich zwischen Driver und seine Pläne stellen. Driver hat alle Zeit der Welt, Sie nicht.«

»Ich habe gern dort gearbeitet«, sagte Carmen.

»Nein, haben Sie nicht«, sagte er. »Das war eine Lektion, die Sie Ihr Lebtag nicht vergessen werden: Wie es ist, wie alle anderen zur Arbeit zu gehen, gähn, gähn, knapp mit Geld zu sein wie alle anderen, keinen zum Reden zu haben, dito, alle Wege, die herausführen, versperrt durch die äußeren Umstände oder die eigene Natur. Wobei letztere das größte Hindernis von allen ist. Nur gut, daß Sie mein Angebot angenommen haben.«

»Was denn für ein Angebot?« fragte Carmen, doch Driver, mehr noch als Tim oben auf dem Hügel, wurde plötzlich mehr als vage – in einem Maße, daß es den Anschein hatte, er säße nicht einmal mehr am Steuer des Wagens, nur eine verschwommene Gestalt war noch zu erkennen, kaum mehr als der Umriß eines Kopfes, durch den hindurch man die Landschaft draußen vor dem Wagenfenster sehen konnte. Und was war das für eine verwischte, fleckige Version der mondhellen Landschaft – als wäre der Mond selbst, die einzige Lichtquelle, von Schlamm bedeckt, seine Haut aufgeplatzt und vom Fußpilz der Sportler befallen (*tinea pedis*) und entsprechend unstet und getrübt sein Leuchten. Arme Carmen!

»Nehmen Sie das Angebot an«, sagte Driver, »und es wird nicht nur Ihnen wohl ergehen. Auch Ihre Freundinnen werden etwas abbekommen. Das ist immer weise. Zufriedene Freundinnen – keine Neiderinnen. Ob man befördert wird, einen neuen Liebhaber hat, zu Geld kommt – man sollte immer eine Party steigen lassen!« Sein Gesicht war wieder da: mit den weißschimmernden, kräftigen Zähnen, als er lächelte, den engelhaften Lippen, leuchtend dunkelrot und voll.

»Ich werde für sie tun«, sagte Carmen, »was ich für mich nicht tun will.«

»Das sagen alle«, sagte Driver, »doch das ist Unsinn. Sie *tun* es für sich selbst.«

Das jedenfalls, hat Laura mir erzählt, habe Carmen ihr erzählt, sei zwischen ihr und Driver vorgegangen in der Nacht, als Carmen es nicht schaffte, einen Abschleppdienst auf den Weg zu schicken, der Lauras Auto aus dem Graben fischen sollte.

»Und wenn man das glaubt«, sagte Laura, »kann man gleich alles glauben. Ich glaube lieber, daß er ihr geisterhafter Liebhaber ist: Sie haben es im Mondschein unter einer Esche getrieben.« Sie war immer noch sauer. »Und was noch schöner ist«, fuhr sie in ihrem Bericht fort, gleich am nächsten Tag seien Carmen und Driver in einer Boutique in Kings Lynn gesehen worden, dem teuersten Laden der ganzen Stadt – von der Sorte, über deren Preise die Leute zunächst in Hohngelächter ausbrechen, die dann aber doch irgendwie florieren. Da gingen Kunden hinein, sagte sie, die man noch nie zuvor gesehen habe und wahrscheinlich auch nie wieder sehen werde. Großgrundbesitzerinnen mit ihren Spaniels im Schlepptau und Frauen, die so aussähen, als wären sie die Bürgermeisterin, Mädchen mit langen Beinen . . . Und, fuhr Laura fort, wen traf man da also am nächsten Tag? Carmen, die ohne jede Verlegenheit mitten im Laden stand und aus ihren schäbigen Kleidern stieg, der Art Kleider, wie das Personal von Peckhams sie bevorzugte, die pflegeleicht waren und beim Waschen niemals einliefen oder die Form verloren, schon deshalb nicht, weil sie gar keine hatten. Man konnte nur den Eindruck haben, daß sie die ganze Nacht nicht nach Hause gekommen war und das Zeug schleunigst loswerden mußte. Da stand sie nun vor aller Augen in BH und Slip – aber da ihre Figur so makellos war, so die Augenzeugin, war sie eigentlich überhaupt nicht sexy und die ganze Nummer eher bieder, wenn auch Driver die ganze Zeit in seiner Marineuniform, mit Tresse und Marinestiefeln, gegen den Tresen gelehnt stand, die Hand in der Hüfte, wie ein Bordellbesitzer. Ausgerechnet Carmen!

Carmen entschuldigte sich bei der Verkäuferin, einem schlaksigen Mädchen mit runden Schultern, kurzem schwarzen Haar und ohne jeden Busen, für den Zustand ihrer Kleider, die diese daraufhin ohne weitere Umstände wegschaffte.

»Schmeißen Sie sie weg«, sagte sie. »Sie passen sowieso nicht.«

Unsere Zeugin beschrieb Carmen als langbeinig und hinreißend aussehend: sehr nach leichtem Mädchen. Sie verlangte einen schlichten schwarzen Rock, Größe zwölf, und eine schlichte weiße Bluse, die gleiche Größe, was unsere Zeugin denn doch überraschte. Sie hätte geschworen, daß Größe zehn richtig gewesen wäre.

Carmen sagte zu Driver: »Ich bin bloß deshalb hier, weil ich niemandes ästhetisches Empfinden verletzen möchte, nicht mal Ihres.«

Mrs. Baker wäre stolz auf sie gewesen. Vier Jahre in einer Hähnchenfabrik, und »ästhetisches Empfinden« ging ihr immer noch geläufig über die Lippen.

»Ich kann bezahlen«, sagte Carmen. »Ich habe Geld auf der Kante. Wenn Sie zahlen, wird das hier Ihre Beerdigung.«

»Ach, Beerdigungen«, sagte Driver trübsinnig, »alle Jubeljahre mal eine.«

»Niemand will ewig leben«, sagte Carmen, indem sie Rock und Bluse, die beiden vernünftigsten Kleidungsstücke im ganzen Laden, nahm, mit ihnen in die Umkleidekabine ging und den Vorhang zuzog.

»Könnten sie aber«, murmelte Driver. »Es könnte mal eine Zeit geben, wo sie es könnten«, und er setzte sich auf das mollige kleine Sofa, das zu dem Zweck bereitstand, und starrte mit dem einfältigen, doch ziemlich rührenden Ausdruck den Vorhang an, den Männer bei solchen Gelegenheiten haben, einer Mischung aus Vorfreude, Besorgnis und Befangenheit.

Carmen trat aus der Kabine. Der Rock schlackerte ihr um die Hüften, und die Bluse war viel zu eng. Der Stoff spannte zwischen den Knöpfen. Unsere Zeugin weiß zu berichten, daß sie hineinging wie ein Kleiderständer und hinauskam wie ein Stundenglas.

»Gott«, sagte Carmen zu Driver, »wie altmodisch Sie sind!«, und die Verkäuferin entfernte sich, um einen Rock Größe acht und eine Bluse Größe vierzehn zu holen. Als sie zurückkehrte, hatte sie außerdem noch ein rotes Atlaskleid über dem Arm.

»Ich dachte nur ...«, sagte sie, »nur wenige Mädchen könnten das tragen ...«

Der Rock und die Bluse paßten Carmen ganz gut, wenn sie einen Gürtel dazu trug, das rote Kleid aber saß wie angegossen, wie unsere Zeugin bemerkte, jedenfalls wenn man Sinn für so was hatte. Der Rücken war bis zur Taille ausgeschnitten, an den Hüften wölbte es sich auswärts und wurde zum Knie hin wieder enger, schwungvoll von Bommeln betont, und es bedeckte mal eben den Busen, während es den Einschnitt zwischen den Brüsten betonte. Es hatte dünne Träger, von denen der eine von vornherein dazu ausersehen war, von der Schulter zu gleiten.

»Es ist wie für Sie gemacht«, sagte Driver. »Oder sollen wir sagen: *Sie* sind dafür gemacht? Sehen Sie sich im Spiegel an.«

Carmen tat es. Es war ihr eine Genugtuung.

»So was wollte mein Dad immer für mich«, sagte sie. »Wenn meine Freundinnen mich jetzt nur sehen könnten!«

»Sie brauchen bloß das richtige Wort zu sagen«, sagte Driver, »und sie sehen Sie.«

»Ich zahle selbst«, sagte Carmen, »obwohl es der helle Wahnsinn ist. *Wohin* soll ich mit so einem Kleid bloß gehen?«

»Ach das«, sagte Driver. »Das ist immer das Problem. Nicht das Kleid, die Gelegenheit. Aber ich bin der König der Gelegenheiten. Warten Sie's nur ab!«

Carmen bezahlte das Kleid mit ihrer Kreditkarte. Die Verkäuferin hatte sich geirrt. Es war doch nicht heruntergesetzt. Es muß Carmen vier Wochenlöhne gekostet haben, meinte unsere Zeugin.

Ich erinnere mich, daß an dem Abend kein Lufthauch ging. Der Mond hatte seine vollkommene Rundung eingebüßt. Er war am Abnehmen. Die Flut gestern war sehr hoch gewesen, aber dabei ein bißchen träge. Eine seidenglatte Dünung war über Buhnen und Wellenbrecher geschwappt, so daß der Sturmflutwimpel hochgezogen wurde, doch niemand war übermäßig beunruhigt. Die Seeschwalben, die auf dem Wasser auf und ab tanzten, hatten ungerührt auf Gras statt auf Sand geblickt, und die Flut war genauso sanft wieder gegangen, wie sie gekommen war, hatte lediglich einen dünnen Schlickfilm zurückgelassen. Nur sehr selten einmal nimmt die Flut von East Anglia die Gelegenheit wahr und wälzt sich ohne böse Absicht, eher liebevoll aufs Land, wie sich ein Gatte auf die schlafende Gattin wälzen mag. Dies Land ist von einer so tiefreichenden Langeweile durchdrungen, daß es selbst die Elemente zu beeinflussen vermag. Ich konnte nicht schlafen und saß an meinem Fenster. Angela hatte wieder einen neuen Onkel für Effie im Haus, ich sah, wie sich die beiden Schatten hinter dem Vorhang umarmten. Doch selbst das wirkte langsam und gemessen, nicht leidenschaftlich. Ich glaube, es war der Gemüsehändler, den die hohe Miete aus Fenedge vertrieben hat, bin mir jedoch nicht ganz sicher. Vielleicht habe ich es mir ja auch bloß eingebildet.

Dann wurde die Nacht von mehr als nur vom Mondlicht erhellt. Buntes Licht zuckte kreuz und quer über den Himmel: Laserstrahlen, nahm ich an, wie sie in die Nervenbahnen meiner Wirbelsäule geschickt worden waren, nur daß diese hier nicht von neutralem, flimmerndem Weiß waren, sondern violett, rot, gelb und mauve – und dann jagten sie unkontrollierbar in einer ganzen Reihe von Zickzackbewegungen von Horizont zu Horizont. Weiße Ballons schwebten heran, und wie aus dem Nichts erhob sich ein Wind, um ihnen Fahrt zu verleihen. Ich erkannte das Bellamy-Logo, und einer tanzte fast bis zu meinem Fenster hinab. Weit weg dröhnte Musik los, mit stampfenden Bässen, die höheren Töne kaum hörbar, und hallte über die Felder bis zum Landsfield Crescent. Sir Bernard Bellamy war nach Bellamy House zurückgekehrt. Party time!

Und gleich am nächsten Abend wurden Carmen und Driver angeblich in Bellamy House beim Abendessen gesehen. Ich konnte mir die Szene vorstellen: Carmen, in ihrem roten Atlaskleid, glaubt immer noch, daß sie den Teufel irgendwie hereinlegen kann, daß keine Übereinkunft gültig ist, die ausschließlich auf Bestechung und Drohungen beruht. Sie besitzt, wie wir wissen, ein angeborenes Gerechtigkeitsempfinden.

Das rote Kleid zog natürlich jede Menge Blicke auf sich. Das Restaurant (vier Sterne) von Bellamy House hatte schon viele Kleider gesehen, die es wert gewesen waren, angestarrt zu werden – zu seinen Gästen zählten australische Eishockeystars ebenso wie die Frauen texanischer Ranchbesitzer und solche, die mit den eher langweiligen, konventionellen Reichen verheiratet waren, welche es gern sahen, wenn ihre Gattinnen den ein oder anderen Brillanten trugen oder ein Diadem, während sie ihre Sekretärin oder die Andere Frau gern unauffällig kleideten, damit sie nicht gar so viel Aufmerksamkeit auf sich zogen. Dieses spezielle Kleid jedoch, fürchtete Carmen, war die Krönung. Sie konnte es an der Miene Mrs. Haverills ablesen, Maîtresse d'hôtel, die sie war, ein bleicher, mißbilligender Bezugspunkt. Und mit jedem Augenblick, den Carmen dort saß, schien das Kleid enger anzuliegen.

Nun muß man wissen, daß keiner öfter in diesem Raum aß als unbedingt nötig, wie gut der Küchenchef auch sein, wie reibungslos der Service und auf wie eindrucksvolle Weise der große Kronleuchter (Wert: eine Million Pfund) sich auch drehen und jedesmal zur vollen Stunde eine perlende Melodie hören lassen mochte, so daß für allgemeinen Gesprächsstoff gesorgt war. Jeder, der in diesem Raum speiste, fühlte sich die Mahlzeit über unwohl in seiner Haut, war bissig und ungnädig und litt danach häufig unter Verdauungsbeschwerden. Das lag wohl daran, daß es der Raum war, in dem der Erste Herr der Meere seine abstoßenden Orgien abgehalten hatte, jedenfalls behauptete Mavis das, die einmal dort gewesen war, um sich Annies Arbeitsplatz anzuschauen. Mavis hatte am ganzen Leibe geschaudert, als sie den Saal betrat, und behauptet, vor langer Zeit sei ein Kind in ihm gestorben und treibe dort noch immer sein Unwesen, ein ganz besonders machtbegabtes und zornerfülltes Wesen.

»Nun red doch nicht solches Zeug, Mum!« hatte Annie gesagt. Sie war gerade dabeigewesen, auf Händen und Knien den Boden zu scheuern. Es hatte einen Fall von Lebensmittelvergiftung gegeben, und der behördliche Finger hatte zunächst auf die Sauce hollandaise von Bellamy House gewiesen. Und obwohl dieser Finger sich dann unverzüglich auf etwas anderes gerichtet hatte, weg von Bellamy Empires innerstem Zentrum, wollte Mrs. Haverill kein Risiko eingehen. Das Kommando für außergewöhnliche Einsätze war auf der Stelle zum Putzen beordert worden.

»Magenbeschwerden rühren weit häufiger von Gespenstern her«, sagte Mavis, »als von bakterieller Lebensmittelvergiftung«, und Annie hatte sich, obwohl sie das verächtlich abtat, so rasch wie möglich durch den düsteren Saal geschrubbt. Der Mechanismus des rotierenden Kandelabers wurde außerhalb der Stoßzeiten abgestellt, und man konnte sich nicht einmal mehr an seinem wehmütigen Geklimper erfreuen.

Heute abend nun war das Restaurant dreiviertel voll, und Mrs. Haverills Miene nach zu urteilen, hätte es zwei Gäste weniger gegeben, wenn es nach ihr gegangen wäre.

»Was hat sie denn?« fragte Carmen.

»Sie ist eifersüchtig«, sagte Driver. »Die alte Schrulle.« Doch auf wen sie eifersüchtig war, sagte er nicht.

»Können Sie dies Kleid nicht weniger eng machen?« fragte Carmen. »Ich kann kaum atmen.«

»Scheint mir völlig in Ordnung zu sein«, sagte Driver, »und da ich zahle, gibt das den Ausschlag.«

»Sie zahlen keineswegs«, sagte Carmen. »Ich bin nur deshalb hier, weil ich hungrig bin und weil ich jahrelang nichts als Fisch und Chips gegessen habe. Ich bezahle mein Essen selbst. Ich hab meine Kreditkarte dabei und möchte Ihnen auf keinen Fall zu Dank verpflichtet sein, Mr. Driver. Nur damit Sie Bescheid wissen.«

»Selbstverständlich zahlen Sie selbst«, sagte Driver besänftigend. »Ich habe bestimmt keine faulen Tricks vor.«

Er hob erst den einen und dann den anderen Jackenärmel und schüttelte ihn, und ausnahmsweise hatte er recht: Da war nichts außer schwarzer Leere. Das konnte ja wohl nicht sein.

»Sie müssen lernen, Vertrauen zu haben«, sagte Driver. »Es passiert nämlich häufiger, daß einen jemand auf ein Glas einlädt – lassen Sie's einfach auf sich zukommen.«

»Ja, nur daß es sich hier gleich um ein ganzes Abendessen handelt«, sagte Carmen gewitzt, doch ihre Augen waren so groß und strahlend, daß sich darin schwerlich irgendein listiger Ausdruck entdecken ließ oder überhaupt irgend etwas anderes als romantische Sanftmut. Es sei schwierig, klagte sie Laura gegenüber später, an seinen unguten Ahnungen festzuhalten, wenn das Gesicht, das man mache, doch nur auf die Befehle des Gehirns reagiere und die gerade von besonders sanftmütiger Art wären. »Sind Sie sicher, daß Sir Bernard nicht da ist?«

»Selbstverständlich nicht«, sagte Driver, und seine Augen mit den vielen Fältchen blickten so freundlich, daß man sich kaum vorzustellen vermochte, daß er log. »Er ist im Ausland. Ich muß es doch wohl wissen. Schließlich bin ich sein Fahrer, sein Faktotum, seine graue Eminenz, sein Einflüsterer, sein Astrologe, sein Bursche, sein Trainer, sein Privatmanager, sein Ernährungs- und sein Finanzberater. Eben alles, was ein perfekter Chauffeur zu sein hat.«

»Und sein Schlepper«, sagte Carmen, doch sagte sie es auf so charmante Weise, es rutschte ihr einfach so heraus – er war nicht beleidigt. Außerdem stimmte es ja.

Der Kellner, es war Henry, brachte eine große silberne Platte mit Austern, wie von Driver bestellt. Carmen begnügte sich mit Melone und Parmaschinken. Der Parmaschinken war fest und zäh, wie er offenbar sein soll, sonst würde er ja wohl nicht in so vielen guten Restaurants so serviert. Ich habe früher auch einmal in solchen Restaurants gegessen.

»Nehmen Sie doch eine Auster«, sagte Driver zu Carmen.

»Lieber nicht«, sagte Carmen, die darin eine Falle witterte. Teile eine Auster mit dem Teufel, und die Hölle ist los.

»Ich weiß wirklich nicht, weshalb Sie mir gegenüber so kratzbürstig sind«, beschwerte er sich. »Ich habe so viel für Sie getan, und Sie sind immer noch undankbar. Habe ich Ihre Eltern nicht auf eine nimmerendende Weltreise geschickt? Habe ich aus Ihrem Bruder nicht ein Genie gemacht? Habe ich nicht versucht, Ihnen einen reichen und berühmten Ehemann zu verschaffen? Was haben Sie mir denn bloß vorzuwerfen?«

»Drei Jahre in einer Hähnchenfabrik«, sagte Carmen.

»Aber Sie haben doch gesagt, es hätte Ihnen dort gefallen«, erwiderte Driver. Carmen kam der Gedanke, daß es so vielleicht wäre, wenn man verheiratet war: Würde es dann nicht unaufhörlich solche Gespräche geben, weil jeder den anderen davon zu überzeugen versuchte, daß er recht und der andere unrecht hatte? Das mußte ja gräßlich sein. Driver aß rasch sieben von seinen zehn Austern, indem er die Schale an die Lippen hob und saugte, schluckte und schmatzte. Sie bekam wirklich Lust, eine zu probieren. Sie hatte noch nie eine gegessen, und wenn Driver in diesem Tempo weitermachte, würde sie wohl auch nicht mehr dazu kommen. Sie nahm eine Auster von seiner Platte und quetschte ein bißchen Zitrone drauf. Das Ding sah ekelhaft aus, wabbelig und zäh zugleich und erstaunlich roh, doch offenbar fanden die Leute Geschmack daran.

»So ist's richtig!« sagte er. »Und jetzt entfernen Sie das kleine Füßchen, und eins, zwei, drei – runter damit!«

»Das war gut«, sagte Carmen überrascht. »Sogar das Seewasser dazu.«

»Kommt gleich nach dem Sex, nicht?« sagte Driver, und Carmen war nicht die Frau, die das hätte bestreiten können. Die älteste Jungfrau von ganz East Anglia, wie sie das einschätzte (und sie schätzte es falsch ein, denn wie die Dinge nun mal liegen, sind viele von uns im Behindertenzentrum völlig ohne jede sexuelle Erfahrung), doch wer hätte das gedacht, wenn man sich ihr Kleid ansah? Sie hatte sich der Heuchelei schuldig gemacht, und man hätte sie unter Berufung auf das Verbot von Mogelpackungen unter Anklage stellen sollen. Sie war sich der männlichen Blicke bewußt, die von allen Ecken und Enden des Speisesaals auf sie gerichtet waren; und nicht nur der männlichen.

»Noch Wein?« fragte Driver und schenkte ihr nach, ohne die Antwort abzuwarten. Sie trank ihn nicht, sondern schob das Glas weg und bat den Kellner um die Rechnung. Sie müsse schleunigst los, sagte sie, ja doch, sie zahlten getrennt. Sie reichte ihm ihre Kreditkarte. Mrs. Haverill kam an ihren Tisch und fragte auf äußerst unfreundliche Weise, ob alles in Ordnung sei, und bat darum, doch beachten zu wollen, daß in Bellamy House keine Kreditkarten akzeptiert würden.

»Ich zahle für uns beide«, sagte Driver freundlich. »Wenn ich mit dem Essen fertig bin. Eine Melone mit Parmaschinken, drei Gläser Chablis und eine Auster, Mrs. Haverill. Nicht viel, aber auch nicht wenig! Wie schade, daß sie schon gehen muß, aber sie hat noch was vor.«

Und Carmen ging in die Nacht davon – ohne zu zahlen, denn sie hatte kein Bargeld dabei und Driver wollte ihr keins leihen, und der Kellner Henry bot es zwar an, wurde jedoch schleunigst von Mrs. Haverill in die Küche zurückgeschickt.

In jenen Tagen war die Gartenanlage von Bellamy House schematisch und übersichtlich, Blumen und Sträucher wurden aus London eingeflogen und in ordentliche Reihen gesetzt, die von orangefarbenen Kugeln auf Zementpfosten erleuchtet wurden. Carmen erschrak, als sie eine Stimme hörte, die von überall zu kommen schien und nicht von einem bestimmten Punkt. Es war Drivers Stimme, die etwas sagte wie: »Siehste!« und dazu lachte, doch vielleicht war es ja auch irgendein Nachtvogel, von dem sie noch nie gehört hatte und der in der Gegend hier Zuflucht gefunden hatte – wegen der veränderten Temperaturen überall in der Welt tauchten ja mittlerweile alle möglichen Vögel in East Anglia auf, von denen man noch nie etwas gehört hatte. Sie spürte, wie der Kiesweg unter ihren dünnen, hohen Absätzen knirschte und an ihnen scheuerte, und die Schuhe hatten zweiundsiebzig Pfund gekostet – es war der helle Wahnsinn. Sie fand es schlimmer als bei Schneewittchen im dunklen Wald, wo die knorrigen Bäume sich niederbeugten und die Ärmste verhöhnten und nach ihr griffen – die Bäume hier im Bellamy-Park waren so gründlich gestutzt und verstümmelt, daß eine weitaus bösartigere Macht ungehindert zwischen ihnen durchfegen konnte. Die Lichter eines Wagens kamen auf sie zu. Sie trat in den Schatten. Es war ein alter Mercedes 450SL, und am Steuer saß Sir Bernard Bellamy. Er sah gut aus: schlanker, jünger, glücklicher, kühner. Er war in Eile. Er fuhr an ihr vorbei, ohne sie zu sehen.

»Denkste!« sagte Carmen laut, als Antwort auf Drivers »Siehste!«, doch kein Trick des Universums nahm es auf und verstärkte seinen Klang: Es verhallte hilflos in der Stille.

Morgens wachte sie wie üblich auf dem Haufen Bettzeug auf, der ihr als Schlafplatz diente, doch als sie sich in dem schmierigen Spiegel betrachtete, der auf dem Küchentisch stand, stellte sie fest, daß ihr Gesicht seine hervorragende Heut-abend-geh'-ich-richtig-aus-Verfassung bewahrt hatte, und als sie ein Bein ausstreckte, um es in Augenschein zu nehmen, und den Knöchel hin- und herwendete, sah sie, daß es immer noch lang und schlank war. Ihr Busen hingegen war, gottlob, um gleich einige Körbchengrößen geschrumpft.

Ein Freund von Paul schlief im drogenschweren Stupor unter dem Tisch. Sie weckte ihn mit einem Fußtritt. Der neue, schlanke Fuß war fest und effektiv. Der Junge taumelte in den Morgen hinaus. Sie rief im Personalbüro von Peckhams an und teilte mit, daß sie heute nicht kommen könne. Das Personalbüro erwiderte, sie höre sich aber gar nicht krank an. Carmen sagte: »Dann hab ich eben Pech gehabt«, und legte den Hörer auf. Sie ging in das Zimmer, in dem Paul schlief. Es war wirklich ein übelriechendes Gelaß. Mit einem solchen Ingrimm riß sie das Fenster hoch, daß der Zug kaputtging. Sie hatte mehr Kraft, als sie gedacht hatte. Paul rührte sich.

»Was ist denn jetzt los?«

»Du bist los«, sagte sie und fing an, seine Habseligkeiten aus dem Fenster zu werfen – Friedenspfeife, rostige Büchsen mit Dope und verwandten Substanzen, kleine grinsende Bildchen und Schädel, alte schmierige Jeans, billige silberne Ohrringe, Weihrauch, zerlumpte, bestickte Jacken, Kondome, Comics . . .

Alison, die mich zum Behindertenzentrum fuhr, denn sie hatte ihren Führerschein zurück, bremste beim Anblick der Dinge vor dem Fenster des Gemüsehändlers so heftig, daß ich mir den Kopf an der Windschutzscheibe stieß, doch das braucht uns nicht weiter zu kümmern. (Behinderten wird das Tragen von Sicherheitsgurten erlassen, falls es zu schwierig für sie ist. Es ist zwar überhaupt nicht schwierig für mich, doch Alison empfindet es als Kränkung, wenn ich meinen anlege. Sie wirft mir dann vor, ich hätte kein Vertrauen zu ihr.)

Paul stand auf. Er trug zerrissene Jeans und ein T-Shirt. Er zog selten seine Kluft aus, wenn er zu Bett ging, lediglich die Schuhe.

»Was machst du denn da?« fragte er, gekränkt und verstört.

»Und du kannst auch gehen«, sagte Carmen. »Dies ist mein Haus.«

»Das Ding ist besetzt«, protestierte er, »und ich war zuerst da.«

»Ich bin stärker als du«, sagte sie, und es schien zu stimmen, denn sie schaffte es ohne Anstrengung, ihn durch die Diele, aus der Haustür und auf die Straße hinauszubugsieren, wobei sie der Versuchung widerstand, ihn einfach mit einer Hand hochzuheben und aus dem Fenster zu werfen. Sie hatte das Gefühl, durchaus die dazu nötige Kraft zu besitzen. Er humpelte zufluchtsuchend zum Behindertenzentrum, wo er Menschen finden würde, die verstanden, wie schwierig es war, sich über Wasser zu halten.

Ein Brief fiel durch den Schlitz, während Carmen im Flur stand – dessen schmierige Trostlosigkeit ihr bislang nicht aufgefallen war – und sich fragte, was sie als nächstes unternehmen sollte. Vielleicht ließ sich ja in dem kleinen Hinterhof ein Scheiterhaufen auftürmen und das Bettzeug verbrennen, das überall im Haus herumlag? Ein Loch graben und die zerrissenen Plastiktüten, die weggeworfenen Hamburger-Kartons und das angesammelte Leergut vergraben? Der Brief trug die Handschrift ihrer Mutter. Carmen überlegte, ob sie ihn nicht besser auch gleich verbrennen sollte, ungeöffnet. Sie hatte keinen Grund, ihrer Mutter dankbar zu sein, im Gegenteil. Sie konnte dann aber doch nicht widerstehen und öffnete ihn. Der Umschlag enthielt einen Scheck in Höhe von zweiundzwanzigtausend Pfund, er war auf Carmens Namen ausgestellt und mit Raelene Wedmore unterzeichnet. Der Brief, der den Scheck begleitete, enthielt die Bitte, ihren Eltern in Fenedge ein Haus zu kaufen. Sie und Andy hatten einen wichtigen Tangowettbewerb der Blauen Linie gewonnen, und Raelene schickte nun Carmen das Preisgeld, ehe Andy für sie eine weitere Reise nach Monte Carlo buchen konnte. »Dein Vater«, so klagte sie, »hat eine ziemliche Vorliebe fürs Roulette entwickelt. Ich kann es nicht ausstehen. Pferde sind eine Sache, Casinos eine ganz andere. Ich weiß nie, was ich da anziehen und wo ich mich hinstellen soll.«

Carmen kam im Laufe des Tages herüber, um mich zu fragen, ob ich gehört hätte, daß in Fenedge irgendwelche Häuser zum Verkauf stünden. Ich stand offensichtlich im Ruf, praktisch alles zu wissen, was in der Stadt vorging. Das gefiel mir ganz und gar nicht. Ich bin von Natur aus nämlich weder besonders indiskret noch neugierig. Ich bin lediglich genötigt, den ganzen Tag am Fenster zu sitzen. Wenn ich es einmal nicht tue, sagen die Leute: »Aber möchten Sie denn nicht näher am Fenster sitzen?«, und schieben meinen Rollstuhl heran, ohne erst lange meine Einwilligung einzuholen. Manchmal wäre ich froh, wenn ich einfach nur dasitzen und in eine dunkle Ecke starren könnte, doch das beunruhigt die Leute, also lasse ich es.

Ich schlug Carmen vor, doch zu fragen, ob sie das Haus nicht kaufen könne, in dem sie und ihre Freunde gehaust hatten – »Nicht meine Freunde!« sagte sie –, ich glaubte nämlich, der Besitzer und seine Frau würden sich bald scheiden lassen, und vielleicht käme ihm das Geld ja zupaß. Bei dieser Vorstellung leuchteten ihre Augen auf – was durchaus bemerkenswert war, da sie ja ohnehin schon so groß und leuchtend waren –, und sie machte sich auf die Suche nach ihrem vormaligen Nicht-Vermieter. Ich hatte keinen Zweifel daran, daß sich die Welt Carmens Plänen fügte. Ein Seufzer des Bedauerns ging durch das Zentrum, als sie mich verließ. Man sprach bei Tee und Keksen (einer Spende des Supermarkts, das Verfallsdatum war zwar überschritten, doch so weich waren sie gar nicht) davon, wie ähnlich sie Prinzessin Di sei, und es stimmt zwar, daß auch Di gleichzeitig lieb und freundlich und schön ist, doch damit endete die Ähnlichkeit auch schon. Für mich sieht Prinzessin Di so aus, als könne sie ein innerer Kummer jeden Augenblick zerreißen, wenn sich gewisse Leute nicht vorsehen, als warteten die Tränen gleich einen Fingerbreit hinter ihren Augen. Carmen hingegen, dank Driver zur Lichtgestalt erstrahlt, machte an jenem Tag den Eindruck eines Menschen, der niemals zerreißen, sondern immer genügend Biegsamkeit aufbringen würde, der nicht einzusehen vermochte, warum die Welt morgen nicht genauso gut sein sollte wie heute. Mein Gott, was das Mädchen aufgelebt war!

Laura kam im Laufe des Nachmittags ebenfalls zu mir, nachdem sie Caroline für ein paar Stunden im Kindergarten abgegeben hatte. Nun hatte sie, und das ist das Kreuz der Full-time-Mutter, zweieinviertel Stunden zu überbrükken, bis sie sowohl Caroline als auch Rachel, die in getrennte Einrichtungen gingen, wieder abholen konnte. Den ganzen Weg zum Landsfield Crescent und wieder zurückzufahren, wäre, so sagte sie, Benzinverschwendung. Kaum angekommen, hätte sie ja schon wieder losfahren müssen. Sie hatte natürlich Sara dabei, die für die staatliche Erziehung noch zu klein war, und Baby Sara war nach Quengeln zumute. Sara sei ununterbrochen schlechter Laune, sagte Laura seufzend, seit sie zum letztenmal mit Driver aneinandergeraten war. Nun, ich war selbst nicht gerade guter Laune und erklärte ihr, das sei doch albern, zweifellos bekomme Sara einfach nur Zähne oder langweile sich den Tag über allein zu Haus, wenn ihre Schwestern draußen in der großen Welt waren, und Laura sagte darauf unerwarteterweise, was ich wohl meinte, wie *sie* das finde, den ganzen

Tag allein zu Hause zu sein, während die Welt ganz ohne sie ihren Gang ging, und dann fühlte sie sich bemüßigt, sich zu entschuldigen, denn meine unglückliche Lage sei natürlich viel schlimmer als ihre etc ... Und Sara schrie lauter, und die anderen Behinderten im Raum fühlten sich gestört, und ich fühlte mich verantwortlich. Nervtötende Babys sind, denke ich mir, für kinderlose Menschen noch ärgerlicher als für die, die an sie gewöhnt sind, doch bezweifle ich nicht, daß Laura das Gefühl hatte, uns eine Freude damit zu machen, daß sie uns ein wenig echtes Familienleben schnuppern ließ. Saras Geschrei schien sie, im Unterschied zu uns, nicht im geringsten zu stören.

Laura, muß ich wohl oder übel zugeben, ist einer der nettesten Menschen der Welt, und ich war das an jenem Tag nun mal nicht. Meine Nerven waren zum Zerreißen gespannt. Mein linker Fuß zuckte. Meine Gedanken schienen hierhin und dorthin zu schlingern und gänzlich außer Kontrolle. Laura hatte einen Brief von Annie aus Neuseeland bekommen, über dessen Inhalt sie berichten wollte, und ich flüchtete mich in die Vision ihres Lebens in Southland, Neuseeland. Das Leben anderer Menschen läßt sich, jedenfalls in meiner Lage, häufig leichter betrachten als das eigene.

Werfen wir also einen Blick auf Annie in dem Augenblick, als sie zur Glen Trekker Station zurückkehrt, nachdem Tim und die Männer sie auf dem Hügel, der den Saunders Creek überblickt, zurückgelassen haben. Glücklicherweise scheint ihr Pferd den Heimweg zu kennen, denn sie kennt ihn mit Gewißheit nicht. Es spaziert gemütlich nach Hause und nimmt hier und dort einen der wenigen saftigen Grashalme oder auch ein Blatt mit. Einmal bleibt es sogar stehen, um eine Eidechse anzustarren. Annie starrt sie genausogern an. Sie und das Pferd, das Tigger heißt, seinem Wesen nach jedoch eher Pu dem Bär zu ähneln scheint, entwickeln eine angenehme, nahezu freundschaftliche Beziehung. Tigger bleibt an der hinteren Veranda stehen und bedeutet ihr stumm, daß sie absitzen soll, also tut sie es und läßt die Zügel durch einen Ring gleiten, der eindeutig diesem Zweck dient. Tigger schnaubt seine Zustimmung. Sie fängt an, das Gefühl zu haben, daß sie mit diesem Land zurechtkommen könnte, und ist ziemlich stolz auf sich, obwohl ihr rasch die Glieder steif zu werden beginnen.

Sie geht in die Küche, wo Töpfe und Pfannen klappern, und trifft dort Mrs. McLean an, die gerade mit einem Schneebesen Eiweiß schaumig schlägt.

»Steif!« sagt Annie. »Ich glaube, ich breche gleich in Stücke«, worauf Mrs. McLean munter erwidert: »In der zweiten Schublade der Anrichte drüben muß noch Muskelsalbe sein. Tragen Sie die heute abend nach dem Baden auf.«

Die Salbe ist leicht zu finden, da sie stark nach Eukalyptus von der stärksten, medizinischsten und unromantischsten Sorte riecht. Annies Meinung muß sich wohl in ihrer Miene ausdrücken.

»Wenn wir auch nicht die Art Leute sind«, sagt Mrs. McLean, »die um irgendwelche Schmerzen und Wehwehchen viel Aufhebens machen.«

»Ich will auch nicht viel Aufhebens machen«, sagt Annie. »Ich mag nur den Geruch von Eukalyptus nicht.«

Sie fürchtet, sich nicht als die Art von potentieller Schwiegertochter zu erweisen, die Mrs. McLean gern hätte, und erkundigt sich folglich, um sich willig zu zeigen, obwohl es sie nicht im mindesten interessiert: »Was machen Sie denn da?«

»Baisers für den Tee«, sagt Mrs. McLean. »Die Männer werden hungrig nach Hause kommen.«

»Sie sind wirklich unermüdlich«, sagt Annie und meint das als Kompliment, doch es wird nicht als solches aufgenommen.

»Natürlich bin ich unermüdlich«, sagt Mrs. McLean. »Was soll ich auch die Hände in den Schoß legen? Wer das tut, ist doch bereits tot. Wenn Sie und Tim erst verheiratet sind . . .« Was? Moment mal! Wollen Sie damit sagen, wir sollen *heiraten*? Und alle wissen das ganz genau, nur ich nicht? Ach, Carmen, Laura, wo seid ihr nur? Das müßte man jetzt doch wirklich mal ausführlich bereden. ». . . dann ziehen Jock und ich nach Rongaroa hinunter und machen dort eine neue Schafzucht auf. Nur zehntausend Stück. Wir sind nicht mehr so jung wie früher. Und Sie werden froh sein, Ihr eigenes Leben zu führen und nicht zusammen mit den Schwiegereltern leben zu müssen. Das ist nur natürlich. Hier, machen Sie die Baisers fertig.«

Annie nimmt die Rührschüssel und schlägt einfach weiter, da sie sonst nichts damit anzufangen weiß. Mrs. McLean macht die Backröhre des großen Herds weit auf, die bereits einen Spalt offengestanden hat, und nun blickt ein Lämmchen daraus hervor. Mrs. McLean hebt es heraus und beginnt, dem kleinen Geschöpf Milch aus der Nuckelflasche zu geben. Das Lamm schaut sie zärtlich und voller Vertrauen an. Mit der freien Hand schafft es Mrs. McLean, das Seil loszuhaken, das den Wäschetrockner unter der Decke hält, ihn sachte herunterzulassen und mit den Zähnen eins von Tims Hemden herunter und auf den Bügeltisch zu manövrieren. Annie macht große Augen.

»Schlagen Sie das Eiweiß nicht zu lange«, sagt Mrs. McLean. »Am besten tun Sie jetzt den Zucker rein.« Glücklicherweise ist der Zucker bereits abgemessen. Annie bereut, daß sie das Angebot des Konditors von Bellamy House, sie in der Kunst des Backens zu unterweisen, ausgeschlagen hat – sie hätte zwar Lust gehabt, doch wußte sie, daß sich seine große, feuchte Hand währenddessen immer wieder dahin und dorthin gelegt und sein dicker Bauch sich immer wieder gegen sie gedrückt hätte, und dann hatte er noch diese Angewohnheit, sich die Nase mit den Fingern zu wischen und das Produkt in alles hineinzuschleudern, was er gerade in Arbeit hatte, wovon ihr jedesmal halb schlecht wurde. Sie rührt das Eiweiß in den Zucker.

»So machen die Pommies das also«, bemerkt Mrs.

McLean. »Hier in Southland tun wir den Zucker immer ins Eiweiß. Naja, warum sollte es nicht genausogut andersherum gehen.« Sie ist immer peinlich um Gerechtigkeit bemüht.

»Ja«, fährt Mrs. McLean dann auf ihre fröhliche, zuversichtliche Art fort, »Tim weiß einen guten Tee zu schätzen. Können Sie gut süße Brötchen? Tim ist ganz versessen auf welche mit Datteln.«

»Ich könnte es bestimmt lernen«, sagt Annie. »Um ehrlich zu sein, ich weiß nicht einmal, wie man Baisers macht.«

»Hat Ihnen das denn Ihre Mutter nicht beigebracht?« Mrs. McLean scheint überrascht.

»Wir hatten es nicht so mit dem Kuchenbacken.« Annie kann sich nicht erinnern, daß Mavis jemals einen Kuchen gebacken hätte. Ihr ist jedoch klar, daß eine gewisse Zauberei dabei im Spiel ist. Da wirft man diese verschiedenen pudrigen und klebrigen Substanzen mit irgendwelcher Flüssigkeit zusammen, rührt um, und – abakadabra! – das Ganze verschmilzt im Backofen und hebt sich zu einer eßbaren Liebesgabe. Annie beschließt, zu üben und sehr gut im Backen zu werden, die beste Bäckerin weit und breit.

»Nun ja«, sagte Mrs. McLean rätselhaft, »wenn die Jungen ins Ausland gehen, dann heiraten sie auch im Ausland, und genau darum geht's. Aber vermutlich würden wir alle an Inzucht eingehen, wenn sie's nicht täten. Sie haben doch Ihr Pferd versorgt?«

Sie nahm Annie die Baisermischung ab, machte eine Bemerkung über ihre Konsistenz, fügte einen Spritzer Essig hinzu und klatschte sie dann in perfekten Häufchen auf ein Backblech, das sie in den Ofen schob, den das Lamm gerade verlassen hatte. Zuvor wischte sie ihn allerdings kurz aus. Das Lamm wurde für fit genug erachtet, um in einer Pappschachtel auf der Fensterbank zu liegen, von wo aus es alles gut mitbekam.

»Ich dachte, einer von den Jungs würde sich um das Pferd kümmern«, sagte Annie.

»Von den Jungs? Sie meinen wohl Jack und Ben? Das

sind ausgewachsene Männer, keine Jungs. Wenn Sie ein Pferd reiten, versorgen Sie es auch. Reiben Sie es trocken, wenn nötig, obwohl, wenn es Tigger ist, brauchen Sie es sicher nicht. Bringen Sie ihn zum Stall, satteln Sie ihn ab und reiben Sie ja das Zaumzeug gut sauber. Allerdings hätte ich gern, daß Sie mir vorher noch die Kartoffeln für den Kartoffelkuchen schälen. Jock hat eine Schwäche für Kartoffelkuchen. Naja, Sie werden das schon schaffen, denke ich. Sie sind ziemlich anstellig. Ein bißchen seltsam zwar, wie die meisten Leute aus dem Ausland, aber dafür können Sie nichts. Jock und ich haben gerade erst gestern abend noch gesagt, Annie könnte schon einiges bewegen, wenn es nötig sein sollte. Tim hat eine gute Wahl getroffen, haben wir gemeint. Vertrauen wir unserem Tim.«

Und sie lächelt, ein wirklich liebes Lächeln, mit ihren perfekten Zähnen und einem Gesicht, das noch keine Hautcreme gesehen hat, sondern nur gutes, ehrliches Wasser, und Annie fühlt sich willkommen und akzeptiert, wie daheim, und nimmt den Kartoffelschäler in die Hand.

Ich ging zu Audreys Beerdigung. Alison brachte mich hin. Wir kamen zu spät. Die Sargträger, oder wie immer sie nun heißen mochten, fühlten sich bemüßigt – weil Alison sie mit lauter Stimme dazu aufforderte, die Lebenden verdienten doch wohl mehr Aufmerksamkeit als die Toten –, den Sarg abzusetzen und mir aus dem Auto zu helfen. Beerdigungen sind nun einmal so: Da passiert bevorzugt alles nur vorstellbare Menschliche und Unschickliche, doch ist man nicht gern selbst die Ursache unziemlicher Vorkommnisse. Niemand schien allerdings Anstoß zu nehmen. Die Menschen sind derzeit sehr nett zu denen, die Alison, die gern mit der Zeit geht, neuerdings die Sonderbegabten nennt.

Laura und Woodie standen aneinandergelehnt, und während sie reichlich Tränen vergoß, war er bemüht, es nicht zu tun, und die drei kleinen Mädchen scharten sich heulend um sie. Er war eine große Stütze für diese Frauen, dachte ich: zu Recht ein Holzschnitzer, so angenehm verläßlich, wie er von Natur aus war. Langsam in seinen Bewegungen, langsam im Geldverdienen, aber gewissenhaft und gutherzig.

Zusammen mit Freunden und Familienmitgliedern, die sich außerhalb der Kapelle drängten und darauf warteten, daß der vohergehende Trauergottesdienst zu Ende ging (sie waren eine halbe Stunde im Verzug), beobachtete ich erstaunt, wie Audreys Mann – sie waren schließlich niemals formell geschieden worden – den Kiesweg heraufkam, der sich vom Parkplatz durch den Memorial Garden schlängelt. Er hatte einen Bart. Er trug Jeans, ein schwarzes T-Shirt und Sandalen. Sein Gesicht war schmal und angenehm hager. Am Arm hatte er ein Mädchen, das keine andere als Poppy sein konnte. Sie war klein und zierlich und trug einen leuchtendblauen Seidenanzug, durch den man ihre Brustwarzen sehen konnte. Sie wirkte wie das unartige Mädchen, das Männer so lieben, und war es auch. Die Männer selbst wissen gar nicht, daß diese Mädchen unartig sind, wohl aber die anderen Frauen. »Poppy die Pest war sie früher, und Poppy die Pest ist sie auch heute noch«, wie Carmen erst kürzlich wieder gesagt hat, doch das war, nachdem Poppy mit Ronnie Cartwright davongelaufen war.

Laura blieb der Schluchzer in der Kehle stecken, als ihr Vater zu ihr trat.

»Ich möchte dir Poppy vorstellen«, sagte Kim. »Wir sind gerade erst aus dem Ausland zurückgekehrt. Das ist heute wirklich ein bitterer Tag.« Er schien ziemlich gut aufgelegt zu sein.

»Ich kenne sie bereits«, sagte Laura. »Wir haben zusammen die Aufnahmeprüfung für die Mittelstufe gemacht, und sie hat geschummelt.«

»Na, na«, sagte Kim.

»Schenk dir dein Nana«, sagte Laura. »Wir sind hier auf der Beerdigung meiner Mutter. Warum bist du gekommen?«

»Um meiner Frau meinen Respekt zu bezeugen«, sagte Kim.

»Nun«, sagte Laura, »da kann ich nur sagen, daß es reichlich spät dafür ist. Das hier ist mein Mann Woodie, und das sind unsere Kinder. Sagt eurem Großvater guten Tag, Kinder.«

»Das wird er aber gar nicht gern hören, daß man ihn Großvater nennt«, sagte Poppy und sah Woodie kichernd in die Augen. Sie ließ nie eine Gelegenheit aus.

»Du meinst«, sagte Laura, »du möchtest nicht Granny genannt werden«, und Poppy erschauderte bei der Vorstellung, und Kim bemerkte, Lauras Wesen habe sich in der Zwischenzeit offenbar nicht zum besten gewandelt, was Laura gleich in doppelter Hinsicht die Sprache verschlug: Einmal war es die Ungerechtigkeit und zum anderen die Empörung, denn wenn es an ihrem Wesen etwas auszusetzen gab, dann war das ja doch wohl ausschließlich Kims Schuld.

Trotzdem war sie selig, ihn endlich wiederzusehen. Und wie es Kubrick denn gehe, fragte Kim, der Fisch müsse schließlich noch weitere zwanzig Jahre vor sich haben, wenn man ihn richtig behandelte.

Der vorherige Trauergottesdienst war endlich beendet. Die Trauergäste knirschten auf dem Kiesweg davon, der diensttuende Pfarrer trat heraus, um die nächste beklommene Gruppe in die Kapelle hereinzuwinken, und der Organist spielte den Trauermarsch ziemlich schnell, damit sie einen Schritt zulegten. Kim stand neben Laura, Woodie und den Kindern. Wäre da nicht Poppy gewesen, die sich an seinen anderen Arm klammerte, hätten sie ihre Kirchenbank gefüllt wie eine ganz normale Familie.

Alison sagte wieder und wieder mit erhobener Stimme: »Lauter, ich verstehe Sie nicht!« Sie hatte gerade ihren siebenundachtzigsten Geburtstag gehabt, ihre Mutter ihren einhundertundfünften. Beide hatten am selben Tag Geburtstag und waren erst kürzlich im Fernsehen aufgetreten, in einer Sendung mit dem Namen »Deine Gene, meine Gene«.

Nach der Beerdigung tat Kim vor allen Leuten kund, daß Poppy ein Kind erwarte.

»Ich zittere um meine Figur«, sagte Poppy und starrte auf Lauras füllige Taille und die Hüften, die ihr derzeit so sehr zustatten kamen, weil sie darauf das Baby tragen konnte.

»Das ist aber schön«, sagte Woodie, »ein kleiner Onkel oder ein Tantchen für unsere drei!« Er hatte so sehr das Bedürfnis, Laura zu verteidigen, daß er geradezu witzig wurde.

»Wir wohnen sehr beengt«, sagte Kim.

»Er will damit sagen«, sagte Poppy, »daß das Haus am Landsfield Crescent nach Audreys Tod ihm gehört. Es ist ja auf beide Namen eingetragen, und da ihr die ganze Zeit den Nutzen davon gehabt habt, ist es doch nur recht und billig, daß ihr nun schleunigst auszieht, weil wir ja auch irgendwo wohnen müssen.«

»Poppy«, sagte Kim, »es wäre nicht nötig gewesen, das in dieser Form auszudrücken. Ich wollte nur mal die Lage sondieren.«

»Fakten sind Fakten«, sagte Poppy. »Egal, wie man sie darstellt. Und Faktum ist, daß das Haus rechtmäßig uns gehört.«

Kim verabschiedete sich lächelnd mit den Worten, sie würden voneinander hören, und führte Poppy weg. Sie grinste und tänzelte umher und schien mehr als zufrieden mit sich zu sein. Wir befanden uns in einem Krematorium, also wurden die Blumen um eine mit dem Namen versehene Platte im Hintergrund der Kapelle abgelegt. Die Platte war aus Pappe. Die Asche konnte demnächst abgeholt werden, und sie ließ sich im Rosengarten verstreuen. Die späten Rosen waren eine Pracht.

Laura verspürte eine vertraute Regung: eine Art krampfhaften Schmerz im Unterbauch.

»Ich bin schwanger«, sagte sie. Sie wußte das fast immer sofort. Was sie da spürte, hatte Mavis ihr einmal erklärt, war der Augenblick, in dem sich das befruchtete Ei an der Wand des Uterus festsetzte, indem es seine winzigen Widerhäkchen dort einhängte und sich auf diese Weise Halt verschaffte. Nun, da wieder einmal eine Gefahr überstanden war – die Gefahr, von den allgemeinen Strömungen des Uterus fortgespült zu werden –, war es für die nächste Etappe im Kampf ums Leben gerüstet, und die Mutter registrierte den Augenblick des Triumphs als Schmerz.

»Ich kann nicht schwanger sein«, sagte sie. »Ich kann einfach nicht«, doch natürlich war sie es.

»Das Kleine hat bestimmt Grannys Seele aufgefangen«, sagte Rachel, was Lauras Stimmung etwas verbesserte.

– X –

PLÖTZLICH SCHIEN MIR, als befänden sich die Gezeiten des Glücks im Zustand heftiger Bewegung, so wie das Wasser wirbelt und schäumt, wenn man mit dem Boot im genau falschen Moment ein Stückchen hinausfährt: Was für ein Gewirbel und Tumult doch herrscht, wenn die Fluten, die landwärts streben, denen begegnen, die immer noch entschlossen zurückweichen! Da muß man sich gehörig festklammern, wenn einem sein Leben lieb ist.

Es war kein gutes Omen für mich gewesen, daß die Sargträger ihre Last absetzten und statt dessen bei mir mit anpackten. Hätte Sie das nicht auch aus der Fassung gebracht? Hätte Ihnen das, um es mit Lauras Ausdruck zu sagen, nicht einen ganz schönen Schrecken eingejagt?

Kim hatte sich nicht gerade den geeignetsten Augenblick für sein Wiederauftauchen ausgesucht – nicht gerade eine gute Nachricht, mit der er da anrückte: daß der junge Woodie Down und seine Familie kein Recht hätten, am Landsfield Crescent zu wohnen, es sei denn das der Gewohnheit. Und Poppy die Pest war die schlechte Nachricht in Person.

Und dabei kann man doch niemals sagen, daß eine Schwangerschaft eine schlechte Nachricht ist, nicht wahr? Ob nun Poppys oder Lauras. Wie schlecht auch immer getimt, verhängnisvoll, unpassend – eben ein Mißgeschick, etwas, das die Bürde der Welt ebenso vermehrt wie die persönliche, was durchaus der Fall sein mag –, so bleibt eine Schwangerschaft doch stets eine gute Nachricht. Man muß den kleinen Glückspilz willkommen heißen, wenn er seine Zähnchen betätigt und sich festsetzt: »Gut gemacht«, muß man da sagen und meist auch fühlen, »daß du die Eins-zu-einer-Million-Chance genutzt hast, es auch nur bis hierher zu bringen: Alles Gute für dich, Kumpel! Gut gemacht!« Poppy feixte, und Laura raufte sich das Haar, als sie erkannte, daß die Lebensqualität, die sie für Rachel, Caroline und Sara erreicht hatte, zunichte gemacht zu werden drohte, von Woodies und ihrer eigenen gar nicht zu reden. *Vier?* Wie sollte sie bloß damit fertigwerden. Es ist natürlich eine allgemein gültige Regel, daß der einfachere Organismus dem Vergnügen und den Bedürfnissen des komplexeren geopfert werden muß. Wie mühelos Carmen doch die Auster schluckte, nachdem sie deren Füßchen beiseite geschoben hatte, wie mühelos wir alle ein Thunfischsandwich essen: Mit welcher Gemütsruhe leben die Reichen und Mächtigen doch auf dem Rücken der Armen und Machtlosen. Wird das Pferd nicht erschossen, um seinem Besitzer Ärger zu ersparen? Wie fröhlich nimmt nicht ein Opernhaus die Steuern jener entgegen, die nichts als Popmusik lieben, denn müssen nicht die Gebildeten, die Empfindsamen und Empfänglichen Vorrang vor den Banausen haben? Selbst ein männlich orientierter Ärztestand akzeptiert, mehr oder minder, daß die geistige Gesundheit der Mutter wichtiger ist als das Leben des Fötus (weshalb das allerdings nicht auch auf die Väter ausgedehnt wird, wenn es denn schon eine Gleichstellung der Geschlechter geben soll, entzieht sich meiner Vorstellungskraft).

Daß Woodie, als Laura sagte: »Ich bin schwanger«, erwiderte: »Du mußt es loswerden, oder ich haue ab«, muß man ihm im Lichte all dessen gewiß verzeihen, obwohl es lange dauerte, bis Laura das tat. Vergessen wir den Fötus. Wie steht es um Woodie?

Irgendwie war ich, in Anbetracht der allgemeinen Entwicklung, nicht weiter überrascht, als ich Carmen und Driver in lebhafter Unterhaltung vorm Haus des Gemüsehändlers stehen sah. Alison hingegen war so überrascht, daß sie in einen Poller vor dem Postamt hineinfuhr, und da ich ja meinen Gurt nicht umgeschnallt hatte, schlug ich, päng!, mit dem Kopf in die Windschutzscheibe und wachte im Städtischen Krankenhaus wieder auf. Es war nur gut, daß es so kam, denn als sie mich auf einen eventuellen Schädelbruch hin röntgten, stießen sie auf den Schatten eines Hirntumors: Ich wurde schnurstracks nach Chicago zurückgeflogen, und dort behauptete zwar niemand, meine Nervenfasern regenerierten sich bestens, nur leider am falschen Ort, doch war ich selbst genau dieser Meinung. Sie entfernten den Tumor, und ich argwöhne, daß sie einen Teil davon in meine untere Wirbelsäule transplantierten, denn als ich nach einer Achtstundenoperation wieder aufwachte, lag ich auf dem Gesicht und war unten am Rücken rundum bandagiert. Ich bat sie, einfach nur immer weiterzumachen. Ich hatte keine Lust mehr, die aufgeklärte Patientin zu spielen, und zog es bis auf weiteres vor, einfach nur eine Märtyrerin der medizinischen Wissenschaft zu sein. Doch dies ist nicht *meine* Geschichte. Tut mir leid, wenn sie sich immer wieder dazwischendrängt. Lassen Sie mich nur noch sagen, daß Alison mit mir hinübergeflogen war, um »meine Hand zu halten« – großer Gott! –, aber tatkräftige alte Damen werden offenbar von allen angebetet. Ich war, wie es so geht, ziemlich froh, daß sie bei mir war, doch das sollte niemand erfahren. Sie ist, vermute ich, wie eine Mutter für mich: Quelle des Vergnügens ebenso wie des Grams, guter Taten wie schlechter. Sie ist jemand, dem ich Vorwürfe machen kann.

Carmen kam mich im Krankenhaus von Kings Lynn zwischen der Diagnose des Hirntumors und meiner Verlegung nach Chicago besuchen. Es ging mir ausgezeichnet: Der Tumor, der dicht oberhalb des Hypothalamus saß, wirkte sich wenig störend aus. Ich bat, die Röntgenaufnahmen zu wiederholen, für den Fall, daß ein Irrtum vorlag, und sie taten es, doch alles stimmte: Da saß er in der Hirnrinde – ein kleiner Knoten Nervenfasern von der Größe einer Murmel.

»Hattie«, sagte Carmen, »ich möchte Sie wegen der Seele was fragen. Haben die Menschen eigentlich eine?«

Warum kommt sie bloß hier an und fragt mich so etwas? Habe ich nicht selbst genug Sorgen? Sieht sie denn nicht, daß ich krank bin? Sie hat heute etwas ziemlich Fuchshaftes – ihr Gesicht ist schmaler als gewöhnlich, die Augen sind mandelförmig und so groß, daß sie sich fast zu überschneiden scheinen: Aber es ist eindeutig Carmen.

»Ich weiß darüber auch nicht mehr als du«, sagte ich. »Das ist ein Wort, ein Begriff, der das Wesen eines Menschen zusammenfaßt. Manche meinen auch, man würde nach dem Tod weiterleben, falls es so was gibt wie Unsterblichkeit.«

»Könnte ich sie verlieren, was meinen Sie?«

»Wie soll ich das denn wissen?« Kopfschmerzen kündigten sich an. Es schien ja auch kaum denkbar, daß die Murmel dort sitzen sollte, wo sie saß, ohne den geringsten Schaden anzurichten. »Ich denke mir, man kann sie ebensogut auch zu Lebzeiten verschleißen. Durch böse Taten und Eigensucht, und wenn dann die Zeit kommt, dann stirbt man einfach nur.«

»Und wenn einem jemand anbietet, sie zu kaufen, dann wäre die einzige Strafe, daß man am Ende seines Lebens einfach verlischt, nicht die Hölle oder so was?«

Ich konnte nicht glauben, daß das Carmen war, die da saß. Ich befand, es sei am Ende wohl doch eine Krankenschwester.

»Aber warum sollte sie denn jemand kaufen wollen?« fragte ich.

»Weil ich für Sir Bernard die große Liebe seines Lebens bin«, sagte Carmen, »und er seinerseits seine Seele dem Teufel verkauft hat und nun mich als Belohnung verlangt. Doch ich habe nicht das Geringste für ihn übrig, und zum

Glück kann ich offenbar nicht ohne meine Einwilligung verschenkt werden. Wenn ich meine Seele verlöre, würde ich meine Einwilligung sicher bereitwillig geben. So aber werde ich es nicht tun, ob sie's nun mit Zuckerbrot versuchen oder mit der Peitsche.«

»Gratuliere«, sagte ich, »und nimm einfach vom Zuckerbrot, solange der Vorrat reicht.« Ich bemerkte, daß in die Ecke des Fernsehers »Gestiftet von Sir Bernard Bellamy« eingraviert war, und ich nahm an, daß sich mein Geist bereits verwirrt hätte.

»Was macht die Arbeit?« fragte ich, immer ein unverfängliches Thema.

»Die läuft wirklich prima«, sagte Carmen oder wer auch immer. »Ich bin befördert worden. Ich bin jetzt Personalvertreterin im Vorstand. Peckhams wechselt vom Brathähnchen zur Eierproduktion.«

»Das läuft am Ende doch aufs gleiche hinaus«, sagte ich. »Man ißt sie, nachdem sie erwachsen sind, oder ehe sie erwachsen sind, wo ist denn da der Unterschied?« Und mit dieser miesepetrigen Bemerkung verlor ich das Bewußtsein.

Ich erinnere mich jedoch noch, daß Mavis mich besuchte und eine Karte schwenkte – die offizielle Bekanntgabe von Annies und Tims Verlobung. Als die Schwester aus dem Zimmer war, verrückte sie meine Kissen und setzte mich auf (die wollten, daß ich so flach wie möglich lag), worauf sie mir beide Hände auflegte: die Daumen gegen die Schläfen, die kleinen Finger in Richtung meines Nackens gebogen. Sie hatte kleine weiße, dickliche Finger. Alles an Mavis ging in Richtung klein, dicklich und weiß – außer ihren leuchtendblauen, vorstehenden Augen. Sie war wirklich erfreut über Annies Verlobung.

»Diese Mädchen«, sagte sie, »diese Freundinnen von Annie. Was die die Nase hoch getragen haben. Die hätten doch nie gedacht, daß Annie die einzige sein würde, die ihren Weg in die große Welt macht. Ich wußte immer schon, daß ihr Tag kommen würde. Der Job da oben in Bellamy House – das war doch nur zur Überbrückung.«

Ich spürte das vertraute Prickeln, diesmal in der Stirn. Ich hoffte nur, es würde keinen Schaden anrichten, und beschäftigte mich damit, mir Tim und Annie vorzustellen: Wieder saßen sie auf dem Pferd und waren von Zehntausenden von Schafen umgeben. Sie wuchsen aus einem Boden wogender, verfilzter, weißlicher Wolle empor.

»Aber du hast mir doch gesagt, du hättest Schafe gern«, beschwerte sich Tim gerade.

»Tu ich doch auch«, verteidigte Annie sich, »aber so viele! Ich kann zwei gleichzeitig verkraften, sogar ein Dutzend, aber Tausende, Tim? Und jedes wimmelt von Gott weiß was für Egeln und Würmern, nach eurer Unterhaltung beim Essen zu schließen.«

»Es geht ja nur darum, daß sie nicht bei lebendigem Leib davon aufgefressen werden«, sagte Tim ziemlich böse, »deswegen unterhalten wir uns über so was. Ich nehme an, mit deiner Abneigung gegen Schafe geht ein Herz für Kaninchen einher.«

»Ja, naja, das stimmt«, sagte Annie entschuldigend. Schließlich sollte es zwischen Verlobten nur Ehrlichkeit geben. Er machte sie darauf aufmerksam, daß die Kaninchen Neuseeland das Blut aus den Adern sogen: Seit dem Erscheinen von *Unten am Fluß* sei die Öffentlichkeit rein närrisch, was die Kaninchen angehe, heutzutage müsse man den Myxomatose-Erreger fast schon heimlich ausbringen.

»Kein Wunder«, sagte Annie. »Ist doch ekelhaft. Da sitzen sie nun eitertriefend, halb gelähmt und halb blind am Straßenrand.«

»Das kommt nur daher, daß sie keine ausreichende Dosis abbekommen haben«, sagte Tim und lachte, und sie nahm an, daß er sie aufziehen wollte, war sich jedoch nicht ganz sicher. Sie wußte, weil man es ihr so oft gesagt hatte, daß das Kaninchen und die Labour-Regierung die historischen Feinde der Familie waren. Die Labour-Regierung hatte den McLeans die Subventionen entzogen, und zwar gerade in dem Augenblick, als der europäische Markt die bis dahin üblichen Importe von den Antipoden hinausgedrängelt hatte, so daß Neuseeland in den Iran hatte exportieren müssen und bei den USA daraufhin noch unbeliebter wurde, als es ohnehin schon immer gewesen war (das Land hatte sich zur atomfreien Zone erklärt und war aus dem australisch-neuseeländischen Militärbündnis ausgetreten), bis, glücklicherweise, der Golfkrieg den Iran erneut zur befreundeten Macht hatte werden lassen, da er dem Irak feindlich gesonnen war – nach dem Motto: Der Feind meines Feindes ist mein Freund –, und nun stand Neuseeland wieder gut da in der Familie der Nationen, das heißt, bei den USA, und die Anchor-Butter und das Canterbury-Lamm wurden ein weiteres Mal Hauptnahrungsmittel der Briten. Dies alles wußte und begriff Annie, mochte aber immer noch keine Schafe.

Sie begriff außerdem, daß sie besser keinem erzählte, wie Tim sie beim Teppichauslegen kennengelernt hatte. Niemand sagte etwas, doch sie wußte, wenn sie den Eindruck erweckte, aus einem dörflichen Pfarrhaus zu kommen, wo in der Diele Fahrräder standen und die Hunde auf dem weichen Rasen schliefen, vertrug sich das besser mit dem Drumherum der Familie. Es sollte ein Hubschrauberlandeplatz für die Hochzeit gebaut werden, die als großaufgemachte, förmliche Angelegenheit geplant war. Annie, so hatte man beschlossen, sollte das Hochzeitskleid der McLeans tragen, das 1851 zu einem enormen Preis für eine gewisse Annie Hardcaster in England angefertigt und per Schiff hergeschickt worden war. Annie Hardcaster hatte den ersten Tim McLean in Otago heiraten sollen, und Anfertigungskosten und Fracht waren zu Lasten der McLeans gegangen. Das Schiff, auf dem sich das Kleid befand, war in der Südsee gesunken, und viele hatten dabei ihr Leben gelassen. Die Fracht war jedoch auf den Inseln angeschwemmt worden, einiges davon völlig unbeschädigt, und unter den geborgenen Dingen war auch das

Hochzeitskleid. Es erreichte seinen Bestimmungsort mit zweijähriger Verspätung, als Annie bereits bei der Geburt des ersten Kindes im Kindbett gestorben war, doch das Kleid war in bemerkenswert gutem Zustand. Es war von da an von allen McLean-Bräuten getragen worden, oder jedenfalls von denen, die hineinpaßten. Unglücklicherweise hatte die erste Annie McLean, wenn sie auch offensichtlich ein für damalige Zeit großes, dralles Mädchen gewesen war, nach heutigen Maßstäben nur eine Größe von 8–10 gebraucht. Das Kleid war aus cremefarbener Seide, im Reifrockstil gehalten und sehr ausgefallen. Sie fanden, es würde Annie, die ziemlich dünn geworden war, prächtig stehen.

»Ist es denn nicht inzwischen ziemlich vergilbt?« hatte Annie gefragt, doch Mrs. McLean meinte, das sei kein Problem: Sie würde es in Zitronensaft und Wasser einweichen und dann ein bißchen in die Sonne hängen, und fertig. Und sie würde Annie ein gelbes, durchbrochenes Wolljäckchen weben – die Wolle würde mit der gelben Flüssigkeit gefärbt, die beim Kochen aus den pfannkuchenflachen Flechten käme, die überall auf den Felsen wuchsen, und dann zu Garn versponnen. Die gelbe Jacke werde das Kleid durch den Kontrast schon weiß erscheinen lassen. Annie sagte, sie hätte nichts dagegen, sich ihr Hochzeitskleid selbst zu kaufen, doch Mrs. McLean meinte, es sei doch schade, wenn man nicht in den Genuß des Familienerbstücks käme.

»Also wann soll denn die Hochzeit nun sein?« fragte ich Mavis. Ich meinte, mich besser zu fühlen, auch wenn ich große Lust hatte, den Kopf flach zu legen. Mavis sagte, das sei erst nur die Verlobungsanzeige: Annie habe lachend am Telefon gesagt, die Hochzeit selbst solle eine große Angelegenheit zwischen Schaf und Dippen, zwischen Schur und Docken werden, und sobald sie wisse, wann, werde sie ihnen die Flugtickets schicken. Und sie würde auch Carmen und Laura gern den Flug bezahlen, traue sich jedoch nicht, Tim zu fragen. Es stimme zwar, sie bauten einen Hubschrauberlandeplatz, aber überflüssiges Geld liege dennoch nicht herum. Und ich hörte schon Tims Stimme, die Stimme des Bauern überall in der Welt, der auf immer und ewig den Witterungsunbilden ausgeliefert ist, den Jahreszeiten, der Regierung und der Undankbarkeit der Bevölkerung (wer Lebensmittel herstellt, wird von dem, der sie ißt, nie gemocht: Niemand ist gern abhängig, und alle finden, das Lebensnotwendige sollte es gratis geben), hörte, wie er zu Annie genau das sagte, während die Schafe mit ihren kleinen, aufsässig leuchtenden schwarzen Augen um sie herumwogten:

»Man kann von mir doch wohl schlecht erwarten, daß ich wer weiß wen um den halben Erdball herumverfrachte, Annie. Deine Eltern sind eine Sache, aber deine Freundinnen? Nun mach aber mal einen Punkt, Annie.« Denn welcher Ehemann in der Welt möchte wohl Frauenfreundschaften befördern? Wie ja auch eine frischgebackene Ehefrau die Freunde aus alten Junggesellenzeiten nicht mag. Das ist von Anchorage bis in die Antarktis überall das gleiche.

Die Schwester kam herein und schnauzte Mavis an, weil ich aufrecht saß, und meine Kopfschmerzen kamen wieder.

Die nächste, die mich besuchte, ehe die Schwester sämtliche Besucher verbannte, war natürlich Poppy. Sie hatte so ein hübsches, verzogenes, verdrießliches, aufreizendes, rührendes Gesichtchen, daß ich verstand, weshalb Kim Gefallen an ihr fand und die Frauen sie nicht leiden konnten. (Das Sitzen in einem Rollstuhl macht einen in vieler Hinsicht geschlechtslos: Ich hoffte, mich in dieser Angelegenheit neutral verhalten zu können.) Sie brachte mir blaue Trauben mit und aß sie fast bis auf die letzte selbst auf, und ich war froh darüber, denn wenigstens war sie, wenn sie den Mund öffnete, um mit ihren nicht ganz sauberen Fingern eine Beere hineinzustecken, vorübergehend am Reden gehindert. Was für ein Redefluß! Sie wollte etwas von mir, versteht sich. Erstaunlicherweise wollte sie Zustimmung, ausgerechnet von mir, die ich zwischen Schädelbruch und Tumor schwebte.

Als erstes beschwerte sie sich über Kim. Nie treffe er Entscheidungen. Das bleibe immer an ihr hängen. Er habe sie verführt, als er eine Vertrauensperson und sie erst sechzehn gewesen sei, was doch wohl ein eindeutiger Beweis dafür sei, daß er abgrundschlecht sei. Er habe sie geschwängert, ihre Beziehung zu ihren Eltern ruiniert und ihr ihre Kindheit gestohlen. Wenn irgend jemand des Kindesmißbrauchs schuldig sei, dann Kim. Und dann habe er obendrein auch noch seine Stelle verloren und könne sie nicht mehr richtig ernähren und jaule sich unablässig darüber aus, daß er seine blöde Frau und seine langweilige Tochter habe verlassen müssen, als wenn das ihre Schuld wäre. Schließlich habe sich herausgestellt, daß sie scheinschwanger war, was ja wohl kein Wunder sei, wenn man bedenke, was sie habe aushalten müssen, und er habe ihr deshalb nun noch mehr Vorwürfe gemacht als vorher. Man könne es ihm nicht recht machen. Mittlerweile sei auch der Zeitpunkt verpaßt gewesen, wo sie auf die Schule und er zu seiner Frau hätte zurückkehren können, und hier sitze sie nun, an einen alten Mann gebunden, einen alternden Hippy, mit grauem Bart und solcher Hornhaut an den Zehen, daß er ihr im Bett damit weh tue, und er wasche sich auch nicht genug.

Ich fragte sie, weshalb sie denn in diesem Fall immer noch mit Kim zusammen sei, und sie blickte überrascht und sagte, nach allem, was er ihr angetan habe, sei es doch wohl das mindeste, daß er sich um sie kümmere und sie versorge, egal wovon. Ich habe schon viele Frauen kennengelernt, vor allem aus Arbeiterkreisen, die sich vom Tag des Kennenlernens an, vom Hochzeitstag gar nicht zu reden, routinemäßig bitter über ihre Männer beklagen, was überhaupt nichts damit zu tun hat, ob sie sie lieben oder nicht, und ich vermutete, daß Poppy eine von diesen Frauen war. Ein junger

Arzt kam vorbei, um nach dem Thermometer zu sehen, und Poppy reckte sich ihm in ihrem gelben Kleid wie ein Blütenkelch entgegen, lächelte unglaublich einladend, und sagte, als er gegangen war: »Haben Sie gesehen, wie der mich angeschaut hat? Der geile Bock!«, und redete weiter, und ich überlegte, ob sie nicht am Ende doch etwas Bösartigeres sei als das bloße Produkt ihrer Umgebung. Und fand, daß die Mädchen recht hatten, wenn sie sie Poppy die Pest nannten. Sie hätte glatt dafür gesorgt, daß der Doktor seine Stelle verlor, wenn sie gekonnt hätte.

Sie beschwerte sich, daß Kim ihr Leben ruiniert habe, indem er von wahrer Liebe, von Schicksal und dem ganzen Zeug geredet hätte, und daß dabei schließlich nichts rausgekommen sei als ein schäbiger alter Wagen und eine beengte Bruchbude in Kings Lynn, worin sie mit einem Mann mit Mundgeruch hockte, der für einen Appel und ein Ei Ratgeber herausgab und keine Freunde hatte, weil er ein einziges Stück Scheiße sei und keine verdient habe. Und jetzt – endlich schien sie auf den Punkt zu kommen – habe Kim nicht mal den Mumm, sich gegen seine eigene Tochter durchzusetzen und das Haus zu beanspruchen, das von Rechts wegen ihr gehöre, Poppy, denn ob sie jetzt nicht etwa doch ein Kind von ihm bekomme und ob ich eine Ahnung hätte, was die Häuser da demnächst wert wären, wegen der neuen Umgehungsstraße und des Gewerbezentrums, das Bellamy bauen wolle, wo sie endlich die Baugenehmigung von der Baubehörde bekommen hatten? Sie wisse das Sir Bernard zufällig, weil sie mit einem von den Bauplanern eng befreundet sei, doch das dürfe sie keiner Menschenseele sagen. Der Teufel solle mich holen, wenn ich das weitersagte.

Ihre Augen funkelten, als sie das aussprach. Ich fühlte mich bedroht: Als gehörte ich einer Spezies an, die, wenn es nach Poppy ginge, schon längst ausgerottet wäre.

»Und er will mich immer noch nicht heiraten«, sagte Poppy die Pest. »Obwohl seine Frau doch jetzt tot ist. Er sagt, er wolle seiner kostbaren Tochter keinen Kummer bereiten. Wer soll denn so was glauben? Wenn er sie so sehr geliebt hat, weshalb ist er dann von zu Hause weggegangen? Er sagt, er sei schuld daran, daß sie solche Probleme hätte. Was denn für Probleme? Sie hat einen Mann, ihre Kinder, und sie wohnt in meinem Haus. Ich bin doch wohl diejenige, die Probleme hat.«

Es war Zeit für mein Wasser. Ich durfte Wasser trinken, aber nichts essen, weshalb Poppy meinetwegen auch die Weintrauben haben konnte, und als die Schwester mit meinen abgemessenen anderthalb Dezilitern hereinkam, machte sie meinem Besuch Beine. Also ging Poppy, immer noch klagend und hinreißend hübsch. Weil Mavis mich aufgesetzt hatte oder infolge von Poppys Verwünschung, denn garantiert hatte ich die Absicht, aller Welt zu erzählen, daß der Landsfield Crescent im Mittelpunkt eines bedeutenden Erschließungsprojekts stehen sollte, veränderte die Murmel in meinem Gehirn in jener Nacht ihre Lage, und ich schwebte zwischen Ohnmacht und Bewußtsein und wurde sehr rasch nach Chicago verlegt.

– XI –

Mein erster Besuch, als ich zurück war und in meinem postoperativen Stuhl am Fenster des Fenedger Behindertenzentrums saß, war Laura. Sie ging mittlerweile in die Breite und ihr Gang wurde schwerer. Mit jeder Schwangerschaft wurde ihre Gestalt unbestimmter und irgendwie massiger. Vom Hals herab breitete sie sich schlicht und einfach in alle Richtungen aus. Ich war froh, ihr erzählen zu können, daß ich zwar einiges durchgemacht hätte, sonst aber, abgesehen vom gelegentlichen Zucken eines Augenlids und der Tatsache, daß ich immer noch im Rollstuhl saß, weder von der Gehirnerschütterung noch vom Tumor oder dem chirurgischen Eingriff irgendwelche Nachwirkungen geblieben seien.

Sie sei eine Weile niedergeschlagen gewesen, erzählte Laura, nach der Beerdigung, doch jetzt gehe es ihr wieder gut. Sie habe nicht gewußt, an wen sie sich wenden sollte. Ich sei ja leider nicht dagewesen. Sie habe ihre Mutter vermißt, Woodie sei schlechtgelaunt gewesen wegen des neuen Babys, und sie habe sich nicht überwinden können, Mrs. Baker anzurufen und ihr zu gestehen, daß schon wieder ein Kind unterwegs sei. Mr. Bliss, den sie besucht hatte, habe ihr zur Aufheiterung zwar eine Mischung aus Gartenraute, Fenchel und Borretsch angeboten, die bei Pferden, die unter Depressionen litten, wahre Wunder wirkte – doch sie habe nichts davon genommen. Schließlich sei sie dann zu Carmen gegangen, um ihren Kummer loszuwerden.

Es war Abend. Angela von gegenüber sollte den ersten Teil des Abends babysitten; dann sollte Woodie sie ablösen. Laura sorgte sich ein wenig deswegen, wie Angela sich an Woodie heranmachte, doch Angela konnte vermutlich nicht anders, und es nahm sie ja sowieso niemand ernst. Sie habe einfach mit jemandem reden müssen, sagte Laura, das sei das Risiko wert gewesen.

Zu ihrer Überraschung stellte Laura fest, daß sich der ehemalige Gemüseladen fast über Nacht von einer Bruchbude in ein begehrenswertes Wohnobjekt verwandelt hatte: Die Fensterläden waren weiß gestrichen, und ein Blumenkorb hing neben einer blauen Eingangstür. Carmen öffnete ihr: Dielenböden glänzten, Topfpflanzen blühten, überall herrschte Sauberkeit und Ordnung. Wie hatten binnen einer so kurzen Zeitspanne bloß solche Wunder vollbracht werden können? Ob Carmen womöglich auch zu den Handwerkern am Ort ein besonderes Verhältnis hatte? Sie war angeblich bei Peckhams befördert worden, und das Gerücht ging, daß sie das ihrem besonderen Verhältnis zu Shanty Cotton zu verdanken hatte, doch wie Carmen später dazu bemerkte: »Jede Frau, die befördert wird, wird verdächtigt, etwas mit dem Chef zu haben. Das heißt aber noch lange nicht, daß es auch wahr ist. Es sei denn, es handelt sich um Poppy.«

Carmen war an dem Abend im Stil eines New Yorker Business Girls gekleidet: die Schultern gepolstert, der Anzug aus Naturleinen, die Tennisschuhe weiß und *sportif*, die Augen groß und klar, das Haar lang, rötlich und seidig und das Gesicht herrlich ebenmäßig. Es sei unglaublich, meinte Laura zu mir, wie unterschiedlich Carmen aussehen und dennoch dieselbe bleiben könne – das sei natürlich ihre schauspielerische Veranlagung. Ihr Äußeres paßte nicht so ganz zu dem Haus, etwas Kunstvolleres wäre angemessener gewesen, fand Laura, doch sie habe an dem Abend nicht sehr auf Carmen geachtet, da sie allzusehr mit ihren eigenen Sorgen beschäftigt gewesen sei. Alles, bis auf sie selbst, habe verschwommen auf sie gewirkt, als hätte sie eine Brille mit beschlagenen Gläsern getragen.

»Ich ging heulend rein«, sagte Laura zu mir, »Jahre und Jahre, die zum Heulen gewesen waren, hatten sich in mir aufgestaut, und mehr war dazu nicht zu sagen. Einfach nur Heulen und Klagen. Ich heulte über meinen Vater, der mich gerade im verkehrtesten Augenblick meines Lebens im Stich gelassen und für immer blamiert hatte, indem er mit einem Mädchen in meinem Alter durchgebrannt war, so daß ich mich anschließend kaum mehr vor die Tür traute. Ich heulte über meine Mutter, die mich verraten hatte, indem sie es zuließ, daß ich viel zu jung heiratete, die nicht die Energie aufbrachte, mich daran zu hindern, und nun obendrein auch noch gestorben war, wo ich sie am allernötigsten brauchte. Ich erklärte Carmen, ich liebte meine Eltern nicht, ich haßte sie einfach nur. Ich heulte mich über Woodie aus, der mich erst schwängerte und mir dann mehr oder minder zu verstehen gab, daß er nichts damit zu tun haben wolle, und der zu allem anderen auch noch als Ernährer ein hoffnungsloser Fall sei. Ich heulte mich über die Kinder aus und darüber, daß man von mir erwartet, daß ich ihnen mein Leben opfere.« Und was ist mit mir, hatte Laura Carmen gefragt, was ist mit mir? Sie sei es leid, Verständnis zu haben, zu verzeihen und sich in die Lage anderer zu versetzen. Sie sei es leid bis obenhin, und jetzt habe sie auch noch Ärger mit den Weisheitszähnen, unter Narkose wolle sie sie nicht ziehen lassen, weil sie schwanger sei, doch ohne wolle sie es nun auch wieder nicht – was das denn überhaupt für ein Leben sei?

»Droh mir nicht mit dem Finger«, sagte Carmen und wich in dem Maße zurück, wie Laura auf sie zukam. »Hämmer nicht so auf mich ein. Meine Schuld ist es nicht.«

»Da bin ich mir gar nicht so sicher«, sagte Laura. »Ich habe die Theorie, daß es mir jeweils schlechter geht, wenn du gerade eine glückliche Phase hast, und umgekehrt«, woraufhin Carmen, hatte Laura das Gefühl, blaß wurde unter der glatten goldbraunen Haut, die so wirkte, als wäre Carmen gerade von der französischen Mittelmeerküste zurückgekehrt, deren Sonnenbräune schmeichelhafter für die weibliche Haut sei als die der meisten anderen Orte der Welt, wenn auch zweifellos genauso schlecht, was die ultraviolette Strahlung anging.

»Das einzig Gute, was in letzter Zeit passiert ist«, habe sie an jenem Abend zu Carmen gesagt, sagte Laura, »ist, daß Poppys Baby plötzlich schlicht und einfach verschwunden ist. Sie hat eine zweite Röntgenaufnahme machen lassen, und das Baby, das auf der ersten Aufnahme noch zu sehen war, war einfach nicht mehr da. Offenbar passiert so was. Alles wird einfach wieder resorbiert. Bei Kühen, Schafen und Kaninchen kommt das andauernd vor und bei Menschen gelegentlich mal. So daß meinem Vater wenigstens der Wind aus den Segeln genommen wurde, der tatsächlich imstande gewesen wäre, die eigenen Enkelkinder zugunsten eines unehelichen Schwesterchens obdachlos zu machen.«

»Oder Brüderchens«, sagte Carmen, und Laura sagte traurig, sie habe vergessen, daß Frauen manchmal auch Jungen bekämen. Und dann, erzählte Laura mir, obwohl es sie Überwindung kostete, sich daran zu erinnern, sei sie doch tatsächlich auf die Knie gefallen und habe Gott um Verzeihung gebeten, weil sie solche schrecklichen Dinge über Poppy gesagt und ihr Baby weggewünscht hätte, denn das habe sie ganz bestimmt getan, und weil sie sich unaufhörlich über Woodie beklagte, wo sie ihn doch wirklich liebte, und sie wolle wirklich nicht ohne ihre Kinder leben, nicht eine Minute – sie sei der glücklichste Mensch von der Welt –, und es tue ihr leid, daß sie Carmen soviel zumute, nur manchmal, da habe sie das Gefühl, mit niemandem reden zu können ...

An dieser Stelle seien von der Küche her ein Blitz und Rauch zu sehen gewesen, und Carmen hatte ausgerufen:

»Das ist die Fritierpfanne«, und sie waren wie auf Kommando gemeinsam losgerannt, und Carmen schien genauso überrascht wie Laura, Driver dort über die Pfanne gebeugt und die Küche von einem seltsamen blauen Licht erfüllt zu sehen. Es rauchte zwar, brannte jedoch nicht. »Das ist das Rapsöl«, sagte Driver. »Das hat das manchmal so an sich. Eine Art Stichflamme. Raps hat eine hübsche Farbe, nicht? Er hellt die ganze Landschaft auf. Überall dieses strahlende Gelb.«

»Was machen Sie denn hier?« fragte Carmen. Sie schien völlig perplex über seine Anwesenheit.

»Ich mache etwas zum Abendessen«, sagte er und warf Pommes frites ins kochendheiße Öl. Was für ein Gezische und Gespritze! »Wie geht es Ihnen, Laura? Was macht das neue Baby?« Und das Baby versetzte Laura einen tüchtigen Tritt gegen die Rippen, und obwohl Carmen sie bat, doch zu bleiben, ging sie.

Ich hatte so eine Ahnung, weshalb Driver zurückgekehrt war. Er war gekommen, um Schulden einzutreiben. Man bringt es einfach nicht im Handumdrehen von einer Bruchbude zum eigenen Haus, von der Warenauslieferung in den Vorstand. Man schafft es nicht so leicht, daß sich die beste Freundin mit einem romantischen Helden verlobt und der Hochzeitstermin festgelegt wird. Man bekommt seine Beine nicht vom Knöchel bis zum Knie um einen Zoll und bis zum Schenkelansatz um zwei verlängert, ohne daß jemand dafür etwas einfordern kommt, denn es gibt nun mal kein wirkliches Gratisdinner, und Sir Bernard Bellamy war wieder im Lande. Fast konnte man die Schaufelbagger aus der Ferne näher kommen hören, als er sich daranmachte, die Landschaft auf den Kopf zu stellen. Die Schönheit ist der Preis der Tüchtigen, wie die Tüchtigen einem immer wieder erzählen. Doch hält die Schönheit den Mund und ist einfach nur der Preis. Nicht so Carmen.

— XII —

Alles mein Werk«, sagte Driver. »Alles, bis hinab zu mir selbst. Seien Sie dankbar für Ihr Essen. Statten Sie mir Ihren Dank ab.«

»Nie und nimmer«, sagte Carmen und wies auf ihr hübsches Zuhause, ihre sorgfältige Aufmachung. »Das hier besitze ich alles aus eigener Energie, aus eigener Kraft und eigenem Können. Erzählen Sie mir bloß nicht, ich hätte nur Glück gehabt, und versuchen Sie bloß nicht, sich das gutzuschreiben. Das hat mit Glück nichts zu tun.«

»Alles ist Glück«, erwiderte Driver zweifellos, ich hätte es jedenfalls getan, wenn ich er gewesen wäre. »Glück, als wessen Kind Sie geboren werden, Glück, in welchem Land, Glück, ob Sie schielend auf die Welt kommen oder nicht, Glück, ob Sie überhaupt irgendwelcher Anstrengungen fähig sind. Was immer in Ihren Genen steckt, ist Glück, und Sie stellen sich besser darauf ein. Das ganze Leben ist Glück, nicht Gerechtigkeit. Alles hat mit Glück zu tun, also habe auch ich mit allem zu tun – weil der Fürst der Finsternis auch der Fürst des Glücks ist. Pech gehabt!« sagte Driver. »Nehmen Sie, was Sie kriegen können, und fertig! Vergessen Sie alle Moral. Sie sind selbst schuld, denn schließlich haben Sie mich doch herbeigewünscht. Weil Sie aus Fenedge wegwollten, statt zufrieden zu sein. Die Unzufriedenheit ist es, die Ihnen Driver herbeischafft, ehe Sie sich's versehen! Selbst schuld, Carmen, mir können Sie nichts vorwerfen!« Selbst der Teufel hört, wie Sie sehen, nicht gern Vorwürfe. »Und nun müssen Sie die Suppe auch auslöffeln. Wenn Sir Bernard Sie will, *noblesse oblige* und so weiter. Manieren, wenn schon sonst nichts. Legen Sie sich hin, und machen Sie die Beine breit. Nehmen Sie, was Sie kriegen können, und fertig!«

»Nein«, sagte sie, »und nochmals nein.«

»Wie wär's denn, wenn er Sie heiraten würde? Selbst wenn ich noch soviel daran drehe, er kann einfach nicht genug von Ihnen kriegen – auf ewig der Ihre? Das Gegenteil der allgemeinen Regel, die besagt: Einmal und nie wieder, denn was einer heute hat, hat er morgen schon vergessen.«

»Nein«, sagte sie, »und nochmals nein.«

»Warten wir's ab!« sagte er, und wieder blitzte es blau, und weg war er und überließ es ihr, die Pommes frites zu essen, die wahrhaft köstlich waren. Sie füllte das Fett um, um es weiterverwenden zu können, und achtete darauf, ihm mit ihrem hübschen Seidenhemd nicht zu nahe zu kommen, doch das Fett wurde alsbald ranzig und grünlich, und so warf sie es weg.

Ein paar Tage später war Carmen in ihrer Eigenschaft als Trainee für den Posten des Vertriebsleiters (als Vertreterin der Belegschaft) von Peckhams bei Safeway und trug das Ihre dazu bei, ihre Firma ins rechte Licht zu rücken, was zu Shanty Cottons Ausbildungsprogramm gehörte (mehr Ausbildung kostet weniger), und wer sonst kam da aus dem Büro, um sie durch die Abteilungen zu führen, als Ronnie Cartwright persönlich! Sein Anblick verschlug Carmen einfach den Atem: Was ja auch nur recht und billig ist, wo er doch der Mann ihrer Träume war, wie Tim der von Annie, und der Held der Geschichten, die sie anderen, weniger erstrebenswerten Männern erzählte, um sie sich vom Leib zu halten, und sich selbst, um sich die Merkwürdigkeit ihrer Existenz zu erklären: von niemandem gewollt zu werden (oder jedenfalls behauptete sie das, obwohl, wie wir wissen, sowohl Laura als auch Annie von einem langwierigen Verhältnis mit Sir Bernard Bellamys Chauffeur ausgingen – der wahrscheinlich verheiratet war, woraus sich die ganze Heimlichtuerei erklärte), was Carmen wiederum von jeglicher erfüllter Beziehung abhielt, die zu Ehe und Kindern geführt hätte.

Sie war Ronnie Cartwright nur ein einziges Mal begegnet, vor Jahren, als er ihre Hand mit der seinen umschlossen und ihr beigebracht hatte, wie man die Augen einer Madonna blau bemalte. Ronnie erinnerte sich nicht an sie, doch schließlich hatte ihr Aussehen sich ja auch unendlich verbessert, obwohl es schon ein Pech war, daß sie, die doch sonst niemals Pickel bekam, gerade an diesem Morgen einen produziert hatte, und zwar an der allerunmöglichsten Stelle – an der Nasenspitze. Sie hatte sich deshalb fast krank gemeldet.

»Keine Frage«, sagte Ronnie nun, »das Hähnchengeschäft ist heutzutage das beste überhaupt. Der Trend geht weg vom roten Fleisch.«

Sie gingen durch die kühle Luft, die von den Gefriertruhen aufstieg. Sie blickte zu ihm empor. Er war groß und schlank und von frischer Gesichtsfarbe. Er war jung, normal, freundlich und wohlgelaunt. Er hatte eine Menge weiches braunes Haar und sanfte braune Augen: Er war ganz das Gegenteil von Driver, der der Mann war, den sie auf der Welt am besten kannte und der über die Maßen trickreich war, oder weshalb hätte er ihre Weigerung, sich mit Sir Bernard Bellamy einzulassen, damit beantworten sollen, daß er plötzlich Ronnie Cartwright aus dem Hut zauberte?

»Gegenwärtig«, sagte Ronnie mit seiner, offen gesagt, ziemlich tonlosen, monotonen Stimme, die dennoch äußerst anziehend auf sie wirkte, denn sie klang nach Stabilität und Kontinuität (sie hatte das Gefühl, daß ihr Aussehen, wenn Ronnie dafür verantwortlich wäre, über Wochen hinweg oder womöglich ihr ganzes Leben lang unverändert bliebe) und den sinnlichen Freuden einer geordneten Häuslichkeit – sie würden zwei Kinder haben, die in angemessenem Abstand geboren werden würden, nicht vier in rasendem

Tempo wie Laura. Ronnie würde eine Stellung haben und die Karriereleiter emporklimmen, und es würde genug Zeit in ihrem geordneten Leben geben, um sich dessen Haupterеignissen mit der angemessenen Aufmerksamkeit widmen zu können – nicht wie bei Laura, die, noch ehe die Asche ihrer Mutter richtig kalt war, herausposaunen mußte, daß sie schon wieder schwanger sei –, und sie, Carmen, wäre Ronnies Frau, was sie sich insgeheim schon immer gewünscht hatte, außer daß der Stipper auf ihrer Nase mit jeder Minute größer wurde, und er sie ja wahrscheinlich gar nicht haben wollte?

»Gegenwärtig«, sagte Ronnie, »wollen die Leute alles blaß haben. Sie trinken lieber Wodka als Brandy, und es wird doppelt soviel Weißwein verkauft wie Rotwein. Huhn und Fisch gehen besser als Rind oder Lamm. Schwein hält sich, rosig, wie es ist, zwischen beidem. Und wenn Sie meinen Rat hören wollen, junge Dame . . .« (war er etwa einer von diesen hochtrabenden Typen? Aber nein! Ronnie war ohne Fehl und Tadel!) ». . . dann verlegen Sie sich bei Peckhams von Batterieeiern auf Freilandeier.«

Er erwartete, daß sie fragte, weshalb.

»Weshalb?« fragte sie, obwohl sie die Antwort kannte. Sie hatte dem Vorstand von Peckhams oft genug klargemacht, weshalb.

»Die Käufer entwickeln sich zu schuldbewußten Fleischessern«, sagte Ronnie. »Folglich sorgen sie sich auch immer mehr um die Lebensweise der Legehenne. Setzen Sie auf Wohlgeschmack, und wenn Sie ihn künstlich injizieren müßten: Freiland, wenn Sie es sich leisten können, Bodenhaltung, wenn Sie es nicht können.«

»Ja, Mr. Cartwright.« Er betrachtete die Henne unter dem Gesichtspunkt des Profits, nicht unter humanitärem, doch was blieb ihm bei seiner Ausbildung auch schon anderes übrig?

»Nennen Sie mich bitte Ronnie.« Er lächelte, seine Zähne waren tadellos.

»Ich heiße Carmen.«

»Kenne ich Sie nicht von irgendwoher?«

Sie sagte es ihm.

»Du lieber Gott«, sagte er. »Ich habe jahrelang versucht, Sie wiederzufinden. Hab es dann schließlich aufgegeben. Sie haben sich aber verändert.«

Er nahm ihre Hand und stellte fest, daß sie keinen Ehering trug.

»Unverheiratet?« sagte er. »Fast alle sind verheiratet. Nur Sie und ich nicht.«

»Wie blöd, daß ich diesen Fleck auf der Nase habe«, sagte sie.

Er wirkte ziemlich verblüfft. So etwas erwähnte man wohl nicht, nahm sie an. Sie wäre so gern wie andere Menschen gewesen.

»Er macht was her«, räumte er ein, »für einen bloßen Pickel. Ein echter Blickfang. Was machen Sie heute abend?«

So veränderte sich das Leben: so rasch. Doch ehe sie noch antworten konnte, entstand irgendwelche Unruhe in der Kassenhalle. Lautsprecher forderten Mr. Cartwright auf, umgehend zu Kasse acht zu kommen. Er lächelte, zu beflissen und mit weniger Bedauern, als Carmen lieb sein konnte, und entfernte sich eilends.

Carmen ging ihm nach. Sie wußte, wen sie gleich sehen würde. Das Schicksal hatte es so bestimmt. Da stand Poppy und hielt das Band von Kasse acht auf. Sie trug einen weißen Hosenanzug und sehr hohe Absätze. Ihr Stimmchen redete ohne Unterlaß.

»Es war widerlich, schmutzig, obszön. Ich werde meinen Freunden sagen, daß sie hier nie wieder einkaufen sollen. Ich stehe immer noch unter Schock. Ich will nicht einfach nur neue, ich verlange Schadensersatz. Ich bin vor meinen Freunden gedemütigt worden. Ein ganzes feines Abendessen ist dadurch verdorben worden. Mein Ehrengast hat in eine Dessertpraline gebissen, und da war keine Kirsche drin, sondern ein gräßliches Büschel Katzenhaare. Oder noch was Schlimmeres.«

In der Hand hielt sie eine offene Schachtel Branntweinkirschen. Die Hälfte fehlte.

»Sie halten das Band auf, Miss«, sagte das Mädchen an der Kasse. Sie hatte es bereits dreimal gesagt. »Wenn Sie eine Reklamation haben, gehen Sie doch bitte ins Büro der Geschäftsleitung.«

»Ich halte das Band auf, solange ich Lust habe«, sagte Poppy. »Die Kundschaft läßt sich hier sowieso viel zuviel bieten. Das sagt Ihnen jeder. Jetzt fange ich gleich auch noch an zu weinen. Sie haben es geschafft, daß ich die Fassung verliere. Katzenhaare! Oder Schlimmeres!«

Ronnie Cartwright führte Poppy von der Kasse weg. Sie weinte. Sie betupfte sich die Augen mit einem Papiertaschentuch, das er ihr anbot.

»Immer kommen die Leute mit diesem Trick«, sagte das Kassenmädchen zur Kundenschlange. »Man kauft sich die teuerste Sorte Pralinen im Laden, ißt die meisten davon auf, findet irgendwas in einer, oder behauptet es jedenfalls, und bringt sie wieder zurück. Dann gibt's ein paar Schachteln umsonst und, wenn man Glück hat, obendrein auch noch 'ne Zehnpfundnote. Auf die Entschädigung mit Barem haben sie's vor allem abgesehen. Gott, wie ich solche Kunden hasse!«

Carmen wartete unschlüssig draußen vor dem Büro der Geschäftsführung, bis Ronnie und Poppy wieder herauskamen. Poppy war tapfer und schutzlos. Ronnie war bezaubert. Er führte Poppy zur Abteilung Bonbons & Konfekt und gab ihr zwei große Schachteln aus dem Regal, karmesinroter Samt mit Schleifen. Carmen trat näher, sie hatte ihr Klemmbrett in der Hand. Ronnie blickte durch sie hindurch und an ihr vorbei.

»Sie hätten wohl«, hörte sie ihn zu Poppy sagen, »nicht zufällig heute abend Zeit, mit mir essen zu gehen?«

Poppy gab ihm die Pralinenschachteln zum Halten, während sie ihren hübschen kleinen Lederkalender konsultierte.

»Eigentlich hätte ich etwas vorgehabt, doch das ist verschoben«, sagte sie, »reiner Zufall.«

Um ungesehen weinen zu können, verzog Carmen sich in die Fischabteilung, wo immer nur wenig Kunden waren. Und wen sollte sie dort treffen, wenn nicht Driver, der gerade einen toten Hummer inspizierte.

»Die werden lebend gekocht, wissen Sie«, bemerkte er. »Glücklich?«

»Nein«, sagte Carmen.

»Tut weh, was?« sagte Driver. »Dann wissen Sie ja, was Sir Bernard empfinden muß. Männer leiden unter Zurückweisung genauso wie Frauen. Sie werden nicht wieder glücklich sein, bis Sie nicht tun, was ich Ihnen sage, und Ihre Freundinnen ebensowenig und auch sonst bis auf weiteres niemand in Ihrer Umgebung.«

Und irgendwo muß eine Sicherung durchgebrannt sein, denn in diesem Augenblick zuckte ein Blitz, und eine Rauchwolke puffte, und Carmen hatte eine Sekunde lang eine Art spektraler Vision des wahren Aussehens von Driver – behuft, klauenbewehrt, bösartig und irgendwie schäbig –, ehe er verschwand. Dann ergab sich ein echtes Problem mit dem Gefrierfisch, weil der Blitz offenbar eine Menge Hitze erzeugt hatte, und die Warnlichter an den Gefrierschränken fingen bereits zu blinken an. Ronnie konnte zu seinem Bedauern, wie er Carmen erklärte, den Rundgang durch die Abteilungen wegen dieses gerade aufgetretenen Notfalls nicht fortsetzen. Sie stahl sich davon. Poppy war gegangen. Carmen sah sich in den Spiegeln der Kosmetikabteilung und stellte fest, daß ihre Nasenspitze verunstaltet und häßlich war.

Es dauerte Wochen, bis der Furunkel – denn um einen solchen handelte es sich, und es bedurfte einer Behandlung mit Antibiotika – endlich abgeklungen und ihr Gesicht wieder normal, das heißt, im Ganzen unvollkommen war.

Keines von ihren Kleidungsstücken paßte ihr mehr. Sie bekam die muskulösen Waden nicht mehr in ihre schmalen Stiefel, und die Jeans gingen nicht mehr zu. Aber wenigstens hüpfte die Brust beim Gehen nicht mehr auf und ab, und niemand pfiff auf der Straße hinter ihr her. Die Blumen in den Körben bekamen eine Art Mehltau und gingen ein, klebrig und unansehnlich geworden.

Unterdessen sprang Annie auf der anderen Seite der Erdkugel »Bungee«. Bungee-Springen ist ein Sport neuseeländischen Ursprungs, der bald zu den Olympischen Spielen zugelassen werden soll, obwohl er in Großbritannien als zu gefährlich verboten ist. Der Ausübende steht dabei auf einer Brücke hoch über einer Talsperre oder einem Fluß oder einer Straße, und an seinen Spezialstiefeln ist ein elastisches Seil befestigt. Dann stürzt sie oder er sich ins Leere hinab und federt kopfunter mehrmals in der Luft auf und ab, während das Seil den Fall auffängt, ehe sie oder er dann wieder heraufgezogen oder von einem Boot geborgen wird. Das Seil wird dem Gewicht des Springers angepaßt, damit er nicht mit dem Kopf zuerst ins Flußbett stürzt oder das Ding schlicht reißt. Die Kunst besteht darin, so dicht über die Wasseroberfläche zu streifen, daß man nasse Haare bekommt, sich aber nicht das Gehirn herausschlägt. Dieser Sport war es, den Tim Annie ernsthaft mit ihm zu treiben aufforderte, und da sie ihn liebte und sie verlobt waren, tat sie es.

»Aber kommt denn dabei nie jemand zu Tode?« fragte sie Tim, während sie sich im Clubhaus fertig machten.

»Nur, wenn die Spannung falsch berechnet worden ist«, sagte er.

Sie stürzte sich auf sein Geheiß ins Leere, schicksalergeben dem Tod entgegen. Als sie aufgehört hatte, auf- und abzufedern, starrte sie in Stromschnellen, die sich einen guten halben Meter unter ihr befanden. Sie konnte das Erz in den Felsen unter der Wasseroberfläche funkeln sehen. Sie fragte sich, ob das wohl Gold war. Sie war ziemlich enttäuscht, als sie in das Boot hinabgelassen wurde, das neben ihr auftauchte. Das war ein unelegantes Verfahren. Tim, der mit im Boot saß, war stolz und zufrieden.

»Hat es dir gefallen?« fragte er besorgt. »Du sollst nichts tun müssen, was du nicht willst.«

»Ich fand es herrlich«, sagte sie, doch ihrem Gefühl nach waren das Beinespreizen, das zu ihrer Bergung gehörte, und der Blutandrang im Kopf, der ihr Gesicht rötete und anschwellen ließ, unweiblich und unromantisch. Sie war nicht überzeugt, daß sie das war, was man in Southland einen sportlichen Typ nannte. War sie einem derart dynamischen und couragierten Leben, das Tim sich für sie beide wünschte, denn wirklich gewachsen? Sie wollte lieber blaß, zart und umhegt sein, nicht windzerzaust, gesund und kräftig.

»Schön für dich«, sagte er und merkte nichts von der Zurückhaltung und der Höflichkeit in ihrer Stimme, und das war das Schlimmste überhaupt. Sie fühlte sich einsam. »Braves Mädchen!« sagte er. »Nächstes Wochenende fahren wir campen.«

»Toll«, sagte sie, doch ihr graute davor, wieder ihre geschlechtslosen Wanderstiefel anzuziehen und ihre Schwerfälligkeit zu spüren, die ihr bei jedem Schritt suggerierte, daß es im Leben doch Besseres gab, als sich die Lunge mit frischer Luft vollzupumpen, was in Mrs. McLeans Augen die höchste Stufe der Glückseligkeit darstellte. Das, und es in der Backkunst zu höchster Vollendung und Effizienz zu bringen – wohin Annie bereits auf dem besten Wege war. Mittlerweile konnte sie einen ganzen Berg süße Brötchen im Nu in den Backofen schieben, und sie kamen jedesmal goldgelb wieder heraus. Sie wußte, bei welchen Lämmern sich die Flaschenaufzucht lohnte, wie man Stahlmesser putzte und wie man das Geländer der Veranda scheuerte, ohne sich Splitter einzufangen. Sie war imstande, ein Pferd abzureiben und in den Stall zu stellen und Mrs. McLean beim Wiedereinfädeln des Webstuhls zu helfen. Aber immer noch gab es, obwohl viel davon gesprochen wurde, keinen endgültigen Hochzeitstermin.

Eines Tages sagte Mrs. McLean zu Annie: »Es ist wohl an der Zeit, daß ihr beiden ein gemeinsames Schlafzimmer bekommt. Dann braucht ihr nicht immer die ganze Nacht auf leisen Sohlen den Flur hin- und herzuschleichen. Das weckt Jock und mich nur auf. Warum sollt ihr auch zwei Betten abnutzen, wenn eins genügt?«

In Wirklichkeit waren weder Annie noch Tim je auf leisen Sohlen den Flur auf- und abgeschlichen. Im Gegenteil, sie schliefen den Schlaf der Erschöpften, Gerechten und Geschlechtslosen, der Anverlobten, aber noch nicht Angetrauten, obwohl ihre Umarmungen bei Tage oft bis an die Kante gingen, aber niemals über sie hinaus – und er in sie eingedrungen wäre.

»Nicht, ehe wir nicht verheiratet sind«, sagte er dann. Was in *Einmal lieben, aber richtig* empfohlen wurde, und wer war sie, um dem zu widersprechen?

Danach also schliefen sie und Tim in einem Bett, und Mrs. McLeans Schwester, die gerade für länger gekommen war und die Mrs. McLean sehr ähnelte, außer daß sie weniger kochte und mehr Bridge spielte, bezog Annies Zimmer. Mit Tim zu schlafen, war in der Tat ein herrlich vielfältiges Erlebnis und des Wartens wert, wie er als erster erklärte: Binnen Wochen waren sie von der Missionarsstellung im Bett – bei der ihrer beider Vorstellungskraft es bis dato eigentlich hatte bewenden lassen – dazu übergegangen, sich in allen nur erdenklichen Verschränkungen ihrer Gliedmaßen am Boden zu wälzen. Jeder Grad des menschlichen Empfindens, so schien es, hatte seinen angemessenen Ausdruck in sexuellen Wünschen. Zum Frühstück erschienen sie gewöhnlich blaß und erschöpft aneinandergeschmiegt, während Mrs. McLean ihnen ihre Eier briet. Annie war von der Zubereitung und dem Verzehr des Frühstücks zwar befreit, doch verstand sich von selbst, daß sie hinterher abwusch. Tim blies ihr in den Nacken, während sie das tat, und nahm gelegentlich dabei ein Geschirrtuch zur Hand.

Mrs. McLeans Nichten und Neffen, die mit ihrer Mutter gekommen waren, waren junge Leute, ans Nichtstun gewöhnt und daran, im Haushalt niemals auch nur einen Finger zu rühren, worüber Mrs. McLean zwar murrte und die Stirn runzelte, doch was sollte sie machen? Mr. McLean für seinen Teil wurde um so schweigsamer, desto mehr Leute im Haus waren.

Eine der Nichten sagte beim Tee: »Was ist eigentlich aus Wendy geworden, Tim?« Alles verstummte, und rund um den Tisch setzte es Ellbogenstöße. Tim antwortete nicht. Annie sagte forsch: »Wer ist denn Wendy? Nun los, raus mit der Sprache!«, so wie es ihrer Meinung nach die anderen getan hätten, doch niemand antwortete ihr. Mrs. McLeans Walnußchutney machte die Runde, und die Ausrufe der Anerkennung und Bewunderung boten eine hilfreiche Ablenkung. Tim erklärte ihr später, Wendy sei ein Mädchen, mit dem er einmal für kurze Zeit verlobt gewesen sei. Sie sei mit seinem besten Freund durchgegangen, und wenn er eher ein einsamer Mensch sei, dann vielleicht aus diesem Grund. Er fasse nur noch schwer Vertrauen. Deshalb müsse er auch ganz sicher sein, ehe er sich binde: Eine Weile lang sei es ihm wirklich und wahrhaftig dreckig gegangen, daran gebe es nichts zu deuteln.

»Du kannst mir vertrauen«, sagte Annie. »Und zwar voll und ganz.«

»Das stimmt!« sagte er und lächelte sein seltenes, breites, schönes, liebenswertes Lächeln, und sie fragte sich, wie Wendy so etwas hatte tun können: Tim einem anderen zuliebe aufzugeben.

Annie schrieb Laura einen derartig aufgekratzten, freimütigen Brief – und Laura zeigte ihn dann Carmen –, daß Carmen nur erleichtert sein konnte. Drivers Drohungen waren leer geblieben. Ihren Freundinnen war nichts passiert, und Carmen mußte nur mit sich selbst fertig werden und damit, daß die Leute sagten: »Geht's Ihnen auch gut,

Carmen? Sie sehen ein bißchen mitgenommen aus«, was in Wirklichkeit bedeutete, daß sie schrecklich aussah. Wenn einem die Gabe der Schönheit entzogen wird, ist das so: Man hat die Fähigkeit eingebüßt, sich vorteilhaft zurechtzumachen.

Was Laura angeht, so war sie erstaunt, als es um ein Uhr morgens an der Tür klopfte. Sie war auf und fütterte gerade Sara, wobei Woodie ihr Gesellschaft leistete. Ihre Schwangerschaft war ihm zunächst lästig gewesen, doch nun, wo die Geburt so nah bevorstand, war er wieder aufmerksam und liebevoll und hoffte tief in seinem Innern auf einen von jenen Säuglingen, die einfach nur lächeln und trinken und schlafen und strahlen – das ganze Gegenteil von Sara, die von Anfang an ein Ausbund der Unzufriedenheit gewesen war und der Grund dafür, daß es Woodie so sehr widerstrebt hatte, noch ein weiteres Kind aufzuziehen, was dann womöglich wieder so wäre wie sie.

Auf der Schwelle stand Kim. Er hatte einen Koffer bei sich und keine Poppy. Es hatte gerade erst völlig unerwartet geschneit, und die bloßen Füße in den Sandalen waren blau vor Kälte.

»Endlich wieder daheim«, sagte er. »Ich hab mich von Poppy getrennt. Ich nehme das freie Zimmer. Alles andere könnt ihr haben: Das ist das mindeste, was ich für euch tun kann. Na, was sagt ihr nun?«

Woodie und Laura sahen einander an. Sara krähte und wühlte nach Lauras Brust. Laura zog ihr Schultertuch enger zusammen.

»Es liegt bei dir«, sagte Laura zu Woodie. »Du hast hier die Verantwortung.«

»Ich hab nichts dagegen, wenn du nichts dagegen hast, Laura«, sagte Woodie.

Kim federte herein – an Energie hatte es ihm noch nie gefehlt – und gleich die Treppe hinauf, um nach Kubrick zu sehen.

»Das Aquarium ist ein bißchen trübe«, rief er mit seiner kräftigen Stimme herunter und weckte auch die beiden anderen Kinder auf, die aus ihren Zimmern getorkelt kamen, um zu sehen, was los war.

»Und da sehe ich auch einen Fleck, der ganz nach Pünktchenkrankheit aussieht«, rief er anklagend.

»Ich tue dauernd das Gegenmittel rein«, log Laura, »doch es wird nie richtig klar.«

Kubrick habe Kim durch das Glas hindurch angeglotzt, erzählte mir Laura, als hätte er seit Jahren nur auf diesen Augenblick gewartet, doch ich glaube, sie sprach dabei im Grunde von sich selbst. Ihr Vater war heimgekehrt, reuig, wenigstens mehr oder minder, und die Welt war endlich wieder in Ordnung.

»Kinder«, sagte sie, »das ist Großvater.«

»Mein Name ist Kim«, sagte ihr Vater in scharfem Ton. »Das Wort Großvater oder gar Gramps will ich in meinem Haus niemals hören. Merkt euch das.« Doch Laura sah, daß er scherzte, mehr oder minder. Rachel und Caroline mußten sich von nun an zwar ein Zimmer teilen, doch das machte nichts. Seit sie Rachel in ein eigenes Zimmer gelegt hatten, sah sie Nacht für Nacht Audreys Geist an ihrem Bett – oder behauptete es jedenfalls –, wenn Dr. Grafton auch der Ansicht war, das diene nur dazu, mehr Aufmerksamkeit zu erlangen, was mit der neuerlichen Schwangerschaft zusammenhänge, und daß sie nicht darauf achten sollten. Wie auch immer, um so besser, daß sie sich das Zimmer wieder mit ihrer Schwester teilte. Wenn Kim heimgekehrt war und nun das Zimmer mit Audreys Geist teilte, so geschah ihm das nur recht, und sie würde es zweifellos so sehr befriedigen, daß sie endlich Ruhe gab. Wenn sie ihn als Lebende nicht mehr hatte haben können, dann hatte sie ihn doch wenigstens als Tote.

Aber selbstverständlich hielt Driver nur hinter dem Berg und wiegte alle in Sicherheit, um sie später desto gründlicher fertigmachen zu können. Und der Landsfield Crescent hatte die Hauptlast der Mißhelligkeiten zu tragen. Die Pläne für die Erschließung waren (nur unzureichend angekündigt) im Rathaus von Fenedge ausgehängt worden, eine öffentliche Versammlung (für die dasselbe galt) genügte, obwohl spärlich besucht, allen rechtlichen Auflagen. Das Dossier mit den Beanstandungen war mysteriöserweise unauffindbar, und ehe man sich's versah, waren in den Rübenfeldern die Schaufelbagger (die während der letzten Jahre unter der Hand den Besitzer gewechselt hatten) am Werk, und die Umgehungsstraße wurde gebaut, und über dem Landsfield Crescent ging zeitweilig ein schwarzer, körniger, lebloser Staub nieder, der jeglichen Versuch, etwas auszusäen, das nun, im Frühling, aus der Erde an die Sonne hätte gelangen können, zum Scheitern verurteilte. Die arme kleine Sara entwickelte ein böses Asthma, und ich saß lieber am Fenster im Behindertenzentrum als auf meinem Posten am Landsfield Crescent und war durchaus erfreut, am frühen Morgen das Hupen von Alisons Wagen zu hören. Sie hatte sich eine jener gräßlichen Mehrklanghupen einbauen lassen, die einem Menschen, der mit Mühe und Not den Gefahren der Straße trotzt, wie der nackte Hohn vorkommen. Was gibt es im Straßenverkehr schon zu scherzen?

Die enge Straße zwischen Fenedge und Bellamy House, die die Mädchen so oft entlanggegangen waren, zwischen den Feldern und den Pappelreihen, unter den Arkaden der alten Bäume hindurch und an Mr. Bliss' Stallungen vorbei, wurde nun als unzureichend für den Verkehrsfluß erachtet und sollte erweitert werden. Zu diesem Zweck waren die Stallungen zwangsrequiriert worden. Mr. Bliss hatte sich in Fenedge als Hypnotherapeut niedergelassen und benutzte zu diesem Zweck einen Raum der einstigen Bibliothek, die infolge von Ausgabenkürzungen der öffentlichen Hand geschlossen worden war. Ich konnte den Eingang zu seinem Sprechzimmer von meinem Fenster aus sehen. Es mangelte ihm an Kundschaft, was zumindest Mavis nur recht sein konnte.

»Ich bin bestens imstande, Verstopfung und Nikotinsucht durch Handauflegen zu heilen«, sagte sie, »und nun kommt der und mischt sich ins Innenleben der Leute. Das ist doch unmoralisch!«

Immerhin gelang es Mrs. Baker, die seit der Pensionierung fast fünfzehn Kilo zugenommen hatte und die sowieso schon reichlich füllig gewesen war, unter seiner geistigen Überwachung über zwanzig Kilo abzunehmen (es war richtig aufregend, sie Woche für Woche weniger werden zu sehen), und sein Geschäft kam ganz allmählich in Schwung.

Dann wurde die Fußgängerzone aus unerfindlichen Gründen für den Durchgangsverkehr geöffnet, und die Baufahrzeuge begannen, mitten durchs Stadtzentrum zu donnern. Diejenigen, die sich von der Stille des Ortes eingeschnürt gefühlt und darüber gestöhnt hatten, wie langweilig das Leben in Fenedge sei, wie abgeschnitten von der wirklichen Welt, fühlten sich nun in gleichem Maße belästigt durch das, was sie als aurale Verschmutzung bezeichneten, das heißt durch den Lärm und das Beben der Erde, wenn die Schwerlastzüge vorbeirumpelten. Zuweilen zitterten die Armlehnen meines Rollstuhls so sehr, daß ich hätte schwören können, sie seien lebendig, Lebewesen, und zwar solche, die mir nicht sonderlich freundlich gesonnen waren, zu denen ich aber in symbiotischer Beziehung stand. (Wir hatten eine Ladung Science-fiction-Paperbacks erhalten.) Alison, einer der tapfersten Menschen, die ich kenne, parkte auch weiterhin so, als existierten die Lastwagen nicht, und da sie vor der Wahl standen, uns entweder umzubringen oder aber anzuhalten, hielten sie an, wenn auch mit knapper Not. Dann ließ Alison die Fahrer aus ihrer Kabine steigen, damit sie mir aus dem Auto halfen – gestandene, tätowierte, verschwitzte, wutentbrannte Männer, die dennoch erstaunlich sanft sein konnten, wenn auch nicht immer. Alison erklärte, sie traute jederzeit eher einem Macho als einem der neuen Männer. Das war natürlich alles beschwerlich für mich, doch immer noch besser, als zu beobachten, wie der schwarze Staub über den Landsfield Crescent zog.

Und immer noch tauchte Sir Bernard Bellamy nicht auf, seine Lakaien arbeiteten in seinem Namen. Schilder mit der Aufschrift »Hier baut Bellamy Constructions« tauchten allerorten auf. Nur Bellamy House stand unberührt von dem ganzen Trubel ringsum: Die Zufahrt erfolgte nun von der Küstenstraße aus, die Rolls-Royce und Bentleys preschten durch ein Naturschutzgebiet, und während der kalten Jahreszeit wurden auf Verlangen Vogelbeobachtungsausflüge veranstaltet, komplett mit Freßkörben, Champagner, Klappstühlen, Kassetten und Kopfhörern, die so anschauliche Vogelbeschreibungen lieferten, daß man sich beinahe einbilden konnte, die Vögel gesehen zu haben: im frühen Frühjahr den purpurfarbenen Sandpfeifer, den gelegentlich auftauchenden Gänsejäger oder die Knäkente und jede Menge Kurzschnabelgänse, im März dann Große Trauerenten, und zwar zu Hunderten. Die beste Zeit sei an sich der Oktober, konnte man von der Kassette erfahren, wenn tagelang starker Wind geherrscht habe: Dann seien Krickente, Stockente, Spießente, Brandente und Eiderente verstärkt unterwegs und genössen das stürmische Wetter. Manchmal ließe sich dann sogar die eine oder andere Mittelmeermöwe sehen, wenn auch zu argwöhnen ist, daß das nur widerwillig geschieht, weil es sie aus wärmeren Gefilden hierher verschlagen hat. Und man kann einen flüchtigen Blick auf die Kiebitze erhaschen, die (wie ich meinem *Was fliegt denn in East Anglia?* entnehme) immer noch beharrlich westwärts streben, wobei ihre Flügel sich kaum merklich über die stampfenden Wogen erheben. Diese ornithologischen Ausflüge sind bis heute allerdings nicht allzu beliebt bei den Gästen von Bellamy House, auch wenn sie mittlerweile zum festen Freizeitangebot gehören. Die meisten ziehen eine Fahrt nach Newmarket zu den Pferderennen vor, besonders zu den Sommerrennen. Der Turf scheint doch attraktiver, als irgendwo an der Wash-Küste zu sitzen oder im Watt und darauf zu hoffen, daß man für einen flüchtigen Augenblick einen Sturmtaucher zu sehen bekommt oder die seltene Sturmschwalbe. Wie schade, ich selbst habe keine Gelegenheit zur Vogelbeobachtung: Alison fürchtet sich vor der Neuralgie, die die kalten Seewinde auslösen können. Darunter leide ich nicht.

– XIII –

Peckhams diesjähriger Betriebsausflug nach Newmarket fiel auf einen besonders schönen Augusttag. Mit von der Partie waren natürlich nur die Abteilungsleiter und ein paar Großabnehmer aus der Gegend, weitere Gäste wurden von Central London aus in Limousinen hinbefördert oder erreichten die Rennbahn auf eigenen Wegen. Speziell für Peckhams war ein großes Zelt angemietet worden: Zum Lunch sollte zum Buffet gebeten werden, es war ein gesonderter Zelttotalisator vorgesehen, und die Rennen ließen sich auf dem Kanal von Anglia TV am Bildschirm verfolgen, falls jemand den ganz großen Enthusiasmus nicht aufbrachte oder müde Beine hatte. Shanty Cotton hatte dringend gebeten, in großer Garderobe zu erscheinen, und die Gruppe, die sich auf dem Vorplatz von Peckhams versammelte, war, wie Carmen es mir gegenüber ausdrückte, denn auch von der grellen Sorte. Die Frauen trugen große Hüte und leuchtende Blumenmuster, als ginge es nach Ascot, und Shantys Krawatte strahlte noch auffälliger als sein Gesicht: Sie war scharlach- und purpurrot gemustert. Nur Henrietta Cotton, seine sanfte, friedliche Gattin, war in bescheidenes Grau gekleidet und trug einen schlichten Strohhut. Sie wirkte, als hätte sie lieber zu Hause im Garten gearbeitet. Was Carmen anging, so war sie an jenem Morgen mit langen Beinen und schmaler Taille aufgewacht, wenn ihr Busen auch noch seinen gewöhnlichen Umfang hatte, und so wußte sie also, daß irgend etwas im Anzug war. Vielleicht sollte ja nur ihr Kummer wegen Ronnie Cartwright neue Nahrung erhalten – sie hatte ihn nämlich fast vergessen, so viel hatte sie um die Ohren gehabt, und nicht nur an ihrer Arbeitsstelle – wo sie sich tummeln mußte, um nicht rückgestuft und wieder in die Produktion versetzt zu werden, denn Shanty sorgte dafür, daß sich niemand gemütlich zurückzulehnen begann –, sondern auch zu Hause, wo sie sich mit der Hypothekenbank darüber auseinanderzusetzen hatte, ob das Absinken des Bodens unter ihrem Haus nun in ihre Zuständigkeit fiel, in die der Stadtverwaltung oder in die der Versicherung ihrer Hypothekenbank. Wohnungseigentum, so begann ihr aufzugehen, konnte eine beängstigende und beschwerliche Angelegenheit sein. Die Laster, die Tag und Nacht unter ihrem Schlafzimmerfenster durchfuhren, störten nicht nur ihren Schlaf, sondern erschütterten auch ihr Haus bis ins Fundament. All dies, darüber war sie sich völlig im klaren, wurde ihr auf den Hals geschickt, damit sie klein beigab. Aber sie würde sich nicht zur Verzweiflung treiben lassen oder in Selbstmitleid verfallen. Und sie freute sich auf den Ausflug nach Newmarket. Ihr Vater hatte sie einmal zu den Rennen mitgenommen, ehe er, aus Gründen, die sie nie ganz durchschaut hatte, die damals jedoch große Bitterkeit hervorgerufen hatten, Rennbahnverbot erhielt. Er hatte ihr zwar versprochen, künftig an jedem Geburtstag mit ihr hinzufahren, doch war es nur das eine Mal dazu gekommen, als sie neun war. Im übrigen waren ihre Eltern nach dem Eintreffen des Schecks verstummt, von einer Postkarte aus Monte Carlo einmal abgesehen, die nichts über ihre Heimkehr verriet. Andys Glückssträhne beim Spielen hielt offensichtlich immer noch an.

Hier haben wir nun Shanty, der gerade versucht, sechzehn Leute in fünf Rolls Royce zu bekommen, die sämtlichen auf dem Vorplatz von Peckhams geparkt sind und eine ganze Reihe von Peckhams' Transportern aufhalten, die gerade anliefern oder ausliefern wollen, und der sich immer neue Sitzordnungen ausdenkt und sie augenblicklich wieder verwirft, obwohl er doch eine mit viel Überlegung von seiner

Büroleiterin Janice ausgearbeitete und von ihm selbst erst vorgestern abgesegnete Liste in der Hand hält. Gestern hat er dann jedoch mit Janice eine Auseinandersetzung gehabt, und sie ist in den Rang einer einfachen Büroangestellten rückgestuft worden, und folglich traut er ihrem Urteil nicht mehr. Und außerdem macht ihn sicher die Anwesenheit seiner Frau Hen nervös, die es jedesmal schafft, daß er sich wie ein unartiger kleiner Junge fühlt und sich aufführt wie ein Leuteschinder.

»Alle mal hergehört«, sagt Shanty. »Jetzt wollen wir das Ganze methodisch angehen! Vier in jeden Wagen: Die Damen nehmen bitte die Hüte ab. Wer läßt sich schon gern in die Augen pieken! Henrietta, dich möchte ich gern im zweiten Wagen mit Tony und Mr. und Mrs. Snape haben. Alle Hüte bitte in den Kofferraum von Wagen Nummer eins.« Doch die Damen weigern sich, sich so weit von ihren Hüten zu entfernen, wenn die Chauffeure auch bereits ausgestiegen sind, um die Kofferräume zu öffnen. Allerdings stellt sich heraus, daß die Hüte sowieso nicht in die Kofferräume gelegt werden können, ohne womöglich gedrückt zu werden, also ist die Sitzordnung der Hutgröße entsprechend umzuarrangieren.

»Carmen, Sie sitzen dann besser doch nicht in Wagen zwei, kommen Sie mit mir und Henry in Wagen eins, und wenn Ronnie Cartwright höflicherweise irgendwann erscheinen sollte, kann er auch mit in Wagen eins.« Carmens Herz macht einen Sprung. Sie hat noch gar nicht gewußt, daß Ronnie auch mitkommt. Sie trägt ein rosa Praliné von einem Kleid, das sie zufällig bei Oxfam gefunden hat – laut Etikett ist es eins von Zandra Rhodes, doch daran glaubt sie nicht so recht. Und ihr weißes Wagenrad von Hut sieht aus, sagt Mr. Snape, als Mrs. Snape außer Hörweite ist, wie der Traum eines Millionärs. Sie freut sich über ihre Beinlänge, und ihre Füße passen wieder mühelos in ihre besten Schuhe, die zweiundsiebzig Pfund teuren, die sie seit ihrer Flucht aus Bellamy House nicht mehr angehabt hat. Und auch nicht der Anflug eines Pickels! Sie sieht wunderbar aus, ein bißchen zu viel Rüsche und hauchdünner Stoff für ihren Geschmack, doch sonst scheint niemand etwas daran auszusetzen zu haben. Selbst Shanty, der sie seit neuestem auf dem Korn zu haben scheint und ihr bei Vorstandssitzungen jedesmal ziemlich brutal über den Mund fährt, wenn sie etwas über die Arbeitsmoral der Belegschaft oder das Gewinnbeteiligungsverfahren zu sagen wagt, das nie in die Tat umgesetzt wird, ist zuvorkommend. Allein Hens Lächeln ist ein bißchen dünnlippig, also hält Carmen sich von ihrem Gatten so weit entfernt wie irgend möglich. Shanty spürt das Fehlen von Janice und hält nach Ersatz Ausschau. Soviel steht fest.

Carmen murmelt zu Ronnies Verteidigung, der immer noch nicht erschienen ist: »Großkunden dürfen doch wohl zu spät kommen. Dafür ist man ja Großkunde«, und Shanty lächelt nur und sagt: »Unhöflich ist unhöflich, sagen Sie, was Sie wollen, Carmen. Und die Hauptsache ist der Profit, einzig und allein der Profit, mein liebes Kind. Vergessen Sie das niemals, und Sie werden es weit bringen. Mr. und Mrs. Snape, ich brauche Sie in Wagen zwei, nicht in drei. Philip, was machen Sie denn in Wagen vier? Diese Liste ist ein glatter Ausfall.«

Hen sagt sanft: »Kann ich nicht neben dir sitzen, Shanty? Ich habe mich so sehr auf heute gefreut«, und Shanty antwortet: »Mr. Snape wird das aber gar nicht nett finden, Liebes, und bitte bedenke, dies ist kein Familienausflug, sondern eine Gelegenheit, uns wirksam in Szene zu setzen. Mrs. Abhill, wenn Sie Ihren Hut nicht auf dem Schoß unterbringen können, dann hat es auch keinen Sinn, Sie neben Philip zu setzen . . .«, und immer so weiter, bis alle untergebracht sind. Und immer noch ist Ronnie Cartwright nicht eingetroffen, obwohl doch als einziger freier Platz der neben Carmen auf ihn wartet.

Dann tauchte der Kühler des BMW vor der Schlange der wartenden Lieferwagen auf. Driver saß am Steuer. Im Fond saßen Ronnie Cartwright und Poppy. Poppy trug ein enges grünes Seidenkleid und eine kleine schwarze Pillenschachtel mit Schleier und sah gepflegt und scharf konturiert aus, fast, als wäre eine schwarze Linie um sie gezogen, die dafür sorgen sollte, daß ihr die angemessene Aufmerksamkeit zuteil wurde. Driver öffnete Poppy schwungvoll den Schlag, und sie entstieg dem Wagen, Ronnie dicht hinter sich.

»Kommen wir etwa zu spät?« fragte Poppy. »Ich hoffe, Sie haben nicht alle auf uns warten müssen? Ronnie hatte eine Reifenpanne. Ich hab's ihm prophezeit, doch er wollte ja nicht hören. Dann kam dieser Herr vorbei und hat uns netterweise mitgenommen. In welchem Wagen sitzen wir denn?«

»Herrje, eine Person mehr«, sagte Shanty.

»Ronnie geht nie ohne mich irgendwohin«, sagte Poppy. »Das stimmt doch, Ronnie? Er kommt einfach nicht allein zurecht. Ein hoffnungsloser Fall. Ich muß ihm sogar die Berichte für die Chefetage schreiben. Komm schon, Ronnie, die anderen warten doch.«

Shanty sagte: »Tut mir leid, Carmen, doch wir müssen Sie hierlassen.«

Und Carmen mußte aussteigen und Ronnie und Poppy einsteigen lassen, und die Prozession der Wagen setzte sich in Gang und ließ sie in ihrem Zandra-Rhodes-Kleid und dem Florentinerhut mitten auf Peckhams Vorplatz stehen.

»Na?« sagte Driver.

»Was na?« fragte Carmen.

»Suchen Sie eine Mitfahrgelegenheit nach Newmarket?«

»Nein, danke«, sagte sie.

»Falls Sie immer noch etwas gegen Sir Bernard haben sollten«, sagte Driver, »hätte ich schon noch ein, zwei andere anzubieten.«

»Sie meinen andere, denen Sie Versprechungen gemacht

haben, die Sie dann nicht halten können, weil Jungfrauen Mangelware sind.«

»Jungfrauen hin oder her«, sagte er.

Nun entspringt diese Unterhaltung meinem Kopf, nicht Carmens. Ich darf Ihnen verraten, daß sie ziemlich vor den Kopf geschlagen war, als sie da in ihrem hauchdünnen Kleid in der höher steigenden, heißen Augustsonne stand und die Schlange stehenden Liefer- und Lastwagenfahrer wie die Wilden hupten, damit Driver seinen BMW wegfuhr, weil sie ab- und aufladen wollten – denn ihre Fracht, die lebende wie die tote, begann unter der durch alle Ritzen dringenden Wärme zu leiden.

»Da Sie mir den einzigen Mann genommen haben, den ich im Leben haben wollte«, sagte Carmen und stampfte mit ihrem hübschen Fuß auf, wie man das von Heroinen erwarten darf – sie ertappte sich bei dieser unbeabsichtigten Geste, und so verwandelten sich die Empörung und der Zorn über die Zurückweisung in eine Verdrießlichkeit, die geradezu charmant wirkte –, »werde ich zeitlebens allein bleiben.«

»Warten wir's ab«, sagte er. »Das ist aber *wirklich* ein hübsches Kleid, was Sie da anhaben.«

»Oxfam«, sagte sie. »Mein eigenes Geld, meine eigene Wahl.«

»Ach ja«, sagte er. »Hing da zufällig auf der Stange, ungetragen, paßte wie angegossen, fünfundzwanzig Pence, genau das Richtige für Newmarket. Passiert ja alle Tage, so was, oder haben Sie da vielleicht teufliches Glück gehabt?«

Sie mußte zugeben, daß sie teuflisches Glück gehabt hatte, und setzte sich neben ihn in den Wagen, damit bloß endlich das Gehupe der Lieferwagen aufhörte und Peckhams Bänder weiterrollen konnten. Im Wageninnern war es dunkelgrün und kühl und ruhig, als befände sie sich inmitten eines sehr, sehr alten Waldes.

»Wohin fahren wir denn?« fragte sie.

»Wohin Sie wollen«, sagte er.

»Dann bringen Sie mich zu Laura«, sagte sie.

»Wie langweilig«, sagte er zwar, änderte aber die Richtung: Die Ampeln – da die Bauarbeiten an der Strecke immer noch andauerten, wimmelte es von roten Ampeln – sprangen bei seinem Herannahen stets auf Grün.

»Wie wär's denn mit einem Mitglied des Hochadels?« fragte Driver, und eine männliche Hand mit einem schweren goldenen Siegelring stahl sich von hinten heran und legte sich auf Carmens Knie. Sie wandte sich um und erblickte ein einschmeichelnd lächelndes Gesicht, in dem der ganze Überdruß jener geschrieben stand, denen die Macht in die Wiege gelegt wurde. »Rote Teppiche auf Schritt und Tritt?«

»Ich bin Republikanerin«, sagte sie, und die Hand schmolz dahin.

»Ich hätte da einen Diplomaten«, sagte Driver. »Spricht acht Sprachen.« Carmen wandte sich um, um zu sehen, wer denn jetzt wohl hinter ihr säße, und da war Sergei Moscovitch, den sie x-mal im Fernsehen gesehen hatte, wie er zu seiner geschundenen Nation sprach, wenn sie auch nicht mehr wußte, welche das war, ein Mann mit einem blassen, intelligenten Gesicht und tief in den Höhlen liegenden dunklen Augen und Tränensäcken, wie sie noch nie welche gesehen hatte. Auch das Make-up im Fernsehen hatte wenig gegen sie auszurichten vermocht. »Und das Geschenk der Vielsprachigkeit als Dreingabe«, sagte Driver.

»Es sprechen doch sowieso alle Englisch«, sagte Carmen. »Das bringt mir also wenig.« Und Sergei verschwand und wurde durch Rollo Hopper aus Hollywood ersetzt, der entspannt zurückgelehnt dasaß, sonnengebräunt, mit blitzend weißen Zähnen, und auf seine lackierte Art überwältigend gut aussah. Auch ihn hatte sie schon x-mal im Fernsehen und im Kino gesehen.

»Wie steht's mit Hollywood?« fragte Driver. »Sie könnten ein Star werden.«

»Das endet doch nur in Suff und Schlaftabletten«, sagte Carmen, und sie meinte, Rollo knurren zu hören, dabei saßen sie jetzt alle drei lächelnd im Fond: Hochadel, Diplomatie und Filmwelt.

»Vergessen wir das Urteil des Paris«, sagte Driver, »jetzt kommt das Urteil der Carmen. Die Reihe ist an der Frau.«

»Wenn das so ist«, sagte Carmen, »dann wähle ich keinen der drei.«

Es erfolgte ein Blitz sondergleichen, und die Wagentür flog auf.

»Sie immer mit Ihren Blitzen!« sagte Carmen.

»Sie wissen überhaupt noch nicht, was Ärger ist«, sagte Driver. »Sie und Ihre kostbaren Freundinnen.«

»*Schau mir nur tief in die Augen!*« sang sie, mit ihrer neuen melodischen Stimme. »*Schau mir nur tief bis ins Herz!* Wenn ich bei Ihnen reinschaue, sehe ich nichts anderes als einen Kühlschrank nach einer Woche Stromausfall. Alles durchweicht, vergammelt und verfault!«

Die Tür schlug hinter ihr zu, und Driver dröhnte vondannen. Seltsamerweise fuhr er ein Sportcoupé – eins von diesen kinderfeindlichen Vehikeln, wo die Fahrgäste auf der Rückbank (zwei sind noch ganz lustig, drei eine Masseninvasion) die Knie unter dem Kinn haben – unbegreiflich, wie Hochadel, Diplomatie und Hollywood darin so bequem hatten Platz finden können.

Carmen ging den Weg hinauf – an jenem Tag hatte es einen besonders scheußlichen Staubregen gegeben, nachdem ein sanfter, zur Windseite gelegener Hügel, eine Rarität in der Gegend, zwecks schnellerer Einebnung des Geländes gesprengt worden war – und hämmerte an Lauras Haustür. Drinnen erhob sich eine wahre Kakophonie – das Geschrei aufgescheuchter, aufgeregter Kinder. Laura machte auf. Carmen schleuderte die staubigen Schuhe von den Füßen und steuerte auf das Telefon zu. Laura versuchte, die Schuhe anzuziehen, doch ihre Füße waren viel zu breit. Sie trug einen geblümten Hänger, war mittlerweile hochschwanger und ging immer noch mehr in die Breite.

»Na, weißt du, Carmen!« sagte Laura. »Wo gibt's denn so was, aufgedengelt bis zum Gehtnichtmehr und dann nicht abgeholt!«

»Ich möchte ein Taxi«, sagte Carmen ins Telefon. »Jetzt gleich. Newmarket – ja, Newmarket. Ist das ein Problem für Sie? Ich weiß, daß es eine lange Fahrt ist. Nein, ich kann nicht mit dem Zug fahren. Was für ein Taxiunternehmen sind Sie denn eigentlich, daß Sie den Leuten den Zug empfehlen? Mein Gott«, sagte sie zu Laura, »dieses Kaff ist wirklich das Hinterletzte, und es wird immer nur schlimmer.«

»Dullsville«, sagte Laura betrübt, »Bloß-weg-von-hier-Ville. War es immer schon. Was soll nur aus mir werden?«

»Du wechselst einfach weiter die Windeln, Laura«, sagte Carmen. »Du wolltest Kinder, und du hast sie bekommen. Ich wollte die große Liebe, und ich sehe weit und breit nichts davon . . . Ach ja, und ich möchte keinen Fahrer, der raucht . . . Okay, dann eben nicht, wenn es der einzige ist, den Sie haben, was soll's denn dann!«

Sie gab Lauras Adresse durch und legte den Hörer auf.

»Newmarket!« sagte Laura ehrfürchtig.

»Das ist auch nicht mehr, was es mal war«, sagte Carmen. »Da können heutzutage alle hin, sogar die von Peckhams. Ist nur PR. Aber davon mal abgesehen, will ich hin und komme hin, und ich wäre schon unterwegs, wenn Poppy die Pest nicht gewesen wäre.«

»Wenigstens fuhrwerkt sie jetzt in deinem Leben herum«, sagte Laura, »und nicht mehr in meinem, und sorg nur schön dafür, daß sie dir erhalten bleibt. Sie hat meinen Vater ruiniert und meine Mutter umgebracht.«

»Nun übertreib mal nicht. Und hör auf, immer nur anderen die Schuld zu geben.«

Laura spähte bereits in Carmens Kleid nach dem Etikett.

»Zandra Rhodes!« staunte sie.

»Oxfam«, widersprach Carmen.

»Du willst mich wohl auf den Arm nehmen«, sagte Laura. »Also wer hat es bezahlt?«

»Ich.«

Laura versuchte, mit der einen Hand die kleine Sara mit

Getreideflocken zu füttern und mit der anderen sich selbst ein Glas Saft einzuschütten, was beides danebenging.

»Rachel«, sagte Carmen, »du bist alt genug, um Sara zu füttern. Nun hilf deiner Mutter mal, aber schnell!«

Rachel nahm den Löffel und begann, Sara das Essen in den Mund zu schieben. Sara hörte entzückt zu greinen auf und schluckte bereitwillig.

»Danke, Carmen«, sagte Laura demütig.

»Ich kann bloß keine halben Sachen mit ansehen«, sagte Carmen.

»Weiß der Himmel, was die Fahrt nach Newmarket kosten wird«, sagte Laura. »Doch auf jeden Fall genug, um sich dafür einen Windelvorrat für einen Monat anzulegen.«

In diesem Augenblick klopfte jemand an die Haustür. Es war nicht der Taxifahrer, sondern Mavis und Alan standen davor und schwenkten eine Hochzeitseinladung, Prägedruck mit silbernem Rand. Sie zeigte den Hochzeitstermin von Annie an – heute in drei Monaten.

»Wir kommen nicht rein«, sagte Mavis. »Wir wissen doch, wieviel du zu tun hast. Aber ich sehe, Zeit für Besuch hast du trotzdem. Wie nett! Der Briefträger hat uns irrtümlich deine Einladung mit rübergebracht, doch ich hab sie vor lauter Aufregung zu Hause vergessen. Dies hier ist unsere. Aber das macht wohl nichts, du wirst ja doch nicht hinfahren können, Laura, so weit weg, wie das ist – viel zu teuer. Und du vermutlich auch nicht, Carmen. Du hast doch bestimmt zuviel zu tun. Sie hat uns Hin- und Rückflugtikkets geschickt. Club-Klasse natürlich. Naja, sie schwimmt ja jetzt im Geld. Es soll sogar ein Festzelt aufgestellt werden. Zweihundertfünfzig Gäste.«

»Sie hat nicht geschrieben?« fragte Laura. »Einfach nur die Einladung geschickt?«

»Ich glaube nicht, daß sie euch von jetzt an noch viel schreiben wird«, sagte Mavis. »Die Menschen gehen nun mal irgendwann getrennte Wege. Manche greifen nach den Sternen (sie meinte Annie), andere wursteln immer so weiter (meinte sie damit Laura?), und wieder andere verlieren irgendwann völlig den Boden unter den Füßen (damit meinte sie höchstwahrscheinlich Carmen). Wir müssen uns damit abfinden: Die Wege trennen sich irgendwann.«

Carmen hatte keine Zeit, ihr die passende Antwort zu erteilen, vielleicht zum Glück, denn in diesem Augenblick fuhr das Taxi vor, hupend und seinen Zigarettenrauch aus dem Fenster entlassend, und sie mußte aufbrechen.

Laura, Mavis und Alan beobachteten schweigend ihren Abgang. Mavis sagte: »Ich war noch nie der Meinung, daß sie die passende Freundin für Annie ist. Sie *mußte* ja irgendwann mal Scherereien kriegen. Was haben die sich denn bloß dabei gedacht, als sie sie Carmen genannt haben? Manche Leute haben aber auch überhaupt keine Phantasie.«

Alan sagte: »Dies Mädchen ist durch und durch verdorben, da gibt's gar nichts.«

Mavis sagte: »Nichts Böses sagen, nichts Böses hören und nichts Böses sehen, Alan.«

Alan sagte: »Ich meine damit ja nur, verdorben, wie sie ist, findet sie vielleicht nicht so ohne weiteres einen Mann.«

Laura sagte: »Vielleicht will sie ja gar keinen.«

Und Mavis sagte völlig verblüfft: »Jede Frau will einen Mann, das versteht sich von selbst. Meine Sprechstunde ist voller Witwen, die ihren wiederhaben wollen.«

»Na schön«, sagte Laura, »trotzdem, wenn Alan mal einen Augenblick Zeit hat, dann hätte ich gern Annies Einladung. Damit ich wenigstens zum Kaminsims gehen und sie anschauen und träumen kann.«

Der Hochzeitstermin, so erzählte mir Mavis, war festgesetzt worden, während sich Tim und Annie auf einem Ausflug mit dem Kufenflugzeug zum Tasman-Gletscher im Gebiet des Mount Cook befanden. Ich konnte es mir vorstellen.

»Findest du das nicht herrlich?« fragte Tim. Das Flugzeug

war ein breites, ödes Flußtal zwischen vereisten Bergzacken hinaufgeflogen. Auf Annie wirkte das Ganze unnatürlich: Sie hatte angenommen, daß der Gletscher ein funkelndes Schauspiel mit Eisfacetten und Eiszapfen bieten würde, die Art Landschaft, in die Superman im Film sein Lernmodul abwirft, um den Kristallpalast mit Leben zu erfüllen, doch das hier war einfach nur ein sich dahinschlängelndes Tal – sich rückwärts schlängelnd, erfuhr sie, da der Gletscher auf dem Rückzug war –, das aus schwärzlichem Eis von einhundertzwanzig Meter Dicke bestand und kiesüberzogen war, und alles wirkte dermaßen tot, daß es einem geradezu peinlich war, lebendig zu sein. Man kam sich so laut vor, und der Flugzeuglärm hatte dieselbe Wirkung wie das Gesumme eines Insekts, das einem den Nachtschlaf raubt.

»Ich finde es einfach herrlich«, sagte sie, und unter ihnen färbte sich der gewaltige Eisstrom immer weißer, verengte sich und wurde reines Eis, und die Schluchten, die ihn durchschnitten, hatten dasselbe Blau wie die Flügel der Krickente daheim in den Flußmündungen, und die Zacken auf der weiter entfernten Seite kamen näher, und der Berg, der gewaltig vor ihnen aufragte, war der Matte Brun (3176 Meter).

Ich kenne die Dicke des Eises und die Höhe der Berge, weil Kufenflugzeug-Ausflüge zum Mount Cook (3764 Meter) in der Broschüre *Abenteuer für Behinderte* empfohlen werden. Die kräftigende Bergluft und das herrlich aufregende Erlebnis des Fluges wird uns guttun. So heißt es dort. Der Maori-Name für den Mount Cook ist Aorangi oder Wolkendurchstoßer. Rangi, der Vater des Himmels, und Papa, die Erdmutter, brachten vier Kinder des Himmels hervor, sämtlich Söhne. Aorangi war der Älteste, dann kamen Rangiroa (Mount Dampier), Rangirua (Mount Teichelmann) und Rarangi-rua (Mount Silberhorn). Die Erdbewohner leben um den Fuß dessen, was der Weiße Mann in seiner bevormundenden Art die »Southern Alps« nannte, und die Kinder der Wolken hausen um deren Köpfe oder, wie Annie herausfand, rasen im Flugzeug direkt auf deren Felswände zu und ziehen es, denn das ist ja gerade das Lustige daran, ungefähr drei Fingerbreit davor steil nach oben, so daß durch ihre Kameralinsen nichts mehr zu sehen ist als zerklüfteter Fels, falls sie die Augen noch offen haben.

»Der ist ja wahnsinnig geworden«, schrie sie Tim zu, »bring ihn zur Vernunft!«, als der Pilot, das Flugzeug bebte noch von diesem ersten Manöver, mit der Schnauze in eine riesige Schneelast eintauchte, die an einem Faden von einer schwindelerregenden Wand herabzuhängen schien, und sie löste, so daß sie tausend Fuß tief hinabdonnerte – sie konnte ihr Gerumpel durch den Motorenlärm hindurch hören. Schnee klatschte an die Windschutzscheibe, und der Pilot sah nichts mehr, doch das kümmerte ihn nicht weiter: Er hielt jetzt geradewegs auf den Himmel zu, mußte er wohl, denn sie wurde nach hinten in ihren Sitz gedrückt, die Lippen gegen die Zähne gepreßt – doch hielt er nicht wirklich auf den Himmel zu, oh, nein, denn sie konnte, als das Fenster wieder klar wurde, zu beiden Seiten Felsspitzen sehen, die zerklüftet und schrundig waren und so nah, daß sie sie mit den Armen hätte berühren können, wenn die Schwerkraft sie ihr nicht an den Körper geklebt hätte. Nicht daß sie Lust dazu gehabt hätte. Sie hatte den Eindruck, für einen Augenblick ohnmächtig geworden zu sein.

»Nun sei aber nicht so ein Hasenfuß«, sagte Tim gerade. »Wir sitzen hier in einem Kufenflugzeug, der Pilot weiß, was er tut.«

Warum nur? dachte sie. Warum macht er so was nur?

»Der Berg der Götter«, sagte Tim. »Das ist Nervenkitzel nach Götterart.« Er hielt ihre Hand. Seine Augen glänzten ungeheuer, und seine Nasenflügel blähten sich. So sah er manchmal aus, wenn sie miteinander schliefen.

»Alles okay mit dir?« fragte er.

»Mir geht's prima«, sagte sie. Lieber mit Tim sterben, als ohne Tim leben, und der Pilot ging in Schräglage und dann im Sturzflug nach unten, so daß die Flügelspitzen ums Haar die zerklüfteten Eisformationen des Gletschers berührten, und sie ertappte sich dabei, wie sie in die schwarzblauen Tiefen einer Schlucht starrte und dachte: Nein, ich will eigentlich doch lieber leben. Auch wenn ich ohne Tim leben müßte, ich möchte doch lieber leben. Ein Aufwind packte das Flugzeug und riß es empor, unkontrollierbar, und sie schrie auf, ehe sie noch etwas sagen konnte.

»Glück gehabt, daß das kein Fallwind war«, sagte Tim zu dem Piloten, und der lachte.

»Man ist nicht halb so nah dran, wie man meint«, sagte Tim zu Annie. »Keine Sorge. Das kommt nur von der Perspektive. Die Berge sind hier oben so riesenhaft, daß man immer denkt, es sind nur ein paar Zoll, dabei sind es noch Meter.«

Ach, ja, dachte sie, ach, ja, doch laut sagte sie: »Das ist ja tausendmal besser als Achterbahnfahren!«

Ach, ja, dachte ich bei meiner Lektüre der *Abenteuer für Behinderte*, was für den einen ein aufregendes Erlebnis ist, ist für den anderen ein Alptraum. Nein, danke.

Das Flugzeug landete mit seinen Kufen auf dem Firnfeld des Franz-Joseph-Gletschers, das heißt auf dem schneebedeckten Flachland, von dem aus der Gletscher im Kriechtempo auf den Weg zum Meer geschickt wird, ein gefrorener Fluß, oder zurückgeholt, wenn die Schneeversorgung abnimmt. Tim und Annie ließen sich vom Piloten fotografieren. Sie zitterte immer noch und vermied es, ihn zu berühren, damit er es nicht merkte. Tim küßte sie: Ihre Lippen waren einigermaßen ruhig.

»Setzen wir den Hochzeitstermin fest«, sagte er. Sie hatte das Gefühl, die letzte Initiationsprüfung bestanden zu haben. Ihr Eignungszeugnis war endlich komplett: Sie hatte das Zeug dazu, eine McLean zu werden. Der Pilot bot ihnen Brötchen und Tee aus dem Picknickkorb an. Die Butterbrötchen lehnte sie ab. Sie fürchtete, dann nicht mehr in das Hochzeitskleid der McLeans zu passen.

»Weißt du was«, sagte Tim, »als Hochzeitsreise machen wir eine richtige Gebirgstour. Den Fox-Gletscher hinauf, über das Franz-Joseph-Firnfeld und den Graham-Sattel zum Bergdorf am Mount Cook. Das dauert acht, neun Tage. Manchmal auch zehn, wenn das Wetter Zicken macht. Dafür mußt du aber fit sein.«

»Wie fit?«

»Normal fit. Fünf Kilometer Jogging, ohne zu unterbrechen, und fünfzehn Kilo täglich acht Stunden über rauhes Gelände schleppen können.«

»Das werd ich schon schaffen«, meinte sie.

»Gut, aber fang besser gleich an zu trainieren«, sagte Tim, »damit nichts schiefgeht. Mal sehen, ob Mum und Dad uns überhaupt so lange entbehren können. Sonst könnten wir auch einfach nur für ein paar Tage nach Glencoe rauffahren. Da trifft man jede Menge Outdoor-Typen. Ein richtiger Kiwi-Urlaub wär das. Oder wir könnten den Höhenweg am MacKenzie machen. Drei Tage laufen, ohne Anstrengung, da ist nichts weiter dran. Fünf, sechs Stunden täglich, nur mit dem persönlichen Gepäck auf dem Buckel. Oder die Klettertour über den Arthuis-Paß machen. Inzwischen bist du doch wohl trittfest genug.«

Auf dem Rückweg sagte er: »Du hast endlich gelernt, nicht zu jammern, Annie. Ich bin wirklich stolz auf dich.«

– XIV –

Wollen wir uns nun wieder Carmens wunderschönem Tag in Newmarket zuwenden? Die Sonne schien, Fahnen wehten, die Menge wogte, Pferde paradierten, schwitzten, rollten die Augen und schüttelten die Mähnen. Kleine Wetter gerieten über einen Sieg aus dem Häuschen oder wurden durch eine Niederlage am Boden zerstört: Millionen von Pfund wechselten den Besitzer, Schecks platzten, Buchmacher gellten, Schurken schlichen davon, Männer tranken sich an der Bar dumm und dämlich und Frauen, die allerdings weniger zahlreich waren, noch mehr, und zweifellos war in den Büschen und unter den Tribünen einiges an sexuellen Aktivitäten im Gange. Renntage sind so – so seidenglatt, so sexy und strahlend wie der Satin der Rennstallfarben. Zu grell für manchen Geschmack, Ausartung und Risiko liegen in der Luft, und das Ganze umweht der berauschende Ruch von Korruption. Wer bezahlt wen dafür, daß dieses Pferd groß rauskommt und jenes gedopt ist? Die Leute flüstern einander Dinge zu, sprechen hinter vorgehaltener Hand, und zierliche, ausgezehrte, wettergegerbte ältere Männer mit hageren Gesichtern – Stallburschen also, wie sie abfällig bezeichnet werden, jene mit dem eigentlichen Arbeitskontakt zu den Pferden – weichen entweder allen aus oder lüften vor jedermann die Kappe. (Servilität ist ihnen zur zweiten Natur geworden. Lohnerhöhungen kränken sie, also scheuen ihre Herren davor zurück. Doch sie wären ja dazu bereit, oder etwa nicht?) Kein Gift mehr im goldenen Pokal der Borgia, einfach nur irgendeine bösartige Kleinigkeit im Getreidemengfutter, während der Freund den Freund betrüg und die Gattin den Gatten niedersticht, um der glatten Tiere mit den Wimpern und den unsicher wirkenden Beinen willen – Geschöpfe, die nicht einmal sprechen, niemals eine Antwort geben können. Ein pferdebesitzender Scheich, so heißt es, habe erst kürzlich ein paar Meilen außerhalb von Newmarket einen Palast für sein Roß errichtet. Das Pferd lebt dort angeblich in marmornen Räumen, die mit feinsten Seidenteppichen ausgelegt sind, das Bad hat goldene Wasserhähne, und alles ist voll klimatisiert. Das Pferd lebt besser als irgendein Mensch weit und breit. Aber dafür hat es keine *Freiheit*, stimmt's, liebe Leute? Das will schon etwas heißen. Es kann seinen Palast ohne fremde Hilfe ebensowenig verlassen wie ich meinen Rollstuhl. Und es kann sich noch nicht in der Weise beklagen, wie ich es kann: Es kann nichts weiter, als seine großen vorwurfsvollen Augen rollen.

In und um Newmarket findet alle Welt die Tatsache, daß Kaiser Caligula sein Pferd zu seinem Nachfolger ernannt hat, völlig einleuchtend.

Ein Ausflug zu den Rennen ist heute eine bevorzugte PR-Veranstaltung für nicht wenige Firmen, die den Wunsch hegen, für ihre Kunden in denkwürdiger Weise etwas springen zu lassen und so das enge Band des Vertrauens und der Dankbarkeit zu festigen, das seit undenklichen Zeiten etc. Verkäufer und Abnehmer verbindet. Zweifellos lud Kaiser Nero die Kapitäne seiner Sklavenschiffe in seine Loge an der Arena, damit sie dem Sterben der Gladiatoren beiwohnen und er in der darauffolgenden Woche ihre Preise drükken konnte. Zweifellos lud der verschlagene Kaiser Diokletian, als er den Triumphzug durch Rom aus Anlaß seines fünfzigsten Geburtstags organisierte, auch die Lieferfirma von römischem Purpur mit ein, mit deren Hilfe er schon bald darauf den Senat stürzen wollte. (Irgend jemand hat zwölf Exemplare von Gibbons *Aufstieg und Fall des römischen*

Reiches im Behindertenzentrum abgelegt. Die Schrift ist zwar winzig, doch der Inhalt ungeheuer fesselnd, worauf es ja letztlich ankommt. Ich habe nichts anderes zu tun, als zu lesen. Niemand nimmt mich auf einen Tagesausflug nach Newmarket mit. Ich muß mir zusammenphantasieren, wie es dort zugeht, aber vielleicht gewinnt ein solcher Ausflug ja dadurch, daß er sich nur im Kopf abspielt – wer weiß das schon? Ich nicht.)

Das Festzelt, das Peckhams für einen Tag gehörte, stand inmitten eines Zeltlagers von ebensolchen – war aus einem Segeltuch, das üppig genug mit gerafftem und gefälbeltem glänzenden Stoff dekoriert war, um an die Zelte von Beduinenfürsten denken zu lassen. Drinnen gab es goldene Tischchen und Stühlchen, und hoch oben schwebte ein großer Fernseher, der einen detaillierteren Überblick über die Rennen gewährte und einen ausführlicheren, als das menschliche Auge ihn draußen zu gewinnen vermochte – denn was tun die Pferde eigentlich, während man sich gegen das Geländer preßt, als einfach nur vorbeizudonnern? Obwohl das näher kommende und anschwellende Gebrüll der Menge seinen Gipfel gerade dort erreicht, wo man steht, und dessen darauffolgendes Weiterwogen und Verebben für manche Leute schon aufregend genug ist. Ein Totalisator war extra für die Gelegenheit in der Ecke aufgebaut worden, ein Schalter, mit zwei Frauen besetzt, die zwar höflich waren, wie es sich gehörte, aber gelangweilt wirkten und schon bessere Zeiten und bessere Jobs gesehen hatten, und zudem eine Bar, an der während der ersten Stunde Gratis-Champagner serviert wurde. Danach zahlte man selbst. Was da getrunken wurde!

Carmens Taxichauffeur verfuhr sich mehrmals, so daß sie für die Gratisgetränke zu spät kam, doch mangelte es ihr während des Essens nicht an Champagnerangeboten seitens des Managements von Peckhams. Henrietta Cotton besaß die Höflichkeit zu erklären, wie erfreut sie darüber sei, daß Carmen es aus eigener Kraft geschafft habe. Wie schlimm es für sie gewesen sein mußte, allein zurückgelassen zu werden. »Gewöhnlich«, bemerkte sie, »trifft es mich in solchen Fällen.«

Shanty sagte bloß: »Schön, daß Sie noch gekommen sind, Carmen. Schult die Eigeninitiative, wie?«

Poppy gelang es, Ronnie im Auge zu behalten, wobei sie ihn jedesmal wegschleppte, falls es ihn allzusehr in Carmens Nähe verschlug, während sie obendrein von Zeit zu Zeit Gelegenheit fand, Shanty tief in die Augen zu schauen. Shanty, dessen Gesicht sich immer bedrohlicher rötete, kraulte sie ab und zu unter dem Kinn und sagte zu Ronnie: »Sie haben wirklich einen erstklassigen Geschmack, Ronnie«, oder: »Wollen Sie nicht bei Peckhams anheuern, Poppy?«, während sie sich grübchenlächelnd an Ronnie schmiegte. Carmen fragte sich, wie überhaupt irgendein Mensch Poppy ernst nehmen konnte, doch die Männer taten es anscheinend. Weil Carmen ihren Florentinerhut trug und das Zandra-Rhodes-Kleid, konnte sie sich nur langsam und mit Würde bewegen. Poppy bereitete ihre Pillenschachtel hingegen nicht das geringste Problem. Henrietta saß unter dem breiten Rand ihres Strohhuts in einer Ecke und sah traurig aus, doch Shanty achtete nicht auf sie.

Driver selbst war zwar nicht da, wohl aber seine Abgesandten. Kein anderer als Prinz Leopold stolperte in Carmen hinein, als sie sich jubelnd an das Geländer klammerte und dabei nicht die geringste Ahnung hatte, was da ablief und welches Pferd welches war. Er stieß ihr doch glatt den Hut vom Kopf und fiel dann vor ihr auf die Knie, um ihn schneller wieder aufheben zu können, mit anbetendem Spanielblick, leicht blutunterlaufen, was die Augen von Spaniels ja häufig sind. Das Mitglied eines Königshauses auf den Knien vor der kleinen Carmen Wedmore aus Fenedge, East Anglia!

»Ich bitte tausendmal um Verzeihung«, flehte Prinz Leopold kniefällig. »Treten Sie mich, peitschen Sie mich, schlagen Sie mich für mein Versehen. Ich habe es verdient. Ich werde mich nicht beklagen. Der Zauber, die Anmut ihres Kleides, die Schönheit Ihrer Beine!« Carmen schloß die Knie enger: Er starrte an ihren Beinen empor. »Diese Eleganz! Sind Sie vielleicht irgendeiner aristokratischen Gesellschaft davongelaufen? Denn da gehören Sie von Rechts wegen hin. Wenn ich mich vorstellen darf: Prinz Leopold von Kroatien, Neffe des rechtmäßigen Herrschers, der bald schon auf den Thron zurückkehren wird. Ich bin der einzige Erbe. Öffnen Sie mir Ihr Herz, und die Welt wird sich Ihnen auftun!«

Carmen nahm ihren Hut an sich und kehrte ihm den Rükken zu. Als sie über die Schulter zurückblickte, war er verschwunden. Sie ging in die Damentoilette, um ihren Hut dort loszuwerden, doch jemand kam ihr damit nachgelaufen, also setzte sie ihn wieder auf, schaute sich noch das eine oder andere Rennen an und kehrte schließlich wieder ins Zelt zurück, wo gerade sämtliche Peckhams inklusive ihrer Geschäftsfreunde den rührseligen Whipperpool-Song sangen, der aus schrecklicher Sinatra-besessener Vergangenheit noch immer fortlebte:

»We're three little lambs who have lost our way
Baa-baa-baa-
Gentlemen songsters out on a spree,
Doomed from here to eternity –«

»Gott sei unsereinem gnädig«, sagte Carmen zu Henrietta, die gerade in den Gesang mit einstimmte, ein kläglicher Versuch, keine Spielverderberin zu sein. Jeder, der in der Geflügelwelt etwas darstellte, sang und schunkelte an jenem Tag, und schunkelte und sang, von der allgemeinen Ergriffenheit angesteckt, vom Kummer über all die vergeudete Zeit und die verpaßten Gelegenheiten, zum Trinken gezwungen, um vergessen zu können. Eine schreckliche, wehmütige, federleichte Melancholie ergriff sie alle.

Jemand stieß Carmen gegen den Ellbogen: kein anderer als Rollo Hopper, der Filmstar, der da aus Whiskydunst, Zigarrenrauch und dem Geruch gebratener Zwiebeln aus dem Wagen des Partyservices »Feinkost für die feine Welt« unmittelbar neben dem Zelt hervorlächelte.

»Na, was sagt man dazu«, sagte Rollo Hopper, »das Mädchen, nach dem die ganze Welt Ausschau hält, der Star für die Neuverfilmung von *Im Zeichen des Bösen*. Kommen Sie mit mir nach Hollywood, und vielleicht werden Sie dieser Star!«

»Und vielleicht hole ich mir auch reihenweise Geschlechtskrankheiten«, sagte sie, wie es unhöflicher nicht ging, und entfernte sich, doch er packte ihren Arm mit einer für ein Gespenst – denn für ein solches hielt sie ihn – erstaunlichen Kraft.

»Lassen Sie mich in Ruhe«, sagte sie.

Er ließ sie aber nicht in Ruhe. Seine Hände glitten an ihrem Zandra-Rhodes-Kleid hinab, doch nicht lange, denn kein anderer als Ronnie packte ihn und zerrte ihn weg, während Poppy sagte: »Misch dich doch da nicht ein, Ronnie. Siehst du denn nicht, daß sie voll auf ihre Kosten kommt?«

»Gott, diese Europäer«, sagte Rollo Hopper, »so was von primitiv!«, und er stieß Ronnie rückwärts in einen Korbtisch, auf dem Petits fours und Portionsschalen mit Erdbeermousse standen. Ronnie rappelte sich auf und versetzte Rollo einen Faustschlag, doch Rollo bekam Ronnie irgendwie in den Schwitzkasten, hieb ihm aufs Auge und schubste den Armen dann umstandslos gegen den Bartresen, wo Gläser und Flaschen zerbrachen und Frauen kreischten, so daß der Barmann fluchte und die Mädchen am Wettschalter eilends zumachten, obwohl noch ein paar Rennen ausstanden.

»Tut mir leid, mein Schatz«, sagte Rollo Hopper zu Carmen, »aus der großen Leinwandnummer wird nun nichts. Das hast du dir vermasselt!«, und er trollte sich und ließ die Muskeln spielen. Carmen half Ronnie auf die Füße, doch

Poppy ging sofort dazwischen und führte ihn mit den Worten zum Waschraum: »Besonders *stark* bist du aber nicht, Schatz, wie?«, doch immerhin war es ihm noch gelungen, zu Carmen zu sagen: »Hören Sie, rufen Sie mich doch mal im Büro an ...«

Die Party löste sich auf. Carmens Décolleté galt allgemein als Ursache für den Ärger, und vielleicht war es ja auch so. Ihr Oberteil war in einer Weise aufgerissen, die sie sich gar nicht erklären konnte, denn Rollo Hopper hatte es noch kaum berührt. Die Limousinen der Firmenleitung fuhren ohne sie zurück, wie sie gekommen waren. Sie wurde in dem von Abfällen übersäten menschenleeren Zelt stehengelassen wie Ruth auf dem fremden Kornfeld – menschenleer, wenn man einmal absah vom Barmann, und der Barmann hatte, als er sich ihr zuwandte, Drivers Augen und sprach mit Drivers Stimme. »Na so was«, sagte Driver, »das darf doch nicht wahr sein. Das müssen Sie mir erklären: Ich habe Ihnen zwei Männer offeriert, die beide derzeit auf der Liste der begehrenswertesten Junggesellen stehen. Den dritten, den Diplomaten, hab ich nicht weiterverfolgt, weil ich Ihr Zögern verstehen konnte: Frauen sind eitel und launisch, und so kann ich ihr Aussehen mit einem Fingerschnippen verändern, doch Männer haben ihre Würde zu wahren.«

»Ach ja!« sagte Carmen so böse, wie ihre Lippen es zuließen.

»Na schön«, sagte Driver und milderte seine anfängliche Behauptung etwas ab, »sagen wir mal, daß Männer aus verschiedenen Gründen dazu neigen, sich so zu mögen, wie sie sind. Trotzdem habe ich den Prinzen und den Star aufgemöbelt bis zum Gehtnichtmehr, was können Sie also gegen die beiden bloß noch einzuwenden haben?«

»Es sind Ausländer«, sagte Carmen, denn was begriff ein Driver schon von Liebe und davon, warum manche Menschen dafür eine Schwäche haben und andere nicht und warum so viele Frauen Männer lieben, von denen sie so überhaupt nichts Gutes zu erwarten haben? Das einzige, wofür ein Driver Sinn hat, ist die Selbstsucht. Doch Carmen hatte einen Fehler begangen: Sie hätte nicht so leichtfertig daherreden sollen.

»Sir Bernard ist aus der Gegend«, sagte er, »ein Eigengewächs und aus der Gegend. Und nun fallen Ihnen keine weiteren Ausreden mehr ein.«

Er knurrte und funkelte ein bißchen, und Blitze zuckten um die metallenen Zeltstangen. Draußen schob die Menge langsam heimwärts: Busse wurden aus Parkhäfen manövriert, Pferde ließen sich die Rampen von Transportern hinaufbugsieren, die große Mehrheit mit ziemlichem Widerwillen, und Pferdebesitzer stahlen sich mit den Frauen anderer Besitzer zu einem raschen Gin-Tonic davon, ehe die Clubbar zumachte. Die Favoriten des morgigen Tages wechselten, als die Ergebnisse aufgelistet wurden. Manche Jokkeys waren in Form, manche Rennställe schlugen sich gut, manche Trainer erwiesen sich als Glückstreffer, andere nicht. Geldverdienen ist niemals leicht, selbst wenn man es mit dem Glücksspiel hält.

»Bedecken Sie sich«, sagte Driver, »Sie sind eine Schande für Ihr Geschlecht.«

Carmen machte sich ein notdürftiges Oberteil aus weggeworfenen Wettzetteln und bediente sich dabei der Sicherheitsnadeln, mit denen man ein Blumenbukett an das Segeltuch des Zelts geheftet hatte. Sie bedeckte sich, so gut sie konnte, und erlaubte Driver, sie nach Hause zu fahren. Was sollte sie auch sonst machen? Sie mußte ja irgendwie wieder zurück. Und Driver brauchte nicht einmal zu sagen: »Das wird Ihnen noch leid tun«, weil sie schon wußte, daß das der Fall sein würde. Sie klammerte sich insgeheim an das, was Ronnie gesagt hatte: »Rufen Sie mich doch mal in meinem Büro an«, und hoffte, daß das als Talisman genügte. In der Stunde ihrer größten Bedrängnis würde sie ihn anrufen können.

Zusammen mit *Aufstieg und Fall* hatte unser unbekannter Wohltäter einen Karton voll Paperbacks, alles romantische

Romane, vor unserem Zentrum abgesetzt. Sie blieben die ganze Nacht vor der Tür stehen, und es fand sich kein Mensch, der Lust gehabt hätte, sie zu stehlen, wie unsere Beschäftigungstherapeutin, eine strenge Feministin, gehofft hatte. Es regnete heftig während jener Nacht, und die Bücher, die ohnehin schon schundig genug gewesen waren, waren völlig durchweicht, bis Alison sie hereintrug. Es war schwierig, die Seiten voneinander zu lösen und in eine logische Abfolge zu bringen, was da geschrieben stand. Manche Seiten hatten sich auch einfach herausgelöst und waren mit den aufgerissenen Schutzhüllen von Damenbinden zusammengeklebt, die eigenartigerweise zusätzlich in der Schachtel lagen. Nun ja, wie schon bemerkt, einem geschenkten Gaul schaut man nicht ins Maul. Solche Schutzhüllen sind aus Plastik und nur schwer loszuwerden, ich weiß. Man kann sie nicht verbrennen, und es scheint unmoralisch, sie einfach ins Klo zu werfen. Ich hatte, als ich mich so durch die Seiten der Bücher tastete und Held und Heldin, Titel und Handlung zusammenfügte, das Gefühl, im Müll der Welt zu stochern. Doch die meisten von uns leben ja ohnehin im Müll. Und was ist die Romanze anderes als eine Tragödie, die bereits am Samstagabend endet, statt bis zum Sonntagmorgen anzudauern? Was ist daran verkehrt? Wenn ich in einem romantischen Roman lebte, würde ein junger Arzt daherkommen, mich heiraten und dann heilen: Letzteres wäre die Folge aus ersterem. Im wirklichen Leben würde es sich andersherum zutragen, falls überhaupt.

– XV –

Ich beobachtete, wie Carmen in dem BMW aus Newmarket zurückkehrte. Driver öffnete ihr nicht die Tür. Carmen schien wütend zu sein. Sie knallte die Wagentür zu. Driver fuhr in flottem Stil davon. Dann paßte Carmens Schlüssel nicht in die Haustür. Sie stand einen Augenblick mit verdutzter, unschlüssiger Miene davor.

Die Tür wurde von innen geöffnet, und Paul, ihr einstiger Wohngenosse, stand vor ihr. Seine gewaltigen Stiefel zermalmten ihre empfindlichen Teppiche, ihr Fenster war kaputt, die Haustür schälte sich, und eine Milchflasche war auf der Treppe zerbrochen worden.

»Was machst du denn hier?« fragte sie alarmiert.

»Ich wohne hier«, sagte er.

»Nein, tust du nicht«, sagte sie.

»Ich bin größer als du«, sagte er.

»Ich rufe die Polizei«, sagte Carmen, doch Paul sagte: »Ich bin mit deinem Bruder befreundet, und er hat mich gebeten zu bleiben, das Haus gehört ihm schließlich genausogut wie dir.«

Sie mußte zugeben, daß das stimmte. Es war das Haus ihrer Eltern. Sie hatte sogar die Differenz zwischen der Summe auf dem Scheck ihrer Mutter und dem Kaufpreis des Hauses für sich verwendet, so etwa dreitausend Pfund, die sie nicht ersetzen konnte. Carmen ging durch zu ihrem anheimelnden kleinen Wohnzimmer, das immer noch die alten Schaufenster hatte, die groß und bogenförmig waren, und stieß auf Zigarettenrauch, Bierdunst und Stephen, der gerade die *Sun* las, die Stiefel auf dem weißen Spitzenüberwurf ihres Sofas.

»Hallo, Schwester«, sagte Stephen, »was man hat, soll man auch zeigen, was?«, denn ihre Notbekleidung aus Wettscheinen fing an, sich zu lösen. Sie raffte sie wieder empor. Und da war ihr Bruder, gehörte bereits zum Inventar: Er war vom College geschmissen worden, weil er einen Aufstand gegen eine ortsansässige Immobilienfirma organisiert hatte – nicht einmal einen politischen Aufstand, sondern die Art, die nur zur Tarnung für massenhaftes Plündern dient. Er sagte, er habe das College sowieso satt gehabt, er habe seine mathematische Begabung eingebüßt, das passiere angeblich manchmal. So sei er denn nach Hause zurückgekehrt, um über seine Zukunft nachzudenken. Driver ist ein schneller Arbeiter, wenn es darauf ankommt; das kann Ihnen jeder bestätigen.

Am Landsfield Crescent schien alles ruhig zu sein. Mavis döste vor dem Fernseher, Alan fummelte an einer Hornby-Lokomotive herum – er hatte die Arbeit beim Krankentransportdienst an den Nagel gehängt, als Mavis' Praxis immer besser in Schwung kam, und benutzte nun die Garage für sein neues Hobby, eine Modelleisenbahn, die ihn völlig in Anspruch nahm. Angela hatte ausnahmsweise einmal keinen Besuch, in Lauras Haus schliefen die Kinder tief und fest, Kubrick glotzte schläfrig in seinem Aquarium vor sich hin, und Laura machte ihrem Vater und ihrem Mann gerade einen Kaffee. Häuslich war sie wirklich wie keine zweite.

Kim sagte: »Wie wär's denn, wenn ich zur Weinhandlung gehen und eine Flasche Wein holen würde?«, worauf Woodie antwortete: »Nicht für mich, bitte. Wenn man damit erst mal anfängt, ist man im Handumdrehen Alkoholiker«, und Kim sagte: »Und wie steht's mit dir, Laura?«, und die antwortete: »Die Schwangerschaft ist viel zu weit fortgeschritten, als daß ich noch trinken könnte«, worauf Kim erwiderte: »Ich hätte Lust, euch beide ins Altersheim zu stecken.

Ich würde ja gern zu Angela rübergehen, doch ich will dir nicht ins Gehege kommen, Woodie.«

»Angela!« sagte Woodie verblüfft, doch ob er das nun sagte, weil Angelas Name so plötzlich fiel oder weil er nicht wollte, daß Kim sie besuchte, war schwer zu sagen.

»Dann gehe ich eben in die Kneipe«, sagte Kim, und Laura hatte das gleiche Gefühl im Magen wie an dem Tag, als Kim sie gebeten hatte, Kubrick zu füttern, weil er, Kim, von zu Hause weggehe, »obwohl ich, ehrlich gesagt, der Meinung bin, daß ich allen einen Gefallen damit täte, wenn ich zu Angela ginge.«

Und Kim verließ türknallend das Haus, so daß Sara aus dem Schlaf hochschreckte. Laura saß nur da und starrte Woodie an, doch Woodie wich ihrem Blick aus und ging nach oben, um Sara wieder zu beruhigen, wozu er sich reichlich Zeit ließ. Das ungute Gefühl in Lauras Magen wurde zum Schmerz. Das Baby war bereits einen Tag überfällig.

»Ich wollte dir das mit Angela ja erzählen«, sagte Woodie, »doch ich dachte, du kriegst es vielleicht in den falschen Hals. Manchmal, wenn du länger unterwegs bist, kommt sie rüber und leistet mir Gesellschaft. Sie möchte, daß ich ihren Transporter ausbaue – du weißt schon, Regale rein, Spülbecken usw. Sie will einen rollenden Imbißwagen aufmachen. Die Baustellen damit abgrasen. Vom Rumsitzen hält sie nichts, das muß man ihr lassen.«

Laura, erfahren in diesen Dingen, hatte das Gefühl, daß ihre Fruchtblase gleich platzen würde, und ging ins Bad. Es stimmte. Sie kehrte zu Woodie zurück. »Und dann kam Kim eines Tages dazu«, fuhr Woodie mit seiner Beichte fort, »als wir die Köpfe über einer Skizze zusammengesteckt hatten, und hat daraus falsche Schlüsse gezogen. Es ist aber gar nichts«, sagte er. »Es ist überhaupt nichts. Dein Vater ist ein gemeiner alter Stänker, und wenn er keinen Ärger machen kann, ist er nicht glücklich. Ich habe doch dich, Laura, weshalb sollte ich denn eine andere wollen?«

Sie wäre froh gewesen, wenn er das nicht gesagt hätte: Die Antwort schien so offensichtlich. Was war sie denn anderes als eine Gebärmaschine? Wer wollte denn so etwas? Nicht einmal Woodie. Sie war nicht mal auf die Idee gekommen, eine rollende Imbißbude aufzumachen. Solche Dinge lagen ihr einfach fern.

»Ich glaube, ich fahre besser ins Krankenhaus«, sagte sie. »Mir ist so, als ob es diesmal sehr schnell gehen könnte. Aber Kim ist nicht da, also haben wir keinen Babysitter. Da nehme ich besser ein Taxi.«

Woodie wollte Angela zum Babysitting herüberholen, doch Laura weinte und sagte, dafür bedanke sie sich, so daß Woodie wütend auf Laura wurde, und schließlich riefen sie Mavis herüber. Alle Telefone in der Nachbarschaft waren gestört (die im Embryostadium steckende Umgehungsstraße hinter dem Landsfield Crescent brachte sämtliche Versorgungssysteme durcheinander), so daß sie keinen Krankenwagen rufen konnten. Alan bestand darauf, Laura und Woodie ins Krankenhaus zu bringen, sie selbst zu fahren und ihnen nicht nur den Wagen zu leihen, für den Fall, daß sie unterwegs niederkäme. Mavis verspürte währenddessen eine Art Frisson, und als sie sprach, tat sie es plötzlich wieder mit der Stimme Graf Capinskis.

»Meine liebe junge Dame«, sagte Mavis/der Graf – obwohl sie weiß Gott alles tat, um ihn unter Verschluß zu halten, und die Lippen fest aufeinanderpreßte, doch er zwang sie, sie zu öffnen –, »unter Schmerzen sollst du dein Kind gebären.« Er sagte das x-mal hintereinander, so daß man übereinkam, Woodie doch lieber zu Hause zu lassen, damit er sich um Mavis kümmern konnte, und Laura fuhr mit Alan ins Krankenhaus, der außer sich war vor Wut über das Wiederauftauchen Graf Capinskis. Als Alan am Ende des Landsfield Crescents um die Ecke fuhr und viel zu schnell den holprigen Straßenabschnitt nahm, wo die Schaufelbagger unvermutet ein Stück der Straße zwischen Winterton und Fenedge aufgerissen und (nach gehäuften Beschwerden) nur oberflächlich wieder befahrbar gemacht hatten, sah Laura Angela eilig auf Woodie, ihr Zuhause und ihre Kinder zusteuern, und kein Kim weit und breit. Es hätte alles überhaupt nicht schlimmer kommen können. Und damit nicht genug, Graf Capinski oder Mavis hatte auch noch recht mit seiner/ihrer Prophezeiung.

Unterdessen war im Land der Langen Weißen Wolke, wo die Schlangen sich entrollt und zum Zustoßen bereit gemacht hatten, der Augenblick gekommen, wo sie zischten, zustießen und bissen. Argwohn und Paranoia machten sich in Annie breit, und sie verlieh ihnen Ausdruck: Und indem sie das tat, verdarb sie sich alles. Es mag einfach daran gelegen haben, daß Annie solchen Hunger hatte: Sie hatte das Hochzeitskleid anprobiert, und obwohl Mrs. McLean ihr versicherte, daß es wunderbar passe und sogar ein bißchen weit sei, hatte Annie das Gefühl gehabt, darin so sehr eingeschnürt zu sein, daß sie kaum Luft bekam. Der cremeweiße Seidenstoff hatte die sympathische Patina des Alters. Anmutig breitete er sich über den Drahtreifen aus, und der Halsausschnitt war so tief, daß sie unmöglich einen BH tragen konnte – ein Grund mehr, nicht zu essen. »Eine McLean-Braut«, sagte Mrs. McLean bewundernd. »Sie haben sich seit Ihrer Ankunft zu einer richtigen Schönheit herausgemacht. Das ist unser Tim, würde ich meinen, und die viele frische Luft und Bewegung. Werden Sie nun aber nicht zu dünn. Genug ist genug.«

Annie jedoch erblickte im Spiegel eine hoffnungslos von Sonne und Wind gerötete und gegerbte Haut und die Muskeln an den Armen, die sie so haßte, und dachte: Na schön, wenn die McLeans das unter Schönheit verstehen, ich verstehe darunter etwas anderes.

Nachts befühlte Tim Annies Rippen und sagte: »Annie, du wirst so spitzig, daß ich mir noch blaue Flecken hole«, und sie hatte das Gefühl, daß auch er sich an dem Komplott beteiligte, sie dick, wettergegerbt und häßlich zu halten.

Carmen und Laura kamen nicht zur Hochzeit, weil sie es sich nicht leisten konnten, und Tim wollte ihnen die Tickets nicht bezahlen. Einen neuen Landrover aber, den konnte er kaufen, oder etwa nicht, und weitere fünfhundert Schafe, die, wie sich dann herausstellte, von einer Art Räude befallen waren, so daß die Hochzeit verschoben werden mußte. Glücklicherweise hatten ihre Eltern Tickets, die sich umbuchen ließen – die zum Normaltarif. Und was noch hinzukam, war, daß Tim jetzt davon sprach, am Arthur's Pass ein Bungee-Zentrum einzurichten, für die Freizeit der Trekker, Tracker und Hiker, und sie fragte sich wirklich, was hier eigentlich los war: Wie konnte er denn soviel Geld für alles und jedes haben, nur für die Flugscheine ihrer Freundinnen nicht?

Ein dummer Zufall wollte es (»Ich bin der Herr des Zufalls«, sagt Driver), daß einmal zur Teestunde eine Ladung süße Brötchen, die Annie aus einer Mehlwolke, einem Stich Butter, einem Spritzer Eiswasser und einer Spur Salz usw. aufgeschlagen hatte, in einen Backofen gekommen waren, dessen Feuer vom Richtungswechsel des Windes und dem damit verbundenen Zug gelöscht worden war, so daß der Ofen nicht vorgeheizt war. Als die Brötchen dann gebacken waren, waren sie hart. Annie hätte sie beinah weggeworfen, dachte dann jedoch daran, daß Mrs. McLean jede Vergeudung zuwider war, und beschloß, sie trotzdem auf den Tisch zu stellen.

»Was ist denn das?« fragte Tim. »Ein süßes Brötchen oder ein Liebesknochen?«

»Das lernt sie schon noch«, sagte Mrs. McLean.

»Das wird sie auch müssen«, sagte Tim, und Jock McLean schob seins einfach nur an den Tellerrand und nahm statt dessen eins der Marmeladentörtchen seiner Frau.

»Wer ist *sie*?« fragte Annie. »Jemand von der Straße oder die unbezahlte Hilfskraft?«

»Nun fahr mal nicht gleich aus der Hose«, sagte Tim in das verblüffte Schweigen hinein.

»Red du nur von meiner Hose«, sagte Annie, »du hast sie ja oft genug von innen besichtigt, alles gratis und franko.«

Eine Weile starrten sie sie nur an.

»Nun haben Sie sich mal nicht so«, sagte Mrs. McLean, »bloß weil Sie ein paar hockengebliebene Brötchen fabriziert haben. Sie haben einfach das Mehl zu lange bearbeitet.«

»Keineswegs habe ich«, sagte Annie, »das Mehl zu lange bearbeitet. Der Wind hat auf Südwest gedreht und den Ofen ausgeblasen. Toll, in einer Gegend zu leben, wo die Windrichtung einen ganzen Nachmittag versauen kann! Im Hotel wurde ich wenigstens bezahlt, und ich wußte auch nicht so verdammt sicher, wie meine Zukunft einmal aussehen würde. Nun weiß ich es. Arbeit und nochmals Arbeit, und an den Füßen aufgehängt werden, wenn man mal einen freien Augenblick hat.«

»Sie redet vom Bungee-Springen«, sagte Tim. »Sie hat zwar gesagt, es hätte ihr gefallen, aber das nehme ich ihr nicht ab.«

»Ich bin nicht *sie*«, sagte Annie. »Ich bin deine Verlobte. Jedenfalls behauptest du das, aber ich nehme an, das ist nur ein Schachzug, um mich als Dienstbotin im Haus zu halten. Das gleiche hat Wendy vermutlich erlebt. Die hat euch durchschaut, euch alle. Ihr habt sie bis an den Rand des Zusammenbruchs schuften lassen, doch dann hat sie gerade noch rechtzeitig das Weite gesucht. Von dieser Hochzeit ist zwar ständig die Rede, sie findet bloß nie statt, stimmt's? Und die Tickets von meinen Eltern könnt ihr euch ja jederzeit wieder erstatten lassen, falls ich's wie Wendy mache und abhaue. Und dann machst du dich wieder auf in die Alte Welt, Tim, und beschwatzt ein anderes Mädchen, das du gerade beim Teppichauslegen antriffst oder beim Holzhacken, und erzählst ihr alles über das Land der Langen Weißen Wolke, und sie geht dir auf den Leim.«

»Herrje«, sagte Jock, »das war ja vielleicht mal eine lange Ansprache.«

»Und das war jetzt gerade die längste, die *Sie* je gehalten haben«, sagte Annie.

Tim sagte: »Einmal Pommie, immer Pommie.«

Annie sagte: »Was soll das heißen?«

Tim sagte: »Gejammer.«

Mrs. McLean sagte: »Ihr solltet eure Kräche aufs Schlafzimmer beschränken und die anderen damit in Frieden lassen.«

Jock McLean sagte: »Mir reicht's jetzt«, und verließ das Zimmer.

Annie warf die Brötchen oder Liebesknochen quer durch den Raum. Sie sprangen am Boden auf und ab. Ein Lamm schaute sie neugierig an, und sie fing an zu kreischen.

»Du bist ja wahnsinnig geworden«, sagte Tim.

Annie sagte: »Im ganzen Land hier gibt's kein Mädchen, das soviel wegstecken würde, wie ich es getan habe. Billige Arbeitskräfte, das sind deine Verlobten für dich, weiter nichts. Ich will meinen Lohn bis heute und mein Rückflugticket, und das wär's dann.«

Tim sagte: »Na schön«, und verließ das Zimmer.

Mrs. McLean sagte: »Nun haben Sie auch ihn noch auf die Palme gebracht, Annie. Und mich. Sie haben schreckliche Dinge im Kopf, und ich bin froh, daß ich nicht mit solchen Gedanken leben muß. Mein Sohn liebt Sie wirklich sehr, wie ich zufällig weiß, und Sie sind für mich wie eine Tochter gewesen, doch ich finde, Sie haben uns nun genug beleidigt, und wenn Sie zu Jock ins Büro gehen wollen, wird er Ihnen einen Scheck über die Summe ausstellen, die Ihnen angemessen erscheint.«

»Ich bin so fertig«, sagte Annie und begann zu weinen, doch Mrs. McLean schüttelte nur den Kopf und ging ebenfalls hinaus. Wirklich, es hätte nicht schlimmer kommen können.

– XVI –

Auch Carmen weinte, über ihr Leben und darüber, wie ihr alles schiefgegangen war, doch immerhin hatte sie Laura, um sich auszuweinen. »Mein Leben ist beendet«, sagte Carmen. Ihre gesamten Ersparnisse waren weg. Ihr Vater hatte endlich in Monte Carlo alles verloren, und sie hatte einen Anruf von Raelene erhalten, die sie um Geld für den Rückflug bat. Sie war an ihrer Arbeitsstelle zurückgestuft worden, sie mußte mit Stephen und Paul zusammenleben, und das Haus war eine Müllhalde, doch das alles war nichts im Vergleich zu dem, was sie mit Ronnie Cartwright erlebt hatte. Sie hatte ihn im Büro angerufen, wie er selbst vorgeschlagen hatte, das Herz hatte ihr im Hals geschlagen, und er hatte sie zum Essen eingeladen. Poppy sei nicht da, sagte Ronnie, und er fühle sich ohne sie so einsam.

Carmen erzählte das alles, während Laura Hannah zu stillen versuchte. Laura hatte eine so schwere Geburt gehabt, daß das Baby offensichtlich mit einer ausgerenkten Hüfte geboren worden war, die sich dann irgendwann bemerkbar machte und geschient wurde. Hannah würde nichts davon zurückbehalten, doch fürs erste mußte Laura sich nun mit dem Problem herumschlagen, wie man ein Kind mit einem Gipsverband stillte. Laura überlegte, ob es nicht doch besser wäre, Hannah mit der Flasche zu füttern, statt ihr die Brust zu geben, und das beschäftigte sie dermaßen, daß sie sich Carmens Problemen nicht mit ganzer Aufmerksamkeit widmete. Außerdem baute ihr Mann zwar tatsächlich Angelas Transporter aus, so daß seine Geschichte vermutlich gestimmt hatte, doch es paßte ihr nicht, wie Woodie immer wieder zu Angela hinüberging, um mit ihr über die Höhe der Regalfächer oder die Tiefe des Spülbeckens zu sprechen und ihr bei den Dingen zur Hand zu gehen, bei denen alleinstehende Frauen sich nun einmal – naja, wenigstens manche – gern von einem Mann helfen lassen. Mal ist es der Vergaser, mal ein kaputtes Fenster, dann wieder sind ein paar Münzen aus der Pumpe der Waschmaschine herauszuholen. Nicht, daß das zu großer Besorgnis Anlaß geben mußte, wo Kim mittlerweile ganze Nächte in Angelas Haus verbrachte, aber es war doch ein bißchen viel auf einmal, daß Vater und Ehemann sich von jemandem einwickeln ließen, der so einfältig, leicht zu haben, unverbesserlich, blond und gutmütig war wie Angela. Nach allem, was Laura wußte, konnte Kim sich irgendeine gräßliche Geschlechtskrankheit einfangen und sie an die Kinder weitergeben.

Carmen ließ sich durch Lauras familiäre Nöte jedoch nicht in ihrer Geschichte beirren. Auf Unverheiratete und Kinderlose wirken die Probleme von Menschen mit Ehepartner und Sprößlingen zuweilen recht abwegig. Carmen, so erklärte sie Laura, war es leid, Jungfrau zu sein. Was dieser Zustand denn ohnehin anderes sei als ein einziges nicht stattfindendes Ereignis? Driver liege schief, sagte sie. Der Zustand der Jungfräulichkeit habe überhaupt nichts Magisches an sich. Jungfrauen seien auch in der viktorianischen Zeit und davor nicht deshalb so beliebt gewesen, weil der Mann absolut das Verlangen habe, zu deflorieren, zu entblättern und der erste zu sein, sondern einfach nur deshalb, weil man sich bei einem Mädchen, das noch Jungfrau war, keine üble Krankheit holen könne. Für eine gewisse Zeit, nach Einführung der Antibiotika, seien Jungfrauen deswegen nicht mehr so attraktiv gewesen, und man habe sich mehr auf Erfahrung und sexuelle Raffinesse verlegt, doch sie, Carmen, vermute nun, daß angesichts von Aids, gegen das es ja noch kein Mittel gebe, Jungfrauen demnächst wieder äußerst gefragt sein würden, nur, so lange könne sie nicht mehr warten. (Sie zitierte meine Worte, so schien es, die sich wiederum auf ein Buch mit dem Titel *Die Geschlechtskrankheit aus geschichtlicher Sicht* bezogen hatten. Sie hatte bei mir hereingeschaut und mit mir über dieses und jenes geplaudert.) Laura sagte darauf, Männer hätten gern Jungfrauen, weil die für Hoffnung und unschuldiges Vertrauen stünden, mit Geschlechtskrankheiten habe das nichts zu tun, das sehe sie schließlich an Sir Bernard, der Carmen doch wohl gerade wegen ihrer Jungfernschaft so begehre? Ob Carmen in letzter Zeit etwas von ihm gehört habe? Und Carmen sagte, nein, habe sie nicht, sie wolle Sir Bernard auch nicht sehen, wieso denn auch? Und Laura erklärte Carmen, wieso, indem sie Graf Capinski zitierte, der durch Mavis' Mund hindurch behaupte, daß alle Leute nur deshalb soviel Pech hätten, weil Carmen sich unnatürlich verhalte und nicht mit Sir Bernard schlafen wolle. Sie, Laura, fange (a) allmählich zu glauben an, daß das stimmen könne, und glaube (b) sowieso keine Minute daran, daß Carmen noch Jungfrau sei, weshalb sie bloß so ein Theater mache?

Das Baby saugte jetzt an einer leeren linken Brust und greinte. Laura spannte den entsprechenden Rückenmuskel an, um es an die andere zu legen. Rachel, Caroline und Sara hatten alle schreckliche Kopfgrippen und waren schlechter Laune, weil sie nicht gleichzeitig am Daumen lutschen und atmen konnten. Lauras Töchter hatten schmale, hübsche Gesichter, große Augen und ganz helles Haar; alle lutschten am Daumen, soviel Laura ihn auch mit Sardellenpaste einreiben mochte, und alle waren reizend. Auf Carmen wirkten sie jedoch wie die Wiederholung ein und desselben Themas – sie konnte nicht begreifen, weshalb Laura und Woodie immer weitermachten. Allerdings war Carmen auch nicht weniger niedergeschlagen und mit sich selbst beschäftigt als Laura. Sie hatte versucht, Ronnie ins Bett zu bekommen, das hatte nicht geklappt, und nun war sie in ihrer Selbstachtung getroffen. Als Laura ein bißchen zur

Ruhe gekommen war, erzählte ihr Carmen, wie ihr Rendezvous mit Ronnie verlaufen war.

Ronnie hatte einen Tisch im Trocadero bestellt, was ein gutes Zeichen war. Immerhin erblickte er in ihrer Begegnung eine besondere Gelegenheit. Sie hatte die ziemlich schlichte Bluse und den dazu passenden Rock angezogen, die sie in der Boutique in Kings Lynn gekauft hatte, da sie ihn nicht einschüchtern wollte. Ihre Figur war gerade nur mittelprächtig (sie hatte ihre Maße genommen, ehe sie aufbrach): 95 – 64 – 100, von unten angefangen, zu kräftig für ihren Geschmack, aber noch erträglich. Sie hatte nicht einmal Furunkel, rote Flecken oder Akne. Über Melone (für sie – sie mußte, wie man sah, gerade Diät halten) und Suppe (Tomate – für ihn) hatte er von Poppy und seiner Liebe zu ihr gesprochen.

»Sie braucht jemanden wie mich«, sagte er, »jemanden, der nett, geduldig, sanft und verständnisvoll mit ihr umgeht. Sie hat ein hartes Leben gehabt, niemand vermag das wirklich zu begreifen. Als Kind mißbraucht: Sie ist auf der Schule von ihrem Englischlehrer verführt worden. Sie hat psychosexuelle Probleme.«

»Arme Poppy«, sagte Carmen. Ronnie seufzte. Er hatte die Lippen eines Engels. Seine Hände waren sauber, jung und glatt. Er trank Gespritzten – halb Weißwein, halb Selters.

Über Lachssteak (für sie – ohne Sauce hollandaise) und Pfeffersteak (für ihn – mit Knoblauchbutter) erklärte er ihr, daß Poppy unter Verlassensängsten leide, deshalb habe er ihr auch nicht gesagt, daß er Carmen zum Essen ausführen wollte. Er habe jedoch das Gefühl, Carmen etwas schuldig zu sein, weil er sie beim Ausflug nach Newmarket in eine so peinliche Lage gebracht habe: Er hoffe nur, er habe ihr da nicht irgend etwas Vielversprechendes vermasselt. Carmen versicherte ihm, da sei nichts zu vermasseln gewesen. Er sagte, da sei er aber froh. Das Blatt schien sich langsam zum

Besseren zu wenden, fand Carmen. Ronnie sagte, Poppy sei bei ihrer Mutter.

»Wie seltsam«, sagte Carmen. »Ich dachte, sie wäre mit Shanty Cotton auf einer Konferenz.« Poppy war bei Peckhams als Manager-Trainee angestellt worden.

»Ach wo«, sagte Ronnie. »Das haben Sie bestimmt falsch verstanden. Poppy hat keine Zeit für ältere Männer.« Carmen ließ das Thema auf sich beruhen. Über schwarzem Kaffee (für sie) und gedeckter Apfeltorte mit Schlagsahne (für ihn) sagte er: »Sie haben doch hoffentlich nichts dagegen, daß ich über Poppy spreche? Für mich sind Sie wie eine Schwester – in gewisser Hinsicht haben wir ja mehr gemeinsam, Sie und ich, als Poppy und ich, doch danach fragt die Liebe nun mal nicht, habe ich recht?«

»Vermutlich«, sagte sie, niedergeschmettert, doch er schaute ihr in die Augen, während er das sagte, und sein Blick war feucht und eindringlich. Irgendwann einmal hatte Driver ihr in den Nacken gebissen, um sie mit seinem Zeichen zu versehen, oder jedenfalls hatte sie damals diesen Verdacht gehabt. Und die kleine Wunde war auch niemals richtig verheilt, so daß sie sich längst daran gewöhnt hatte, an der Stelle ein Pflaster zu tragen, obwohl sie sie manchmal noch hoffnungsvoll mit einer antibiotischen Salbe von Mr. Bliss einrieb (da Dr. Grafton sich mittlerweile weigerte, überhaupt noch irgendwelche Antibiotika zu verschreiben), doch schließlich wollte das Pflaster nicht mehr halten.

Als Ronnie ihr jetzt in die Augen schaute, fing die Wunde arg zu schmerzen an.

»Stimmt irgend etwas nicht?« fragte Ronnie.

Sie öffnete die oberen Blusenknöpfe, um ihm die kleine rote Stelle zu zeigen. Sanft machte seine Hand ihren Kragen weiter auf.

»Wie weiß Ihre Haut ist«, sagte Ronnie.

Sie hatte angenommen, ja beinahe gehofft, daß sein Interesse medizinisch wäre, merkte, als seine Hand über ihren Hals strich, jedoch, daß es sexueller Natur war. Die Wunde schmerzte wirklich, und die Leute schauten schon her. Sie wurde nervös.

»Ich glaube, ich muß nach Hause«, sagte Carmen. »Ich kann nicht mehr stillsitzen«, und das ließ sich auch wieder anders deuten.

»Ich begleite Sie«, sagte Ronnie, stand bereits, bezahlte die Rechnung und begleitete sie nach Hause, und ihre Hände und Körper berührten einander so oft wie nur möglich, und er hatte nicht einmal seine Apfeltorte aufgegessen, und sie wußte gar nicht recht, wie ihr geschah. Sie wußte nur, daß sie das so nicht gewollt hatte: Daß er seinen Arm besitzergreifend und ohne alle Zartheit um sie legte und sie eilig ins Bett zu bekommen versuchte. Sie hätte gern gesehen, daß er um sie geworben, sie zu überreden versucht hätte, und sie hätte ihm dann unter viel Geplänkel auf romantische Weise nachgegeben, und danach wäre er auf alle Zeiten der Ihre gewesen.

»Carmen«, sagte er im Wagen, »ich hab mir immer schon vorgestellt, wie toll es mit Ihnen im Bett sein müßte«, doch auch das war wieder nicht das, was sie hören wollte. Sie wollte wahre Liebe *und* Sex: Darauf hatte sie schließlich die ganze Zeit gehofft, darauf hatte sie die ganze lange Zeit gewartet.

»Nein, hast du nicht«, sagte Laura, »denn das läuft auf eine Ehe hinaus, und eine Ehe läuft auf Kinder hinaus, und Kinder magst du nicht«, was Carmen an einer Stelle traf, die bis dahin noch unversehrt geblieben war, denn einmal abgesehen davon, daß es nicht stimmte, hatte sie Laura denn seit dem ersten Lebenshauch der Kinder nicht immer wieder unterstützt?

Doch immerhin hatte Carmen, endlich, Ronnie Cartwright bei sich zu Hause, wenn auch nicht auf die Art und Weise, wie sie es sich ausgemalt hatte. Stephens Freundin Allie war bei ihm und – was noch schlimmer war – nicht in seinem Bett: Sie *hatten* kein Bett, sondern wälzten sich einfach nur bei offener Tür geräuschvoll am Boden –, und das Haus, das Carmen, immer im Gedanken an Ronnie, so hübsch, sauber und behaglich gehalten hatte, sah aus wie ein Flughafenpuff und roch nach schalem Bier, Zigaretten und Sex. Ronnie folgte ihr schnurstracks ins Schlafzimmer und war schon dabei, ihr die Bluse auszuziehen, und riß an den Knöpfen, und sie fing an, ihm zu helfen, und dachte, das geschieht Poppy recht, freut mich, daß das passiert, egal, auf welche Weise, als das Telefon an ihrem Bett läutete, und es war natürlich Poppy, die Ronnie sprechen wollte. Poppy hatte die Fährte ihres Liebhabers via Trocadero und Telefonauskunft aufgenommen.

»Ach herrje, Poppy«, sagte Ronnie. »Ist mit dir alles in Ordnung? Armer Schatz . . . ja, ich hatte mit Carmen geschäftliche Dinge zu besprechen, und dann bekam sie einen allergischen Schub, und ich mußte sie nach Hause bringen. Ja, natürlich komme ich sofort, natürlich komme ich zum Bahnhof. Armer Schatz!«

Und das war es gewesen. Poppy war mit ihren Eltern in Streit geraten, jedenfalls behauptete sie das, und war auf dem Nachhauseweg. Ronnie ordnete seine Kleidung, und Carmen erkannte an der Art, wie er davoneilte, als sie ihn von ihrem schmierigen Fenster aus beobachtete, daß er froh war, entkommen zu sein: Was für ein Anfall von Wahnsinn ihn auch besessen haben mochte, er war wieder bei sich, und von nun an war alles nur eine einzige große Peinlichkeit.

Carmen weinte an Lauras Schulter, worauf Laura hätte verzichten können, und sagte Dinge, die Laura niemals aus ihrem Mund erwartet hätte.

»Ich kann nicht denken, ich kann nicht arbeiten, mein ganzes Leben geht vor die Hunde, und ich kann doch nichts weiter tun, als am Telefon hocken, für den Fall, daß er anruft.«

»Weshalb rufst *du* ihn denn nicht an?« fragte Laura gereizt.

Woodie kam aus dem Garten herein, wo er in seiner

Werkstatt an Angelas Sandwichtheke baute. Der Lärm des Bohrers hatte den ganzen Vormittag über an Lauras Nerven gezerrt.

»Ich will nicht, daß Ronnie denkt, ich wär hinter ihm her.«

»Bist du aber«, sagte Laura unverblümt. »Weshalb gibst du es nicht einfach auf? Das ist sowieso ein widerlicher Typ. Gespritzter! Und wer sagt schon: toll im Bett?« Carmen weinte.

»Du verstehst ihn nur nicht. Ronnie liebt Poppy ja gar nicht, insgeheim liebt er mich, das weiß ich. Er kann Poppy außerdem behalten, damit komme ich schon zurecht, solange ich nur irgendwie ein Teil seines Lebens bleibe. Sonst will ich lieber tot sein. Ehrlich, ich möchte lieber sterben als ohne Ronnie leben.«

»Das halt ich nicht aus«, sagte Woodie, »die ist ja völlig hysterisch«, und er schlug Carmen ins Gesicht, die daraufhin erschauderte und wieder sie selbst wurde oder jedenfalls gottlob verblüfft und verwirrt wirkte, verletzlich und großäugig wie ein Pferd bei seinem Jungfernrennen in Newmarket.

»Was habe ich gerade gesagt?« fragte sie. »Ich erinnere mich nicht mehr.«

»Liebe, Liebe, Liebe hast du gerade gesagt«, sagte Laura. »Sterben, sterben, sterben. Du bist wahnsinnig geworden. Du bist verhext. Was geht denn hier bloß vor?«

In diesem Augenblick läutete das Telefon. Woodie nahm ab.

»Das ist eure Freundin Annie«, sagte Woodie. »Sie ist in Gatwick, sie weint, und sie will, daß sie jemand abholen kommt. Was stellt sie sich bloß vor, wer das Benzin bezahlen soll?«

»Carmen«, sagte Laura zu ihrer Freundin, »du mußt mit Sir Bernard schlafen, denn das geht jetzt langsam zu weit. Mit deinem unnatürlichen Verhalten versetzt du den ganzen Kosmos in Aufruhr.«

»Nein«, sagte Carmen, »ich denke ja gar nicht daran.«

Unterdessen hatten Sir Bernard Bellamys Schaufelbagger, nachdem ihr Werk an der Umgehungsstraße vollendet war, sich auf die Küste zubewegt und füllten dort die Kiesgruben und ebneten die Sandhügel ein, die über unendlich lange Zeiten hinweg von den trägen Wogen des Wash geschaffen worden waren. Bellamy Scientific Enterprises hatte den Beweis erbracht, daß man in dem Maße, wie der Meeresspiegel anstieg, auch an der ganzen nördlichen und östlichen Küste des Wash' das Niveau des Landes würde anheben müssen, um Überschwemmungen zu verhindern. Das war ein hartes Faktum, an dem niemand vorbeikam. Bedauerlich, wenn es die attraktiven Lebensräume in Mitleidenschaft ziehen würde, die die Vögel so schätzten – die Butenmarsch, die von den Gezeiten abhängenden, riedgesäumten Flußbetten, Brackwasser- und Süßwasserpriele, Weidengestrüpp und -anpflanzungen, die Sandbänke, die Kiesgruben, die Dünen –, und wenn es, leider, leider, auch das Ende der Brutkolonien der Säbelschnäbler und vergleichbarer ornithologischer Dorados bedeutete, so daß an stürmischen Märztagen nie wieder das Tröten der Rohrdommel zu hören sein würde. Jammerschade! Doch immerhin würden die Menschen nachts ruhig in ihren Betten liegen können und beim Aufwachen nicht die Flut über die Schwelle schwappen und ihre Stühle im Wohnzimmer herumschwimmen sehen. Da der Wandel, zwangsläufig, nun einmal nicht aufzuhalten war, machte der Bellamy Advisory Council geltend, daß eine Kette von Yachthäfen, die man geschickterweise so anlegen würde, daß ihnen Springfluten und Überschwemmungen nichts anhaben konnten, die Kosten des ganzen Unternehmens decken und der Regierung Millionenausgaben ersparen würde. Bellamy Quarries (Zweigstelle Mendip) trug gerade im Südwesten einen weiteren Hügel ab, und so stand jede gewünschte Menge billiges Gehäufe zur Verfügung, das auch schon für die Fenedger Umgehungsstraße herangeschafft worden war – der Boden war in dieser Gegend bis in eine beträchtliche Tiefe sandig, was die Anlage von Zubringern zu einer relativ einfachen (wenn auch staubigen) Angelegenheit machte. Es sollte infolgedessen auch möglich sein, als Teil des übergreifenden Erschließungskonzepts für die gesamte Küstenregion und zu minimalen Kosten den Flughafen zu bauen, der den dringenden Bedürfnissen der North-East Midlands entgegenkommen würde.

Während Sir Bernard auf Ministerebene noch Gespräche über all diese landschaftlichen Umgestaltungen führte, setzten seine Schaufelbagger die unmittelbar anstehende Arbeit – Kiesgruben zuzuschütten und Sanddünen einzuebnen – bereits weiter und weiter fort. Sir Bernard hielt nichts von Zeitverschwendung.

»Verzeihen Sie mir das Klischee«, sagte er und trommelte mit den breiten, kräftigen Fingern auf seinen soliden Eichenholzschreibtisch, »doch Zeit ist Geld. Die Gemeinschaft spart, und der einzelne verdient. In derlei Angelegenheiten von öffentlichem Interesse, zu denen das Bellamy Eastern Scheme unbestreitbar gehört, fallen gemeinschaftliches und individuelles Interesse zusammen!« Und die Bulldozer rückten vor, bohrten ihre Dickschädel in ganze Berge und wälzten sie um, während seine Gesprächspartner die Bedeutung dessen zu erfassen versuchten, was er da eben gesagt hatte. Sir Bernard war so anregend, so charismatisch und einnehmend, daß es selbst Beamten und gar schon Ministern schwerfiel, etwas an ihm auszusetzen. Seine Augen schienen mit jedem Jahr blauer, nicht blasser zu werden: Mittlerweile waren sie schon fast so blau wie Drivers.

Von Zeit zu Zeit wurde er mit einem Mädchen am Arm gesehen, nicht von der flittchenhaften Sorte, sondern mit wohlerzogenen, hochgebildeten, oft mit einem bemerkenswerten künstlerischen Talent begabten Mädchen, mit denen man sich überall sehen lassen konnte, selbst noch auf Chequers, in der Oper oder einem Nachtclub, doch diese Beziehungen dauerten nie lange an. Danach sprach die jeweils Abgelegte dann liebevoll, traurig und voller Bewunderung von Sir Bernard und äußerte der Presse gegenüber lediglich: »Wir passen einfach nicht zusammen. Ich wünsche ihm alles Glück der Welt.« Die Presse gefiel sich in Spekulationen darüber, wer wohl am Ende das Herz von Prinz Bernard (ihr Spitzname für ihn) erobern würde, des Mannes, der alles hatte und doch nichts, weil er die wahre Liebe nicht gefunden hatte. Welch lyrische und herzergreifende Töne die Regenbogenpresse da doch anzustimmen vermochte: dieser bedeutende Mann, der die gesamte Ostküste vor der Verderbnis rettete, während die Regierung nur dasaß und Däumchen drehte. Welch unglücklicher, romantischer Held! Doch das nur am Rande.

— XVII —

Während der Einebnung der Sanddünen erblickte ein gewisser Jed Foster, einer von Bellamys Baggerführern (dessen Schwester Sunny beidseitig gelähmt war und die, naturgemäß, mein ornithologisches Interesse teilte), in seiner sandigen Ladung etwas, das er für menschliche Gebeine hielt – Kinderschädel lassen sich kaum mit irgend etwas verwechseln. Gegen alle Sitte und Gepflogenheit stellte er den Motor ab und stieg aus seiner Kabine, um sich die Sache näher anzusehen. Was er da freigelegt hatte, roch förmlich nach altem Friedhof – Bleisärge ohne Deckel, Skelette, Werkzeuge, goldene Kreuze, Schwerter, wohin er auch schaute. Die Leichen lagen in ost-westlicher Richtung, was, wie jeder Fahrer einer Erdbewegungsmaschine weiß, bedeutet, daß sie christlich beerdigt worden waren, nicht heidnisch (die liegen gewöhnlich in nord-südlicher Richtung). Es waren auch weibliche Leichen darunter – daß sie einmal Frauen gewesen waren, ließ sich an den langen Haarsträhnen erkennen, die immer noch bei ihren Schädeln lagen, und außerdem reihten sich neben ihnen glänzende Steinchen wie Halsketten aneinander, denn Steine sind ja unvergänglich, und nur die Schnur, die sie einmal miteinander verbunden hatte, war der Zeit zum Opfer gefallen.

Vier dieser weiblichen Leichname lagen, wie Jed Foster erschaudernd bemerkte, mit dem Gesicht nach unten – was bedeutete, daß sie wegen Ehebruchs, Hexerei, seelischer Grausamkeit oder was immer es zu jener Zeit an unverzeihlichen Sünden gegeben haben mochte, hingerichtet worden waren. Die Seelen derer, die mit dem Gesicht nach unten begraben liegen, sollen niemals zu ihrem Schöpfer aufsteigen.

Jed Foster war allein bei der Arbeit. Im Westen ging gerade die Sonne unter, hoch in den Lüften lagen Seeschwalben und Raubmöwen miteinander im Kampf, eine einzelne Rohrdommel flog krächzend über Jed hinweg, und ein orangefarbenes Glühen lag über dem frisch aufgeworfenen Terrain und verlieh ihm eine gewisse Schönheit. Jed Foster sah Gold schimmern und Silber. Neben Gebeinen erkannte er jetzt auch Scherben von Tongefäßen, er entdeckte eine Gürtelschnalle und eine dickbäuchige kleine Figur, ein Stückchen Leder: einen Schuh.

Jed Foster war ein anständiger Mensch, er widerstand der Versuchung zu plündern und hob nichts vom Boden auf. Er fuhr den Bagger rückwärts von der Baustelle, nahm an anderer Stelle Sand auf und bestäubte das Gelände mit sanften Bewegungen seiner mächtigen Schaufel, bis alles züchtig unter einer dünnen Sandschicht verborgen lag. Dann fuhr er nach Hause, wusch sich, zog sich um und ging zu einer Telefonzelle. Er hielt es für unklug, sich an seinen Vorarbeiter zu wenden. Besser, er versuchte es gleich ganz oben. Als erstes rief er in Bellamy House an und wurde zu Mrs. Haverill durchgestellt, die ihm erklärte, Sir Bernard sei für niemanden zu sprechen – für wen er sich denn halte? Und sowieso sei Sir Bernard gar nicht im Haus, er sei schließlich nur sehr selten hier anzutreffen. Wie Jed Foster denn auf den Gedanken komme, ihn in Bellamy House erreichen zu können? Jed ließ sich nicht abwimmeln, und Mrs. Haverill gab ihm ungnädig eine Londoner Nummer, wo er es am nächsten Morgen versuchen könne, sie bezweifle allerdings, daß er etwas mitzuteilen habe, das für Sir Bernard auch nur von geringstem Interesse, geschweige denn von Vorteil sei.

Als Jed Foster endlich wieder zu Hause war und das Gespräch mit Mrs. Haverill halbwegs verdaut hatte, erzählte er seiner Frau, was er entdeckt hatte. Er wußte, daß es etwas ganz

Ungewöhnliches war. Ehrfürchtige Scheu habe ihn ergriffen, sagte er. Mrs. Foster erzählte es Miss Foster, meiner Schwester im Leide.

Als die Kampagne »Rettet unsere Vergangenheit« in Gang kam, die zunächst von Mrs. Baker und Mr. Bliss und später dann von ausgewiesenen Wissenschaftlern geführt wurde, sprach sich das alles herum. Sunny Foster war eine begeisterte Anhängerin der Bewegung »Nationales Erbe« und schätzte ihre Verpflichtung gegenüber der Vergangenheit höher ein als die gegenüber dem Arbeitgeber ihres Bruders, auch wenn ihre Schwägerin dem nicht zustimmen mochte. »Mach bloß keinen *Ärger*«, flehte die sie an, »sonst verliert er noch seine Arbeit!«, doch Sunny erzählte allen alles weiter. Ihr war es auch zu verdanken, daß die ersten Freiwilligen aus Fenedge mit Besen, Handfegern und Schüsseln bewaffnet hinauszogen und eigenhändig und behutsam das Friedhofsgelände und den daneben gelegenen römischen Handelsplatz von Sand und Krume befreiten und daß danach halb Fenedge mit Klappstühlen und Thermosflaschen dort Stellung bezog, um das Gelände zu bewachen und Sir Bernards Buddler auf Distanz zu halten, während die andere Hälfte die Bulldozer zum Weitermachen zu bewegen versuchte.

»Was soll denn der sentimentale Quatsch?« riefen die Arbeitslosen und Wohnungslosen von Fenedge und wohl auch solche, die es demnächst werden würden. »Was wir hier brauchen, sind Arbeit, Wohnungen und ärztliche Versorgung. Was sollen wir mit dem Dunklen Wasserläufer, mit uralten Friedhöfen und den Gebeinen von Toten! Wie steht's denn mit denen der Lebenden, mit den Hüftgelenken, die erneuerungsbedürftig sind?« »In diesem Land gibt es keinen Fingerbreit Boden, der nicht von menschlichen Gebeinen übersät ist, Überresten aus uralten Zeiten«, sagten die Realisten, die Vernünftigen und diejenigen, die insgeheim irgendein Interesse an der Erschließung hatten. »Man braucht nur mal ein bißchen zu scharren. Was ist denn an dieser Stelle hier so Besonderes? Irre und Spinner!« »Was soll man dazu sagen«, seufzten die Lamentierer, »es scheint nur irgendwie nicht richtig, nicht wirklich notwendig, ausgerechnet hier alles umzuwühlen: Diese Gräber sind ein Zeichen dafür, daß wir es besser lassen sollen!« Doch die Fluten in diesem Herbst, als die Flüge der Küstenwattvögel begannen, waren bei Neu- wie bei Vollmond so ungeheuer hoch gewesen, daß man dem Ostküstenprojekt, wie es mittlerweile genannt wurde, durchaus Notwendigkeit bescheinigen mußte und nicht mehr von einem wirklich freien Entschluß sprechen konnte. Gegraben mußte werden, und zwar hier und heute! Was machte es also, wenn die schwarzweißen Austernfischer nie wieder gemächlich vorbeitreiben und von der schnelleren Pfuhlschnepfe und dem grauen Regenpfeifer überholt werden würden? Das würde alsbald schon vergessen sein, und die gemächlich vorbeisegelnden Yachten der Reichen waren sicher ebenfalls schön anzusehen. Und wen sollte das sowieso kümmern, seien wir doch einmal ehrlich, wenn nicht obsessive und depressive Menschen mit Adamsäpfeln, die keine Ahnung hatten, wie die Geschicke der Welt gelenkt wurden? Was kam denn zuerst: die Bequemlichkeit und das Vergnügen vielbeschäftigter Menschen oder der Erhalt einer gänzlich überflüssigen und überholten unberührten Natur? Wenn die seltenen Vögel noch eßbar wären – doch die waren ja hoffnungslos zäh. Und was hieß denn überhaupt ›selten‹? Von denen gab es doch Tausende, Millionen. Manchmal sah man das Land vor lauter Federn nicht . . .

Doch all diese Argumente sollten erst später kommen. Zunächst einmal unterbrach Jed Fosters Anruf ein Gespräch zwischen Driver und Sir Bernard. Letzterer war melancholisch gestimmt. Stellen Sie sich das Gespräch etwa so vor, wie ich es jetzt tue, nachdem ich *Aufstieg und Fall* beendet habe. Ich lese zu schnell.

»Ich habe alles, was ein Mensch sich nur wünschen kann«, sagte Sir Bernard zu Driver, »bis auf eins: Und gerade das haben Sie mir versprochen. Alles andere habe ich aus eigener Kraft erreicht, ohne Sie . . .«

Driver unterdrückte ein Gähnen: Das alles hatte er bereits früher von allen möglichen Menschen gehört.

Jeder Mann, der genügend Energie habe – Sir Bernard begann, sich immer mehr für sein Thema zu erwärmen –, genügend Grips und Mumm, könne Geld machen. Und wenn er Geld genug habe, könne er mit Königen an einem Tisch sitzen. Wenn er Diät halte, könne er abnehmen, wenn er Sport treibe, kräftig werden. Wenn er in Bücher schaue, könne er eine Sprache erlernen, und wenn er Macht habe, lägen ihm alle schönen Frauen zu Füßen. Mit anderen Worten, welcher gescheite, tatkräftige Mann sei denn darauf angewiesen, daß Driver ihm als Glücksbringer etwas einflüstere? Vielleicht peppe es ja sein Charisma etwas auf – aber ansonsten, was bringe das einem Mann schon ein, daß er seine Seele preisgab? Heute liege es doch bei jedem selbst, wie er sein Leben meistere.

Wenn Jed Foster seine Aufgabe von Osten statt von Westen her in Angriff genommen hätte, hätte ihn die Abendsonne geblendet: Vielleicht hätte er dann nicht einmal den Schimmer menschlicher Gebeine gesehen. Die Überreste des geweihten Grunds wären umgepflügt und unter umgewälzten Sandbergen verstreut worden. Würde Sir Bernard sich jetzt nicht in diesem Tenor verbreiten, der Driver einfach ärgern mußte, wer will sagen, ob Jed Fosters momentane Entscheidung, als er sein Lenkrad nach links statt nach rechts drehte, nicht ins genaue Gegenteil verkehrt worden wäre?

»Wo bleibt die große Liebe?« wollte Sir Bernard von Driver wissen. Er hing gerade an der Sprossenwand des Fitneßraums, der seiner Privatsuite im Ritz angeschlossen war. Er glaubte nämlich, daß solches Herabhängen sein Rückgrat verlängerte: Irgend etwas hatte ihn in letzter Zeit größer werden lassen, das stand fest. Selbst die Größe eines Mannes liegt in seinen eigenen Händen.

»Ich arbeite daran«, sagte Driver finster.

»Für jeden gibt es irgendwo auf der Welt die Richtige«, sagte Sir Bernard. »Mein Problem besteht nicht darin, daß ich nicht geliebt werde, sondern darin, diejenige zu finden, die meiner Liebe wert ist. Man muß bloß wissen, wo sie sich versteckt. Und dazu braucht man zugegebenermaßen Glück.«

»Danke für die Blumen«, sagte Driver. Seine Lippen waren schmal und völlig blutleer, doch Sir Bernard war ausschließlich mit seinen Bizepsen und der Verlängerung seiner Wirbelsäule beschäftigt.

»Was macht eigentlich das Mädchen in meiner alten Heimat?« fragte Sir Bernard, während er sich leicht und locker auf den Boden hinabließ, da seine hundertfünfundsiebzig Sekunden um waren. Carmens Zurückweisung schien spurlos aus seinem Gedächtnis gelöscht. Doch das passiert ja häufig: Wer braucht schon einen Mephistopheles dazu, um unter Gedächtnisstörungen zu leiden, wenn es um die eigene Vergangenheit geht? Man braucht nur ein beliebiges Mädchen zu fragen, das gerade einer alten Flamme wiederbegegnet ist – oder auch einen Mann, das nimmt sich nichts.

»Die mit den Titten?« fragte Driver.

»An *die* denke ich dabei zuletzt«, sagte Sir Bernard. »Mich interessiert mehr die seelische Seite.«

»Naja«, sagte Driver, »wie schon gesagt, ich arbeite daran, aber die ist nicht leicht zu haben.«

»Das will ich auch nicht hoffen«, sagte Sir Bernard, und dann vergaß er ganz, mit wem er sprach, wenn er das, denkt man an Drivers unablässig wechselnde Gestalt, überhaupt je so genau wußte, denn Driver verflüchtigte sich mal und man hatte ihn nur im Kopf, dann wieder war er konkret, kalt und unvergänglich wie ein Fels. »Ich bin enttäuscht von Ihnen, Driver. Alles leere Versprechungen. Wenn Bellamy auf diese Weise arbeiten würde, stünden wir heute bestimmt nicht ganz oben. Legen Sie gefälligst einen Zahn zu. Ich habe lange genug Geduld bewiesen. Jetzt, wo das Ostküstenprojekt auf den Weg gebracht ist, ist es Zeit, etwas für die romantischere Seite des Lebens zu tun. Ich brauche eine Lebensgefährtin – eine Mutter für meine Kinder. Nehmen Sie die Sache in die Hand.«

Bei diesen Worten läutete das Telefon, und Jed Foster war am anderen Ende, der an höchster Stelle das Auftauchen von menschlichen Gebeinen und Artefakten auf dem Schauplatz des Ostküstenprojekts meldete und um Anweisungen bat.

Sir Bernard vergewisserte sich, daß die Fundstelle fürs erste in ausreichendem Maße abgesichert war, und erklärte, er werde am nächsten Morgen mit Driver dort sein, um eine Entscheidung zu treffen.

»Ein unbedeutenderer Mann«, bemerkte Sir Bernard an Driver gewandt, »hätte gesagt: Erde auf das ganze Zeug, und fertig. Doch die Welt braucht Visionäre.«

»Sie meinen, ein archäologischer Erlebnispark könnte mehr einbringen als ein Yachthafen?« fragte Driver.

Sir Bernards Augen leuchteten auf. Daran hatte er noch gar nicht gedacht.

»Wir müssen hier raus«, sagte Laura. »Das hier ist das letzte Loch.«

»Dullsville, Arizona«, sagte Carmen. »Jetzt haben wir wieder den Kleinstadtkoller.«

»Wenigstens ist man zu Hause«, sagte Annie und brach in Tränen aus. Sie saßen im Welcome-In, dem gegenüber, was heute Sonderbegabtenzentrum genannt wird, und »arbeiteten ihren Rückstand auf«, wie sie es ausdrückten.

»Wie schweinisch er sich benommen hat, wenn man's genau betrachtet«, sagte Annie. »Hat mich einfach ausgenutzt, weiter nichts. Ich habe mich so in diesem Mann getäuscht. Ich komme mir absolut dämlich vor.«

»Bist du sicher, daß du nicht nur unter Verfolgungswahn leidest?« fragte Carmen.

»Hausarbeit machen doch alle«, sagte Laura. »Das gehört zur Abmachung.«

»Welcher Abmachung?«

»Zum Ehestand.«

»Aber ich war ja nicht mal verheiratet«, jammerte Annie. Man konnte einfach nicht vernünftig mit ihr reden. Sie trank ihren Kaffee schwarz und wies den Schokoladenkuchen zurück.

Ich hatte Annies Rückkehr zum Landsfield Crescent beobachtet. Alans und Mavis' Empfang war nicht frei von Groll gewesen.

»Wir hätten dich abgeholt«, sagte Alan, »aber wir haben das Auto verkaufen müssen. Deine Mutter brauchte Garderobe für die Hochzeit. Bei soviel feinen Leuten. Und nun wird sie nicht mal stattfinden. Hättest du uns nicht besser auf dem laufenden halten können? Das war rücksichtslos von dir, Annie. Aber Rücksichtnahme war ja noch nie deine starke Seite.«

»Wir können dich auf dem Sofa unterbringen, Annie«, sagte Mavis, »aber ich sage dir ganz ehrlich, ich bin es schon jetzt absolut leid, deine Koffer durch die Gegend zu schleppen.«

Alan sagte: »Du willst die doch wohl nicht auspacken, Annie – im Schrank ist kein Platz mehr.«

»Was ist denn aus meinem Zimmer geworden?«

»Das benutzt Graf Capinski für die Psychotherapie«, sagte Mavis.

Alan sagte: »Du bist zwar unsere Tochter, Annie. Nichts und niemand wird das ändern. Aber du mußt langsam dein eigenes Leben führen. Du bist ein großes Mädchen und imstande, deine eigenen Entscheidungen zu treffen. Laura ist auch nicht älter als du und hat schon vier Kinder. Wir haben dir zu einem guten Start verholfen, doch du kannst uns nicht ewig auf der Tasche liegen. Ich habe im Augenblick selbst einiges am Hals. Ich steige nämlich auf eine andere Spurweite um.«

Annie ruhte sich ein wenig auf dem Sofa aus, um zu spüren, wie es war, wieder zu Hause zu sein – sie war sehr müde. Niemand fragte sie, was denn schiefgegangen war und weshalb. Mavis schien jedoch schon milder gestimmt und brachte ihr eine Tasse Tee und eine Scheibe gekauften Kuchen. Annie trank ihren Tee schwarz und übergab sich beim Anblick des Kuchens.

Graf Capinski ließ sich durch Mavis' Mund vernehmen: »Ihre Tochter hat ein fremdes Ich in sich, liebe Dame, und kein besonders angenehmes. Sie versucht, es auszuhungern. Dazu kann man ihr nur gratulieren«, also versuchte Mavis auch nicht, Annie zum Essen zu ermuntern, und Alan war vor allem mit seiner Eisenbahn beschäftigt, und außerdem hatte Annie sie in den Augen der Nachbarn unmöglich gemacht: Dieser blasse, dünne Kuckuck von einem Mädchen, den sie irgendwie auf die Welt gebracht hatten, war mit Schimpf und Schande vom anderen Ende der Welt wieder nach Hause geschickt worden. Wer sollte so eine denn jetzt noch heiraten wollen?

Und nun saßen Annie, Carmen und Laura im Welcome-In-Café unter den scheußlichen Bildern der Künstler aus der Gegend und bejammerten ihr Schicksal: Wie jeder Weg, den sie eingeschlagen hätten, sie wieder nach Hause geführt habe, und was das doch für ein seltsames Schicksal sei. (In Wirklichkeit ist das durchaus kein sonderlich seltsames Schicksal: Die meisten Menschen sterben mehr oder minder dort, wo sie geboren wurden, obwohl sie sich die ganze Zeit abstrampeln, um von dort wegzukommen.) Annies Rückkehr war wie ein Regenschauer über der Wüste ihrer Unzufriedenheit niedergegangen, und es war unglaublich, wie die nun zum Leben erblühte: Himmelwärts schoß sie empor wie die Bohnenstangen von Jacks Küchengarten (wenn Sie mir den Metaphernsalat nachsehen wollen) und verdüsterte den Himmel in einem solchen Maße, daß Driver im Nu und ohne das übliche Vorgeplänkel vor ihrer Türe aufkreuzte. Da war er schon, das Gesicht gegen die beschlagenen Fenster des Cafés gepreßt, die scharfgeschnittene Nase plattgedrückt, mit rausgestreckter Zunge, lüsterner Grimasse und einem kleinen Speichelfaden am Kinn – da fuhren sie vielleicht zusammen!

Ich tat es ebenfalls, als ich bemerkte, daß Drivers BMW vor dem Haus parkte, das demnächst das Sonderbegabtenzentrum genannt werden sollte, unter meinem Fenster, und die durchgezogene gelbe Halteverbotslinie entlang dem Bordstein war mysteriöserweise unter seinen Reifen verschwunden. Obwohl ich es für möglich hielt, daß das Alisons Werk war – sie bedient sich des Tricks, abends mit grauer Farbe und Pinsel ans Werk zu gehen, um uns damit morgens das Parken zu erleichtern. Wie der Regen hinabströmte! Und heute wirkte der BMW besonders unheilvoll – ganz und gar nicht wie ein Wagen, wie er von einem reichen Mann gefahren wird, der keine Zeit zu verlieren hat, sondern eher wie einer, mit dem man zur Hölle fährt. Das Wasser strömte nur so von der Motorhaube, und sie schimmerte im fluoreszierenden Leuchten der Neonlampen, die in weit größerer Zahl, als ratsam schien, an der bröckelnden Gipsdecke des Tagesraums im Zentrum angebracht waren. Das Gebäude stammte wohl aus dem siebzehnten Jahrhundert und hatte dringend eine grundlegende Renovierung nötig. Es stand auf ziemlich wackligen Beinen. Aber natürlich ist es immer noch besser, auf wackligen Beinen zu stehen, als gar nicht.

»Das ist er«, sagte Laura, von Panik ergriffen. »Das ist Driver.«

»Wir haben uns wieder von hier weggewünscht«, sagte Annie entsetzt.

Carmen ging zur Tür und versuchte, sie aufzuziehen, doch sie klemmte, vom Regen verquollen, und erbebte nur, so daß vom lappigen, ausgebleichten blauweißgestreiften Schwesternstoff der Café-Gardinen Staub und tote Fliegen herabregneten: Die Geste war nicht halb so dramatisch, wie sie es gern gehabt hätte. Wieder riß sie daran, und nun öffnete sie sich, und da stand Driver dampfend unter seinem Schirm vor ihr. Carmen war ein, zwei Fingerbreit geschrumpft, oder er war gewachsen.

»Voyeur!« beschimpfte sie ihn desungeachtet, die Courage in Person, obwohl sie zitterte. »So durch die Fenster zu starren! Ich gehe zur Polizei und zeige Sie an!« Sie hatte, während sie sich so vor ihm aufbaute, den Eindruck, größer zu werden, während er schrumpfte. Er überlegte es sich anders und beschloß, nett zu sein, statt sie tot zu Boden sinken zu lassen: Jedenfalls lächelte er, und seine gelben Augen verblichen sogar zu einem durchaus annehmbaren Blau.

»Brav, Carmen«, sagte er. »Ich bin es doch nur, Sir Bernards Chauffeur, nicht etwa irgendein Fremder. Und man darf doch wohl hübsche Mädchen anschauen, oder? Ohne daß gleich die Welt zusammenbricht.« Er kam hereingeschlendert und schüttelte sich wie ein Hund, und die Regentropfen, die durchs ganze Zimmer flogen, hinterließen überall, wo sie niederfielen, kleine schwarze Löcher, wie Funken. Nicht daß Eddie, der Dicke mit der Brille, der den Kaffee servierte, es bemerkt hätte – jedenfalls nicht, bevor er eine Woche später zum Aufwaschen kam. Das Welcome-In mag gar nicht so schlimm sein, wie ich es schildere. Ich kann schließlich nur raten. Andere Menschen gehen hinein und lassen sich's wohl sein, ich nicht: Niemand wird mich je dorthin mitnehmen.

»Na, wie haben wir's denn, Laura?« sagte er. »Wo sind die Kinder? Schon wieder einen Babysitter gerufen? Dieses dauernde Herumgestreune – das wird noch böse enden. Warum haben Sie nur Kinder, wenn Sie sich nicht um sie kümmern wollen?« Laura öffnete den Mund, um zu widersprechen, doch Annie knuffte sie, und so schwieg sie. »Und wie geht's Ihnen so, Annie?« fragte er. »Wieder im Lande, höre ich. 'n ganz schöner Reinfall, wie? Die Braut am Vorabend der Hochzeit nach Hause geschickt? Da haben die Leute was zu reden.«

Tränen der Demütigung und der Bitterkeit schossen Annie in die Augen.

»Und was unser Jungfräulein Carmen angeht«, sagte Driver, »so sagen wir wohl besser: alte Jungfer. Die, die keiner will. Die Hockengebliebene. Die absolut keinen mehr abkriegt.«

»Wie meine Mutter immer gesagt hat«, sagte Carmen affektiert, »wenn man nichts Nettes zu sagen weiß, sollte man lieber den Mund halten«, woraufhin er ein bißchen knurrte und grummelte, um dann zu erwidern: »Ihre Mutter hat so was nie gesagt, Carmen. Ich kenne Ihre Mutter gut, und wenn Sie für mich wie eine Tochter sind, dann wissen Sie jetzt auch, weshalb«, und während Carmen ihn fassungslos anstarrte, suchte er seinen Vorteil zu nutzen und sagte: »Sir Bernard hat mich gebeten, Sie zu fragen, Carmen, ob Sie die Güte hätten, nächste Woche oder so mit ihm zu Abend zu speisen?«

»Nein«, sagte Carmen.

»Warum nicht?« Er stampfte mit dem Fuß auf, scharrte mit dem Huf, oder fuhr gerade nur ein riesiger grauer Laster vorbei? Jedenfalls erbebte die Erde.

»Ich mag seinen Boten nicht«, sagte Carmen. »Wie der hier einfach reinkommt und dampft . . .«

»Carmen«, sagte Laura, »nur ein Abendessen – bitte!«

Und Annie flehte: »Wir haben schon soviel durchgemacht, Carmen.«

Carmen wandte sich um und sah Laura und Annie wutentbrannt an.

Driver lachte und sagte: »Nur ein Dummkopf hat Freunde. Sie werden es sich schon noch überlegen, warten Sie's ab. Ich komme Sie heute in vierzehn Tagen abholen.«

Carmen sagte: »Lieber sterbe ich«, und dann kam jemand herein und bat Driver, doch den BMW wegzufahren, weil er die Straße blockierte. Bereitwillig verließ Driver das Welcome-In, als wäre er einfach nur ein ganz gewöhnlicher Chauffeur in einer ziemlich militärisch geschnittenen Uniform. Er fuhr seinen BMW unter meinem Fenster weg. Der Lastwagenfahrer, der sich in Millimeterarbeit vergeblich daran vorbeizuschieben versucht hatte, legte statt des ersten den Rückwärtsgang ein und setzte in das Fenster, an dem ich saß, so daß Metall sich bog und Glas splitterte. Ich hatte gerade noch Zeit, aus meinem Rollstuhl aufzustehen und zu flüchten, ehe der Lastwagenfahrer in seiner Panik den Kippmechanismus auslöste und seine ganze Ladung in den Raum kippte – wobei es sich gottseidank um Balsaholzblöcke handelte. Das Holz war so leicht, daß niemand verletzt wurde. Was für ein Glück, sagten alle, doch ich fand, daß man das auch anders sehen konnte. Weitaus mehr Glück wäre es gewesen, wenn das Ganze gar nicht erst passiert wäre. Was jedoch alle am meisten erstaunte – Behinderte (wie wir uns gewöhnlich selbst nennen, als wären die Menschen ständig als Wettläufer unterwegs) sind weitaus mehr als die meisten anderen daran gewöhnt, mit Situationen umzugehen, die sie plötzlich nicht mehr kontrollieren können –, was uns erstaunte, war, daß ich, als der Laster hereinkrachte, aus meinem Rollstuhl aufgestanden und durchs Zimmer gelaufen war. Ich konnte das nicht wiederholen, obwohl ich es natürlich versuchte. Es war aber geschehen, und zwar unter Zeugen.

Dr. Grafton bestritt diese Möglichkeit jedoch und behauptete, es habe sich um eine Gruppenhalluzination gehandelt – in Wirklichkeit habe mein Rollstuhl hinten im Raum gestanden, weit weg von meinem Fenster, doch das mußte er wohl sagen, oder? Dr. Grafton war überzeugt, ich hätte mir meine Gehunfähigkeit dadurch eingehandelt, daß ich mich als junges Mädchen einer Abtreibung unterzogen hatte (naja, eigentlich war das Baby ihr unterzogen worden).

Ich hatte ihm gegenüber diese Tatsache unbesonnenerweise als Teil meiner Krankengeschichte erwähnt, als ich an den Landsfield Crescent gezogen und seine Patientin geworden war.

»Na, sehen Sie«, hatte er daraufhin geäußert, »damit ist ja alles gesagt.«

Dr. Grafton war gegen die Abtreibung und fand, die Sonderbegabten sollten nur still sitzen oder liegen und sich in das fügen, was das Schicksal ihnen zugedacht hatte. Dr. Grafton war, mit anderen Worten, was man einen Fatalisten zu nennen pflegt: nicht gerade begrüßenswert bei einem Arzt, wenn Sie mich fragen. Er war jedoch der einzige weit und breit, der Rezepte ausstellen konnte – wenn man ihn dazu zu überreden vermochte –, die wiederum den Apotheker zur Herausgabe von Medikamenten bewegten, und immerhin brachte er einem ein gewisses Maß an Interesse entgegen.

– XVIII –

Es war einen Monat, ehe das Zentrum unter neuem Namen – »Sonderbegabtenzentrum« – wiedereröffnet wurde. Zwischen den Versicherungen und dem Stadtrat hatte es Differenzen darüber gegeben, wer für welchen Teil der umfassenden Renovierung des Zentrums aufzukommen hatte, und es war sogar die Rede davon gewesen, daß die Behinderten sich selbst überlassen und das Gebäude als Touristeninformation im Dienst von Sir Bernards neuem Ostküstenprojekt genutzt werden sollte, doch schließlich waren dann doch die angemessenen Mittel zur Verfügung gestellt worden.

Das Zentrum wurde wiedereröffnet, äußerlich zwar unverändert, aber doch so weit renoviert, daß die Denkmalspfleger zufriedengestellt waren, und im Innern intelligenterweise dahingehend umgekrempelt, daß es nunmehr geeignete Rampen für Rollstühle, eine unseren Bedürfnissen angemessene Küche und einen Physiotherapieraum gab. In den Garten kam gar ein beheiztes Schwimmbecken, und am Hintereingang ließ sich mühelos aussteigen oder parken. Die Rollende Bibliothek kam zweimal wöchentlich, und so verfügten wir über eine ständig wechselnde Auswahl auch erst kürzlich erschienener Bücher und lasen, was wir wollten, und nicht, was wir zu lesen genötigt waren und was uns im Endeffekt langweilte. Ich war mir zwar im klaren darüber, daß all diese Dinge ein Segen waren, aber dennoch weinten viele von uns der Aufmüpfigkeit jener Vergangenheit nach, als es an allem und jedem haperte und wir uns nach Kräften hatten beschweren können: Es ist sehr langweilig, die Bürokratie zum Verbündeten zu haben, viel unterhaltender ist es, mit ihr in Fehde zu liegen. Doch hier geht es ja nicht um meine Geschichte: Ich will zu Laura, Annie und Carmen zurückkehren und zu dem, was sich zutrug, als ich nicht im Zentrum war. Die Geschichte geht folgendermaßen weiter:

»Sie werden es sich schon noch überlegen«, hatte der Teufel zu Carmen gesagt, »warten Sie's nur ab«, und es läßt sich nicht bestreiten, daß ihre häuslichen Verhältnisse, die ja bereits schlimm genug waren, eine Wende zum noch Schlechteren nahmen.

Carmen ging nach Hause und fand ihre Eltern dort vor, die inzwischen Einzug gehalten und sie selbst, wie Annie, aufs Sofa im Wohnzimmer verbannt hatten.

»Das ist ja eine dunkle, beengte kleine Behausung«, sagte Raelene. »Nach dem, was du geschrieben hast, hatte ich mir wer weiß was drunter vorgestellt. Und schmutzig! Hättest du für das Geld nicht was Besseres kriegen können? Aber schön, wir müssen eben das Beste draus machen. Dein Dad und ich haben das Reisen satt. Wir bleiben jetzt für immer zu Hause, du darfst dich freuen. Wie wär's mit einer Tasse Tee, Carmen? Wir sind völlig ausgedörrt.«

Sie hatte das eine Bein in Gips – offenbar hatte sie sich einen üblen Beinbruch geholt, als sie kopfüber eine jener steilen Treppen hinuntergefallen war, die man benutzt, um die Passagiere aussteigen zu lassen, wenn kein Platz zum Andocken an den Flugsteigen ist. Sie habe einfach nur Pech gehabt, hatte man ihr erklärt, an solchen Treppen sei an sich nichts Gefährliches, Millionen benutzten sie täglich ohne jeglichen Unfall. Nein, es habe nicht sehr weh getan: Sie habe gottseidank auf dem Flug vorher ein paar Gläser getrunken. Es bedeute allerdings, daß sie auf Hilfe angewiesen sei. Aber wozu sei eine Tochter gut, wenn nicht dazu, ihrer alten Mutter in der Stunde der Not zur Seite zu stehen?

»Mum«, sagte Carmen, »Andy ist doch wirklich mein Vater, oder?«

Raelene wurde erst rosig, dann weiß und sagte, selbstverständlich sei er das: Wer denn je etwas anderes behauptet habe? Sie weigerte sich jedoch, auch nur ein weiteres Wort dazu zu sagen, und begründete das damit, daß das Andy gegenüber nicht fair sei, der ihr immer ein guter Vater gewesen sei, so daß Carmen das Gefühl hatte, sich selbst den Boden unter den Füßen weggezogen zu haben. Ihre ganze Existenz, das wurde ihr klar, ruhte auf einem derart unsicheren, wechselhaften Boden, daß sie kaum überrascht sein durfte, wenn ihr Körper sich bei seinem Bemühen, das Gleichgewicht zu wahren, unablässig veränderte. Sie hätte von jedem sein können, das erkannte sie nun, Kind des Teufels wie des Milchmanns, und im tiefsten Innern hatte sie das immer schon gewußt. Wenn sie weiter in Raelene drang, würde sie nur zu hören bekommen, daß sie keine Ahnung habe, wer ihr Vater sei. Sie sei irgendwo in einer Gasse hinter einer Kneipe gezeugt worden, Nebenprodukt einer vergnüglichen Stunde mit einem Fremden, und Carmen wollte das nicht ausdrücklich bestätigt haben. Also ließ sie das Thema fallen.

Andy und Stephen saßen biertrinkend vor dem Fernseher und arbeiteten Wettsysteme aus. Wenigstens hatte Andy sich Paul vom Hals zu schaffen gewußt. Er wolle keine Punks im Haus haben, sagte er. Faule Tagediebe, einer wie der andere.

Und nicht genug damit, daß man in ihr Zuhause eingefallen war, der Ärger ließ auch an ihrer Arbeitsstelle nicht auf sich warten. Carmen ging zu Mr. Snape, dem Personalchef, wie sie es gelegentlich tat, um sich den Vormittag zwecks Zahnarztbesuch freizunehmen, wobei sie diesmal tatsächlich vorhatte, Laura zu besuchen, um sie aufzumuntern. Mr. Snape wirkte ziemlich verlegen, als er ihr erklärte, Zahnarzt- und sonstige Arzttermine müßten künftig in die arbeitsfreie Zeit verlegt werden, andernfalls müsse ein formelles Schreiben vorgelegt und ein begründeter Antrag gestellt werden.

»Seit wann denn das?« fragte Carmen, und wer anderes als Poppy trat da auf den Plan, um zu antworten: »Seit ich in die Firmenleitung eingetreten bin, Miss Wedmore. Sie werden, könnte ich mir denken, bereits einige Veränderungen bemerkt haben. Peckhams ist mittlerweile eine verschlankte, effizient und kostengünstig arbeitende Firma. Zudem werden wir demnächst Personaleinsparungen von zehn Prozent der Gesamtbelegschaft ankündigen. Wir werden diese Einsparungen, soweit möglich, auf dem Wege natürlichen Personalabbaus durch Alter etc. erreichen, doch wird es darüber hinaus unweigerlich einen gewissen Personalüberhang geben, da Peckhams sich auf die Rezession und sinkende Absatzzahlen einzustellen hat. Wir stehen in schwierigen Zeiten. Selbst Kurzarbeit ist unter Umständen nicht auszuschließen.«

»Aber wir haben doch gerade erst einen Gewinn von zwölf Millionen Pfund bekanntgegeben«, sagte Carmen. »Ich dachte, wir stünden besonders gut da!«

»Schön zu hören, daß Sie von ›wir‹ sprechen«, sagte Poppy. »Peckhams erwartet Loyalität von seiner Belegschaft und setzt alles daran, sie sich zu verdienen. Das Prinzip der Gewinnbeteiligung hat sich freilich als unbrauchbar erwiesen, es wird zugunsten leistungsbezogener Prämien wieder abgeschafft werden müssen, und die Anwesenheit von Belegschaftsmitgliedern im Vorstand wird nicht länger für nötig erachtet: Die Zahl der Vorstandsmitglieder hat sich als unhandlich erwiesen. Je kleiner die Firmenleitung, desto effektiver.«

»Sie wollen damit sagen, daß es Betriebsausflüge nach Newmarket für mich künftig nicht mehr geben wird«, sagte Carmen, und Poppy lächelte, doch blieb ihr Blick dabei auffällig kalt und hart.

»Ich würde sagen, damit haben Sie Peckhams Hauptproblem im Kern getroffen, finden Sie nicht auch, Mr. Snape?

Zu viele Arbeitnehmer sind nur auf ihren Vorteil bedacht und nehmen mit, was sie kriegen können, statt in erster Linie das Wohl des Ganzen im Auge zu haben.«

Poppy hatte ein Verhältnis mit Shanty Cotton. Alle wußten das. Sie war gesehen worden, wie sie sich nach Geschäftsschluß in seinem Büro an ihn herangemacht hatte, das gerüschte Röckchen hochgeschoben bis zur Taille, ohne Unterwäsche, während er, knallrot angelaufen, entsetzt, aber hilflos, vor ihr zurückgewichen war. Eine Putzfrau war hereingeplatzt gekommen und hatte dann in der Werkskantine von dem Erlebnis berichtet, doch hätte man ihr sicher nicht geglaubt, wäre sie nicht in derselben Woche noch gefeuert worden, und zwar mit der Begründung, daß sie nachlässig arbeite und die Produkthygiene gefährde. Dabei wußten alle, daß sie die beste und zuverlässigste Putzfrau überhaupt war. Carmen versuchte zwar, sie zu einer Klage wegen ungerechtfertigter Kündigung zu überreden, doch die Frau lehnte ab. »Ich weiß, wann ich mich geschlagen geben muß«, sagte sie. »Diese junge Frau ist ein Satansbraten, und wenn ich Sie wäre«, setzte sie noch hinzu, »würde ich machen, daß ich wegkomme. Die hat Sie auf dem Kieker. Ich hab ein paarmal mitgekriegt, wie die so redet.« Was Carmen in ihrer Entschlossenheit zu bleiben nur noch bestärkte; sie überhaupt darin bestärkte, sich gegen alles zu behaupten und erfolgreich zur Wehr zu setzen, was Driver noch in petto haben mochte. Denn je mehr sie über Sir Bernard nachdachte – und sie dachte über ihn nach, wann immer sie sein Gesicht in der Zeitung oder auf dem Bildschirm musterte (das Ostküstenprojekt fand ein enormes Echo in den Medien) –, desto weniger war ihr danach, Sir Bernard nachzugeben, diesem Feind ihrer heimatlichen Heide, von Driver mal ganz zu schweigen. Wenn es ihr Schicksal war, ihr Lebtag ohne Liebe zu bleiben – sie zweifelte nicht daran, daß Driver alle Bewerber von ihr fernhielt –, dann sollte es eben so sein. Sie hatte sich unbesonnenerweise ein wenig mit Driver eingelassen, eine Auster mit ihm gegessen, sich ein paarmal mit ihm unterhalten, sich das eine oder andere Mal im Auto von ihm mitnehmen lassen, und er hatte sich ein bißchen bei ihr einzukratzen verstanden: Sie konnte nur hoffen, daß die Zeit das alles ungeschehen machen würde.

Sir Bernard war auf dem einstigen Friedhof gewesen und hatte ihn für wertlos erklärt.

»Nichts als alter Kram, wie?« sagte er. »Verlottertes Terrain voller Gerümpel! Da wächst nichts. Je eher wir den harten Kern in die Knie zwingen, desto besser. Wir brauchen uns doch von diesen Protestlern nicht auf der Nase rumtanzen zu lassen, was, Driver? Geweihter Boden, Ahnenverehrung, diese ganze Bewahrungshysterie des Mittelstands.«

»Nicht, wenn keiner was davon weiß«, sagte Driver.

Sir Bernard schaute ihn leicht rügend an und erklärte, er habe nicht die Absicht, sich hier über irgendwelche gesetzlichen Vorschriften hinwegzusetzen, er habe vielmehr vor, das ganz legal abzuwickeln, und er hoffe doch, Driver sei sich darüber im klaren. Er wolle nicht mehr abgekürzte Verfahren, als unbedingt nötig.

»Also gut«, sagte Driver. »Ich will es mal so sagen: Die Fachleute unter den Protestlern stehen von vornherein auf verlorenem Posten. Wir haben ausgezeichnete Anwälte, die sich insbesondere darauf verstehen, mit gesetzlichen Mitteln zu operieren. Die normalen Leute hier in der Gegend brauchen und wollen das Erschließungsprojekt. Wollen wir nicht lieber los? Wie es aussieht, handelt es sich hier einfach nur um irgendeinen Pestfriedhof.«

Sie machten sich auf den Rückweg zum Wagen. Der Wind pfiff und heulte vom Meer herein und wehte Sir Bernard Sand in die Augen.

»Ich habe niemanden zum Reden, Driver«, sagte er. »Niemanden, dem wirklich an mir liegt.«

»Sie haben doch mich«, sagte Driver, »ich kümmere mich um Sie.«

»Nur, weil das in Ihrem Interesse liegt«, sagte Sir Bernard.

»Ich brauche eine Frau, die ich lieben kann, nicht nur eine Frau, die mich liebt. Wo ist bloß Carmen? Warum muß ich so lange warten?«

»Carmen schmort«, sagte Driver. »Warten Sie's ab. Das ist jetzt nur noch eine Frage von Tagen.«

Der BMW fuhr los, und Sir Bernards Lakaien versammelten die Mannschaft um sich und erklärten, ab jetzt werde jeder gekündigt, der wegen irgendwelcher »historischer Prollen« die Arbeit aufhalte. Jed Foster fühlte sich völlig verkannt, ja, er war zutiefst gekränkt und erzählte alles seiner Frau, die es seiner Schwester erzählte, die wegen ihrer Raucherei gerade bei Mr. Bliss in Behandlung war. Mr. Bliss erfreute sich mittlerweile einer engeren Beziehung zu Mrs. Baker – das heißt, er und sie hatten »einander gefunden« –, und er erzählte es ihr, und am nächsten Abend waren die Demonstranten mit Plakaten, Kameras und Lieblingsarchäologen in den Dünen draußen und sammelten vor der Post von Fenedge Unterschriften für eine Petition an das Umweltministerium. Es geht eben nicht immer nur nach der Nase des Teufels. Nicht ganz.

Carmen, die mit ihrem vorgeschobenen Zahnarztbesuch nicht durchgekommen war, ließ Stephen einfach am nächsten Morgen Mr. Snape anrufen und sie krank melden und nahm den Bus zum Landsfield Crescent, um Laura zu besuchen, die behauptete, sich allein zu fühlen, obwohl ausnahmsweise einmal alle vier Kinder um sie waren. Für eine niedergeschlagene Mutter sind Kinder jedoch nicht die rechte Gesellschaft. Rachel und Caroline hatten schulfrei (die Schule war an jenem Tag zwecks Lehrerfortbildung geschlossen), Sara hatte sich am Abend vorher eine Münze in die Nase gesteckt und einen großen Teil der Nacht mit Laura im örtlichen Krankenhaus verbracht, und das Baby, das die eingegipste Hüfte mittlerweile übelnahm, war quengelig.

Laura hatte geweint. Sie war daran gewöhnt gewesen, daß Woodie in seiner Gartenwerkstatt arbeitete und stets auf Abruf greifbar war, wenn es irgendeine brenzlige Situation mit den Kindern gab. Doch nun hatte sich Woodie in Fenedge ein altes Lagerhaus gemietet, wo er mehr Platz hatte und weniger gestört wurde, ohne auch nur einen Gedanken an Laura zu verschwenden, die allein zu Hause blieb.

»Es sind doch auch seine Kinder«, beklagte Laura sich. »Das scheint er ganz zu vergessen.«

»Er muß nun mal Geld verdienen«, sagte Carmen zu Woodies Verteidigung, denn sie war selbst berufstätig und wußte im Unterschied zu Laura, was das bedeutete.

»Ergreif du nur ruhig Partei für ihn«, sagte Laura. »Auch das noch. Nach allem, was du dir sowieso schon geleistet hast.«

»Was willst du damit sagen?« fragte Carmen. »Nach allem, was ich mir schon geleistet habe? Ich riskiere die Kündigung, um nach dir zu sehen, und nun so was. Das ist nicht gerade schön von dir.«

»Ganz allein du bist daran schuld«, sagte Laura, »daß alles nicht gerade schön ist. Wenn sie dich mal beerdigen, dann hoffentlich mit dem Gesicht nach unten.«

Carmen mußte sich erst einmal setzen, um das zu verdauen. Laura weinte und sagte, es tue ihr leid. Es sei ja nur wegen Kim, der als Babysitter ein hoffnungsloser Fall sei, und sie wünsche sich so, daß er weggegangen, weggeblieben und nie wiedergekommen wäre. Es sei seine Schuld gewesen, daß Sara sich die Münze in die Nase gesteckt habe. Kim habe außerdem davon angefangen, daß er das Haus für sich allein haben wolle, und er trinke zuviel. Wenn er nun darauf verfiele, Woodie und sie und die ganze Familie hinauszuwerfen? Falls es dann noch einen Woodie zum Hinauswerfen gebe. Auf dem Rückweg vom Krankenhaus habe sie in seiner neuen Werkstatt vorbeigeschaut, um ihm eine Freude zu machen, und ihn dort mit Angela erwischt, als sie sich gerade küßten. Die beiden hätten sie aber nicht gesehen. Sie habe sich wieder fortgestohlen. Sie wolle auch keinerlei Ratschlag von Carmen, weil der doch nur schlecht sein könne. Was sie denn tun solle? Sie müsse an ihre vier Kinder denken, und die brauchten ihren Vater, sie könne nicht einfach nur sich sehen.

Dann läutete das Telefon. Es war Mavis, die Laura mitteilen wollte, daß Annie ins Krankenhaus eingeliefert worden sei. Sie habe etwas, das Anorexie heiße, und sie liege auf der Intensivstation und verlange nach ihren Freundinnen, wenn auch, wie der Graf/Mavis hinzusetzte, niemand behaupten könne, daß Carmen und Laura gerade sehr hilfreiche Freundinnen wären. Mavis führte Annies Probleme gar auf die Zeit zurück, als sie dank ihres Umgangs mit diesen angeblichen Freundinnen durch die Prüfung gefallen sei. Mavis war aufgebracht.

»Da fragt man sich doch wirklich«, sagte Mavis, »wozu einer Kinder hat. All die viele Arbeit, der viele Orangensaft, all die Opfer, und immer noch geht am Ende alles schief«, und sie knallte den Hörer auf die Gabel.

Carmen und Laura hatten eine kurze Auseinandersetzung darüber, wer sich um die Kleinen kümmern sollte, damit sie ins Krankenhaus fahren konnten. Laura lehnte es ab, Angela zu fragen, obwohl Carmen fand, daß sie das tun sollte, und da ich gleich auf der anderen Straßenseite saß und auf die Wiedereröffnung des Zentrums wartete und Alison gerade zu Besuch war, wurden alle vier, wie sie da quengelten und schnieften, zu uns hinüberverfrachtet. Es sei ein Notfall, versicherten die beiden mir, es werde bestimmt nicht wieder vorkommen.

»Dieses Mädchen«, sagte Alison, nachdem sie gegangen waren, »war viel zu jung, um zu heiraten, und ist auch heute noch viel zu jung, um für irgend etwas verantwortlich zu sein, geschweige denn für irgend jemanden. Es müßte ein Gesetz geben, das die Leute vor sich selber schützt. Die armen kleinen Würmchen einfach so der Obhut eines Krüppels und eines alten Weibes zu überlassen . . .« Sobald ihre Mutter das Zimmer verlassen hatte und von ihrem Kummer nichts mehr mitbekam, hörten die vier jedoch zu quengeln auf. Statt dessen hantierten sie an der Schaltung meines Rollstuhls herum. Dann machte Alison zu ihrer Unterhaltung einen Kopfstand. Der Anblick ihres auf dem Kopf stehenden Gesichts, über das jetzt die Röcke fielen, wobei sie die dürren Beine und den weißen, knielangen Schlüpfer freigaben, bewirkte jedoch, daß sie wieder zu weinen anfingen. Dieser Kopfstand war Alisons Glanznummer. Alisons Mutter hatte ihren letzten mit neunzig vollführt, und ihre Tochter schien sie noch übertreffen zu wollen. So leichtgewichtig, wie Alison war – sie wog tatsächlich kaum vierzig Kilo –, hatte sie damit jedoch weniger Probleme, als eine fünfzig Jahre jüngere Frau wie ich damit gehabt hätte. Ich bin immer noch nicht zu alt, um selbst Kinder zu bekommen – noch nicht ganz. Mein Problem ist jedoch nicht nur der biologische Zyklus, sondern ich muß den Gebrauch meiner Beine wiedererlangen und einen ebenso angenehmen wie nützlichen Vater für meine potentiellen Kinder finden, ehe es zu spät ist. Ich bin mir sehr wohl darüber im klaren, daß sich diese Probleme als unüberwindbar erweisen könnten. Ich war dreiundzwanzig, als die Komplikationen, die ein erzwungener Schwangerschaftsabbruch nach sich zog, eine invasive chirurgische Notoperation erforderlich machten und eine Wespe die Hand stach, die gerade das Messer führte, so daß ein Teil meiner Nervenfasern unabsichtlich beschädigt wurde. Damit läßt sich wohl auch verstehen, weshalb mich Vorstellungen wie »Glück« oder »Pech« und die moralischen Verknüpfungen zwischen beiden so anhaltend beschäftigten. »Glück gehabt«, daß man lebt, »Pech gehabt«, daß man gelähmt ist. Wie man es verdient, würde Dr. Grafton sagen. Doch was verdient? Das Glück oder das Pech? Vergessen wir das.

Laura und Carmen kamen im Krankenhaus an und fanden Annie tatsächlich auf der Intensivstation, Mavis und Alan an ihrer Seite. Ein Tropf hing an Annies Venen, und sie war an den EKG-Apparat angeschlossen. Ein anderer maß ihren Blutdruck, indem er sich alle paar Minuten um ihren streichholzdürren Arm schloß. Ihre Brust war entblößt, damit die Maschine besser funktionierte, doch Annie, die einst so Pummelige, hatte längst keine nennenswerte Brust mehr, so daß sich auch niemand die Mühe machte, sie anstandshalber zuzudecken.

»Der Blutdruck ist aber viel zu niedrig, Doktor«, sagte Alan.

»Darüber bin ich mir im klaren, Sir«, sagte der Arzt.

»Und der Puls ist zu langsam«, sagte Alan. »Ich kenne mich damit aus.«

»Ich auch«, sagte der Arzt kurz angebunden.

»Wir möchten nicht, daß sie Ihre Tabletten nimmt«, sagte Mavis. »Die bringen mehr Leute um, als sie heilen. Heilen ist eine Angelegenheit des Geistes, nicht des Körpers.«

»Ich würde gern bei meiner eigenen Methode bleiben«, sagte der Arzt, »wenn Sie nichts dagegen haben«, und dann an Mavis gewandt: »Wie lange geht das denn jetzt schon so?«

»Ich hab keine Ahnung«, sagte Mavis. »Sie war im Ausland.«

»Ein Hilfeschrei ist das«, sagte Alan. »Und weiter nichts.«

»Aber haben Sie denn nicht bemerkt, daß sie *dünn* wurde?« fragte der Arzt.

»Ich will Tim«, sagte Annie zu Carmen und Laura. »Sagt Tim, daß ich ihn liebe. Ich habe nichts von ihm gehört, nichts. Kein Anruf, keine Entschuldigung, nichts.«

»Ich dachte, sie haßt ihn«, flüsterte Laura Carmen zu.

»Das war ein Krach unter Liebenden plus Flugkosten«, flüsterte Carmen.

»Hör bloß auf zu witzeln«, sagte Laura, doch Annie hatte gelächelt, und ein wenig Farbe kam in ihre Wangen, und ihr systolischer Wert war beim nächstenmal, als der Apparat summte und ihren Arm zusammendrückte, gleich zwei Striche höher.

»Holt mir Tim her«, befahl Annie und schloß erschöpft die Augen.

»Schon wahr«, sagte der Arzt, der ein Anhänger der neuen Ganzheitsmedizin war, »ein Mensch kann ebensowohl an gebrochenem Herzen sterben wie an irgendwas sonst.«

»Sie könnte *sterben*?« fragte Carmen, der dieser Gedanke noch gar nicht gekommen war.

Der Arzt zuckte die Achseln und ging, statt zu antworten, zu einem anderen schweren Fall, und Carmen hoffte nur, daß er sich so benahm, um Alan und Mavis in die Schranken zu weisen, doch ganz sicher war sie sich nicht.

Graf Capinski sprach aus Mavis' Mund. Er sagte: »Die Vorzeichen sind ungünstig. Wir haben einen Jonas unter uns. Sie muß sich opfern oder selbst das Opfer sein«, und dann hielt Mavis sich mit aller Gewalt den Mund zu und machte ihn erst wieder auf, um mit ihrer eigenen Stimme zu sagen: »Ihr Mädchen seid so ungeheuer selbstsüchtig und ausschließlich mit euch beschäftigt, daß ihr nicht mal bemerkt habt, daß eure Freundin eine galoppierende Magersucht hatte.«

Alan sagte: »Nun wollen wir aber nicht ungerecht sein, Mavis, wir haben es ja selbst nicht bemerkt, bei allem, was wir um die Ohren hatten.«

Worauf Mavis antwortete: »Du meinst, deine Spielzeugeisenbahn«, und Alan erwiderte: »Ich meinte den Mann, mit dem du mich zwingst, dein Bett zu teilen.«

Annie öffnete die Augen und sagte: »Heimat, süße Heimat, so gehab dich wohl«, und schloß sie wieder, und eine Schwester trat zu ihnen, um den Tropf zu erneuern, und scheuchte sie alle hinaus.

Als Carmen das Krankenhaus verließ, weinte sie.

»Also?« fragte Laura.

»Okay«, sagte Carmen. »Ich gebe nach. Ich werde mit Sir Bernard schlafen. Ich werde alles tun.«

Auf dem Nachhauseweg kam Carmen an Mr. Bliss vorbei, der vor dem Postamt Unterschriften für die Petition sammelte, die von der »Schluß mit dem Frevel«-Fraktion von »Rettet unsere Vergangenheit« organisiert wurde. Die Protestbewegung hatte sich binnen Tagen in Splittergruppen aufgespalten, die, wenn sie einander auch nicht in offener Feindseligkeit gegenüberstanden, doch zumindest nicht gut miteinander auskamen. Die New-Age-Anhänger hatten etwas gegen die christlichen Gruppen, die sich zwar über die Entweihung der christlichen Funde beschwerten, die heidnischen jedoch ignorierten: Die Archäologen wiederum wollten die Bauträger nicht unnötig vor den Kopf stoßen, und die bürgerlich-respektierlichen Anhänger des Nationales Erbes wollten keine gemeinsame Sache mit den gerade eben noch respektierlichen Greenpeace-Leuten machen, die, im Verein mit der SPB (Society for the Protection of Birdlife, dem Vogelschutzbund) für den Erhalt der Bioreservate eintraten, und auch nicht mit den Freunden der Erde, die aus Prinzip gegen Yachthäfen waren. Alle waren sich jedoch in einem einig: Daß sich Sir Bernards Schaufelbagger auch nicht eine Schraubendrehung weiterbewegen durften, daß es um ein Anliegen von öffentlichem Interesse ging, und alle waren bereit, ja freuten sich regelrecht darauf, sich vor den riesenhaften Maschinen auf den Boden zu werfen. Danach aber gingen die Bestrebungen weit auseinander, und die Streitereien begannen.

»Diese Spinner können doch wohl nicht das gesamte Ostküstenprojekt aufhalten, wie?« fragte Sir Bernard. Er hatte so etwas noch nie erlebt. Sämtliche Umweltschutzorganisationen im Lande schienen aus ihren Löchern zu kommen, und tags zuvor hatte die Schlagzeile der *Sun* gelautet: »Bellamy schießt Bock.« Das hatte ihm gar nicht gefallen.

»Das bezweifle ich«, sagte Driver. »Die haben doch alle Hände voll damit zu tun, sich gegenseitig das Wasser abzugraben. Wie immer. Was wir brauchen, ist irgendein großangelegter PR-Schwindel.«

»Ich brauche eine neue Freundin«, sagte Sir Bernard. »Beschaffen Sie mir Carmen.«

»Okay, okay«, sagte Driver. »Was geben Sie für sie?«

»Alles«, sagte Sir Bernard.

»Abgemacht«, sagte Driver.

»Und schaffen Sie diese Schlagzeilen aus der Welt, wo Sie schon dabei sind«, sagte Sir Bernard.

»Kein Problem«, sagte Driver, oder jedenfalls konnte ich aus den Schlagzeilen des nächsten Tages – »Zeig's ihnen, Bernie!« schließen –, daß ihr Gespräch so verlaufen sein mußte. Es konnte natürlich auch irgendein kleiner Redakteur bestochen worden sein, doch diese Möglichkeit gefällt mir nicht so gut: Ich stelle mir lieber ein Gespräch von kosmischer Bedeutung vor.

Doch hier stand nun der zähe Mr. Bliss, der ungeachtet der unausweichlichen Niederlage die Passanten ansprach und seinen schmerzenden Füßen keine Beachtung schenkte. Es war ein Oktobertag und sehr windig. Carmens Haar, das mit jeder Minute länger und röter wurde, wehte ihr ums Gesicht. Mrs. Baker, die auf ihrem Klappstuhl an ihrem Klapptisch saß, hatte alle Mühe, ihre Flugblätter und Fragebogen daran zu hindern, über den Platz davonzuflattern. Das Publikum war heute morgen störrisch: Die Leute trauten nichts und niemandem, sie waren auf Sir Bernards Seite und wollten sich nicht von den Massenblättern auslachen lassen.

»Was wir hier in der Gegend brauchen, sind Arbeitsplätze und Wohnungen«, sagte ein Passant, »und nicht solche Unruhestifter wie Sie.« Und der nächste sagte: »Ich hoffe doch, Sie haben eine Genehmigung – Sie stellen ein Verkehrshindernis dar. Ich werde Sie anzeigen.« Und danach sagte eine ganze Reihe doch tatsächlich: »Was für Sir Bernard gut ist, ist auch für Fenedge gut«, und wieder andere meinten: »Das sind doch bloß alte Knochen da oben. Mausetot seit ewigen Zeiten. Was soll das also?«, und selbst der Bibliothekar, der doch zumindest hätte Verständnis haben sollen, weigerte sich zu unterschreiben, indem er sagte: »Es wird in dieser Stadt schon mehr als genug von Geistern und Verwünschungen geredet. Nun erzählen Sie mir bloß nicht noch, daß auch Sie sich davon haben anstecken lassen, Mr. Bliss und Mrs. Baker!« Es war einfach niederschmetternd.

Dann kam Carmen daher, und das Blättchen wendete sich. »Haltet durch!« sagten die Passanten, die plötzlich zur Unterschrift Schlange standen. »Diese Stadt gehört uns, nicht denen. Eine Schande ist das, was die da oben veranstalten«, und: »Der kleine Mann gegen den großen Konzern! Weiter so!«, und: »Es ist zwar völlig aussichtslos, aber versuchen wir's trotzdem!« Eddie kam aus dem Welcome-In herüber und spendierte Tee. »Ich hab diese ewigen Lastwagen dicke«, sagte er. »Jetzt muß was geschehen. Da hätten ja im Behindertenzentrum glatt welche bei draufgehen können. Wenn das nun Ziegel gewesen wären und kein Balsaholz?« Eine träge Wespe, die letzte der Saison, kämpfte in einer Teetasse ums Überleben. Mr. Bliss rettete sie mit Hilfe eines Flugblatts. Es war überschrieben: »Bellamys Triumph ist Englands Schande.«

»Guten Morgen, Carmen«, sagte Mr. Bliss und blickte von seiner Liste auf. »Wie geht's denn? Schönes Haar! Was ist das? Henna?«

Carmen betrachtete ihr Spiegelbild im Fenster des Postamts und sagte: »Ja, ich bin rothaarig«, denn das war nicht zu übersehen. Morgens beim Aufstehen war sie noch ein graues Mäuschen gewesen.

»Mrs. Baker«, fragte Carmen, »erinnern Sie sich noch an die Faust-Legende? Diese ganze Geschichte mit Mephistopheles?«

»Ja, gewiß«, sagte Mrs. Baker, »und Sie würden sich ebenfalls daran erinnern, wenn Sie mir im Unterricht zugehört hätten. Es ist gräßlich für mich, hier zu sitzen und zu beobachten, was aus den jungen Mädchen der Stadt geworden ist, die ich angeblich unterrichtet habe, besonders aus Ihnen, Carmen. Heil- und hoffnungslos.«

»Warum hat Faust eigentlich nicht verlangt, unsterblich zu werden, und den Teufel auf die Weise reingelegt?«

»Weil Mephistopheles die Spielregeln vorgegeben hat, das heißt, er hat ihm eine Falle gestellt. Sowie Faust sich wünschen würde, ein Tag möge nie zu Ende gehen, würde er sterben.«

»Sie wollen sagen, er durfte nicht auf die Pausentaste drücken und das Leben an den schweinischen Stellen einfach anhalten?« Andy und Stephen taten das unentwegt. Sie drückten die Pausentaste der Fernbedienung ihres Videogeräts und ließen den Film dann Einzelbild für Einzelbild weiterlaufen. Mädchen mit gespreizten Beinen, freigegeben ab achtzehn: War das Zucken des Fleisches das, was wir gedacht haben? Normalerweise war es das.

»Mit schweinischen Stellen hat das nichts zu tun«, sagte Mrs. Baker säuerlich. »Goethes Faust war mit Erdarbeiten beschäftigt: Berge versetzen und so weiter. Hat Heerscharen von Arbeitern beschäftigt: Bewässerungsarbeiten in Dürregebieten, die Wüste wollte er zum Blühen bringen – eben das nachholen, was Gott zu tun versäumt hat. Ich erinnere mich sogar, daß Sie einen Aufsatz darüber geschrieben haben. Sie haben dafür das einzige Sehr gut Ihres Lebens bekommen.«

»Manchmal haben Annie, Laura und ich Antoinette Ridleys Aufsätze geklaut und daraus irgendwelche Stellen abgeschrieben«, sagte Carmen. »Vielleicht war das ja eine davon.«

»Ihr drei habt mich dazu gebracht, meine Lehrtätigkeit aufzugeben. Aber weshalb fragen Sie denn plötzlich nach Faust?«

»Ach, nur so.«

»Es tröstet mich«, sagte Mrs. Baker, »daß Sie sich noch dafür interessieren, und immerhin schaffen Sie es ja, den Namen Mephistopheles herauszubringen, ohne sich die Zunge dabei zu brechen. Womöglich fange ich sogar wieder zu unterrichten an, wenn Mr. Bliss und ich erst mal verheiratet sind.«

Ein Windstoß griff unter die Flugblätter auf ihrem Tisch und ordnete sie neu. »Zügellose Plünderei!« »Die Vandalen von der Waterkant!« »Schluß mit der Grabschänderei!«

»Ich habe ein Kleid für Oxfam dabei«, sagte Mrs. Baker. »Sie können es haben, wenn Sie möchten. Vierziger Jahre. Ich habe es nur das eine Mal zum Tanzen angehabt.« Sie hatte es zusammengerollt in einer Plastiktüte unter dem Tisch. »Allerdings hatte ich als junges Mädchen eine ganz andere Figur als Sie heute«, sagte sie, »wir verjüngten uns mehr in der Taille, und die Hüften waren betonter, doch das können Sie wahrscheinlich ändern.«

Carmen schüttelte es heraus. Es war aus weißem Taft, kaum ausgeschnitten am Hals, und wirkte seltsam bräutlich.

»Ich denke, ich werde hineinpassen«, sagte sie traurig, »wenn ich soweit bin, es anzuziehen.«

»Es muß gedämpft werden«, sagte Mrs. Baker. »Vielleicht kann Ihre Mutter das für Sie machen?«

»Das kann ich auch selbst«, sagte Carmen. »Ich bin inzwischen alt genug.«

Im Briefkasten fand Carmen ein Schreiben von Mr. Snape aus Peckhams Personalbüro vor. Ein Bote hatte es gebracht. Durch ihr wiederholtes Fernbleiben vom Arbeitsplatz, so hieß es darin, habe Carmen den Arbeitsvertrag gebrochen. Sie sei hiermit entlassen: Na wenn schon. Auch dies empfand sie als Erleichterung.

Carmen rief im Krankenhaus an, und die Stationsschwester teilte ihr mit, daß Annie zwar von der Liste der kritischen Fälle herunter, aber immer noch lebensgefährlich krank sei.

»Sagen Sie ihr, daß es ihr bald besser gehen wird«, sagte Carmen. Sie hatte von einer Wunderheilung zu hören gehofft und war enttäuscht, als davon keine Rede sein konnte.

»Wir leiten keine Mitteilungen weiter«, sagte die Schwester. »Das hier ist nicht irgendeine Station, sondern die Intensivstation. Wir haben Wichtigeres zu tun.«

»Sagen Sie es ihr einfach nur«, sagte Carmen.

»Aber vielleicht stimmt es ja gar nicht«, sagte die Schwester, und Carmen erkannte die Stimme wieder: Das war Antoinette Ridley, natürlich, die mit ihr in einer Klasse gewesen war, alle Prüfungen bestanden und es offensichtlich auch im späteren Leben weitergebracht hatte. »Wie auch immer«, sagte die Schwester, »wir haben hier eine Menge Menschen, die unsere ganze Aufmerksamkeit benötigen.«

»Die braucht Annie auch!« widersprach Carmen.

»Magersucht!« höhnte die Schwester. »Eine selbstverschuldete Krankheit. Dafür kann ich kein Verständnis aufbringen«, und legte auch schon auf, und Carmen begriff, daß bislang noch niemand wirklich aus dem Schneider war. Driver hielt sich Annie als Geisel und Unterpfand des Gelingens. Antoinette Ridley war dadurch berühmt geworden, daß sie das Meerschweinchen ihrer Schwester ertränkt hatte, weil es ihr ein Loch in ihren besten Pullover genagt hatte. Antoinette war nicht beliebt gewesen: Sie war zu gescheit und hatte nur selten einmal gelächelt.

Carmen ging ins Badezimmer und probierte an, was einst Mrs. Bakers bestes Kleid gewesen war. Sie hoffte, daß Driver bald aufkreuzen würde.

»Das paßt sich ja deiner Figur an!« sagte Raelene, die auf der Suche nach Aspirin hereinkam, obwohl es tatsächlich so zu sein schien, daß sich Carmens Figur dem Kleid anpaßte. »Ich habe dich noch nie was Weißes tragen sehen. Paß nur auf, daß du dich nicht bekleckerst. Und was hast du denn bloß mit deinem Haar gemacht?«

Carmen fühlte sich völlig getröstet. Es hatte auch seine Vorteile, seine Eltern wieder im Haus zu haben. Es ist besser, genervt als vergessen zu werden. Sie legte die Arme um Raelene, die überrascht, aber erfreut war. Sie berührten einander nur selten.

»Du hast dich verändert«, sagte Raelene. »Du warst früher immer so kratzbürstig. Wir sollten wohl öfter wegfahren, dein Vater und ich. Dieser Kerl, der Chauffeur, war übrigens heute nachmittag wieder hier und hat nach dir gefragt. Er hat gesagt, er kommt so um sieben wieder vorbei. Ich weiß genau, den habe ich irgendwo schon mal gesehen.«

Und sie zerbrach sich ein Weilchen den Kopf darüber und gelangte dann zu einer besorgniserregenden Schlußfolgerung. Da sie ein Gipsbein gehabt hatte und nichts anderes hatte tun können als essen, hatte sie mindestens sechs, sieben Kilo zugenommen. Ihre geblümte Bluse spannte über der Brust.

»Carmen«, sagte sie, »ich will nicht, daß du mit dem Mann irgend etwas zu tun hast. Wenn ich nicht irre, ist er ein enger Verwandter.«

»Du meinst, er ist mein Vater?«

»Das meine ich natürlich nicht. Dazu ist er viel zu jung. Dein Vater ist so alt wie ich oder noch älter. Muß er sein. Ich war doch erst sechzehn, als es passiert ist.«

»Du meinst, er ist mein Halbbruder?«

»Mehr sage ich nicht«, sagte Raelene. »Es besteht nur eine gewisse Ähnlichkeit.«

Carmen ging auf, daß wer weiß wie viele junge Männer in Fenedge ihre Halbbrüder sein konnten, falls ihr unbekannter Vater einen Hang zum Kinderzeugen gehabt hatte, doch vermutlich, so dachte sie dann, traf das ja auf jede x-beliebige junge Frau an jedem x-beliebigen Ort zu. Es kam nur darauf an, die richtigen Gene zu erwischen.

»So ein richtiger kleiner Kuckuck warst du«, sagte Raelene. »Du hast nie richtig ins Nest gepaßt, und daran war niemand schuld außer mir.«

Sie weinte ein wenig an Carmens Schulter, also zog Carmen das Kleid lieber aus, stieg zurück in Jeans und Bomberjacke und ging nach unten, um ihrer Mutter einen Tee zu machen. Es macht zwar niemals Spaß, entdecken zu müssen, daß man nicht der ist, für den man sich gehalten hat, doch es hat auch seine versöhnlichen Seiten. Sie fühlte sich mit einemmal milder gegen ihren Vater und Stephen gestimmt, seit sie wußte, daß sie bei weitem nicht in dem Maße für sie verantwortlich war, wie sie gedacht hatte, und holte ihnen durchaus gern ihr Büchsenbier, als sie jetzt durch die Küchentür danach schrien. Sollten sie doch auf ihre eigene Weise zum Teufel gehen: Sie war ja selbst schon zu dreiviertel dort, welches Recht hatte sie also, sich ihnen in den Weg zu stellen?

»Zucker?« fragte sie Raelene und wollte ihn ihr schon in die Tasse löffeln, doch Raelene sagte, nein, sie würde Süßstoff nehmen, sie fange eine Diät an.

Auf dem Nachhauseweg vom Krankenhaus hatte Carmen die Hand in die Tasche ihrer Jeans gesteckt und eine Zehnpfundnote darin gefunden. Einer spontanen Regung folgend, war sie zu Boots gegangen und hatte sie für Kosmetika ausgegeben: die teure Sorte, die ohne Tierversuche auskam. Ihr Gesicht würde sich entsprechend Mrs. Bakers Kleid verbessern müssen. Bei Boots mußten sie ihr jedoch die Tragetasche von jemand anderem gegeben haben, denn als sie sie jetzt in der Küche öffnete, fand sie sie voller Cremes, Badezusätze und Parfüms, die sogar noch teurer waren, und außerdem eine weit ausgefallenere Make-up-Marke, als sie sich je zu benutzen erträumt hatte. Und dann noch einen kleinen schwarzen, perlenbesetzten Beutel – ein Werbegeschenk, aber gar nicht übel –, worin etwas steckte, das nur ein Päckchen Kondome sein konnte.

Sie spielte mit dem Gedanken, die ganze Sache wieder abzublasen, sie fand das dermaßen vulgär, und statt dessen ins Kino zu gehen und einfach nicht da zu sein, wenn Driver aufkreuzte, doch auf dem Weg zur Haustür hörte sie Raelene zu Andy sagen, er solle doch mal die Klappe halten, Mavis sei am Telefon, sie sei im Krankenhaus gewesen, und die Schwester hätte gesagt, Annie sei wieder auf die Liste der kritischen Fälle gesetzt worden, und dies sei der schlimmste Tag in Mavis' Leben.

»Für Annie könnte es sogar der allerschlimmste sein«, meinte Stephen, der, wenn überhaupt irgend etwas, ein scharfes Ohr für den Mangel an elterlicher Einfühlung besaß.

»Wenn nicht gar der letzte«, sagte Andy, und beide lachten.

Da war nichts zu machen. Sie ging wieder nach oben, um die schmierige Badewanne vollaufen zu lassen – nur, daß sie kürzlich jemand saubergemacht zu haben schien –, und tat die passenden Badezusätze hinein, die so ölig waren, daß ihr die Tropfen die Haut hinabperlten, als sie den Arm hob, um ihn zu betrachten: ein langer schlanker Arm, der zu ihren Beinen paßte. Ihr Muskeltonus war gut, stellte sie fest. Verkauf deine Seele dem Teufel, und du brauchst im Leben kein Aerobic mehr! Der Teufel war ein Meister schneller Sprünge, und er brachte einem das Leben in Schuß. Worin er wirklich gut war, befand Carmen, war, Menschen in das Video ihres eigenen Lebens zu verwandeln. Die langweiligen Passagen ließ er einfach weg. Wenn man seine Seele erst mal verkauft hatte, brauchte man nicht mehr in der wirklichen Zeit zu leben: Man brauchte sich nicht mehr die Nägel zu schneiden, es sei denn, das hatte irgendeine hochdramatische Funktion, oder je wieder auf die Toilette zu gehen (es sei denn, dort lauerte einem jemand auf, so daß daraus eine gute Szene wurde). Man brauchte ein Buch zum Selbstunterricht nur aufzuschlagen und konnte es im nächsten Moment schon wieder zuklappen, weil man alles gelernt hatte, was drinstand. Sie konnte sich denken, daß Laura deshalb so gut und so weit davon entfernt war, ihre Seele zu verlieren, weil sie diese Unmenge zeitraubender, langweiliger Dinge zu verrichten hatte, und zwar ohne jede Möglichkeit zum schnellen Vorlauf. Wieder und wieder kämpfte sie sich durch ihren täglichen Berg von Windeln und Babynahrung. Sie fragte sich, ob sie, Carmen, bald schon zum Rückspulen imstande sein würde – den Liebesakt noch einmal abspielen, den Film beim Orgasmus für ewig würde anhalten können, oder ob sie gar über die neueste Technik verfügen würde, so daß sie sich nach soundsoviel Minuten Stillstand von selbst wieder auf Play schalten konnte, damit das Band nicht beschädigt würde, einfach ein Wabern und Funkenregen, und dann ging es von vorn los? Doch man konnte ja auch von Zeit zu Zeit die Zeitlupe verwenden, wenn man nur darauf achtete, nie bis ans Ende des Bands zu kommen und sich damit automatisch auf schnelles Rückspulen einzuschalten, was vermutlich passierte, wenn man ertrank und das Leben in Bildern blitzartig vor einem aufzuckte. Man konnte ewig jung bleiben, wahrscheinlich, indem man nur den ersten Abschnitt des Bands abspielte, und man stand am Ende auch nicht gelangweilt da, weil man alle Ereignisse ja unablässig redigieren konnte, so daß sie einem eher zusagten. Worauf es ankam, war, daß man nicht versehentlich die Eject-Taste drückte. Dann würde Driver vor einen treten und die Kassette des eigenen Lebens wieder einkassieren: Er würde seine Rechte darauf anmelden, nicht nur weltweite, sondern universale, Rechte universumweit und auf alle Ewigkeit. (Termini, die in dem Vertrag standen, den ich, Harriet, für die Paramount hatte unterzeichnen müssen, als sie das Leben des berühmten Chirurgen verfilmten, dem die Hand ausrutschte, als er in der Nähe meiner Wirbelsäule das Messer ansetzte. Sie hatten mich damit aus dem Film herausgekauft und nicht für ihn eingekauft, nicht ganz zu Unrecht, muß ich sagen. Ich verwendete die dreitausend Dollar, die sie mir zahlten, für die Anschaffung meines Rollstuhls.) Dann würde Driver die Kassette einfach zusammen mit allen anderen in seinem Kassettenrack unterbringen. Die ganze Welt war ein filmisches Drama, die Männer und Frauen darin sämtlich Kleindarsteller, und der freie Wille hatte nur eine minimale Chance, den eigenen Sprechtext umzuschreiben, wenn der Regisseur einmal nicht achtgab. Driver als Regisseur: Mephistopheles war Videostopheles geworden.

Carmen stieg aus der Wanne. Sie war an Kneipps Kräuterbad gewöhnt. Sie argwöhnte, daß das, was in den teuren grünen Badeperlen aus der goldenen Flasche gewesen war, die sie in ihrer Einkaufstüte gefunden hatte, ihre Hirntätigkeit beschleunigte. Es war durchaus nicht nur angenehm: Als ob eine Million Fünkchen Kontakt miteinander aufnahmen. Sie überlegte, ob es sich dabei vielleicht um eine Nebenwirkung, um etwas Unbeabsichtigtes handelte, denn sie glaubte nicht, daß Driver das geplant hatte: Wenn sie zuviel nachdachte, welchen Nutzen hatte sie dann noch für Sir Bernard? Er wollte doch vermutlich das, was sie jetzt im Badezimmerspiegel sah, so zahnpastabespritzt er auch war: eine Frau, ein Weib, das in einem Madonna-Körper steckte und das ein dümmliches, hübsches Gesichtchen haben sollte – weit auseinanderstehende Augen, eine hohe Stirn, einen gekränkten Mund und um die Brauen etwas von Michael Jackson und einen Dallas-Schnitt und Nägel, die gerade jetzt, während sie sie betrachtete, von knallrot zum blassesten Rosa wechselten.

Sie glaubte nicht, einen Mann achten oder bewundern zu können, der nur ein Mädchen wie sie lieben konnte, doch darauf kam es nicht an. Wenn sie nicht tat, was von ihr erwartet wurde, wenn sie sich nicht bereit fand, den ihr zugedachten Platz einzunehmen, sich ihm zu Füßen zu legen, das fehlende Puzzleteil zu sein, das das Puzzle erst sinnvoll machte, dann würde der Wind, der durch Fenedge blies, bald derart sandgeschwängert sein, daß jedes Sonnenlicht erlosch. Sie war zum Sicheren Haus des Teufels bestellt, und sie mußte gehen. Das Handtuch, das an der Tür hing, war sauber und trocken. O ja, heute war ihr Glückstag: jedermanns Glückstag, sogar Annies. Daß es womöglich auch Annies Glück sein konnte, wenn sie starb, und ihr Pech, wenn sie am Leben blieb, das war denn doch ein allzu unerträglicher Gedankengang.

Sie legte Lippenstift und Lidschatten auf, wo sie schon mal da waren, und zog das Kleid an, das mehr aus ihrem Gesicht machte, aber vielleicht war es ja auch die Kosmetik, die das alles bewirkte. Sie nahm den perlenbesetzten schwarzen Beutel, den sie sich niemals selbst ausgesucht hätte, fand, daß sie wirklich albern in ihrem weißen Kleid aussah, und ging nach unten. Es war fünf vor sieben. Sie hatte nicht auf die Uhr geschaut. Sie argwöhnte, daß die Zeit sich ihr angepaßt hatte. Als sie hinunterging, hörte sie Stephen zu Andy sagen: »Aber dies Programm haben wir doch eben erst gesehen. Die Bullen da haben das Lied erst vor einer halben Stunde gesungen, ich schwör's dir.« Sie sahen Carmen nicht vorbeigehen. Sie hatte die Sichtbarkeit eingebüßt: Vielleicht war die an ihre Unverwechselbarkeit gebunden gewesen, und nun sollte sie ja sein wie alle anderen. Sie machte die Tür auf.

Da stand kein BMW.

In der Diele läutete das Telefon. Es war Laura. Sie sagte, sie habe die Dinge selbst in die Hand genommen. Sie habe Tim in Southland, Neuseeland, angerufen. Mrs. McLean sei am Telefon gewesen. Laura gab mir das Telefonat am nächsten Tag wieder. Ich mußte warten: Seit Annies Rückkehr war ich auf der Liste ihrer Vertrauten eins runtergerutscht.

»Mrs. McLean«, sagte Laura, »ich weiß ja nicht, was ihr Sohn vorhat, doch Annie stirbt vor Liebe zu ihm. Kann ich Tim bitte sprechen?«

»Männer sind gestorben, und die Würmer haben sie gefressen«, sagte Mrs. McLean überraschenderweise, »doch nicht aus Liebe. Und gegenwärtig werden auch unsere Schafe bei lebendigem Leibe von einer neuen Art Wurm aufgefressen, und Tim kümmert sich um sie. Sie können ihn also nicht sprechen: Er ist beim Drenchen.«

»Sagen Sie ihm, er soll sofort mit dem Drenchen aufhören und zu Annie rüberkommen«, sagte Laura.

»Ich hätte nichts dagegen«, sagte Mrs. McLean zu Lauras noch größerer Überraschung. »Er ist unglücklich ohne sie. Wenn ich's recht bedenke, sind wir das alle. Sie hat herrliche süße Brötchen gebacken, wenn sie nur wollte. Was ist bloß in sie gefahren? War sie krank?«

»Ja, das war sie«, sagte Laura. »Sie war magersüchtig.«

Ein kurzes Schweigen trat ein, wohinein sich quäkend die Wellen der Entfernung mischten, als der Atem der beiden Frauen zu Satelliten empor- und wieder von ihnen abprallte und die Weltmeere, die sie trennten, einen Erdball überspülten, der durch das Weltall kapriolte.

»Das kann man werden«, sagte Mrs. McLean, »wenn man zuviel backt. Meiner Schwester ist das auch passiert. Jetzt taugt sie zu nichts anderem mehr als zum Bridge. Geht es Annie denn schlecht?«

»Ja«, sagte Laura. »Sie stirbt vielleicht«, und sie fing an zu weinen.

»Ja, da haben wir es ja wieder, das Gejammer«, sagte Mrs. McLean, doch es klang nicht unfreundlich. »Ihr Pommy-Mädchen, immer am Weinen. Ich werde sehen, was ich tun kann. Machen Sie sich mal keine Sorgen.«

Woodie war hereingekommen, als sie den Hörer auflegte, und hatte gesagt, nur gut, daß sie bloß in Fenedge Leute kannten: Wenn Laura nicht in der Gegend herumkutschiere, hänge sie am Telefon. Die Rechnung sei astronomisch.

»Ich hab ihm doch tatsächlich die Meinung gegeigt«, sagte Laura zu Carmen, »ich weiß auch nicht, was in mich gefahren ist.«

Laura hatte erklärt, sie habe rund um den Erdball telefoniert und werde das gleich noch mal tun, wenn Woodie nicht mit seinem Gejammer aufhöre, und sie würde den ganzen Abend den Hörer nicht mehr auflegen, da würde er erst mal staunen. Was er sich eigentlich vorstelle? In letzter Zeit habe er nichts anderes zu bieten als Gejammer, Gestöhne und Gemecker. Warum er sie, Laura, unbedingt ins Unrecht setzen wolle? Was er denn auf dem Kerbholz habe, daß sie, Laura, in seinen Augen unbedingt noch schlimmer sein müsse als er? Wie? Woodie sei völlig entgeistert gewesen. Ob es Angela sei? Er brauche gar nicht erst den Mund aufzumachen und ihr zu erklären, sie, Laura, sei a) eifersüchtig und b) wahnsinnig, denn sie wisse, was los sei, und sie habe es satt. Wenn Woodie nicht auf der Stelle damit aufhöre, werde sie das Weite suchen und ihm die Kinder überlassen, ihm und Angela. Dann werde man ja sehen, wie Angelas Imbißgeschäft florierte, wenn ihr die Kinder bis zur Halskrause stünden.

»Das würdest du doch nicht wirklich tun?« fragte Woodie beeindruckt, und er war wieder der alte Woodie, der sie anstaunte und anschaute, ein Teil von ihr, wobei sie aber der bessere Teil war. Ihr war gar nicht aufgefallen, daß Woodie das in letzter Zeit nicht mehr getan hatte, jetzt aber, als er wieder damit anfing, fiel es ihr auf, und sie merkte, wie sehr es ihr gefehlt hatte.

»Und ob ich das tun würde«, sagte sie. »Naja, ich könnte es jedenfalls.«

»Es war ja eigentlich gar nichts«, sagte Woodie. »Angela ist eben so. Sie hat nun mal ein gutes Herz, und wenn man ganz allein mit ihr im Zimmer ist, kommt einem das ganz selbstverständlich vor.«

»Dann sieh zu, daß du nicht wieder allein mit ihr in einem Zimmer bist«, sagte Laura. »Oder ich schneide das, worauf's ankommt, mit dem Schnitzmesser ab.«

»Das würde ich aber ungern verlieren«, sagte er. »Und du auch. Du hattest so viel mit den Kindern zu tun, daß ich dachte, du merkst gar nichts. Es tut mir leid. Es hat ja sowieso schon aufgehört. Sie mag lieber ältere Männer, wirklich. Immer, wenn sie mit mir zusammen war, hat sie von Kim geredet.«

Laura sagte, davon wolle sie nichts hören. Sie brauche Zeit, um drüber wegzukommen, doch würde es ihr vermutlich irgendwann gelingen. Es müsse ja: Welche Wahl sie denn habe?

Dies alles sagte Laura ins Telefon, während Carmen von einem hohen Absatz ihrer Satinschuhe auf den anderen trat. Raelene hatte ihr die Schuhe geliehen, in denen sie den

Tangowettbewerb mit Andy gewonnen hatte. »Die bringen Glück«, hatte sie gesagt.

»So, das wär meine Neuigkeit«, sagte Laura. »Das mußte ich dir einfach erzählen. Jetzt ist es besser und schlimmer zugleich. Besser, weil alles offen ausgesprochen wurde, und schlechter, weil ich jetzt drüber wegkommen muß. Wie geht's denn Sir Bernard?«

»Ich sehe ihn heute abend«, sagte Carmen.

»Das wurde aber auch Zeit«, sagte Laura und fragte nicht einmal, was Carmen anhatte, so beschäftigt war sie mit sich selbst. »Woodie will mich heute zum Essen ausführen, dabei hab ich mich so aufgeregt, daß ich ganz geschwollene Augen habe. Aber immerhin fühle ich mich irgendwie wie befreit und geläutert.«

»Das freut mich«, sagte Carmen. Der BMW stand vor der Tür: Driver hupte.

Alison hievte mich gerade aus meinem Stuhl in ihren Wagen, als der BMW vorfuhr: Es war jedesmal eine schwierige Aufgabe, und Alison ließ sie so ungeheuer schwierig aussehen, daß die Passanten stehenblieben und halfen. Heute ließ Alison mich um ein Haar fallen. Ich kreischte entsetzt auf, und Driver kam herüber, um mit anzufassen. Seine Arme waren stark. Er schaute mich an, wie Männer mich nur selten anschauen: Als ob alles möglich wäre. Er sagte nichts. Er lächelte, tat, was er zu tun hatte, ging dann wieder zu seinem Wagen und ließ mich atemlos vor Verlangen zurück, eine Empfindung, die ich mir abzutrainieren versucht habe: Besser, man ist taub für die Stelle zwischen den Beinen, als auf sie zu hören, wenn das Hirn nicht in der Lage ist, den verbliebenen Ansprüchen des Körpers Erleichterung zu verschaffen, seinem Drängen abzuhelfen.

»Wie ich das an den Männern hasse, diese Art, einen zu bevormunden«, sagte Alison. »Wer hat den denn überhaupt um Hilfe gebeten?«

Carmen kam aus dem Haus, in strahlendem Weiß, und das meine ich wirklich: Es war natürlich eine optische Täuschung.

»Das Mädchen da hat eine Aura«, sagte Alison. »Siebenundachtzig Jahre bin ich nun auf der Welt, und noch nie habe ich eine Aura gesehen. Bis jetzt. Und dann auch noch eine weiße. Was ganz Besonderes. Aber ist das nicht Carmen?«

»Ja«, sagte ich.

»Jede Stadt hat ihr schlimmes Mädchen«, sagte Alison, »doch gewöhnlich haben sie keine Aura. Fenedge macht sich.«

Ihre Mutter habe immer Auren gesehen, sagte Alison zu mir auf dem Heimweg. Sie selbst habe manchmal als Kind so getan, als sähe auch sie welche, nur um mithalten zu können, doch es habe nie gestimmt. Eine Aura sei eine Art Licht wie ein Heiligenschein, das um manche Menschen schimmere, wenn man nur die Augen dafür habe, es zu sehen. Sensitive Menschen wie ihre Mutter könnten es erkennen, und das Problem sei eindeutig, daß sie selbst nicht sensitiv genug gewesen sei. Auren kämen in unterschiedlichen Abstufungen vor, je nach der Stimmung des Menschen, zu dem sie gehörten, und der Schönheit und Einfühlsamkeit der Seele der betreffenden Person, und die weiße sei die geistigste und jenseitigste überhaupt. Alison freute sich, nun endlich eine gesehen zu haben, ja, und dann auch noch gleich eine weiße. So eine habe selbst ihre Mutter nie gesehen, das habe sie immer schon beklagt: Jetzt sei ihr Augenlicht so schlecht, daß es endgültig zu spät dafür sei.

Nachdem sie von den Auren zu sprechen aufgehört hatte, blieb Alison für den ganzen Rest der Fahrt stumm. Ich glaube, sie weinte. Es verstört einen, wenn alte Menschen weinen: Sie scheinen nur noch so wenig Zeit zu haben, um zu erleben, daß die Dinge ins Lot kommen. Ich weinte auch. Ich hatte, über Carmen, Driver zu Mephistopheles erklärt, zu Videostopheles, den Satan der neuen fiktionalen Welt, in der so viele Menschen lebten oder zu leben versuchten, doch nur, weil er mir gefiel, dieser großtuerische junge Mann in Uniform und Breeches, und ich ihn niemals würde haben können: niemals überhaupt einen würde haben können. Ich hätte ebensogut tot sein können. Ich war in der Hoffnung nach Chicago geflogen, nie wieder zurückzukehren, es sei denn in einem Sarg. Ein böser Abend für Alison, ein böser Abend für mich. Das alte Weib und der Krüppel, die um der Dinge willen in ihre Kissen weinten, die hätten sein können und nun niemals mehr sein würden.

— XIX —

Trösten wir uns mit Carmens aufopferungsvoller, seelenverschlingender Nacht mit Sir Bernard. Der BMW nahm die alte Fenedge-Winterton-Straße, die verbreitert und mit Bordsteinen versehen war: Die einstigen Rübenfelder waren die Heimstatt einer neu entstandenen, gemischten Siedlung aus Wohnhäusern und Gewerbeblocks, die richtig hübsch im Disneylandstil aufgemacht war. Die alten Bäume waren beiseite gewalzt worden, um Tankstellen und Baustoffhandlungen Platz zu machen, quadratischen Bürohäusern, Immobilienversicherungen und Banken, Reinigungen und Wäschereien. Wohin man blickte, ragten Fernsehantennen und Parabolschirme auf.

»Einfach grauenvoll, was die hier in der Gegend angerichtet haben«, sagte Carmen.

»Sie werden schon noch Geschmack daran finden«, sagte Driver, »und Ihre Freude daran haben, die Menschen gut untergebracht und versorgt zu sehen. So wissen Sie, daß sie zufrieden sind und schwerlich Revolutionen anzetteln werden. Im übrigen brauchen Sie ja nicht hinzusehen. Sie werden oben in Bellamy House sein. Die Reichen haben immer den besten Ausblick.«

Und er bog links ab und fuhr die neue Privatstraße nach Bellamy House hinauf. Die Siedlungsbauten hörten abrupt auf, und sie fuhren durch den alten Wald. Die Zweige begegneten einander, als wäre alles noch so, wie es immer schon gewesen war, und als gäbe es für alle Platz genug auf der Welt. Nur das gelegentliche Aufblitzen von Metall in einem Wipfel ließ auf ein Sicherheitssystem schließen, auf Alarmanlagen, die all diejenigen fernhalten sollten, die kein Anrecht darauf hatten, die heitere Gelassenheit der Natur zu bewundern. Sie erreichten das stählerne Tor des Hauses selbst, der BMW löste den entsprechenden Mechanismus aus, und sie wurden eingelassen. Die Gärten waren mustergültig gepflegt und still. Es war Vollmond, obwohl Carmen hätte schwören können, daß gestern noch Neumond gewesen war. Sie nahm zwar nicht an, daß Driver tatsächlich auch noch die Mondphasen kontrollierte, doch es war eindeutig, daß er darüber bestimmen konnte, wie sie sie wahrnahm. Wenn er wollte, daß sie den Vollmond sah, dann sah sie ihn, und Schluß. Kein Wunder, daß der Erste Herr der Meere im heutigen Bellamy House ein Observatorium und ein Teleskop hatte errichten lassen, um die Welt zu definieren, zu messen und zu katalogisieren und so mit wissenschaftlichen Methoden dafür sorgen zu können, daß sie den Launen der menschlichen Wahrnehmung nicht völlig schutzlos preisgegeben war. Und nun, da das Teleskop weg und das Observatorium in Gästezimmer verwandelt worden war, durfte sich niemand mehr wundern, daß der Mond kam und ging, wie es gerade paßte, und daß das, was man sah oder hörte, als Wahrheit genommen werden mußte.

Die Bettwanzen im Geschoß des ehemaligen Observatoriums hatten allen Versuchen, sie auszurotten, widerstanden: Sie hausten zwischen den Plastikfolien, die zwischen die alten geschwungenen, bleiverglasten Fenster geheftet worden waren, damit der Putz nicht herunterfiel, und soviel Insektizide man auch hineinpumpen mochte, sie hatten nicht verhindern können, daß die Wanzen nachts hervorkrochen und die Gäste bissen. Die Dachzimmer waren zwar billiger, dennoch war es dem Ruf des Hotels nicht eben förderlich, daß die Gäste, und seien es auch die der preiswerteren Zimmer, morgens aufwachten und auf drastische Weise von roten Quaddeln und weißen Beulen gesprenkelt waren. (Man weiß, daß Bettwanzen ein Kind sogar ausbluten lassen können.) So etwas spricht sich herum.

Unten im Bereich des Restaurants hatte das Personal an jenem Tag jedoch anderes im Kopf als Bettwanzen und Mondschein. Mrs. Haverill machte allen das Leben sauer, und dies um so mehr, als Sir Bernard und eine Miss Wedmore heute abend im Haus speisen sollten. Henry, den Kellner, den Carmen im Trocadero gesehen hatte, der jedoch nach Bellamy House übergewechselt war, wo die Löhne zwar niedriger waren, die Trinkgelder allerdings höher sein sollten, malträtierte sie besonders. »Henry«, sagte Mrs. Haverill, als Henry mit einem schweren Tablett voller Gläser vorbeikam, die sie bereits dreimal zum Polieren wieder hatte hinausgehen lassen, »wenn Sie freundlicherweise einen Augenblick warten wollen. Wir sind hier in Bellamy House und nicht in der Scheune, die Sie vorher gewohnt waren. Sie gehen also auch nicht zu den Gästen in der Bar und fragen einfach nur: ›Was darf's denn sein?‹, sondern sagen im amerikanischen Stil: ›Guten Abend, die Herrschaften fühlen sich doch wohl bei uns? Ich heiße George, und ich stehe ganz zu *Ihren* Diensten.‹ Würden Sie das bitte wiederholen?«

»Ich heiße aber nicht George, ich heiße Henry.«

»Sie heißen, wie ich es Ihnen sage, junger Mann. Und Sie erkundigen sich auf eine Weise nach dem Wohlergehen der Gäste, daß sie sich persönlich angesprochen fühlen. Freundlich und dabei doch respektvoll. Die persönliche Ansprache durch das Personal, der Kontakt mit dem Kunden ist eine der Säulen des Bellamyschen Imperiums, und wenn Ihnen das nicht paßt, dann können Sie sich anderswo Arbeit suchen.«

»Guten Abend, die Herrschaften fühlen sich doch wohl bei uns?« sagte Henry. »Ich heiße George und stehe ganz zu *Ihren* Diensten.« Was bedeutete, daß Henry sein Tablett absetzen durfte. Seine Bizepse waren erstarrt und schmerzten. Er bereute, das Trocadero verlassen zu haben, zu dessen Politik es jedoch gehörte, niemals jemanden erneut einzustellen, der seine Stelle dort aufgegeben hatte.

Mrs. Haverill öffnete Carmen die Tür. Mrs. Haverill trug Schwarz. Ihr Kinn wirkte verbissen wie das Kinn eines Menschen, der viel durchgemacht hatte, und ihr Blick war bösartig wie der Blick eines Menschen, der die Absicht hatte, nicht noch mehr durchzumachen. Carmen hatte das Gefühl, eventuell der Tropfen zu sein, der das Faß zum Überlaufen brachte. Sie wäre froh gewesen, einen dunklen, schlichten Mantel zu haben, um das weiße Kleid zu verbergen, doch es war keiner auf der Szene erschienen. Driver hatte entweder nicht daran gedacht oder sich dagegen entschieden. Sie fühlte sich auffällig und allein gelassen und nahm an, daß dies das Los unartiger Mädchen war. Artige Mädchen kamen in Begleitung.

»Sie werden das Mädchen für Sir Bernard sein«, sagte Mrs. Haverill ausdruckslos und begann, die geschwungene Treppe zur ersten Etage mit den Luxussuiten hinaufzusteigen. Carmen folgte ihr, wie man es vermutlich von ihr erwartete, und blieb dann stehen.

»Mrs. Haverill«, sagte sie zu Mrs. Haverills Rücken. Mrs. Haverill stieg weiter die Treppe hinauf. Carmen tippte ihr auf die Schulter. Mrs. Haverill schrak zusammen, als wäre sie gestochen worden – sie war anscheinend an menschliche Berührungen nicht gewöhnt –, und wandte ihr das Gesicht zu. »Sie kennen meinen Namen doch ganz genau«, sagte Carmen. »Weshalb benutzen Sie ihn also nicht?«

»Weil Sie austauschbar sind«, sagte sie. »Deshalb. Und ich hoffe, Sie haben nicht vor, in aller Öffentlichkeit in diesem Kleid mit Sir Bernard zu Abend zu essen.«

»Was stimmt denn nicht damit?«

»Es ist weiß«, sagte Mrs. Haverill, »und damit eine Beleidigung für die Bräute in diesem Land. Nun ja, die einen halten's mit der Arbeit, und die anderen versuchen es ohne.« Und sie setzte ihren Weg die Treppe hinauf fort, und Carmen folgte ihr. Carmen fragte sich, ob sie, wenn ihre Seele erst mal dahin war, Driver wohl würde bewegen können, Mrs. Haverill mit Stummheit zu schlagen. Doch vielleicht erschiene ihr ja so etwas, wenn ihre Seele tatsächlich dahin war, gar nicht mehr wichtig – und sie würde einfach unempfindlich gegen Beleidigungen werden, würde nicht mehr unter Demütigungen leiden und sich ihretwegen grämen, weil sie ihr nicht länger zu Bewußtsein kämen. Driver würde die Welt nicht verändern müssen: einfach nur ihren Charakter umarbeiten, zum Vorteil des einen, zum Nachteil des anderen. Flockenlocker.

Sir Bernards Suite war groß, pompös und überreich mit dunkelrotem Leder ausgestattet. Ein Paar Hirschgeweihe dräute über einem holzgeschnitzten Kamin. An den Wänden hingen dunkle Ölbilder, großformatige, im Goldrahmen, auf denen es reichlich Klippen, Klüfte, stürmische Himmel, wogendes dunkelgrünes Laub und ganze Wolken von Leuchtkäfern gab, silbrig vor Felszacken schimmernd. »Nun?« sagte er. »Gefällt es Ihnen? Es ist gerade neu eingerichtet worden.«

»Schöne Bilder«, sagte sie, »aber ein häßliches Zimmer.«

Sir Bernard stand unter den Geweihen und hielt ein Glas Mineralwasser in den Händen. Er trug eine schwarze Smokingjacke und eine schwarze Fliege, so daß Carmen sich kein rechtes Bild von ihm machen konnte: Er wirkte wie aus einem alten Film. Wenn sie ihn berührt hätte, wäre ihre Hand vielleicht direkt durch die Leinwand gestoßen. Vielleicht war er ja aber auch ein Hologramm. Er war größer und schlanker, als sie ihn in Erinnerung hatte, hätte durchaus die Starrolle in einem Film haben und selbst den Schurken spielen können. Der alte Sir Bernard, der aus der vor-Driverschen Zeit, hätte sich dagegen sicher mit einem der aufgeblasenen Unterbösewichte begnügen müssen, die um den Mafiaboss herumwuselten. Vielleicht war das überhaupt schon Drivers ganzes Angebot – einen erst von der stummen zur Sprechrolle, dann vom Nebendarsteller zum Hauptdarsteller und vom Hauptdarsteller zum Weltstar zu befördern.

Durch die geöffnete Schlafzimmertür hindurch konnte Carmen ein breites Doppelbett mit einem dunkelroten Überwurf sehen, schwere karmesinrot- und goldgemusterte Gobelinvorhänge vor den Fenstern, die von einer quastenbesetzten Kordel zusammengehalten wurden. Vielleicht griffen solche Neureichen und Neuberühmten ja immer auf den Pomp der viktorianischen Vergangenheit zurück, genau wie Männer, die offiziell das Geschlecht wechseln und Frauen werden, immer auf die fünfziger Jahre zurückzugreifen scheinen und Twinsets, Perlenketten und vernünftige Schuhe tragen. Sie wählen das aus, was ihnen bieder, ungefährlich und langweilig vorkommt und so den Eindruck ewiger Haltbarkeit erweckt.

Sir Bernard und Mrs. Haverill, die es nicht eilig zu haben schien, wofür Carmen ihr dankbar war, hatten eine Auseinandersetzung darüber, ob Sir Bernard und seine Freundin im Hauptrestaurant essen sollten oder an einem versteckten Tischchen im Bistro. Sir Bernard gab letzterem den Vorzug, weil er annahm, daß Carmen es dort weniger langweilig finden würde. Mrs. Haverill war hingegen fest entschlossen, daß sie dort essen sollten, wo sie es für richtig hielt, das heißt, im großen Speisesaal. Dort würde es weniger Zeugen geben, machte sie geltend. Oder vielleicht würde Sir Bernard ja überhaupt davon Abstand nehmen wollen, und der Kellner könnte ihnen einfach nur ein Tablett mit Champagner und zwei Gläsern heraufbringen? Bellamy habe kürzlich erst einen äußerst preisgünstigen Champagner für derartige Gelegenheiten eingekauft.

»Hören Sie, Mrs. Haverill«, sagte Sir Bernard überraschend geduldig, »wenn ich beim Essen mit Miss Wedmore hinter einer Topfpflanze gesehen werden möchte, dann werde ich es tun.«

Carmen schaute sich die Gemälde eingehender an und entdeckte, daß die Leuchtkäfer auf ihnen in Wirklichkeit Feen mit Gazeflügeln waren, die, ungeachtet der offensichtlichen Gefahr, an den Felszacken zu zerschellen, im Wind tanzten.

Mrs. Haverill ging. Sir Bernard bemerkte: »Ich bin ständig drauf und dran, dieses Weib rauszuwerfen, aber irgendwie schaffe ich es dann doch nie. Das Haus wirft so viel Gewinn ab, daß ich im letzten Augenblick immer wieder weich werde. Sie ist berüchtigt für ihre schreckliche Art, und es scheinen eine ganze Menge Gäste herzukommen, die nichts Schöneres kennen, als sich schikanieren und beleidigen zu lassen. Und ich bin jedesmal wieder überrascht, wie gering der Personalwechsel ist. Die Bilder gefallen Ihnen also? Ein Glücksfund von Martins, der auf irgendeinem Dachboden vor sich hin staubte. Ich war der Tate Gallery um eine Nasenlänge voraus und habe das Ganze für drei Millionen bekommen. Ein Schnäppchen. Sie identifizieren sich vermutlich mit den Feen. Ihr weißes Kleid, dieses dunkle Zimmer . . .«

»Ich hoffe doch, weniger unwirklich zu sein«, sagte Carmen. Sie konnte sich im Spiegel hinter den gräßlichen Wandleuchtern sehen. Ihr Gesicht hatte sich zwischen der Haustür und Sir Bernards Zimmer verändert. Ihre Augen lagen tiefer in den Höhlen. Sie fand, daß sie so interessanter und weniger niedlich aussah, und war ganz zufrieden mit sich.

Sir Bernard sagte, wie sehr er sich darauf gefreut habe, Carmen wiederzusehen. Ihre letzte Begegnung sei ja nun völlig schiefgelaufen. Er sei in keiner guten Verfassung gewesen: Seine Beziehung zu Lady Rowena, der Inneneinrichterin, sei damals gerade in die Brüche gegangen. Sein Vertrag mit ihrer Firma bestehe allerdings notgedrungen weiter. Manchmal habe er den Eindruck, daß sie sich an ihm rächen wolle. Mit Männern werde er weit besser fertig als mit Frauen. Man brauche ja bloß an Mrs. Haverill zu denken . . . aber was redete er denn da bloß? Er war nervös. Er hätte gern etwas getrunken, um sich zu beruhigen, doch er trank nicht mehr, na, sagen wir, kaum noch. Ob Carmen Lust auf ein Glas Chablis habe? Er werde eine Flasche aufmachen.

Carmen nickte. Er öffnete die Flasche. Ihre Hände berührten einander, als er ihr das Glas reichte. Er war kein Hologramm: Seine Haut fühlte sich trocken und warm an. Sie begriff, daß er wirklich da war.

Er schlug vor, zum Essen hinunterzugehen. Carmen erwiderte, das sei wirklich nicht nötig. Er sagte traurig: »Verstehe, Sie wollen es hinter sich bringen.« Das bestritt sie jedoch. Sir Bernard sagte: »Eins der Probleme, die sich daraus ergeben, daß man ein neuer Mensch ist und ein attraktiveres Erscheinungsbild verpaßt bekommen hat, besteht darin, daß man die Dinge mit anderen Augen betrachtet. Vor nur ungefähr einem Jahr, da hätte es für mich in einer solchen Situation – ein hübsches Mädchen, das weiß, was es zu erwarten hat, ein Glas Wein, eine geschlossene Tür – nur einen denkbaren Ausgang gegeben, doch mittlerweile bin ich ein ernsthafterer Mensch. Ich wäre froh, es wäre nicht so. Ich sehe schon, daß das kein einfacher Abend werden wird.«

Carmen sagte: »Auf mich hat diese Verwandlung in eine neue Frau genau die entgegengesetzte Wirkung. Was soll einem die Jungfräulichkeit bloß einbringen, frage ich mich? Wie soll man die Welt kennenlernen und sich darin zurechtfinden können, wenn man von sich selbst nichts weiß, vom anderen Geschlecht ganz zu schweigen?«

Sir Bernard vernahm mit ehrfürchtigem Staunen, daß sie wirklich noch Jungfrau war. Seiner Erfahrung nach taten die Mädchen nur so. Er hatte angenommen, daß Driver bloß prahlte.

Carmen sagte: »Das ist doch keine Tugend. Ich betrachte es als Neurose. Ich bin einfach nicht normal. Eine von den Frauen, der man die künstliche Befruchtung verweigern würde. Mit solchen Frauen stimmt irgend etwas nicht, darin sind sich alle einig.«

Aber so wurde die Unterhaltung allzu nüchtern und rational, um entspannend zu wirken – meinte Sir Bernard jedenfalls. Carmen erkannte, daß ihr neues Ich alles daran setzen mußte, nicht zu geistreich und unterhaltend zu sein, sondern eher zurückhaltend und ein wenig langweilig, sonst würde es womöglich zu Verstimmungen kommen. Sie stellte fest, daß ihr daran lag, Sir Bernard zu gefallen, und das war seltsam. Sie hatte einen Augenblick lang das Gefühl, Drivers Augen aus dem Wandspiegel auf sich gerichtet zu sehen, war sich jedoch nicht ganz sicher. Sir Bernard setzte sich durch, und sie gingen zum Essen in den Speisesaal hinunter. Über Mrs. Haverills ausdrucksloses Gesicht huschte ein Lächeln. Der Kellner trat an ihren Tisch und sagte: »Guten Abend. Die Herrschaften fühlen sich doch wohl bei uns? Mein Name ist George, und ich stehe ganz zu Ihren Diensten.«

Carmen sagte: »Sie sind weniger George als Henry, würde ich sagen.«

»Mrs. Haverill sagt, ich muß George sein, sonst bin ich meine Stelle los«, was nun natürlich so nicht gesagt worden war, allerdings Georges Eindruck wiedergab.

Sir Bernard sagte: »Also, das reicht jetzt. Mrs. Haverill geht. Sie macht hier ständig irgendwelchen Unsinn. Das Restaurant ist so fade, daß es nicht zum Aushalten ist«, und er machte sich eine Notiz, um es nicht zu vergessen. Es stellte sich heraus, daß nur die älteren Herren den Blick auf Carmen hefteten und kein Mensch da war, der so vital oder einflußreich gewesen wäre, daß es sich gelohnt hätte, Eindruck zu schinden. Es war eine Enttäuschung. Carmen empfand ebenso. Sir Bernard und sie sprachen höflich über alles mögliche – die Kurzsichtigkeit derer, die das Ostküstenprojekt zu behindern versuchten, womit Carmen zu ihrer eigenen Verwunderung ganz einverstanden war, darüber, ob Carmen Opern mochte oder nicht: Opern waren Sir Bernards Leidenschaft, Carmens jedoch noch nicht, trotz ihres Namens (nun mal ehrlich – *Oper*, in Fenedge!), und sie waren noch bei den Vorspeisen – Melone und

Parmaschinken für Sir Bernard, Avocado mit Cassissauce für Carmen –, als sie sich das Oberteil ihres Kleides mit Cassis bekleckerte.

»In diesem Restaurant herrscht eine bedrückende Atmosphäre«, sagte Sir Bernard. »Angeblich soll es hier sogar spuken. Zu viele tote Augen sind auf uns gerichtet, und nun haben Sie sich das Kleid ruiniert. Wir gehen wohl besser nach oben und waschen den Fleck mit kaltem Wasser aus, ehe es unwiderruflich hin ist. Das hat meine Mutter jedenfalls immer so gemacht.«

Es war ihr noch gar nicht in den Sinn gekommen, daß er ein Mensch mit einer Mutter sein könnte. Auf dem Weg nach oben sprachen sie darüber. Selbstverständlich habe er seine Mutter geliebt, sehr sogar, doch sie habe seine Liebe nicht erwidert. Sie habe ihre Pflicht erfüllt, mehr nicht. Sie sei eine gläubige Frau gewesen, voller Haß auf ihren Mann, und sie und der kalte Ostwind, der von der Nordsee hereinblies, hätten ihm die Kindheit vergällt. Seine Brüder hätten sich dadurch unterkriegen lassen, er hingegen sei dadurch nur um so expansiver und ehrgeiziger geworden. Wenn er sich seine Mutter schon nicht habe untertan machen können, dann müsse es eben die ganze Welt sein. Das habe er immer schon gewußt.

Das Badezimmer war ein großer, kühler Raum mit Marmorwanne und Marmorbecken und einem häßlichen, in weißen Stein gehauenen Schwan, aus dem das Wasser kam. Sie zog ihr Kleid aus und reichte es Sir Bernard. Er legte ein Handtuch unter den Fleck und betupfte ihn sachkundig mit einem zweiten, das er unter dem Schwan befeuchtete.

Driver hatte sich nicht die Mühe gemacht, für Unterwäsche zu sorgen, und so trug Carmen, wie gewöhnlich, einen Schlüpfer von Raelene und einen BH, der mit einer Sicherheitsnadel zugemacht war. Sie wünschte sich, für Besseres gesorgt zu haben. Sie war in der Auswahl ihrer Unterwäsche weniger schlampig als darum besorgt, für den Fall eines unerwarteten Wandels ihrer Figur gerüstet zu sein, doch wie sollte Sir Bernard das wissen? Obwohl er ihr wahrscheinlich eher glauben würde als irgend jemand sonst. Er reichte ihr einen Frotteemorgenmantel vom Haken hinter der Tür, ohne sie wirklich anzusehen. Sie kam auf den Gedanken, daß die vielen Mädchen an seinem Arm vielleicht alle nur Show gewesen waren. Es gefiel ihr aber nicht, daß sie auf solche Gedanken kam.

»Eine vertrackte Angelegenheit«, sagte er klagend und wies mit der Hand in Richtung Bett im anderen Raum, »von hier nach dort zu gelangen.«

Carmen sagte, sie könne doch hinübergehen und das Licht ausmachen, und er könne sich im Badezimmer ausziehen und dann nachkommen. Er fand, das sei eine gute Idee. Er sagte, sie dürfe seine Unentschlossenheit nicht als Mangel an Begeisterung auffassen. Sie sagte, das tue sie auch nicht.

Ich kenne diese Szene nur aus Carmens Mund, und nachdem sie ihre und danach meine Phantasie durchlaufen hat, mag die Wiedergabe nicht mehr viel Ähnlichkeit mit irgendeinem wirklichen Ereignis haben, ganz zu schweigen von irgendwelchen lebenden oder toten Personen, wie sie in jener feigen Leugnung vor Beginn eines Films auf der Leinwand erwähnt werden, die schon lange kein Mensch mehr liest.

Carmen zog aus, was sie anhatte, und legte sich im Bett parat. Das Bettzeug war aus weißer Baumwolle: zweifellos von der Art, die seine Mutter bevorzugt hatte. Sie konnte sich in einem hohen, kippbaren Spiegel sehen. Ihr Haar war länger, als sie es je gesehen hatte, ihre Brüste befanden sich außerhalb der Bettdecke. Sie gefielen ihr überhaupt nicht: Sie waren eine einzige betonte Rundung, vom Brustkorb bis zur Brustwarze, sie waren aufdringlich. Erneut betrachtete sie ihr Gesicht im Spiegel, und Driver blickte ihr entgegen. Sie kreischte auf und bedeckte ihre Brüste mit der Decke. Es hat etwas ungeheuer Schockierendes, in den Spiegel zu schauen und ein fremdes Gesicht darin zu erblicken.

»Nun machen Sie aber kein Theater«, sagte Driver. »Ich bin schließlich Ihr Vater. Und die Brüste da gehören mir, nicht Ihnen. Sie sind aufsehenerregend. Ich muß schon sagen, Ihre Unterwäsche werde ich Ihnen so schnell nicht verzeihen, aber nun sind Sie hier, und das ist die Hauptsache. Das war ein zähes Ringen.«

»Wie geht es Annie?« fragte Carmen.

»Das hängt davon ab«, sagte Driver, »was als nächstes passiert. Ich möchte kein Vergewaltigungsgetue – dies ganze Nein, das kann ich nicht, Nein, das will ich nicht, was die meisten albernen Mädchen so von sich geben. Ich möchte, daß mir morgen früh ein zufriedener, fröhlicher, selbstsicherer und befriedigter Sir Bernard abgeliefert wird, und dann kümmere ich mich um Annies Frühstück.«

»Das will ich Ihnen auch raten«, sagte Carmen, sprang aus dem Bett und warf ein Schottenplaid über den Spiegel. Seine Stimme schwadronierte noch ein Weilchen fort und verstummte dann. Carmen zog sich den weißen Morgenmantel an und setzte sich aufs Fußende des Bettes. Sir Bernard kam aus dem Badezimmer herein. Er trug einen seidenen Morgenmantel mit einem schwarzen chinesischen Motiv. Seine Schienbeine waren behaart und seine Füße bloß. Die Nägel waren lang.

»Sie erleichtern die Sache nicht gerade«, sagte er.

»Nein, das stimmt«, sagte sie. »Aber dafür sind Sie verantwortlich, nicht ich.«

»Finden wir uns damit ab«, sagte er, »es wird nichts draus.« Er setzte sich neben sie. »Zu der Zeit, als ich noch trank, war das alles kein Problem. Ich kroch betrunken drauflos, und die Frau fiel betrunken in die Kissen. Aber wenn man jemandem erst mal von seiner Mutter erzählt hat, dann fällt ihr Schatten über alles, und es macht keinen Spaß mehr.«

»Ich weiß auch nicht, wie man es macht«, sagte Carmen,

»das war schon immer mein Problem. Warum ich in dieser Stimmung bin wie jetzt. Meine Freundinnen haben damit keine Schwierigkeiten.«

»Wenn man dann endlich bekommt«, klagte Sir Bernard, »was man sich ausgesucht hat, wie nach dem Wunschzettel eines Heiratsinstituts – schlankes, rothaariges, intelligentes und gebildetes Mädchen mit spitzen Brüsten –, dann wird einem alles zuviel. Man hat Angst, daß etwas schiefgehen könnte.«

»Großer, schlanker, gutaussehender Geschäftsmann, Nichtraucher, Nichttrinker, einfühlsam . . .«, sagte Carmen. »Ich dachte, ich meinte damit Ronnie Cartwright, doch jetzt sehe ich, daß das genausogut Sie hätten sein können.«

Er legte versuchsweise die Hand auf ihr Knie: Es blieb beim Versuch. Er zog sie wieder weg. Sie saßen nebeneinander, einträchtig, doch ohne einander zu berühren.

»Egal wie«, sagte er, »es ist schon schade. Wie ich das hasse, eine Gelegenheit verstreichen zu lassen. Dadurch, daß ich das sonst nie getan habe, ist das Bellamy Empire zu einer solchen Größe gewachsen. Der Kaiser des Imperiums ist heute aber leider nicht so.«

Er erklärte, seine erste Regung sei zutreffend gewesen: Er müsse sie eben heiraten. Im stillen trauten Bett würde es keine Schwierigkeiten geben. Da wäre er dann ebenso potent wie jeder andere auch, womöglich noch potenter. Was Carmen dazu meine? Er würde sich geehrt fühlen, wenn sie ihn heiratete. Und mit solchen Sachen würden sie eben bis zur Hochzeitsnacht warten. Wenn sie ihm das Klischee nachsehen wolle: Er wolle sie ganz, nicht nur einen Teil von ihr.

Carmen erzählte mir, sie habe an Annie gedacht und an Peckhams, an das ganze künftige Leben in Dullsville, Tennessee, und an Lauras Kinder, die auf ewige Zeiten in ihre Papiertaschentücher schniefen würden, und sie habe sich vorgestellt, daß sie Sir Bernards Suite neu einrichten und ihn aufheitern würde und daß sie vielleicht an ihm wiedergutmachen könnte, was seine Mutter versäumt hatte, und dann habe sie gedacht, daß sie ja vielleicht sogar, wenn sie Ronnie Cartwright gesagt hatte, ohnehin immer schon Sir Bernard gemeint hatte, und dann habe sie gefunden, daß kein Mädchen, das seine Sinne beisammen habe, so ein Angebot ausschlagen würde. Und sowieso, was seien schon zwanzig Jahre Altersunterschied? Wenn es keinen Sex gäbe, wäre das auch nicht weiter schlimm, und es sei ja durchaus nicht ausgeschlossen, daß es später doch noch dazu kam: Sir Bernard benahm sich schließlich nur, wie man es von einem Gentleman erwarten durfte. Und während sie das gedacht habe, habe Sir Bernard gesagt: »Meine Millionen stehen Ihnen zur Verfügung. Ich werde mich der Bewohnbarmachung der Welt widmen, die Dinge in Fluß halten, und Sie werden sich damit beschäftigen, den Wal zu retten, die Ozonschicht und den Regenwald. Solange Sie sich nicht in meine langfristigen Projekte einmischen, können Sie tun und lassen, was Sie wollen.«

»Abgemacht«, sagte Carmen.

»Carmen«, sagte Sir Bernard, »sagen Sie bloß Driver nichts davon, was sich hier abgespielt hat. Wenn er irgend etwas haßt, dann Ereignislosigkeit.«

»Abgemacht«, sagte Carmen.

Sie besiegelten den Bund mit einem wohlerzogenen, aber liebevollen Kuß, warme feuchte Lippen (ihre) auf warme trockene (seinen). Sie schliefen Seite an Seite in ihren Morgenmänteln.

Am nächsten Morgen kam in aller Frühe der Hubschrauber, um Sir Bernard abzuholen, doch ehe er abflog, rief Sir Bernard noch seinen PR-Agenten an und trug ihm auf, die Hochzeit zu arrangieren: zum frühestmöglichen Termin, damit sich die Turbulenzen um das Ostküstenprojekt beruhigen konnten.

Als er gegangen war, nahm Carmen das Schottenplaid vom Spiegel. Drivers Gesicht blickte sie lauernd daraus an. Sein Atem ließ den Spiegel beschlagen, was sonderbar war.

»Wie ist es gegangen?« fragte er.

»Er schlägt so viele Fliegen wie möglich mit einer Klappe«, sagte Carmen. »Wir heiraten mit allem erdenklichen PR-Rummel.«

»Ich hab Ihnen ja gleich gesagt, daß sich alles zum besten wenden würde«, sagte Driver hocherfreut.

»Vermutlich waren Sie derjenige, der ihm seine unerschöpfliche Virilität verliehen hat«, sagte Carmen und gähnte und reckte sich mit allen Anzeichen wollüstigen Behagens.

»Er hat nicht darum gebeten«, sagte Driver. »Er meinte, in der Hinsicht habe er noch nie irgendwelche Probleme gehabt. Freut mich zu hören, daß er es ohne mich geschafft hat.«

»Das hat er allerdings«, sagte Carmen. »Und wenn Sie sich jetzt freundlicherweise um Annie kümmern würden?«

Ob Carmens Geschichte nun stimmte oder nicht, ob die mit Sir Bernard verbrachte Nacht so keusch war, wie sie behauptete, oder nicht – und das Ganze damit nichts anderes als ein weiteres Beispiel für Carmens Fähigkeit, ihre Sexualität zu verleugnen, mit anderen Worten: von hinten bis vorn erlogen –, die Schicksalsgöttin schien ihr Einlenken gegenüber der männlichen Autorität, ihre Bereitschaft, sich Sir Bernards Wünschen zu fügen, für ausreichend zu erachten, und Annie aß und ward dem Leben wiedergegeben.

Die Schwester trat an jenem Morgen an Annies Bett, wie sie da mit weißem Gesicht auf der Intensivstation lag, an alle möglichen Monitore und Tröpfe angeschlossen, von denen ihr keiner auch nur im geringsten zu helfen schien. Ihr Blutdruck war zu niedrig, ihr Puls zu langsam, sie hatte seit Tagen nicht gesprochen.

Sagte die Schwester, die Hand in die Hüfte gestemmt: »Ich weiß wirklich nicht, warum dieses Krankenhaus seine Energie an Menschen verschwendet, die lieber tot sein möchten. Wenn es nach mir ginge, gäbe es keinerlei Behandlung für Leute mit Krankheiten, die durch Nikotinabhängigkeit, Sex- oder Ernährungsprobleme bedingt sind.«

Annies Augen blitzten zornig auf. Ihr Puls tat einen kleinen Sprung auf dem Monitor.

»Hat ja wohl keinen Sinn, Ihnen Ihr Frühstück anzubieten«, sagte die Schwester. »Sie ziehen ja doch wieder nur ein Gesicht. Außerdem ist sowieso schon alles weg.«

Annie setzte sich auf, die Monitore spielten verrückt, und es gab Alarm, lautlos freilich, um die Patienten nicht zu beunruhigen.

»Ich habe Anspruch auf ein Frühstück«, sagte sie. »Sie werden dafür bezahlt, es mir zu verschaffen, also tun Sie es auch.« Mrs. Haverill hätte es nicht besser gekonnt. Die Schwester holte es ihr. Annie aß, nicht viel, doch genug, um von der Liste der kritischen Fälle zu kommen.

Als Tim zwei Tage später eintraf, fand er eine im Bett sitzende Annie vor, die gerade heißen Kakao schlürfte.

»Ach, Annie«, sagte Tim.

»Ach, Tim«, sagte Annie.

»Dann bleibe ich eben zu Hause und sehe mit dir fern«, sagte Tim, »wenn dir so sehr daran liegt.«

»Dann ziehe ich eben los und springe mit dir Bungee«, sagte Annie, »wenn dir so sehr daran liegt.«

Und so weiter und so fort, bis sie sich der Notwendigkeit gegenübersahen, einen baldigen Hochzeitstermin festzusetzen.

»Ist jetzt nicht gerade Drench-Zeit?« fragte Annie. »Du hättest die Schafe nicht allein lassen dürfen. Das war verantwortungslos. Laura hatte keinerlei Recht dazu, dich herzuschleppen.«

»Ich werde ihr den Flug bezahlen«, sagte Tim, »und auch

die Flüge von allen anderen Freundinnen, die du mir nennst.«

»Wir können es uns nicht leisten, so mit dem Geld herumzuschmeißen«, sagte Annie. »Wohin soll das denn führen? Ich habe ein vorzügliches Rezept für Aprikosenchutney, deine Mutter wird begeistert sein. Laß uns so schnell wie möglich heimfliegen. Und wir werden auch nicht Club-Klasse fliegen, sondern normal wie alle anderen.«

– XX –

Die Abendausgaben der Regionalzeitungen brachten die Neuigkeit vom Bellamy-Wedmore-Verlöbnis als erste. Die Schlagzeilen waren zwar reichlich fett, aber respektvoll: »Mädchen aus Fenedge zieht das Große Los« und »Peckhams-Angestellte heiratet Chef«. Die überregionalen Blätter, die die Nachricht am nächsten Tag übernahmen, überschlugen sich vor Aufregung. »Baron heiratet leichtes Mädchen«, posaunte die *Sun*, was nun wirklich nicht fair war. »Gefrierhähnchen-Mädchen erobert Herz des Tycoons.« »Laßt alle Hoffnung fahren, Mädels: Er ist in festen Händen!«, und so weiter.

Stephen ging los und kaufte sämtliche Zeitungen.

»Wie hat sie denn das nun bloß wieder gedreht?« fragte Andy.

»Ich hab immer schon gewußt, daß sie das Zeug dazu hat«, sagte Raelene.

Stephen lachte daraufhin schallend, und das kränkte die beiden.

»Du mußt dir wohl bald 'ne Arbeit suchen, Stephen«, sagte Andy. »Kannst hier ja nicht ewig rumhängen.«

»Was machst du denn selbst anderes«, bemerkte Stephen dazu.

»Ich sehe wohl besser auch zu, daß ich in die Gänge komme«, sagte Andy. »Kann doch Carmen nicht enttäuschen. Die wird jetzt keine Faulenzer mehr in der Familie haben wollen. Und wie wär's, wenn du das Haus mal ein bißchen saubermachen würdest, Raelene?«

»Wie wär's, wenn ihr das zur Abwechslung mal tätet?« erwiderte Raelene so schlagfertig und bissig, daß Stephen zu ihrem Erstaunen doch tatsächlich aufstand und anfing, die Bierdosen aufzusammeln und in den Mülleimer zu werfen.

Andy betrachtete ein Ganzfoto von Carmen, das die ganze Seite vier einnahm, und sagte: »Ich persönlich fand immer schon, daß Carmen es sogar bis auf Seite drei bringen könnte, wenn sie sich Mühe geben würde. Aber Lady Bellamy ist auch nicht schlecht. Ich bin stolz auf sie.« Er machte sich daran, die Haustür abzuwischen, als Vorbereitung auf das Eintreffen der Presse.

Henrietta und Shanty Cotton musterten das Foto, während sie frühstückten.

»Ich kann es kaum glauben«, sagte Henrietta. »Ausgerechnet Carmen Wedmore. Ist das nicht schön? Außer daß es, fürchte ich, die geweihte Stätte für eine Weile aus den Schlagzeilen verdrängen wird.«

»Das wird sich Sir Bernard auch gedacht haben«, sagte Shanty Cotton. Er aß eine Schale Müsli mit Magermilch. Er hatte aufgehört, Eier und Schinkenspeck zum Frühstück zu essen, und war längst nicht mehr so rot im Gesicht.

»Ich bin überzeugt, daß es wirkliche Liebe ist«, sagte Henrietta, und Shanty Cotton schämte sich. Poppy hätte niemals etwas so Liebes und Gutgläubiges gesagt. Er kam zu dem Schluß, daß Poppy besser keine Rolle mehr in seinem Leben spielte. Er würde sie sich vom Hals schaffen, ehe Henrietta Verdacht schöpfte. Nicht, daß er normalerweise etwas dagegen gehabt hätte, daß Henrietta Verdacht schöpfte, dann spurte sie wenigstens – und dann schämte er sich schon wieder.

Er beugte sich über den Tisch und drückte ihr die Hand, und ihr Gesicht rötete sich vor Freude. Das war schon herrlich, daß man so etwas für einen anderen Menschen tun konnte, und auf so einfache Weise. Damit Poppy vor Freude errötete, mußte man sich völlig verausgaben und Müsli essen.

Kim sagte beim Anblick des Fotos zu Woodie und Laura: »Das haben sie retuschiert.«

»Haben sie nicht«, sagte Laura.

»Jedesmal mußt du mir widersprechen«, sagte Kim. »Langsam hab ich die Nase voll davon. Warum kannst du nicht wie Angela sein? Das ist mal eine Frau, mit der sich's auskommen läßt.«

»Dann mach das mal«, sagte Laura, stand auf und zog sich den Mantel an.

»Aber wohin gehst du denn?« fragten Woodie und Kim wie aus einem Munde. Sie sahen am liebsten, daß Laura blieb, wo sie gerade war, und vor allem nichts Unvorhergesehenes tat.

»Ich gehe Angela besuchen«, sagte Laura.

»Das kannst du doch nicht machen«, sagten Woodie und Kim wie aus einem Munde.

»Oh, doch«, sagte sie, und sie tat es.

»Ich finde«, sagte Laura zu Angela, »das Beste ist, Kim zieht zu Ihnen, um Sie vor sich selbst zu bewahren. Dann haben Woodie und ich das Haus für uns allein.«

»Würde ich denn auch für ihn kochen müssen?« fragte Angela. Sie schien die geistige Reife einer Neunjährigen zu besitzen.

»Ja, gewiß«, sagte Laura. »Und Sie und er können für Woodie und mich babysitten, solange Sie sich nie wieder allein mit Woodie in einem Zimmer aufhalten.«

»Also gut«, sagte Angela friedfertig, »Kim ist zwar ganz schön alt, aber das macht mir nichts aus.«

»Heute rein, morgen raus«, sagte Kim, als er es erfuhr, »aber ich hab nichts dagegen. Ich hab's verdient. Ihr behaltet das Haus. Im Grunde bin ich ein Stadtstreicher. War ich immer schon: Was soll ich also mit einem Haus? Ich brauche nichts weiter als irgendwo ein warmes Bett und keine Verantwortung. Was ist mit Kubrick?«

»Kubrick nimmst du mit«, sagte Laura. »Kümmer dich selbst um ihn.«

Und von da an gab es zwischen Laura und Woodie keinerlei Probleme mehr. Sie kam und fragte mich, was ich von einer Sterilisation hielte, und ich sagte, ich würde nicht dazu raten, doch was ich denn davon schon wisse? Also unterzog sich Woodie einer Vasektomie, die für mein Gefühl immer nach Selbstbestrafung riecht, und ich nehme an, daß er meinte, Strafe verdient zu haben. Ich glaube allerdings, es war die Art, die man rückgängig machen kann. Wie soll man auch wissen, was als nächstes passiert?

Carmens Foto kam zu Alan und Mavis als vom Winde verwehtes Zeitungspapier, das vom Himmel geraschelt kam und zu ihren Füßen niederfiel. Sie hatten es zwar schon gesehen, musterten es aber noch einmal.

»Sie trägt keinen BH«, sagte Mavis. »Da mache ich jede Wette. Unsere Annie würde sich nie so fotografieren lassen.«

»Unsere Annie ist ja nun auch fein raus«, sagte Alan. »Sie hat ihre wahre Liebe gefunden, und das ist wichtiger als eine Geldheirat.«

Sie waren auf dem Baugelände oben und saßen neben einem rechteckigen Loch im Boden, wo man ein Skelett in einem Bleisarg entdeckt hatte. Wer immer das gewesen sein mochte, er war jedenfalls über einsachtzig groß gewesen, und zwar ohne Schädel, denn der fehlte. Archäologen hatten die Gebeine in einen Plastiksack getan und vorher noch beschriftet. Sie machten Fotos von dem Sarg und karrten ihn nun ebenfalls weg.

»Ich nenne so was Grabplünderung«, sagte Mavis zu einem von ihnen, einem sehnigen jungen Mann mit einem roten Bart, der gerade die Pflöcke entfernte, die die Bronzezeit gegen den Rest abgegrenzt hatten. Sie hatten das Interesse an diesem Teil des Geländes verloren: Die Pflöcke wurden anderswo benötigt, sie waren knapp. Jemand war auf einen kunstvollen römischen Fliesenboden gestoßen, der in gutem Zustand war.

»Das ist aber kein Grab mehr«, sagte der junge Mann und stieß wie zum Beweis mit dem Fuß Sand hinein. »Sowie hier alles raus ist, ist es nur noch ein Loch in der Erde und sonst gar nichts.«

»Nicht für den Geist, der darin gelegen hat«, sagte Mavis, und ihre blassen Augen rollten ein wenig, als käme Graf Capinski zurück. Er hatte sich seit einer Weile nicht blicken lassen, jedenfalls nicht mehr, seit Annie von ihrem Bett aufgestanden und dem Leben wiedergegeben war. Mavis und Alan hatten Händchen gehalten, während sie zur Ausgrabungsstätte hinaufgewandert waren.

Der Archäologe ging weiter und murrte über die vielen Glotzer und Gaffer, die es nicht nur der Baufirma erschwerten, mit der Arbeit fortzufahren, sondern die in ihrer Unwissenheit auch noch wissenschaftlich wichtiges Material kaputtrampelten. Dabei wäre noch soviel zu tun – die Bulldozer sollten bald wieder rollen. Ja, ja, das war schon eine Heidenarbeit, so was ordentlich zu machen. Und die Leute machten ein derartiges Theater. Sie waren wirklich gefühlsduselig.

»Ich finde nicht, daß man das Gefühlsduselei nennen kann«, sagte Mavis, als er weg war. »Ich finde, egal, ob ein Leichnam nun dreitausend Jahre oder drei Tage alt ist, er verdient allemal Respekt. Und nicht, daß man ihn in einen Plastiksack steckt und auf ein Regalbrett in irgendeinem College schmeißt, damit sich jemand einen akademischen Grad holen kann.«

Sie und Alan saßen aus Respekt für den Toten noch ein Weilchen neben dem Loch im Boden und dachten über die Sterblichkeit nach und über die Tatsache, daß die archäologische Abteilung der Universität, die eine Untersuchung über die Ausgrabungsstätte anfertigte, dies im Auftrag von Bellamy Enterprises tat und zweifellos auch weiter von ihnen beschäftigt zu werden wünschte. Die Abteilung, von welcher Universität auch immer, die mit dem geringsten Zeitaufwand und der geringsten Bezahlung die meiste Arbeit verrichtete und die Öffentlichkeit in Schach hielt und niemals den Bauarbeiten in die Quere kam und dabei nach den Buchstaben des Gesetzes vorging – welches verlangte, daß antike Fundstellen, sowie sie einmal entdeckt waren, wenigstens einer minimalen Untersuchung zu unterziehen seien – war die Abteilung, die am Ende die Nase vorn hätte, wenn neue Aufträge anfielen.

»Über einsachtzig und ohne Schädel«, sagte Mavis. »Ich wüßte ja gern, wer er war und was da passiert ist«, und sie erschauderte. »Was immer es gewesen sein mag, es war nichts Angenehmes. Das spüre ich.«

Der Himmel war schwefliggelb gestreift. Vögel flogen über sie hinweg. Für Mavis und Alan waren sie namenlos, obwohl Mavis durchaus einen Raben zu erkennen vermochte, wenn sie einen sah – was sie jedoch niemals freute, schon gar nicht in den Gärten ihrer Patienten, da Raben ein böses Omen waren. Wenn Mavis einen erblickte, ließ sie die betreffende Familie unverzüglich Dr. Grafton rufen, nur, um sich abzusichern. Sie spürte irgend jemandes Atem im Nacken. Vielleicht war es der Wind, vielleicht etwas anderes. Sie konnte das bekümmerte Geflüster ringsumher hören: ein immer stärker um sich greifendes Unbehagen, das von der Erde aufstieg.

»Das ist schon ein komischer Fleck Erde«, sagte Alan. »Hab ich noch nie gesehen, so was, nichts Halbes und nichts Ganzes«, und tatsächlich war es ein melancholischer Ort, der als Landschaft zwar ruiniert, zumindest aber noch nicht wieder geschottert, zubetoniert und von Menschen in Gebrauch genommen war. Das Ostküstenprojekt war ins Stokken geraten, da es Auflagen gegeben hatte, deren Widerruf von den Bellamyschen Anwälten erst noch zu erstreiten war, auch wenn die sich bereits einen zufriedenstellenden

Ausgang ausrechneten. Die Presse hatte, wie von Sir Bellamy vorhergesehen, aufgehört, Wind um das Für und Wider der Erschließungsarbeiten zu machen. Ihre Leser, die derlei Dinge nur oberflächlich beschäftigten, interessierten sich weitaus mehr für die Hochzeit des Jahres und dafür, welche Eigenschaften Carmens es denn wohl gewesen sein mochten, die den nicht auf den Leim zu lockenden Sir Bernard auf den Leim gelockt hatten. Frühere Männerfreundschaften waren nicht auszugraben, was an sich schon verdächtig war, obwohl Poppy in einem Interview durchblicken ließ, daß Carmen zunächst befördert worden sei, indem sie mit ihrem Chef schlief, und sich dann Zugang zu Sir Bernard verschafft habe, indem sie sich mit dessen Chauffeur einließ. Woraufhin die Pressemeute Shanty Cottons Haus umzingelte, doch die Cottons waren auf ihrer zweiten Hochzeitsreise. Sir Bernards Fahrer war irgendwo in der Schweiz auf einem Lehrgang für Bodyguards und absolut unauffindbar. Die *Sun* gelangte daraufhin zu der – ihrer Leserschaft nur willkommenen – Schlußfolgerung, daß Carmen noch Jungfrau sei, wenn Darstellungen eines unfreiwilligen Zölibats auch im allgemeinen auf steinigen Boden fielen.

Daß jemand noch Jungfrau war, so erkannte der Leser, hieß, daß er selbst rein und alle anderen unrein waren: Das war interessant. Ein Zölibat hingegen, das nur bedeutete, daß sowieso keine Bewerber da waren, war langweilig.

Alte Zeitungen wirbelten um Mavis und Alan herum, als sie aufstanden. Irgend jemand hatte sie mitgebracht, um menschliche Überreste und Artefakte hineinzupacken, und sie dann vergessen.

»Weißt du was, Alan«, sagte Mavis, »ich denke, wir rufen lieber die Kirche und lassen eine Austreibung machen.«

»Kannst du das nicht selber machen?« fragte er überrascht.

»Mir wäre es lieber, wenn das jemand Offizielles übernähme«, sagte sie, und gleich war ihr besser. Der Wind, der das Zeitungspapier umherwirbelte, blies eine weitere Sandschicht von den Dünen, die Jed Foster mit seinem Schaufelbagger bereits bearbeitet hatte. (Jed Foster hatte seinen Job verloren, und zwar angeblich aus Gründen, die mit den Enthüllungen über die Fundstätte nichts zu tun hatten.) Mavis und Alan bekamen Sand in die Nasenlöcher und zwischen die Zähne, und als Alan an jenem Abend badete, fand er sogar Sand in seinem Nabel.

Mavis badete mit ihm zusammen, da der Graf ja nun nicht mehr in der Gegend war. Sie behauptete, er sei endlich gestorben, der arme Alte, an der Kälte und an allen möglichen Krankheiten, die er sich vor langer Zeit in seinem Kerker geholt habe. Es sei äußerst selten, daß die Geister von Lebenden Reisen machten, meinte Mavis, und dann noch aus ihrer Zeit heraus, doch manchmal komme es schon vor, zumindest, wenn man glauben wollte, was in den Büchern stand. Sie hoffe jedenfalls, dem Grafen seine letzten Tage erleichtert zu haben, aber jetzt sei sie froh, sagte Mavis, Alan wieder für sich zu haben, jetzt, wo Annie ihnen endlich nicht mehr am Hals hing. Das Bad war ein ziemliches Gequetsche, da sie beide nicht mehr so schlank waren wie einst.

Alan sagte: »Na, freut mich zu hören, daß du endlich zu dem Schluß gelangt bist, daß drei einer zuviel sind.«

Mavis sagte: »Das habe ich dir doch schon vor Jahren gesagt, als du dafür gesorgt hast, daß ich Annie gekriegt habe.«

So stelle ich mir die Szene jedenfalls vor. Auf Mavis' Anregung hin wurde dann Fenedges Bischof von den Protestlern gefragt, ob er bereit sei, eine Art religiöser Zeremonie über den Grabstellen abzuhalten, und zur Überraschung vieler war er damit einverstanden. Eine Austreibung könne es freilich nicht sein, sagte er, weil es keine wirklichen Beweise für irgendwelche Heimsuchungen gebe, doch ein Versöhnungsgottesdienst sei durchaus angebracht. Und das war mit ein Grund, weshalb Graf Capinski nie wieder auf der

Bildfläche erschien und Mavis schließlich ihre Heilpraxis schloß. Dr. Grafton, der damit plötzlich wieder mehr zu tun bekam, nahm daraufhin einen jungen Assistenten in seine Praxis auf, der mehr Vertrauen in das hatte, was in der Gegend als »Doktorpillen« bezeichnet wurde, und diejenigen, die an sie glaubten, zogen es vor, sich von dem jüngeren Arzt behandeln zu lassen. Damit wurde den medizinischen Bedürfnissen der Nachbarschaft endlich in angemessener Weise entsprochen.

Diejenigen, die über die Schlagzeilen hinausblickten, als die Bellamy-Romanze über uns hereinbrach, hätten eine kleine Meldung entdecken können, in der der Tod einer der ältesten Einwohnerinnen des Landes gemeldet wurde, der Tod von Alisons Mutter, deren Herz einfach zu schlagen aufgehört hatte, während sie schlief. »Das ist schon verrückt«, sagte Alison nach der Beerdigung, an der sie mich hatte teilnehmen lassen, »da muß man siebenundachtzig werden, um endlich mutterlos und man selbst sein zu können!«

Sie meinte, nun endlich dürfe sie es gut sein lassen und einfach alt sein. Zum letztenmal machte sie einen Kopfstand, zerriß feierlich ihren Führerschein und erklärte mir, künftig werde sie für sich selbst sorgen müssen. Sie wolle sich nach einem gemütlichen Plätzchen umsehen. Von jetzt an würde ich sie besuchen müssen. »Das dürfte wohl schwierig werden«, sagte ich. Sie meinte, ich könne es doch zumindest versuchen.

Die Grafschaft erklärte sich bereit, mich per Krankenwagen von meiner Wohnung zum Sonderbegabtenzentrum und wieder zurück zu schaffen, da der neue Hintereingang ihren Fahrzeugen den Zugang ermögliche. Die Stadt wurde von einem neuen Vitalitätsschub belebt – nicht, daß es plötzlich nur noch so brummte vor Geschäftigkeit, doch es war eindeutig mehr los –, ein Ergebnis, so vermute ich, der Invasion der Presse, die sich mit Carmen Wedmores Sein und Werden befaßte und herauszufinden versuchte, wie so etwas nun denn nun wirklich zustande kam: Armes Mädchen angelt reichen Mann.

Die Kneipen füllten sich, und selbst Angelas Imbißwagen machte seinen Schnitt. Und Geschäfte ziehen andere Geschäfte nach sich. Der Gemüsehändler fühlte sich hinreichend ermutigt, den Laden von Andy und Raelene zurückzukaufen, für die Sir Bernard ein Haus am Landsfield Crescent erwarb, wo sie sich noch am ehesten zu Haus gefühlt zu haben behaupteten, und Fenedge kam einmal mehr in den Genuß des Anblicks von Orangen und Äpfeln, Birnen und Pflaumen und des einen oder anderen schönen, gesunden Blumenkohls in seinem sonst so grauen, schlicht leblosen Zentrum.

Meine täglichen Fahrten mit dem Krankenwagen waren zwar durchaus bequem, nach meinen Abenteuern mit Alison allerdings ziemlich langweilig. Eines Abends dann, um einem verzweifelten Bedürfnis nach Ablenkung abzuhelfen, nahm ich es auf mich, Alison in dem Altersheim zu besuchen, in das sie sich nach dem Tod ihrer Mutter fast augenblicklich begeben hatte. Mr. Bliss' Ställe, die einst der Straßenverbreiterung hatten zum Opfer fallen sollen, dann aber doch stehengeblieben waren, hatten ein- oder zweimal den Besitzer gewechselt, hießen nun Haus Feierabend und boten zwanzig betagten Bewohnern ein Zuhause.

»Feierabend bis wann?« fragte Alison bitter, als sie ihre Habseligkeiten bereits zum Verkauf annonciert hatte und beim Umziehen war. »Bis zum letzten Stündchen?« Dabei war es ihr eigener Wunsch, dort zu wohnen.

Ich brach an jenem Abend um halb sechs mit meinem Rollstuhl auf und wußte, daß ich eine einstündige Fahrt vor mir hatte, die mich sehr anstrengen würde. Was zutraf. Es regnete ein wenig. Unter meinen Plastikhüllen war es unbehaglich feucht. Die neuen Bordsteine an jener Straße, die meiner Erinnerung nach halb Feldweg, halb Landstraße gewesen war, versetzten meiner Wirbelsäule arge

Stöße, wenn die Räder dagegenstießen. Die Beleuchtung war schlecht, schlechter, als ich sie in Erinnerung hatte. Ich hatte eine Taschenlampe dabei, und die brauchte ich auch. Ich erkannte, daß ich mich auf der Straße zum Sicheren Haus des Teufels befand und daß es unbesonnen von mir gewesen war, diese Fahrt zu wagen. Ich erwartete schon halb, Schwärme von Vampirfledermäusen auf mich zusegeln zu sehen, aber das war natürlich Unsinn. Sealord Mansion war lange schon Bellamy House, und wenn es sie überhaupt je gegeben hatte, hatten längst Hubschrauber den Platz der Vampire eingenommen. Aber ich konnte den Laut der Kreuzkröten hören, oder jedenfalls kam es mir so vor, und das war unheimlich – dieses Geräusch eines regen, fremden Lebens, das sich immer noch irgendwo zwischen Bank und Wäscherei behauptete. Ein Fuchs überquerte vor mir die Straße und hatte etwas im Maul, das nach einem Küken aussah. Er blieb stehen, starrte aus roten Augen in meine Richtung – ich leuchtete ihn mit der Taschenlampe an, und in künstlichem Licht scheinen Tiere immer rote Augen zu haben – und trabte dann weiter, das Maul ungebührlich voll. Es waren keine Autos unterwegs, und das konnte mir nur recht sein. Es ist für einen Motorisierten schon schlimm genug, von Radfahrern aufgehalten zu werden, weit schlimmer ist es jedoch, hinter einer in Plastik gehüllten Rollstuhlfahrerin herschleichen zu müssen. Als der Mond dann aber höher stieg, verflüchtigte sich meine Angst. Gut und Schlecht wurden im Mondlicht gleich, so erkannte ich. Der Stern dort – oder war es ein Planet? Vielleicht die Venus? Die Leihbücherei hatte normalerweise keine populärwissenschaftlichen Bücher über Astronomie dabei, doch ich konnte ja mal fragen – leistete nicht nur dem Mond, sondern auch mir Gesellschaft. Man lebte nicht, um sich einsam zu fühlen. Es beleidigte die Welt, daß man sich langweilte, war ein Privileg, überhaupt zu existieren, auch wenn man seine Beine nicht gebrauchen konnte.

Ich bog auf das Grundstück mit Mr. Bliss' Ställen ein,

wie das Gebäude allgemein noch genannt wurde – vergiß Haus Feierabend –, und steuerte den Weg entlang, den Laura und Carmen einst an einem heißen Sommernachmittag entlanggerannt waren, als sie sich vor den Bienen fürchteten. Ich fand die Haustür im Dunkeln – niemand hatte sich die Mühe gemacht, eine Außenbeleuchtung zu installieren –, versuchte zu läuten und beugte mich dabei so weit vor, daß ich einfach aus meinem Rollstuhl fiel und mit der Seite hart auf den Schuhabkratzer schlug. Dann rollte ich auf den Rücken, lag dort schmerzverkrümmt und rief nach Alison, ungehört, bis Alison, die sich natürlich gern nützlich machte, wo immer sie war, die Haustür aufmachte, um die Milchflaschen hinauszustellen. (In Wirklichkeit kam der Milchmann aber gar nicht mehr, denn die örtliche Molkerei hatte ihren Lieferdienst eingestellt, und die Flaschen mußten von der Treppe wieder hereingeholt werden, doch niemand hatte das Herz, Alison das zu sagen. Sie war, würde ich meinen, nun mal mit dem Hang geboren, anderen zusätzliche Arbeit zu machen, und so blieb sie bis ans Ende ihrer Tage. Vielleicht war es ja das schiere Erstaunen über das, was sie da in die Welt gesetzt hatte, das ihre Mutter so lange am Leben erhielt.)

Wie dem auch sei, es wurde nach Dr. Grafton geschickt: Man war allgemein der Ansicht, daß ich einen Bandscheibenvorfall erlitten hätte. Statt Dr. Grafton kam dann sein junger Assistent, rollte mich aufs Gesicht und verpaßte mir einen scharfen, gezielten Handkantenschlag ins Kreuz. Was genau dabei passierte, weiß ich auch nicht: Vielleicht war die Lähmung ja tatsächlich hysterisch, vielleicht hatte das Nerventransplantat aus Chicago aber auch endlich seine Arbeit aufgenommen, vielleicht wurde einfach nur irgendeine Bandscheibe in meinem Rückgrat, die den Block verursacht hatte, befreit, oder vielleicht griff die wohltätige Wirkung, die von Carmens Bejahung ihrer Weiblichkeit ausging, nun auch auf mich über – doch was würden die Feministinnen dazu sagen? Jedenfalls kehrten

Empfindungs- und Bewegungsfähigkeit in meine Beine zurück. Es dauerte ein paar Monate, und ich war sozusagen wieder voll bewegungstauglich und imstande, wie es so schön heißt, meinen Platz in der normalen Gesellschaft einzunehmen – obwohl ich persönlich der Meinung bin, daß wir im Sonderbegabtenzentrum normaler waren als viele draußen.

– XXI –

Ich muss Ihnen erzählen, was an jenem Abend des Versöhnungsgottesdienstes in den Dünen geschah. Meiner Vorstellung nach war es derselbe Abend, an dem ich den Gebrauch meiner Beine wiederfand: Derselbe Mond schien über uns allen, doch das entspricht wohl eher dem, was ich in der Erinnerung daraus mache, als den wirklichen Ereignissen. So wird es einfach eine bessere Geschichte. Sagen wir also: Weil die ganze Stadt und viele Gäste von Bellamy House oben in den Dünen waren, durch die Kiesgruben stapften und die Wattvögel verscheuchten, waren die Straßen an jenem Abend so leer, und die Dinge nahmen für mich die Wendung, die sie genommen haben. (Wenn ich später bei Mr. Bliss' Ställen angelangt wäre, wäre vielleicht Dr. Grafton dort erschienen statt seines Assistenten, und das Ganze hätte einen ganz anderen Verlauf genommen, doch wie will man das wissen?)

Sir Bernard, seine Verlobte Carmen und ihr Fahrer trafen im Verlauf des Nachmittags in Bellamy House ein. Rote Teppiche erwarteten sie. Sie waren zu einer vorgezogenen Hochzeitsreise auf den Bahamas gewesen, um dem Presserummel zu entgehen. Carmen war gebräunt und trug einen sehr großen Brillantring am Finger. Das erste, was sie nach ihrem Eintreffen tat, war, mit dem Taxi zum Landsfield Crescent zu fahren und Laura und Annie zu besuchen. Annie war aus Neuseeland zurückgekehrt, um sich ihre Aussteuer zu kaufen. Sie hatte sich dagegen entschieden, das McLeansche Hochzeitskleid zu tragen. Sie ließ sich ein neues machen: Der Stoff wurde extra in einer der wenigen noch bestehenden Webereien im Norden Englands gewebt – derselben Firma, die damals den Originalstoff hergestellt hatte. Nachdem sie herausgefunden hatte, wieviel Geld auf den McLeanschen Konten lag, hatte sie keine Scheu mehr, welches auszugeben, und da ihr Wille jetzt stärker war als Mrs. McLeans – »Einmal den Hauch des Todes gespürt, und sie hebt ab, genau wie meine Schwester«, grämte sich Mrs. McLean –, machte es ihr keine Schwierigkeiten, der Familie alles Geld aus der Tasche zu ziehen, das sie benötigte.

Es erfüllte Annie und Laura mit Genugtuung, daß Carmen sie besuchen gekommen war: Sie hatten sich schon gefragt, ob sie ihr vielleicht nicht mehr gut genug wären. Es war Teestunde. Caroline und Sara sahen fern, während sie aßen. Laura fütterte die kleine Hannah mit dem Löffel, die ihren Gipsverband nun endlich los war.

»Das ist wie Vögel füttern«, klagte sie. »Piep, piep, piep, so geht das jedesmal, wenn man wegzugehen versucht. Glaubt nur ja nicht, daß eine Heirat so was wie ein Happy End ist. Damit fangen die Probleme erst an. Ich hätte das niemals tun dürfen. Warum nehmt ihr mein Beispiel bloß nicht als Warnung?«

Aber Annie befühlte gerade ein elfenbeinfarbenes Seidenmuster, und Carmen drehte ihren Ring, so daß er das Licht einfing. Sie wüßten sehr wohl, daß sie Mrs. Baker enttäuscht hätten, erklärten sie, doch das sei von jeher so bestimmt gewesen. Annie sagte, sie habe schließlich die Verantwortung für zwanzigtausend Schafe, ob das denn gar nichts sei? Carmen sagte, sie sei bereits dabei, eine private Stiftung zur Erforschung der Ozonschicht auf die Beine zu stellen, ob das nicht auch einiges wiedergutmache? Hannah stieß auf, spuckte einen Schwall farblosen Haferbrei aus, und Laura knirschte mit den Zähnen.

»Mädchen aus Fenedge werden reich«, sagte sie. »Und nun?«

Es hupte vor dem Haus. Es war Driver mit dem BMW.

»Der ist also immer noch zugange«, sagte Laura. »Wie geht's deiner Seele, Carmen?«

»Bestens«, sagte sie.

Die Türglocke schrillte, und Carmen machte Driver auf. Seine Uniform war silbergrau und schimmerte wie die Unterseite eines Kiebitzflügels.

»Ihr müßt sofort mitkommen«, sagte er, »der Hokuspokus fängt gleich an. Jeder, der was auf sich hält, ist auf dem Baugelände, außer euch dreien. Die Protestler drehen durch, die Kamerateams sind vor Ort, und der Bischof stellt sich in Positur. Millionen stehen auf dem Spiel. Wird Sir Bernard weitermachen können oder nicht? Wird die Ostküste vor der Überschwemmung bewahrt werden, oder werden die Landschaftsschützer sich durchsetzen und die ganze Menschheit ersäufen? Ihr Schatz möchte Sie sehen, Carmen, und zwar dalli, also lüften Sie Ihren Hintern.«

»Ich tue, wozu ich Lust habe«, sagte Carmen.

»Oh, nein«, sagte Driver. »Heute noch auf seidnen Kissen, morgen durch die Brust geschossen. So schnell geht das! Vergessen Sie nicht, daß ich Ihre Seele besitze.«

»Nun fahr schon mit, Carmen«, sagte Laura. »Ich hole Kim zum Babysitten, und dann komme ich mit Annie nach.«

Alle drei schauten Driver an, als hätten sie, was Carmens Seele betraf, andere Pläne, als sie ihm so ohne weiteres zu überlassen, und er sprühte ein wenig Funken und knurrte: Es war wie in alten Zeiten.

Es gibt diverse Berichte über dieses Ereignis. Alle stimmen darin überein, daß das Gelände geschottert worden war, das heißt, bestreut und gewalzt, so daß eine flache, dunkelgraue, tote Fläche entstanden war, die jede Spur von tierischem oder pflanzlichem Leben vermissen ließ. Die Mauern der römischen Villa waren abgerissen worden, ihr Fliesenboden hatte sich aufgelöst, die Löcher im Erdboden, die kurz vorher noch Grabstätten gewesen waren, waren auf alle Zeiten dahin, der Druidenbrunnen war zugeschüttet – alles war zu einem ununterscheidbaren Mischmasch vermengt worden, um so diese nützliche, alles beherrschende ebene Fläche zu ermöglichen. Nur die Geister, die in der von Unruhe erfüllten Luft atmeten und seufzten, sorgten für allgemeines Unbehagen. Die Sonne ging gerade unter und der Mond dafür auf. Der Abend glühte in Gelb- und Orangetönen, nicht einfach nur in Rosa- und Rottönen, wie die Abende in dieser Gegend der Welt es gelegentlich tun, wenn sich die Winde aus östlicher Richtung in nördliche Richtung zu drehen anschicken und das ungestüme Wetter bringen, das die Seevögel hereinbläst – die Krickente, die Stockente, die Spießente, die Schellente und die Eiderente, die gelegentlich auftauchende Mittelmeermöwe und den Kiebitz. Doch die machen nur eine Stippvisite und fliegen gleich wieder davon.

Oben auf den Dünen aufgereiht, standen sieben Erdbewegungsmaschinen: leuchtendgelb wie ein Kinderspielzeug in besonders massiver Ausführung. Es war deutlich, daß sie nur darauf warteten, daß die Zeremonie zu Ende ginge, um herunterzukurven und den Schotter aufreißen zu können, wo der vorgespannte Walzdraht verlegt werden sollte, der die Grundlage für ein automatisiertes Dock abgeben würde, von dem aus die Hochseeyachten zu Wasser gelassen werden konnten, oder jedenfalls hatte man das der Presse erzählt. Man hatte das Gefühl, daß die Maschinen ungeduldig waren. Es hielt sie kaum an ihrem Platz: Ihre langen Arme schwebten in der Luft und veränderten ab und zu kaum merklich die Stellung.

An den Hängen unterhalb des Maschinenparks standen die graugekleideten leitenden Angestellten des Bellamy Empire und die Beamten der Baubehörde sowie der Bürgermeister von Fenedge und sein Mitarbeiterstab. Sie standen dem bevorstehenden Ereignis ohne Sympathie gegenüber: Der Respekt gegenüber Kirche und Staat machte ihre

Anwesenheit zwar ebenso erforderlich wie ihre feierlichen Mienen, aber insgeheim fanden sie alle, daß das hier der reine Hokuspokus war.

Ihnen gegenüber am anderen Abhang standen die Protestler unter ihren grellen, hoffnungslosen Spruchbändern, ein wirrer Haufen, aufsässig und schlecht organisiert. Sie hatten verloren. Das Ostküstenprojekt konnte verwirklicht werden. Als Trostpflaster hatte man ihnen einen Versöhnungsgottesdienst spendiert, Dreingabe einer Kirche, die vor dem Big Business in die Knie gegangen war und sich nicht etwa vor die Bulldozer geworfen hatte – die versagt hatte, wo sie als Hort des Widerstands gefragt gewesen wäre. Die Gäste aus Bellamy House, die von den Kiesgruben her über den Dünenkamm geklettert kamen, hielten auf den gegenüberliegenden Hang zu, wo sie sich besser aufgehoben fühlten.

Mitten auf dem Schotterplatz lag eine Tischplatte mit einem weißen Tischtuch auf zwei Böcken. Zwei batteriebetriebene elektrische Kerzen flankierten ein Marmeladeglas mit einem Blumenstrauß. Späte Rosen aus irgendeinem Garten, ein hübsches Farnkraut. Der Abendwind seufzte und klagte.

Sir Bernard und Carmen standen unten auf dem Schotterplatz, gleich neben dem Tisch des Bischofs. Bei ihnen waren ein paar ausgewählte Presseleute, ein einziges Kamerateam, dem erlaubt war, auch Fotos zu machen, und ein einzelner Rundfunkreporter. Die anderen wurden, aus Respekt vor der Kirche, von Sir Bernards Sicherheitsleuten zurückgehalten – Laura und Annie leisteten Carmen Gesellschaft. Driver parkte in der Nähe: Er saß im BMW, als bliese er Trübsal.

Der Bischof hatte den Kofferraum seines 2 CV geöffnet. Er hatte auf der Seite der Protestler geparkt, wirkte jugendlich und sah gut aus. Er trug Jeans und Pullover. Er nahm seinen Ornat heraus und legte ihn an. Mavis wuselte um ihn herum, um ihm dabei zu helfen: Sie wollte die Ecken des schweren cremefarbenen Tuchs zurechtrücken, das ihm von den Schultern hing. Die Geistlichen, die ihm zur Seite standen, versuchten sie beiseite zu drängen, doch sie achtete nicht auf sie. Der Bischof nahm seinen Krummstab vom Rücksitz – er paßte nicht in den Kofferraum – und ging auf seinen Tisch zu. Spärlicher Applaus kam aus der Menge, einem gottlosen Haufen, der das Ganze als bloßes Spektakel betrachtete, wenn auch als eindrucksvolles. Ein kalter Windstoß erteilte ihnen eine Rüge.

»Rührend«, sagte Driver zu dem Rundfunkreporter und ließ dazu extra das Fenster herab. »Ein Versöhnungsgottesdienst. Wozu bloß? Hier wächst doch sowieso kein Hälmchen. Jedenfalls jetzt nicht mehr.«

»Kann ich das bringen?« fragte der Reporter.

»Nein«, sagte Driver, und die Fensterscheibe glitt wieder empor und klemmte beinahe die Nase des Reporters ein.

»Nicht der Meeresspiegel soll gesenkt werden«, sagte Sir Bernard zu dem Mann vom Fernsehen. »Das Land soll erhöht werden. Rette die Welt und mach deinen Schnitt! Was dieser Planet braucht, ist ein starker, anständiger Mann von so unermeßlichem Reichtum, so unermeßlicher Macht und so unermeßlicher Weisheit, daß sich alle seinem Willen fügen. Ein Mann, der sich weder durch Wahlen noch durch die Kirche oder gar die Angst zu scheitern aufhalten läßt, ein Mann, dem die Liebe Kraft verleiht . . .«

»Kann ich das bringen?«

»Selbstverständlich«, sagte Sir Bernard.

»Bernie!« sagte Carmen, »Nun komm aber! Jetzt gehst du ein bißchen zu weit. So was kann ins Auge gehen.«

»Nun sei aber kein Spaßverderber, Car«, sagte Sir Bernard. »Heute ist doch ein herrlicher Tag! Herrlich! Glorios! Ein Tag des Triumphs! Kommt gleich nach unserem Hochzeitstag. Und wenn erst mal alle Macht in einer Hand liegt, werden überall auf der ganzen Welt Frieden und Gerechtigkeit herrschen!«

»Bravo!« bemerkte Driver. Er war ausgestiegen und stachelte Sir Bernard zum Weitermachen an. Er grinste. Es war kein schöner Anblick. »Sagen Sie denen, wo's langgeht!«

»Wie es einen einzigen Gott im Himmel gibt«, erklärte Sir Bernard ihnen, »so soll es ein Gegenstück auf Erden geben.«

Drivers Augen glänzten unnatürlich. Der Mann vom Fernsehen fragte sich, ob die beiden vielleicht gekokst hatten. Es war mehr als wahrscheinlich. Die Kamera lief.

»So werden wir wohl nie mehr erfahren«, sagte der Mann von der Zeitung, »was für Schätze unmittelbar unter unseren Füßen liegen.«

»Das Gelände ist sicher unter Verschluß«, schaltete Driver sich ein, da Sir Bernards Miene ausdruckslos blieb, »für künftige Generationen, die über neue, präzisere Ausgrabungstechniken verfügen werden als wir. Damit leisten wir der Vergangenheit und der Zukunft gleichermaßen einen Dienst und tragen zudem zum Wohlstand der Gegenwart bei.«

Der Wind wurde ein wenig stärker. Die Menge auf der linken Seite sang *For All the Saints*, schütter zwar, aber tapfer. Ungläubige fielen mit ein. Sir Bernard hielt ein Walkie-Talkie in der Hand. Er griff gern unmittelbar ins Geschehen ein. Die Stimme des Bauunternehmers meldete sich knisternd: »Soll ich die Maschinen noch zurückhalten, Sir Bernard, oder sollen wir einfach weitermachen? Diese Verzögerung kostet pro Maschine stündlich einen Tausender. Die Männer machen schon Überstunden.«

»Halten Sie sie zurück«, sagte Sir Bernard, »bis der Mummenschanz hier vorbei ist.«

Die Stimme des Bauunternehmers dröhnte aus den Radiolautsprechern in den Kabinen der Baggerführer: »Wenn hier noch irgendeiner mit irgendwelchen alten Knochen aufkreuzt, kann er sich mit Jed Foster beim Arbeitsamt anstellen, kapiert?«

Es war nur Pech, daß diese Stimme nicht allein in die Kabinen der Bagger, sondern auch über das Lautsprechersystem zu hören war, das für die Ansprache ans Publikum gedacht war, Glück jedoch, daß die Stimme des Bischofs sie übertönte.

»Und seien wir auch nicht alle im Namen des Vaters, des Sohnes und des Heiligen Geistes hier versammelt, so erinnern wir uns doch daran, daß in einer fernen Vergangenheit andere genau wie wir zu diesem Fleck Erde gekommen sind, im selben Geist wie auch wir heute, um ihre Toten zur letzten Ruhe zu betten, für ihr Leben zu danken und ihre Seelen Gott zu empfehlen, in der felsenfesten Hoffnung auf eine Wiederauferstehung zum ewigen Leben durch Jesus Christus, unseren Herrn . . .«

Driver lachte schallend, doch die Stimme des Bischofs war wohltönend und überzeugend, und niemand fiel in sein Hohngelächter mit ein. Der Bischof reckte den Arm empor, als wolle er die Bulldozer aufhalten: eine kleine weiße Gestalt inmitten von schwarzem Ödland, er war König Canut, der sich vergeblich den Wogen des Fortschritts entgegenstemmte, doch er war wunderbar. Ein Seufzer strich durch die Menge der Lebenden und nahm das Seufzen der Toten in sich auf. Mavis schwor später, sie habe deren Geister scharenweise nach Westen drängen sehen: weiß, wie flüssige Gaze, befreit, so verließen sie den Platz, der sie so lange gefangengehalten hatte.

»Der Mensch lebt nicht von Brot allein, und wehe denen, die das nicht zu begreifen vermögen – wehe denen, die leugnen, daß Christus in ihnen ist«, sagte der Bischof zu den Elementen und zu all jenen, die Ohren hatten zu hören und es auch taten.

»Ewiger Gott«, sagte er, und der Klang der Worte drang bis aufs Meer hinaus, »der du alle lebendigen Seelen erhältst: Wir beten zu dir, auf daß du dein Licht über deine ganze Kirche ausgießen und sein heller Strahl sie mit himmlischem Trost erfüllen möge . . .«

Driver gähnte, doch er gähnte allein.

»... auf daß unsere toten Brüder der ewigen Freude teilhaftig werden mögen, durch Jesus Christus, unseren Herrn, Amen.«

»Das war's ja dann wohl«, sagte der Bauunternehmer öffentlicher, als er ahnte. »Zurück an die Arbeit. Alle Mann an die Gewehre.«

Viele der Anwesenden suchten das Weite. Der Tisch wurde in aller Eile abgebaut. Selbst der Bischof räumte das Feld. Laura und Annie standen zwar aneinandergeklammert, wollten den Schauplatz jedoch nicht verlassen: Endlich passierte einmal etwas Spannendes.

»Was für Dummköpfe die Menschen doch sind«, schrie Sir Bernard. »Man bietet ihnen den Fortschritt an, und sie wählen den Aberglauben.« Er hielt Carmen fest am Arm. Sie hätte nicht fortgekonnt, wenn sie gewollt hätte. Eine Pfeife trillerte: Vögel taumelten durch die Luft. Steine und Sand flogen, wohin man sah. Die Steine trafen niemanden, der Sand hingegen fiel auf alle, außer Driver, der glänzend schwarz und prächtig blieb, stolz wie ein Rabe, der neben einer Schar zerzauster, schäbiger Krähen hockte. Sir Bernard beachtete das alles gar nicht.

»Möge Gott selbst«, rief Sir Bernard, »über die Kühnheit des Menschen staunen. Wir werden den Lauf der Flüsse ändern, wir werden die Berge neu gestalten, wir werden unsere Küste erneuern – wir werden den ganzen Erdball unserem Willen unterwerfen.«

»Nun laß es aber gut sein, Bernie«, beschwor Carmen ihn. »Was tust du denn schon groß? Du ruinierst ein paar Hektar Land und scheuchst ein paar Vögel auf. Sag doch nicht solche Sachen. Das ist gefährlich.«

»Die Täler frohlocken«, rief Sir Bernard. »Leviathan verneigt sich. Wie ein Wurm bin ich der Erde entkrochen, und wie Colossus werde ich sie durchmessen ...«

»Er ist völlig durchgeknallt«, sagte Laura. »Du kannst doch nicht so einen Wahnsinnigen heiraten, Carmen.«

»Geh jetzt weg«, flehte Annie, doch Carmen sagte nur:

»Ich liebe ihn« und ließ sich nicht von der Stelle bewegen, nicht einmal, als eine weitere Explosion Erdbrocken über sie niederregnen ließ. Sie konnten sehen, wie sich am Rand des Geländes die Leute verliefen, Wagen davonfuhren. Die Sonne ging rasch unter.

Sir Bernard verließ die Gruppe und stieg auf eine Düne hinauf, um die Unterwerfung der Landschaft besser würdigen zu können. Er schleuderte den Arm himmelwärts.

»Seht, wie Gott sich nähert, eine Feuersbrunst in seinem Gefolge, einen wütenden Sturm als Vorhut. Himmel und Erde sollen meine Zeugen sein: Mögen meine Flußtäler auf ewig voll Wasser sein, die Silber- und Goldminen auf alle Zeiten unerschöpflich: Dies ist der Tag der Schöpfung des Menschen, des menschlichen Sieges über Gott – möge dieser Tag ewig währen . . .«

Ich stoppele dies nun allerdings aus den Berichten vieler Menschen zusammen. Ich war ja nicht dabei. Alle sind sich darin einig, daß der Gottesdienst des Bischofs inspirierend gewesen sei, daß Sir Bernard am Rand des Geländes gestanden und irregeredet habe, daß Carmen geschworen habe, sie liebe ihn, und es ihr ernst damit zu sein schien. Mavis behauptet, sie habe die Sonne im Westen wieder aufgehen und den Rückweg über den Himmel antreten sehen, als würde die Wirklichkeit zurückgespult, doch damit stand sie allein.

Alle stimmen darin überein, daß Sir Bernard die Hand ans Herz gepreßt und eine Art Anfall gehabt habe – er sei zu Boden gefallen, die Düne hinabgerollt und habe wie tot dagelegen, als wieder eine Explosion Fels- und Erdbrocken durch die Luft geschleudert und alle wie vom Donner gerührt dagestanden hätten. Manche behaupten, Driver habe irgend etwas Verschrobenes geäußert wie: »Er mußte ja heute noch ans Eingemachte, konnte nicht bis morgen warten, doch morgen kommt bestimmt«, und seine Stimme sei lauter und kräftiger gewesen, als normal gewesen wäre, doch wahrscheinlich nur deshalb, weil er sein Funkgerät eingeschaltet habe und über die Lautsprecher gekommen sei. Mit Gewißheit habe Carmen nach einem Krankenwagen geschrien, und Driver habe sich diebisch gefreut und gesagt: »Den ganzen Wiederbelebungsquatsch kannst du dir sparen – zu spät! Seine Seele ist bereits unterwegs zu mir. Ich spüre, wie sie näherkommt, das macht mich richtig heiß . . .«, und er habe gehottet wie Elvis Presley, und Sir Bernard habe sich ebenfalls eine ganze Weile in Verrenkungen gewunden, ehe er still gelegen habe.

Und nur Laura behauptet, nach der letzten Explosion hätten sie, Annie und Carmen sich in völliger Finsternis befunden, von einem Flammenring umgeben, Sir Bernards Leichnam habe zu ihren Füßen gelegen und Driver, in einem schwarzgrauen Anzug, der dem Herrn der Raben angemessen gewesen sei, ganz aus Metallfedern und mit breiten Schultern, habe ihnen gegenübergestanden und seine Augen seien Feuerlöcher gewesen: Und da habe sie den Mut aufgebracht zu sagen, was niemand außer ihr ernsthaft geglaubt hatte und Driver nicht ahnen konnte – daß Carmens Beziehung zu Sir Bernard rein platonisch sei, daß sie immer noch Jungfrau sei, daß die Tränen, die sie über dem Leichnam Sir Bernards vergieße, jungfräulich seien und sie ihn folglich hereingelegt und ihre Seele behalten habe und Sir Bernard ebenfalls. Ich glaube das alles freilich nicht. Ich denke, daß das die Phantasien eines Mädchens sind, das es die ganze Zeit treibt, keine angemessenen Verhütungsmaßnahmen ergreift und infolgedessen vier Kinder hat.

Annie berichtet von einem Flammenring, von Dunkelheit und Driver, der mit Mavis' Stimme gesprochen und gesagt habe: »Lauf, so weit du kannst, lauf bis ans Ende der Welt, ich bin doch immer noch deine Mutter: Du wirst niemals von hier wegkommen«, und mit Alans Stimme, die gesagt habe: »Hunger dich ruhig zu Tode, es gibt doch kein Entrinnen, du bist zur Hälfte deine Mutter und zur Hälfte dein Vater, auf ewig und alle Zeiten, basta«, was sie zutiefst erschüttert und beunruhigt habe.

Und dann habe Driver Audreys Gesicht angenommen und Laura etwas vorgeächzt und gestöhnt und über die Erbsünde gefaselt, und daß sie die Tochter ihres Vaters sei und sie auch noch soviel Mutterschaft nicht läutern könne, und dann sei er, wieder in seiner eigenen Gestalt, herumkapriolt, mähend wie ein Schaf, und habe Annie verhöhnt und nach Carmen mit einem Pferdehuf in einem glänzenden Lederschuh ausgeschlagen und sie angeherrscht, sie solle gefälligst die Beterei zu Gott seinlassen, denn Gott sei gerade mittagessen, und er habe jetzt die Dienstaufsicht. Und wie Carmens Tränen sich in Brillanten verwandelt hätten, als sie auf Sir Bernard niederfielen, und wie Driver das noch wütender gemacht habe. »Frigide sind wir also, Fräuleinchen!« habe er gekreischt. »Ich bin dein Dad, daß du das ja nicht vergißt! Der Dad aller Mädchen, die Gabel zu deinem Messer ...«, und dann habe er mit sich selbst gesprochen, erst mit Raelenes Gesicht, dann mit Andys. Raelene habe weinend und schluchzend von Vergewaltigung gesprochen, und Andy habe behauptet, sie habe es ja nicht anders haben wollen.

Er habe begonnen, sich so lächerlich anzuhören, so überkandidelt, daß sie, Annie, zu lachen angefangen habe, und Laura habe ebenfalls gelacht. Das habe Driver beruhigt. Er habe in völlig vernünftigem Ton zu Carmen gesagt: »Denk doch nur ein bißchen an dich, Carmen! Ein junges Mädchen wie du, das mit einem alten Mann verheiratet ist. Ich verschwinde, und ohne mich geht er total aus dem Leim: Er wird furzen, sein Atem wird stinken, er wird Pantoffeln tragen und die Hosen hochrollen. Gelangweilt? Sterben wirst du, und du wirst in die Augen eines anderen schauen, so sicher wie faule Eier faule Eier sind, und ich werde dir aus ihnen entgegenblicken. Am Ende kriege ich deine Seele ja doch. Du bist für mich geboren und *nur* für mich.«

»Ich liebe ihn«, sagte Carmen.

»Dann überlaßt mir doch beide eure Seele«, bettelte er, »für mein Kassettenrack« – weshalb Driver denn nun, wollte Annie von mir wissen, plötzlich von Kassetten angefangen habe? – »dann könnt ihr beiden zusammenbleiben, Seite an Seite, einverleibt und angetraut, bis in alle Ewigkeit.«

»Nein«, sagte Carmen, »ich möchte lieber in der wirklichen Zeit leben.«

»Öde, öde, öde«, habe er gekreischt, und es habe nach versengten Federn gerochen, und dann sei er weg gewesen und sein Flammenring mit ihm.

»Irre«, sagte Annie, aber das ist nur das, woran ich mich erinnere.

Und ich tue auch dies als Annies Phantasie ab. Bei all ihrer bodennahen Lebenstüchtigkeit hat sie, so meine ich, doch etwas von Mavis' Fähigkeit geerbt, Gedanken zu lesen, auch wenn sie immer dagegen angekämpft hat. Sie hat Driver in den Mund gelegt, was sie wußte, aber lieber nicht gewußt hätte, und aus den geheimen Gedanken anderer Menschen Dinge aufgeschnappt, die sie nicht hätte wissen dürfen. Und vielleicht lag ja auch etwas Halluzinogenes in der Luft, von der Heide, die die Explosionen des Bauunternehmers in Brand gesetzt hatte, denn Laura war schließlich auch davon angesteckt worden.

Als sich die Wirklichkeit wieder zu Wort meldete, waren Driver und der BMW nichtsdestotrotz verschwunden, und der Krankenwagen war da, und Sir Bernard hatte sich aufgesetzt und lehnte den Kopf an Carmens Schulter. Der Fahrer des Krankenwagens sagte: »Ich hätte schwören können, daß er hinüber war«, und er mußte sich selbst erst mal setzen.

Sir Bernard sagte: »Carmen, ich habe irrsinnige Kopfschmerzen. Was ist denn bloß los?«

»Ich glaube, du hast einen Stein abbekommen«, sagte Carmen, »aber jetzt geht's ja schon wieder.«

»Was habe ich denn bloß gesagt? Ich meine, mich erinnern zu können, daß ich ziemlich aufgekratzt war. Ich bin einfach zu alt für derlei Jux.«

»Das würde ich auch sagen«, sagte Carmen.

»Du wirst mir die Pantoffeln anwärmen müssen«, sagte er. »Es ist an der Zeit, daß ich mich auf meinen Lorbeeren ausruhe.«

»Stimmt, mein Schatz«, sagte sie, und sie schien verstohlen zur Seite zu blicken, doch Driver war weg: Sie hatte gewählt.

»Erinnere mich daran, daß ich den Fahrer rausschmeiße«, sagte Sir Bernard zu Carmen, als sie ihm in den Krankenwagen halfen. »Wenn ich Mrs. Haverill rausschmeißen kann, dann auch ihn. Der wird wirklich langsam größenwahnsinnig. Ich kann genausogut selber fahren.«

»Klar kannst du das, Bernie«, sagte Carmen, als sie hinter ihm einstieg.

Und die Türen des Krankenwagens schlossen sich, und Sir Bernard und Carmen fuhren ihrer Zukunft entgegen, und die Bulldozer des Bauunternehmers donnerten herab, Annie und Laura flüchteten, und das grandiose Ostküstenprojekt war einmal mehr in Gang.

– XXII –

VIELE VON UNS, ICH SELBST eingeschlossen, wenn ich auch einen Stock benutzen mußte, schafften es, um die halbe Welt zu Annies Hochzeit zu fliegen, die ein Triumph unter strahlendblauem Himmel war, mit Hubschrauberlandeplatz, Festzelten, Pawlowa-Kuchen und wunderbarem neuseeländischen Wein. Der weiße Chardonnay ist superb: golden in der Flasche, Nektar auf der Zunge. Die Braut war schlank, nicht dürr, und lutschte vor und nach der Trauung Malzbonbons. Ihr Vater war Brautführer, und ihre Mutter trug ein rosa Kleid, das ihr zwar sehr gut stand, jedoch allzusehr demjenigen ähnelte, das Mrs. McLean zu ihrem Trost gewählt hatte. Mrs. McLean war es dann, die nachgab und ein hübsches blaues Kleid anzog. Mavis und Alan erwogen ernsthaft, ob sie nicht nach Neuseeland ziehen sollten. Mavis gefiel der Busch so gut – so still, so dunkel und feierlich, so unverdorben. Laura und Woodie kamen mit sämtlichen Kindern, und auch sie beschlossen zu bleiben, falls die Regierung es zuließ. Eine herrliche Gegend, um Kinder großzuziehen, und das Lebenstempo käme Woodie entgegen.

Sir Bernard bezahlte die Tickets: Wie es aussah, brauchte Carmen nur um etwas zu bitten, und schon bekam sie es. Sie hatten am Ende heimlich auf den Bahamas geheiratet – Sir Bernard war seit seinem Unfall recht publicityscheu geworden –, und die Hochzeitsnacht verlief vermutlich zufriedenstellend, jedenfalls war Carmen schwanger.

Annie war sich nicht sicher, ob sie Kinder wollte, obwohl Tim sagte, irgendwann hätte er schon gern eine kleine

Meute Kiwis. Ihre Hochzeitsreise ging zum Franz-Joseph-Gletscher. Die heimfliegenden Gäste schliefen sich die Aufregung und den Chardonnay aus den Gliedern, während die Nacht vor dem Fenster des Flugzeugs mit ungeheurer Geschwindigkeit zum Tag wurde und der Tag wieder zur Nacht. Obwohl ich sie während der Filmvorführung eigentlich hätte herunterziehen sollen, ließ ich die Fensterblende oben, um das Kreuz des Südens und die seltsamen Sternbilder der anderen Hemisphäre besser sehen zu können: Cassiopeia, Beteigeuze, den Roten Zwergstern. Ich war mir nicht sicher, daß ich die Zeit haben würde, mich jetzt, wo ich meinen Platz in der normalen Gesellschaft wieder einnehmen mußte, mit den Sternen zu beschäftigen und ihre Namen zu erlernen. Meine Schwerbehindertenhilfe war eingestellt worden. Ich würde mir einen Job suchen oder einen Roman schreiben müssen – irgend etwas.

Ich würde jetzt gern noch berichten, daß das Sichere Haus des Teufels abgebrannt wäre, dem Erdboden gleichgemacht, nachdem irgendein verzweifeltes Mitglied des Personals, das nach Mrs. Haverills Ausscheiden aus dem Ruder gelaufen ist, die Bettwanzen auszuräuchern versucht hat. Es wäre jedoch nicht wahr. Bellamy House steht nach wie vor und fährt anständige Gewinne ein, und nichts Aufregendes, Skandalöses oder auch nur irgendwie Bemerkenswertes scheint sich dort mehr zu ereignen. Aber schließlich ereignet sich derzeit in Fenedge ohnehin nichts. Es hat sich allein die Überzeugung festgesetzt, daß man die Stadt nicht laut beleidigen oder sich allzu heftig wünschen darf, ihr zu entrinnen, denn es könnte ja sein, daß der Teufel gerade vorbeifliegt, und dann bricht die Hölle los.